石声汉逸书两种

石声汉 著

U0831971

西北农林科技大学出版社

图书在版编目(CIP)数据

石声汉逸书两种 / 石声汉著. —杨凌 : 西北农林科技大学出版社, 2019.7

ISBN 978 -7 -5683 -0714 -7

Ⅰ. ①石… Ⅱ. ①石… Ⅲ. ①散文集 - 中国 - 现代 ②日记 - 作品集 - 中国 - 现代 Ⅳ. ①I266

中国版本图书馆 CIP 数据核字(2019)第 160939 号

石声汉逸书两种

石声汉 著

出版发行	西北农林科技大学出版社		
地　　址	陕西杨凌杨武路 3 号	**邮　编**:	712100
电　　话	总编室:029 -87093195	发行部:	029—87093302
电子邮箱	press0809@ 163. com		
印　　刷	陕西天地印刷有限公司		
版　　次	2019 年 7 月第 1 版		
印　　次	2019 年 7 月第 1 次印刷		
开　　本	710 mm×1020 mm　1/16		
印　　张	18		
字　　数	333 千字		

ISBN 978 -7 -5683 -0714 -7

定价:58.00 元

本书如有印装质量问题,请与本社联系

代前言

——董作宾关于《生命新观》举荐语

这是十五年以前的事了。我在四川南溪县李庄镇板栗坳住的时候，收到了石声汉先生的一本书，是《海王丛书》第一种，名叫《生命新观》。以前，石先生把这书中各篇，连续登在《海王》刊物上，自三十三年三月起，至十一月止，我都读过。我是一个专门研究人文科学考古学中甲骨学的人，看见自然科学中的生物学者，能用中国文字写出这种伟大的著作来，而且石先生的国学功底深厚，能以浅近的语言，说明生物科学的专门学问，很是难得。看过了《海王》刊出的零星论文，又见了这本书，在一个自然科学常识缺乏的我，真是视同瑰宝，一直深深地藏在行箧，舍不得遗失。到台湾后，我曾把这本书拿出来随时请朋友欣赏。最近又交与我的儿子董敏看。今年他在台中农学院森林系毕业了，受过军训。他在马公服务，就仔细地读了一遍。据他说，现在台湾的生物界，也没有见过这种书。我现在打算在《大陆杂志》附载出来，以供各个研究人文科学的同仁们，作为参考的常识。

（编者注：董作宾（1895～1963年），字彦堂。我国著名甲骨文和古史学家，对甲骨学与考古学的科学研究有着划时代的贡献，为“甲骨四堂”和现代考古学奠基者之一。本文原题《生物学家的人生观》载于《大陆杂志》21期9卷。董作宾先生在去世的前一年（1962年），又将此书推荐给世界书局，并亲自提供底本，使之重新出版。）

目　次

生命新觀

石声汉

序

三十二年五月，在新塘沽第一次见到范旭东先生。范先生觉得应当有一本中文书，写出一个中国人自己的“生物学的人生观”来；而且提示说我应当尽这一点责任。范先生的话，上半我绝对赞成：这本书的确很需要。下半，我无从反对：这本书现在却并没有。有一句自谦之词，道是“抛砖引玉”；目前真正的生物学者，既然还没有拿出玉来，像我这样一个从事生物科学的人，走出来抛一两块碎砖头，既无损于学术的尊严，也无身份受伤之虑，正是“义不容辞”。所困难的，我虽在从事生物科学，寻常也尽有着一些偏见，但自己尚无一点够得上称为“人生观”的见识，因此，总想抛砖，也苦于无砖在手。结果回答范先生：“回学校去努力尝试尝试，不敢说定能否交卷。”

回到乐山，这题目随时都在思虑中旋转，总想把自己积累的一些材料，和上偏见，捏成一篇文章；但是没有系统，无从着笔。五月二十三日，参加业师张镜澄教授讲学三十周年纪念大会的庆祝典礼；对着这位齿德俱尊的生物学家，追想他把毕生精力，灌注在教育事业方面，在一个学校里，继续苦守了三十年，所创造的成绩；一时万感交集。就在这时，听见坐中观礼的来宾，有人在耳语，说：“这才是人生！”好一句话！这句话给了我一个大启示。晚间独坐暗中，回想白天的事，想到先生的成就，是根据他的修养，利用了极艰难的环境，才创造了他不朽的盛业。于是，得到了我所需要的主题：“生命是根据过去，利用现在，创造未来；是连续和谐的变化。”我决定就根据这一个主题，来写我的“生命观”；把人生看作生命一角，虽然文不对题，却强于交白卷。

主题有了，材料有了，可是种种牵缠，始终没有动手。直到三十三年三月，又在新塘沽见到范先生，十分感觉惭愧，这才决心开始。此后写写停停，直到十一月下半月，方才完成草稿。一面写初稿，一面就请人抄写，央及阎幼甫先生订正文字后，在《海王》陆续发表。写后面的草稿时，前面的草稿，常常不在手边，自然免不了前后自相乖迕。参考材料，相当缺乏，许多东西，都凭记忆，错误更是不免。根据既是如此，利用的结果，所能创造的，可想而知，正无所逃于“因果律”。

有人批评我这几篇东西“不科学”，我绝对接受。但我有一句辩护，就是我本来并没有准备把它们写成“科学读本”；我既只以一般人的态度来捉摸生命，一般人正无须太科学。还有人嫌“态度不严肃”，我更接受。不过我也有一句辩护：且僭用人家批评笛更司的一句话，“每一笑后面，都有一滴眼泪。”我见到许多的事，都值伤心堕泪；我不敢把它们严肃地写成一滴滴眼泪，让人家跟着伤心；写成了笑，便无法严肃了。技巧不够，非常歉恨。

这书的题名——《生命新观》——是阎幼甫先生和同门萧寅秋兄的提议。“新观”虽然未敢自信；但是既不能从记忆中，把他人的定见和自己的偏见，逐一分离，这凑合的局面，倒是新的，所以欣然从命。

最后，对于范旭东先生的提示与鼓励；张老师的教训与启示；“海王”社阎幼甫、褚东郊、石上渠各位先生各方面的鼓励与帮助，而且允许我由《海王》中抽印作单行本；学长何春乔教授的“生物进化论”给了很多暗示，我无意中也从书中借用了一些材料；徐运南先生和雷振芳君代抄原稿；同门萧寅秋兄的许多帮助，让这本书才能出版；这些，都诚心道谢。

乐山国立武汉大学

目录

第一篇 生之执着

一　我们的所谓“执着”

寻常用来描写活动、快乐、前进、光明、有希望等等情形的一句话，是“生气蓬勃”。相反，静止、悲哀、停滞、阴暗的，便是“死气沉沉”。这样对于“生”的歌颂和对于“死”的咒诅，大可以反映“一般”人类对于“生”与“死”的看法。——我们说“一般”，因为我们知道这情形，绝对不能百分之百地适用于人类“全体”，——这就是说，一般人对于“死”，都有着厌恶，恐惧，或悲伤。尽管明知道“死”是不可避免，然而在面对“死”的威胁时，却总要退守。这一着退守，便是所谓“生”之“执着”。人类因为自己有了“生”与“死”两个意识，能够体念到“死”的威胁，所以“生”的“执着”，便与“死”的“威胁”不可分离。更推想到凡是“有‘生’之伦”，都对于“生”有所执着；换句话说，凡“生”物皆有“执着”于“生”的“本能”。因此，从某一方面说来“生”物与无“生”物之别，就在“生”物对于“生”有所执着。我们现在打算以“一般人”的态度，来对于生命捉摸一番，所以先从“生”之“执着”说起。

在入题以前，我们还有几件要顺便申明：第一，我们不承认“死”为“生”的反面。“生”的反面是“无生”；“死”则是“生”的“结束”，“相连”而并不“相反”。以“常识”为根据，“生命”和“存在”不同。寻常我们说鸟兽草木是有“生”的，所以鸟兽草木都有“死”；石头玻璃钢铁砖瓦等是无“生”的，所以才

"不死"。这一个问题,我们在第三篇"生之意义"中还得详细再讨论;现在我们只提出一个引线来,以免误会。第二,我们所谓"生"之"执着"是"本能",正是"一般的"说法。心理学上的所谓"本能",到现在还没有一个明白确切的"定义";我们正不必白费气力,去参加那一种"名词定义"的争辩。我们所谓"本能",只能含糊地说是"生物一种自然的趋向"。比方"热锅上蚂蚁"那一种焦急骚乱的"行为"我们认为便是"本能"。因为那一种乱爬,决不能全以"分子力学"上"温度增高,则分子运动加速"一个定律来解释。又比方"狗急跳墙,人急悬梁"我们认为前者是"本能",后一种"消极"办法,则并不是"自然的"趋向,而是百分之百的"地道""人为"之事。第三,我们所谓"生"之"执着",可不一定就和"死"之威胁相连。人类自己的"生"与"死"两个意识,是否有"普遍性",已经颇可怀疑;我们不能利用"内省法",追忆我们自己在孩提时代,已经意识到"死"没有;也不能利用这方法,去探求"白痴""疯狂"和"下等土人"有没有"死"的意识。在未能证明"死"的观念是"普遍的"以前,我们绝不敢就断定"死"的威胁是"普遍的"。人类以外的动物,更不是"内省法"所能探索。尽管我们愿意相信那"将以衅钟"的牛,真为自己的前途在"觳觫";"鸟之将死,其鸣也哀",真是在为"死"而悲伤。但我们第一步先不能证明我们的假定无误;第二步我们更不能证明它们对于"生"之执着的确是出发于"死"的悲哀。至于"一切草木皆有情"更是"想当然耳"的假定。我们固然不应当执拗到要草木"自署供状,以资证实";但是我们平心静气,一点不受主观支配,仔细去观察时,却也未能立即相信我们这种"想当然耳"的假定,真是绝对正确。所以我们所谓"生"之执着,只是"为说话的方便",姑且采用的一句话,并不包含"自由意志之选择"的意思;——是"然",不是"所以然"。我们不说"求生";因为我们并没有证实人以外的其他生物,在向上帝或"造物主""要求""请求""乞求";人和生物,也并不要放弃原有的一个生命,另外去"寻求""追求"新的"生"。凡有"生"的东西,对于它已经在手的"生命",却决不轻易舍弃。所以我们才宁愿借用比较生疏些的"执着"两字,似乎反而比较更亲切有味。

宇宙间有几件不可强解的"神奇"。其中之一,是因与果的"规律性";又一就是我们预备谈的"生"之"执着"。如果勉强一点,说因为有"生",所以才能对于"生"生出"执着",或者说,因为能够"执着",所以才能够有"生";那么这一件神奇,也还可以归纳于"规律性"的因果关系内。对于这一套辩论,我们不反对。——因为像这样一来,至少把宇宙间神奇的项目,减少了一件,少一类费人思索的问题,我们何妨偷偷懒,好在我们原来只预备说“然”,不预备解释“所以然”。尽使不必懒,也就不必强解。就人类来说:人类有“生”,而且意识到“生”的种种好处以后,才对于“生”有珍视。同时,因为人类也意识到“死”,与一切和“死”相联系的悲哀,所以愈加觉得“生”之可贵。其实,人类有了意志力的判断后,要取得“生”的结束,是颇为容易的一件事。在“客观”方面看来,有些“生”存,往往实在只是痛苦,绝无快乐。而且,依某一部分宗教者的看法,“生”根本上就是“老、病、死、苦”的泉源。然而一般的人,在“生”的留恋与“死”的威胁两重力量压迫之下,尽管“客观”地是应当结束他的“生”的,却仍旧宁愿选择“生”,而不愿“结束”。“千古艰难唯一死,伤心岂独息夫人?”在这情况之中,我们很容易体念到当事者对于“生”,是如何在“主观”地“执着”。但是当秋末冬初微雨之后,气温略高时,我们会看见防空壕沙袋缝里,长出一两棵瘦小的青草来,迎风袅动。托根既然已经不高明;当时生活情形也并不怎样舒适;而且“将来的展望”,更是黯淡得可怜;只要多晴两三天,就要干死;稍冷几天,就要冻死;至于清理防空壕时的扫除;过路小孩们的攀摘;附近老母鸡的搔拨;野鼠兔子们啮食……种种困厄,都足以构成对于这小生命的威胁,随时可以使它们“陨于非命”。这时,小草如果能意识到它的“生”,“生”之欢乐的确太少,“死”之悲哀相比倒是太多。——当然,我们不是小草,不能知道他“主观”看来,“生”究竟有几何可乐之处?“濠梁之上”的故事,我们不应当忘记的。不过一直到现在,“科学”既没有给我们证明小草有“生”之意识;那么,小草何以要“生”?而且在“生”的时期,还对于“生”如此执着?诗人艺术家也许可以“设身处地”地给我们一点幻想之词(如果他们真有工夫肯替小草来一点“设身处地”的话),我们可也并不一定能认为十分满意的解释。要是我们愿意接受宗教家的话,说这正是“上天好生之德”的一点表示;那么,我们这些“一般人”,对于“上帝”或“造物者”就会有两种大不敬的感想:第一是这种表示,未免过分地不伟大;第二,我们简直要同情于庄子,说:“天地不仁,以万物为刍狗”;给小草以如此不美满的一个“生”,还一定要使它们如此“执着”!所以我们才特别郑重声明,我们只想谈谈“然”的现象,而决不存解释“所以然”的奢望。

二 “生”之“保全”

“生”之执着的一事,便是“生”之保全。刚才我们曾说起“热锅上蚂蚁”,

和“狗急跳墙”;我们现在还是从“热锅上蚂蚁”和“狗急跳墙”说下去。如果我们借用“文艺”上的成语,则蚂蚁在热锅上的扰攘是“彷徨”,狗在急时要跳过墙去是“奋斗”。“彷徨”和“奋斗”的目的,是在保全个体生命。广义地说,“生”物的一切“行为”,都是为保全生命。不过我们现在只就狭义的“保全”说,暂时以避免“不自然的死亡”的“紧急措置”这一方面为限。无论哪一种生物,不管它是否有“死”的认识,只要现在还能够继续存在在这世界中的,似乎至少都有一套本领,可以防止各种不自然的死亡。——如创伤、被杀、被食,乃至于疾病等等外力的“迫害”。这些本领,比较观察起来,的确非常有趣。比方同样软洋洋涎滑滑像鼻涕样的两种软体动物,蜒蚰是“到处为家”“了无牵挂”;蜗牛则把自己的一所房子背在背上跑。我们“主观”地看来,虽则蜗牛那所房子,轻轻薄薄,不算过大的“负担”;但就这两位仁兄的运动能力说时,恐怕大家都要像我一样,想劝蜗牛,学学它堂房兄弟的办法,把那所房子丢掉。与其“行也布袋,坐也布袋”,不如“放下布袋,何等自在!”然而当这两位仁兄,大家用“齿舌”舔着嫩叶吃时,有一个小鸟飞来,想找点肉吃,打打“牙祭”。看到这两位仁兄贵体如此鲜嫩,食欲登时亢进,伸出尖嘴来一试。两位同时都把身体一缩,放出一摊清水。蜗牛已缩到背上背着的房子里去了;蜒蚰却还暴露在危险中。我们正不难想到,这两位仁兄,谁比较上占便宜?这固然给我们一个教训,不要替人家作主张;聪明洒脱的办法,往往误事。另外也就教训我们,使我们知道“平时准备”的重要。但这仍只是“一方面”:倘使这两位仁兄,在一棵莴苣菜的叶子上爬着吃着时,碰到一个顽皮一点的小朋友,对于它们发生了兴趣,想捉它们来“竞走”一番,伸手一捻,两位仁兄仍然把身体一缩,放出一摊清水。蜗牛缩回壳里,自以为“万无一失”;蜒蚰则瑟缩“无以自容”。小朋友仔细一看,无壳的这家伙,十分惫懒,满身滑涎,无从着手;有壳的,那壳倒是一个好“把柄”,拈了就走。结果是谁占便宜?这恰好就把庄子两篇文章的道理,都给了一个“事实的说明”:无才者“幸得全其天”;而“典章制度”等“线縢”,却给了大盗一个大大的方便。还有一方面:要是碰着一个“饥不择食”的老母鸡,那就不管有壳无壳,一概啄碎了吞下去,倒又合了“齐物”的道理。可见天下事根本上并没有绝对的利弊之分。一切都要看环境条件来决定。

像这样“左右为难”,正是“生物生存”的通例;也就是“生物进化”的基本驱动力。我们不要以为“在夹缝中讨生活”是狭仄的,夹缝中正有着坦途;只要有“应变”的准备,走上去时,随时都可以发现“准备事项”有“意想不到”的便利;并不是"狭的笼",而是"康庄大道"。换句话说,就因为有"左右为难"的磨炼,一切生物,能藉自己"应变"的准备,时时刻刻过着"应变"的生活,结果环境愈艰难,生存愈危险,生活内容也愈丰富。逃出这些艰难与危险后。生命发展的可能性也愈大。于是生物便"进化"了。孟子"舜发于畎亩章"所说的,正就是这个道理。寻常一提起"进化",大家总是先想到"优胜劣败""适者生存"两句话;把"生存竞争"和"天然淘汰",看成残酷异常的事情。其实所谓"生存竞争",并不是说所有生物,大家都在瞪着眼,竖着眉,张牙舞爪,我咬你揪,务必要争一个"你死我活"。两个以上的生物个体或者种族,同时同地生存着的时候,彼此之间,必定有种种错综复杂的相互关系。有时相互有利;有时相互有害。最直接的关系,比较上却是以一方面有益,一方面有损的多。所谓"竞争""淘汰",普通就是将这类损益关系,作总比较后,所得的"净余":在应当受损的条件中,能逃避损害,这逃避本身便是利益。逃避后便可得到"保全生命"的机会。个体能够藉逃避保全;子孙也许仍旧可藉同一逃避方法,得到保全。结果个体的保全,便成了种族保全的道路;在"竞争"上,自然便占了胜利。那些不能保全的,便"淘汰"了。所以优劣的判断,决不全在战斗中的胜利,而只在"保全生命"可能性的大小。不幸所谓"损""益",大部分还只是人类"想当然耳"的一偏之见;只要稍微加多一点"客观"的成分,损益的看法,便会大大改变。残酷与否,那时自然就得从新估价了。但是"绝对的客观",既然根本上不可能,我们现在索性就根据"主观"的判断,来看看全生物界保全生命的手段。

甲　防御

保全个体生命,第一着是对于"攻击"的防御。最简单的防御,莫过于"坚守"。靠着"甲""壳"等防御工事,"坚壁清野",使攻击者不易攻入,自然灾害较少,胜利较多。动物中,和蜗牛一样,背着城郭旅行,因此避免了许多不必要的伤害的,还有甲虫、龟、鳖、蚌、蛤、虾、蟹等,种类很多。稍微比较整理一下,这里面似乎就有几个"道理":这些东西,都很少再有其他技能。普遍都全靠一副厚皮,"度一切苦厄"。厚皮之内,只有软瘫瘫的一包东西,再也没有一点硬撑的材料。——生理学者告诉我们,一切生物身体的构造,都非十分经济节省不可:外面要长厚皮硬壳,里面便不能有多余的材料再来硬撑。所以外面越厚越硬,里面便越只能尽量软弱。要像穿山甲、犰狳等"贫齿类",外面要长硬皮,里面还要长骨头,只好"终身不齿"。而且,外面愈厚愈硬,自然就笨重缓滞:结果行动感觉，都愈冥顽不灵。因此讲防护周密，自然鳖不如龟，虾蟹不如蚌蛤。要说反应敏锐，行动便捷，那么龟不如鳖，蚌蛤不如虾蟹。像虾，外面披着软甲，前面带着软螯的，防护自然不周全，运动却最灵便。蟹的壳和螯，比较硬了，行动便不能方便；但是攻守两方面的“相当便利”，却给它留了同等的保全机会，鳖和蚌蛤，除了“一口咬定”以外，别无办法，所以只好仗着坚甲厚城，以守待攻。但是遇事全靠退守，仗着一副硬壳，缩着头，闭着口再不表示的，在有些时候，诚然是可以叨到便宜；碰到真的“强梁者”“束手待毙”的，当然还是毙得最快了。

另外还有一方面，也可看出一个“成套”的变化：坚厚的房子，既成之后，便不容许轻易改造。这也是必然的结果；因为愈坚厚，所需要的材料愈多。在“自足自给”的条件之中，第一期预算里，在“房屋建设”项下，消费去了的，如果相比较大时，其他方面的建设，“生长”一项，支配额自然相比地减少。生物的“建设”，既然要十分经济：第一期的“房屋建设”，自不能尽量替后来预留地步。第二期的房屋建设费，既然又要以第一期“生长”的“结余”作根据，那么，“自己否定”的结果，自然第二期的其他建设，也不得不相比减低。以这些第一期耗费了许多物资去建设房屋的生物，继续生存时，第二期的扩展，便得有种种安排：最省事的是蚌蛤：依着“偏心重曲线”的方向，向外面慢慢增大；同时在旧壳上渐渐加厚。这样“省事”的结果，第二期生长分量，自然便少得多；以后还得逐期递减。“居简而行简”没有办法逃出“太简”的判定；毕生都只好简简单单，慢慢地“活”。此外还有一个“限制的条件”，便是旧有房屋的处置：像蚌蛤等“太简”的东西，新的旧的，一气相连，自无困难。蜗牛、螺之类，便只好把旧有的处置不用，依着旧址另建新屋：行动时，连新带旧一并驮着奔驰；顾得“住”，便顾不到“行”。虾蟹等，不安于“狷者”的办法，想图进取，不愿多有“负担”，便不得不“忍‘痛’牺牲”毅然决然，从旧房子里脱出来，躲藏在隐僻的地方，另靠“还丹”，造一副新的甲胄。“进化”上来，到了爬虫这一阶段，这一个问题，仍旧没有更好的解决，像龟和鳖等，把脊梁骨也拼在房子里面去，“偷工减料”以取巧的，便袭取蚌蛤那一派“太简”的办法。像蛇和一部分的蜥蜴，就学虾蟹等，隐居蜕化，暂退终南山，预备后日“高掇巍科时”再来享受。

虾蟹们的堂兄弟中另有一派，更别出心裁，爽性自己不造房屋，依仗敏捷的行动，锐利的眼光，在海里面去找螺贝“寿终”后所留下的“正寝”来利用。这就是我们所谓“寄居蟹”。可是寄居蟹虽在这一方面得到便宜，这便宜究竟不能从容享受：第一人家的旧房子，虽可应用一时，但是究竟不能十分如意：太宽了，笨重不堪,搬家不便:太窄了又不能扩展。因此在窄小的壳里寄居了一些时后,还得另寻新的,才能舒适。虽说房主人已辞尘西去,可以不受年年加租的威胁;但连寻带搬,这里面毕竟有种种的不便。第二,没房子住的多,空房子太少,也是一件麻烦。争斗一生,“安居乐业”的机会便少。寄居蟹出游的时候,往往要碰到拦路抢劫的同宗。一场恶战后,战败的得把自己辛辛苦苦找来的螺壳,交出给胜利者;自己多半就退到对方丢下的空壳里去藏身。但是胜利者所得的,往往只是一个“精神胜利”:掳获的房屋,并不一定比自己原有的安适。这样下来,胜者凭精神上的收获以自慰;败者在新得的空壳中倒也“得其所哉”。战后和平,真是双方满足,颇不易得。

植物的种子果实,也有藉硬壳厚皮的包护,在“竞争”中占点便宜的。但是在发芽时,硬壳厚皮,往往就是萌发的大障碍。在保全上有利,在发展上便有损;究竟也不能面面俱到。

靠甲壳做坚守的工具,既有“穷”有“不便”;另外有一些生物,便以“特种防御”来抵抗。在身体外面,长上硬毛、刚毛、焮毛、刺等;或者身体内部,预备酸、辛、涩、苦的味道;或者干脆就有毒,使攻击者因有“其味不佳”“知难而退”。植物因为不能行动,借这设备而苟全的很多:“玫瑰花又香又好看,就是有刺剀人”,便是一例。遭荨麻刺过手的人,第二次“非必要时”,便不乐意再去碰它。皂荚树、酸枣、“铁篱笆刺”(四川普通的藩篱植物,和北方的酸枣同类的东西),嫩叶嫩枝,牛羊决不肯光顾的。又酸又多的虎耳草,连蜗牛也不肯吃。天牛的幼虫,专吃树干木材;可不能在“树脂”(松香)的松柏枝干里生长。半夏、乌头等又肥又嫩的块茎,很少有给住在地下的动物吃掉的事情;大概就应为它们太毒,实在不好吃。动物界中,像珊瑚、水母、水螅的“刺丝胞”,海参的“棘皮”,海绵的“骨针”,保全了许多不能自由行动的动物。就是海星、海胆、刺猬、豪猪等能行动的动物也因为浑身带刺,攻击者便“无从下手”。毒蛾、毒蜂等毒液,电鳝、电鳗的电力,侵略者受过一番教训之后,也往往终生不忘,不敢再来尝试。这一种“设防”,真替弱者开了一个大大的“方便之门”;在无险可守,无路可逃,无力可战之中,这一着往往就是“胜着”。

不过这类设防的办法,只能应用于富有经验的敌人。它们“老谋深算”“权衡轻重得失”之后,觉得“得不偿失”,才不肯作无谓的牺牲。若是初出茅庐的强敌,或者侵略者在“饥不择食”的时候,这些设备,依然无用。虽然结果也许弄到两败俱伤,作恶者得到它应受的惩创。但被侵略者这一番牺牲与损失,

"无妄之灾",真是从何说起！植物牺牲一两处新枝嫩叶,还不甚"在乎";动物却是牺牲不起的占多数。所以这种特殊防御,结果也还是和"坚守"一样,凶多吉少。

乙 逃避

保全生命的第二派办法是"逃"。"逃"的意义,不外借空间的扩大,增加自己的安全,减低危害的侵袭。"狡兔三窟故免",便是"逃"的利益所在。但是"逃"之一事,看似简单,其实也并不容易:逃,得有关于逃的基本条件。第一,要有可以容自己逃得出去的空间;第二,要有逃的本领。"逃"的能否有利,是以能否逃得脱为决定;换句话说就是逃者与追者之间,速度大小与方向多寡的比较。速度大的,在短时间内,越出了危险范围之后,便可得到安全,速度虽或不如人;但是因为方向多,在水里,陆上,空中,地下,四个范围,内能有两个以上的范围,行动同样自如地,瞧机会来一套"穷则变""变则通",自然保全的机会也比较多。普通高等动物,既因为营养上的需要,营着固着生活,"安土重迁"牺牲了行动的自由;在逃的这一方面,自然全无可能。多数动物和下等植物,往往便藉高速度和广大空间,来保全个体生命。孙悟空一万八千筋斗云。"土遁""水遁"的本领,费长房的"缩地术",在争取空间上,都是极端有利的条件。只可惜还没有"普遍化",而且也没有任何生物能够把这四种空间,全部"克服"。一般行动能自由的生物,往往只能在一种空间中发展。平时在高速度运动方面的准备,就是生命危险时保全的根据。游、走、飞、潜,专精一件。游的上下浮沉,走的连跑带跳,飞的腾空掠地,潜的一面走一面转弯,可借同一空间三向的改变与伸缩,增加空间的广大。其次,便在一生的过程中,分段精于一事:如许多昆虫的幼虫,多半是走、潜、游、三者之中,只会一样。长成虫后,又只能飞,或只能游,走;回到幼年所习惯的空间里时,便不能像幼虫一样活动。普通水陆两栖或水空两栖的动物,幼年也往往只能在水中运动。再其次,便占取两种空间,把第二种空间中的运动,当作"不可轻用"的遁逃之术。走的也能飞、潜;潜的也能游、走;……诸如此类。"三界横行"的,已经不多见;至于在四种空间,同样发展的,差不多是"绝无仅有"。而且"鼯鼠五技而穷""样样会"的结果,势必"件件低",并不见得特别沾光,反不如专精一样的便利。

逃的目的,既然是志在"争取空间";我们便得想一想空间是否能够争取得"到手"。"狗急跳墙"之所以要跳,"热锅上蚂蚁"之所以要爬,自然都是为的"争取空间"。跳过墙后,墙外的空间,比较上安全的可能性大;这种"慌不择路”，固然也值得尝试。热锅既不容易爬出，爬出后却往往更不安全，真是“何苦来”？因此，速度以外“判断力”在“逃”的准备中，实在也很重要。有了正确的判断，第一可免慌乱中临时选择的错误，第二可以在危险未到十分迫切时，“见机”预先避免。就一般生物的生活状况看来，几乎每一个生命，时时都在威胁中。“敏感”在平时之所以重要，就在它能够帮助生物，预防灾难。“色斯举矣”就是“山梁雌雉”所以能得到“时哉时哉”好评的理由。不过，无论如何“逃避”总是一件消费的事：消费时间，消费精神，消费能力，有险而逃，固然值得；若是过分“敏感”“望风而逃”，未免消费得太不合算。有时，一个动物好容易才找着一点食物，正预备进餐，却给一场虚惊吓走了，想来实在未免可惜。我们固然要记得“螳螂捕蝉，黄雀在后”的教训；但是也正不必“杯弓蛇影”“风声鹤唳皆以为晋兵”，自讨烦劳辛勤。在这里我们可以看出“判断力”的第三种“重要性”。

逃之所以能够“脱”，大多数的情形，还要靠“避”。在“落荒而逃”时，如果有一个暂时的“隐蔽”或“掩护”，一岔眼，追逐者忽然迷失了逃走者的影子；左寻右觅，搜求半天，不见了所追逐的东西。或者，眼看着快到口的食物，进到了一个太小的“龛子”里，自己没有方法，可以把这食物掩将出来，就只好自认晦气，咽下一口“失望”的唾沫，快快地走开。

逃走者这时“以时间换取空间”，在掩蔽中，稍纾喘息，也就获得了安全。这种寻求掩蔽，在动物和能行动的下等植物，是极常见的事情：绿色的椿象，飞进了竹林或草丛，燕子找它不到了。耗子逃进地洞，猫儿毫无办法。钻进了水草丛中的小型单细胞藻类，暂时便可以不受动物的吞食。大哉逃乎！强盗出家，由“俗”家“逃”到了“佛家”“道家”，心灵与性命，同时都得到了寄托与安慰；至少可另有“一线生机”。失意的政客武人，离开故乡祖国，在外面去作“韬光养晦”的“寓公”，也无非是寻求掩蔽。国际间留下不引渡政治犯的惯例，“保障人权”，更是“仰体上天好生之德”。

不过，在寻求掩护中我们也还可以看见种种“笨得有趣”的现象：鸵鸟受追窘急时，把头向丛莽一钻，整个身体蹲了下来，尾巴露在外面，便再也不动了，任凭追逐者怎样摆布。鸡、雉、孔雀……也有相同的习性。耗子赶急了也会忽然就伏在地面上不动不弹，根本上连掩蔽都不顾虑。人类“掩耳盗铃”的聪明，大概也是由这一点衍变而来。可惜和鸵鸟一样，因为“判断”错误，得不到原来理想中的结果而已。

简单的“逃”固然是好的；逃之外再加点其他准备工夫，便可逃得更加有效，使安全地带分外展宽。臭兽、黄鼠狼、椿象，在遇到侵害时，放出强烈的臭气来，叫侵害者退却，使自己与敌人之间的距离加大。乌贼受窘时，放出一团墨水，使追踪者无所适从。都是“逃”之外的加工准备。明白了这一套保全生命的本领，对于惯以恶声恶色加人的人，我们便只会给他以一个“会心的微笑”，再也不肯有所责难。

一般甲虫，除了身披厚甲，可以防御之外，在空中会飞，在地上会爬，在泥里会钻，在水里会游；还有带着坚利的口器，咬嚼方便，利于抵抗的。但是最后往往有一套极特殊的本领，就是争取时间的“佯死”。它在树枝上爬，你去碰它一下，它立刻掉下地面去。一时之间，你很难把它从地面堆着的许多枯枝、败叶、乱草、落花、石屑、土粒中辨别出来。这样，它便可从掩蔽中，获得充分的时间，从容别寻逃遁。即使你有着像老母鸡一样的耐性，搔拨寻找，居然在地上把它寻到了。因为你这一拨，它已经满身污泥，早不像刚才你发现它那时的样子了。也许你对于那一个外观恰像僵死已久的腐尸，不会发生兴趣；满不在意地把它拨去一边。万一你还在“迷僵尸”，不忍弃去，多拨它一两下，它也许就给你一个“骤不及防”，拿出最后的那一套本领来，展翅高飞；你仍旧是一番懊丧，了无所获。小孩们常常捉到“叩头虫”：硬硬的，灰黑色，像一橛干木渣，“其貌不扬”之至。拨弄它时，它便尽量“装死”一丝不动。把它翻过来，让它背朝地脚朝天仰卧着。它缩着六只脚，绝不动弹。可是过了些时，它会忽然搐脚缩胸，猛力一跳，在半空中翻个筋斗，再背朝天脚向地落下来，乘机逃走。有时一跳不灵，还会再跳，三跳，在地上“叩头”，终于如愿翻身。我们不知道像这样的尝试，在虫们是否经过长期训练，然后才“考虑”出来的；所以这些动作，只好说是“偶然”。但是这一类“偶然”，可真也就做了无数次的“救苦救难观世音菩萨”，保全了不少甲虫的性命。“邦无道则隐”，魏晋间多少“清流”，就藉“服药”“饮酒”等“装死”的方法，在乱离中苟全一世，“免于刑戮”。我们读到高青邱“渐喜无人识，何烦易姓名”的诗时，也只好把这位诗人认作甲虫的信徒，付与无限感慨的同情。

丙　寓守于攻，寓兵于食

“守”与“逃”，都是“弱者”的行为；守不住，逃不及时怎样？在“和”不可能，“降”与“死”是同一事时，如其不学叶名琛，则“战”还是比较上有希望的办法。“武装和平”，在生物界，比较上颇为普遍。武装之中，像蜂的螫针，是最后的一根“救命毫毛”，平常决不轻用的。因为针尖上的倒钩，挂在受刺者体内，不能拔出，所以用过要离开时，只好把螫针牺牲。螫针断后，工蜂的生命，也就完结了。像这种防御，牺牲太大；所以只有群居动物，为顾全全群的安全，才有这种准备。正如“肉弹勇士”一样，虽则“牺牲壮烈”，“可泣可歌”；但绝不能普遍应用，也绝不是百分之百的安全办法。普遍的武装，大概都是“寓兵于食”的；战争武器，一方面是求食的工具，一方面也就是自卫的凭依。统观全局，似乎这里面，有一个简单的“法则”。战的准备，需要“智勇兼全”，才能运用自如。但是“智勇兼全”的战士在人以外的生物界，往往附带地便有一件“欠阙”，——没有“善于处群”的美德。换句话说，智与勇的“发达”，就是“恣睢暴戾”的起点。为了锻炼自己的智与勇，拿同类生物作为试验自己本领的对象，于是乎“雄猜阴狠”，某一个体的安全与生存，对于其他个体的安全与生存，成为威胁。结果大家只好离群索居，过着孤单寂寞的生活。我们就动物界的情形来看，随时可以看出这一串连续的现象：以善于处群著名的羊，（我们中国的“群”字便从“羊”）除了急足善逃以外，只有“牴触”的一套防御本领。在求食时，拿来掘草攀条的两枝角，御敌还可以勉强应付；对付自家兄弟，用处实在有限。所以群居之中，常常和平安静。一到犀、驳马、野猪等，角、牙、蹄较利的动物，群居就不容易。多疑的狐，善伺的猫，以及鹰、鹫、狮、虎，除了交配时的雌雄，和哺雏时的母子，可以暂时以“家”为本位，权且营其共同生活以外，平常差不多一见面便大家不怀善意，根本上无和平可言；所以只有阴郁的独来独往。健康时，往往还不免忍饥忍渴地过着孤悬的日子。受伤衰老以后，更只有向长林蔓草中，古树荒崖上，独自睡下，静看日上月斜，奄奄待死；绝无同类的慰藉可言。试看过去拥兵自大的一般“军阀”，拥的兵愈多，相倾相轧便愈利害。“地丑德齐”的一般“小型”军阀，受到共同的威胁时，可以联合御侮于暂时；外患一去，马上又得互相残灭。结果所有军阀的末路，都不出“不得善终”和“暮年孤独，郁郁不得其所”的两条路。可见这一个现象，人类也并不例外。

丁　警戒色与拟态

“善战者丧疆场”；靠武力来保全生命，结果往往就把生命断送在武力上。我们往外再看，就可看见“武装和平”，并不是“特别流行”的办法。“芸芸众生”之中，单靠战斗全生的，毕竟不占“大多数”。除了“防御”“逃避”和“战斗”

外,仅有其他的办法。在动物界,我们可以看见有一类特殊的现象,就是过去“目的论派”的学者们,称为“警戒色”的办法。设防的动物们,往往就在那设防地带,特别来一个显著的“标识”,让敌人“知趣”一点,不必前来扰乱,以免大家“无谓牺牲”,例如毒蠋、毒蝶的花纹,蜈蚣鲜艳的颜色,以及眼镜蛇胀大了脖子嘶嘶地叫,蝎子高高举起它尾上的毒管来摇晃,都可算“警戒”的例子。过去学者们说得津津有味之至。可惜我们现在,对于这一派“倒因为果”的说法,已经看破:动物们并没有因为怕“引起误会”,才特别标明;只是因为标明后,才比较上容易“幸免”。所以我们对于这些现象的说明,远不如过去的富于“诗意”。不过,有警戒色的动物,究竟“幸免”的较多,却是事实。正如佩用某种特殊证章,旅行时,自可以躲避许多不必要的麻烦,骚扰,与侮辱一样。

比警戒色更有趣的,有所谓“拟警戒色”。有许多动物,根本上并未设防;但也有着特殊标识。这就是道地的“装幌子”,并无内容的。武昌有一种叫作“拟蝎”的动物,根本无毒;但是它的外形,却很像有毒的蝎子。遭蝎子蜇过的人,看见了拟蝎,往往便躲开不敢惹它。又有些蛾类的幼虫,(和蚕相像的一些青虫)专吃柑橘树的嫩叶。你倘若碰它一下,它立刻把头上的一枝角和尾节上的一枝针,高高竖起;同时鼓足了气,让胸侧几个巨眼样的斑纹,大大显出,给你“看看颜色”。如果你胆小一点,也许就被它吓得鼻尖上一酸麻,赶快走开。要是你偏不相信这一套“浩然之气”的把戏,定要再撩拨它几下;那么,它自知空城计卖不出,大概准是拖着银样蜡枪逃走。正如一些人“摩拳擦掌,汹汹相向”了半天之后,你一定要出手打他一拳,那他也只好把手笼回袖管里,预备逃走,却撇过头来,向你说一句“你真动手? 好,明天再来!”一模一样。动物以外,植物也往往有表现“拟警戒”的。比方蓖麻种子,外观很像一个甲虫;乍看上去,几乎不容易认识它原来是一个不能自主行动的植物。嘉定近郊常见的“野麻芋”,新芽出土时,满身斑点,很像一条花蛇,也曾吓住了不少的顽童。无毒的野艾,叶子和有毒的黄堇、紫堇很相像;长在一处时,往往可以骗过吃草的牛羊,不遭吞噬。有人说,在大都市里过日子,如果有笔挺的西装,光亮的皮鞋,挂上任何大机关里已经作旧的徽章,尽管你腰无分文,也能相当地受人尊敬,大概就是这种“拟警戒”的道理。过去土财主、大腹贾,常常拿辛苦攒积得来的几文臭钱,捐一个“一官半职”,靠“功名”来保全他们的家财的。我们把他们看作这类的拟态的例子,也许合适。

另一方面还有一种“拟态”,也很使某些生物,占了不少便宜:蛾蝶等“鳞翅类”的幼虫，常有把尾节紧着在树枝树干上，借着口里一条透明的丝，黏在枝上远根的部分，把自己身体悬起来的，乍看上去，很像那树上的一段残枝。而且，颜色十分调和：在嫩枝上的，和嫩枝一样青绿；在老枝老干上的灰、黄、褐，和树皮完全一样。甚至于身体侧面，还有着像“叶瘢”（叶落后所留痕迹）般的花纹，模拟树枝，十分神似。爱吃肉虫的鸟，很容易就给它瞒过去；人也非得仔细看不容易分辨出来。我们寻常叫它做“尺蠖”。又有些蝴蝶，双翅连接起来，轮廓很像一片叶子。翅的里面，颜色黄褐，和枯叶一样；上面还有着像叶脉一般的条纹，有时更带深褐的斑点，像霉烂了的树叶。当它们停在树枝上时，总是把后翼的尾角，贴在枝上；棒状的一对触须，敛在前翼缝中；细小的身体，藏在翼间，也很不容易觉察。如果不飞不动，简直完全就像枝上一片已残未堕的枯叶。这叫枯叶蝶。此外还有全身像一片绿叶的“叶蝗”；全身像一枝细枝条的“竹节虫”。在它们休息时，都装得和环境中常有的物体一样。那些靠吃虫过活的鸟、兽、爬虫、昆虫，往往在它们身边找吃时，也轻易把它们放了过去。自然，这些“拟态”，并不是“百试百效”的办法。但是这种种动物，既无特殊武器防身；飞和走的速度，也无出人头地之处；偏又和西游记里的唐僧一样长了一身好肉。“怀肉其罪”，时刻都让肉食者垂涎。如果没有这一套苟全性命的准备，恐怕早已“靡有孑遗”了。“眼看人尽醉，何忍独为醒？”如其不醉，恐怕也没有机会，让这位诗人多醒几时啊！

戊　自刑

一般毫无战斗能力，又不能运动的植物，受侵害时，固然只有牺牲。动物在极端危害之中，挣扎着找出路时，也往往有“忍痛牺牲，以求苟全”的办法。例如脚趾已经压在鼠机里的老鼠，宁可断了一两个脚趾脱逃。被螳螂咬着一片翼的蝴蝶，也宁愿丢掉一片，靠三片翼勉强飞脱。读过菊池宽的《三浦右卫门的最后》的，对于那伤残肢体后，“要命，单是饶了命罢”的哀呼，固然也有不少人会感想到“可耻”；但付与一点怜悯和同情的人，究竟还有着罢！

像这样被动的牺牲，可说是出于不得已。但动物界还有自动地弃去身体一部分，保全个体的动物生态学上，叫这做“自刑”。像虾、蟹、蚱蜢等“节肢动物”，往往很快一下，便把被抓住的螯、脚等的一段或全部断脱，便于逃走。有时甚至牺牲到多数的“肢”。守宫、蜥蜴的尾，也很容易断去。断去的部分，很容易便可由“再生”来“复原”。在人类，因为复原和再生的能力不够，身体中除掉毛发皮肤等已死部分外，其余稍大的牺牲，便一去不可反复。这种自刑的行为，已经不可能。但是反过来，还有许多人，在紧要关头，宁愿牺牲整个的生命，而不愿意牺牲很容易再生的身外之物（如银钱衣服之类）。和三浦右卫门比较起来，我们可无从判定“道德上价值”如何。倘使照一般生物的趋向说来，我们恐怕宁有赞成三浦的办法，似乎比较上更近情理！

三 生之延续

生之执着，第二步是生之“延续”。保全是危难之中应变的情形，延续是平时进取的办法，意义稍有不同。严格说来，这两步自然不可分离：因为生命保全不住，便无从延续，延续下去了的生命，仍得时时加意保全。而且，平常保全的准备，往往也就是延续的手段。比方前面说的“自刑”，原是危难中应变的方法，但结果也就是延续的根据。不过还有许多例，延续与保全之间，却似乎有相当距离存在：在极瘦薄的土里长着的杂草，水分未完全枯竭以前，总要保持着它细弱的根茎，长几片极小的叶子，勉强撑持。弃在垃圾堆里的“萝卜缨子”，豆芽菜，也还会长出一两片新的嫩叶来，决不无端“泄气”。掘土时断在锄口下的蚯蚓，会逃到地下深处，慢慢地由“再生”补足那被掘断去的一段。受伤后掉在河里去的狗，还有最后一分气力时，总是尽量尝试着藉游泳来登岸。虽然这一些企图，都是前途希望甚少的事，但生物却不问是苦是乐，总是执着住目前的生命，想让它延长继续。有一段笔记小说，记载清初某次大狱，某显者的夫人，判决“发黑龙江给披甲人为奴”。这位夫人系出名门，“娴静习礼”，在已经抱孙后的中年，遭逢惨变，避难江南母家。等到判决就要执行时，母家的人，想替伊保全名节，劝伊预先服毒自尽，伊在拒绝这种劝导后，三天不敢进饮食，恐怕家人在饮食中下毒。临行上船，母家故意由岸上设一个“危跳”，渡伊上船，意思想伊因此落水，图一个干净。伊却手脚并用，战战兢兢地爬上了船。说到“生”之可乐，这位贵妇人前半生的物质享受，总也已经很够了。现在眼见一切享受，都已无缘；展开在前面的，是冰天雪地中，捱饥捱寒，凌磨折辱的生活。自己的父亲，已经因为株连入狱，丈夫和儿子已经杀了头，孙儿也绞杀了，和自家受同一判决的儿媳，已经自尽了，在亲眷中，也绝无一点收到慰安的希望。在旁观者看来，这未来可能的二三十年生活，无论“精神”“物质”那一方面，都绝无值得依恋的地方，远不如放弃了的好。可是这位贵妇人为自己打算时，却漠视了母家众人的鄙薄，和一般的批评，坚持执着着“生”，宁愿去玉体横陈于披甲人之前。和前面我们引来作证明的三浦右卫门相比，除了深深地感到生之执着的“魔力”以外，我们更无可以下评语的地方了。

甲　老境

为了“生”的延续，许多生物个体，常常会“逆天而行”，绕着弯子，勉强要把一个“痛苦”的生存，维持下去。所谓“苟延残喘”，便是指这一类的挣扎。这种留恋，在习性已经大变的家畜，很常见到。家里的老狗老牛，因为人会按时供给它们以饮食，所以在“老死”以前，我们还能够看见他们对于“生”之延续，是如何顽强地执着着。野生动物寿终的情形，我们不大容易有机会观察，不过据一般推测起来，“自然的死亡”——老死——在野生动物，几乎绝无仅有。我们中国有两个非常有趣的传说。其一是用来解释鸟类的“羽化”的：有人问春日百鸟和鸣，真是太平景象；然而一旦“反舌无声”之后，这些“羽虫”到哪里去了呢？如像燕队南飞，雁行北征，远适异国了，我们还可以想象；但鸦、鸠、鹊、雀之类，每年继续有许多“黄口”的雏鸟出来，而每年我们所看见的成鸟数目，却并没有增加。当然有些鸟是老死了的，然而我们却也并没有看见那里有大批的鸟尸堆积着。这是什么道理？我们的祖宗，给这个问题以一个很好的回复，说是天上有“罡风”，鸟儿向上飞入“罡风”带中，便给这风完全吹化，至于羽肉俱无。另外还有一个传说，说狐死必“归正首丘”，所以绝无狐类的蜕遗可见。其实一般动物，不论鸟兽虫鱼夭殇于“非命”的固然不可胜计，真正能寿享期颐的，一到衰龄，动作不活泼了，感觉不灵敏了，抵抗敌害的本领和抵抗饥寒的本领，同时衰退。群居性的，在群体中常常会因为行动不够快而落伍失群，易遭侵袭；与孤露的独居动物，同一命运，被吞食和冻饿而死的机会仍是非常多。独居更不待说。动物生态学者，还没有发现人以外有任何动物，能自己积储老年所需要的粮食，以安享余年的。事实上我们也可以想象得到，纵使能有储藏，老者必弱，它们的储藏也决不能自由自在地安享，一定要被少壮的同类或异类夺去。所以虽不被异类或同类活生生地吃掉，也必定要饿死。动物界“吃”的习惯，有种种不同：爱吃新鲜肉的固然很多，但也还有一些既贪嘴又无本领的动物，专靠吃尸为生，不敢对生活的肉进攻，对于病死、伤死、冻死、饿死、渴死，乃至于真正老死者的“遗蜕”，却都感到无穷兴趣，一概接收。这样一来，自然便不容易发现野生动物的死尸了。何况我们的经验绝不充足，许多悬崖、孤岛、密林、深洞、极热、极冷、极干燥的地方,我们都并没有仔细去凭吊过。怎么便能断定那些地方,就没有尸骸呢？事实上过去“探险家”就曾记载过南温带大西洋中的几个小岛,遍地都发现成群的“羊驼”白骨;绿岛和冰洲附近的岛上,也有成千成万完整的“海狗”“海象”骨头。虽则这两种情形,我们也还不能断定都是寿终者的“集体坟墓”——连它们是否同时死亡也还不敢说定。不过这几种动物,平常都惯于群居,群中“互助”的结果,老死的机会较多,而且这几种动物,据现有的观察,没有直接“互吃”的习性。不过,正因为这些动物生息的地方,人类不容易去,所以它们“寿终”以前,如何在“老境”中挣扎,我们也就无从知道。单凭想象,我们可不敢下断案。

乙　逆境

和老境相像的“逆境”,即是各种“无生”环境条件的变化,使生物的生存,发生困难,对于生物的生之延续,也是一种极大的威胁。关于生物在“逆境”中的挣扎,我们所知道的,比较稍微多一点。由这方面,还可以推想到生物对于“老境”,也许能作相同处置。“逆境”有的是蓦然而来的“平地风波”,对于生物的打击最大;一般生物,若果“躬逢其盛”便“无从幸免”。——如像疾风、暴雨、雷电、火山爆发、地震、海啸、陆沉……之类。不过一般动物,对于这类骤变,却往往能有“知几”之“神”,预先逃避,人类反而不如它们。机警些的人,还常常从它们那里学习:如“蚁徙则山洪至”,正是一个好例。另外有些“逆境”,是逐渐而来,生物因为“本能”方面感觉比较锐敏,却常常能够预先准备。最显著的,是“气候”的“周期性”变化。例如干季和雨季,热季和冷季之类的变迁。先说应付干燥。我们就从一个极简单的例说起:我们屋顶上的瓦片,干燥与潮湿,总是受“大气湿度”支配的多:有雨、雪、霜、雾……时,可以有种种程度不同的潮湿,多出几天太阳,就会渐渐干燥,有时真是干得像沙漠一样。年代比较远些的瓦上,常常有种种动植物,在那里生活。植物最普通的是地衣、苔类等比较上能够耐旱的种类。一般身体都很矮小,干燥时往往全都蜷缩着,像一团干草;一到下雨,便很快很快地舒展开来,尽量生长一会。到雨止天晴,生命活动便随着空中水汽饱和程度,一齐减退,最后又蜷缩成为一团干草。常住在屋上的动物,自然也只有一些形体比较上很小的种类。最有名的例子,有所谓“瓦熊虫”。灰褐色,像针孔般大小的一种东西。水分充足时,他们会爬着四处走动,找一点植物的碎屑、原生动物、藻类等吃吃,环境渐渐干燥,它们的活动就跟着减少,等到瓦面完全干燥,它们的身体也就干燥得成了“灰屑”一样了。就这么潜伏着,等待第二次下雨潮湿时,再来开始活动。“邦有道则仕,邦无道则隐”;“放之则弥六合,卷之则退藏于密”。儒家处世立身的哲学,这些动植物都十分诚恳地遵行了。除了瓦上生活的简单动植物以外,靠“退藏”来抵御干燥的植物,还有很多。植物里有一类叫“九死还魂草”的“地柏”,生在向阳的岩石上,或者比较阴暗的土坡旁边,——总而言之,其他植物不能过活的地。水分供给比较充足时,生长很快,几天就可以长到原来一倍。一遇干燥,就渐渐干枯,到后来蜷成灰黄色的一团,在外表上很不容易看出它究竟是死的还是活的。但是如果把这灰黄色的草团,拿来浸在温水里,几点钟后又恢复了它“欣欣向荣”的绿色常态。所以有些地方的人就叫它做“烫烫青”,意思说温水烫烫就可成青色。山溪和连接山溪的小涧,平地中洼下之处,下雨时便有水,天晴渐渐干涸的地方常常有“干期”和“湿期”更迭轮换的,也会有种种植物和动物在里面生长。它们一样得在湿期生长,同时就准备“收敛”,来渡过“干期”。石阶上生着的“青苔”,普通是“念珠藻”“颤藻”的群集。下雨时尽量生长,天晴便慢慢干着“退藏”。海岸边潮线附近,有些动物像菟葵,藤壶,石蜐……等牢着在石岩上,潮涨时浸润在海水中,活得非常起劲;潮落下去,便退缩成一团。每天两次,定期活动退缩,成了惯例。在印度,南洋群岛的“季风地带”,有季风时才下雨;季风停止,雨季也就跟着完结,干季开始起来。许多树木,在雨季开始时,才开始发芽,下雨便继续生长;等到雨快完,它们便准备开花,到干季降临时,它们的果实种子成熟了,叶子也就渐渐干枯。干季中间,树上已经没有叶子,就和我们温带冬季树木落叶一样。此外还有一个特别出名的例子,便是“肺鱼”这一类鱼,寻常生在溪流中时和普通的鱼一样,用“鳃”来呼吸,吸取溶解在水里的氧。快到干季降临之时,便在污泥里利用自己身体外的滑涎,和着污泥,造成一个“茧壳”,藏在里面改用和“鳃”相通的食道来呼吸。因为它们准备有素,所以干燥时不至于干死。做了“东海波臣”的鲋鱼,如果在未陷入“涸辙”以前,也有这种准备;那么“彳亍泥涂”之际,便也可以勉强苟全,不必向庄子“乞升斗之水以自活”了。

其次,地球表面各处,除了湿度以外,温度也常在变化之中。温度比较稳定的是水中和地面以下……像海洋,大湖等体积较大的水,因为放散较慢,“比热”较高,变冷变热,都比较迟缓;所以沉在水底的植物,埋在地中的根部,和生活于水中地下的动物,所受“温度变迁”的威胁,程度也较低。至于地面上和空气中，二十四小时中有昼夜周期的变化；一年之中有春夏秋冬的更迭；温度变迁的影响，非常显著。所以一般生活在陆地上空气中的动物，和摇矗在空气中的植物枝叶，对于大自然界冷暖的变迁，一定要有所准备，才能继续生存。植物因为生活方式的限制，无法逃避，一到秋冬，大多数就把叶子落掉“以静制动”“以不变应万变”，根本将一切生命活动，暂时减退。或者像兰、菊、芭蕉，爽性把地上部分，全部舍弃；只留着地下部分，保存着一点养分，预备明春再来发展。守之有素，正不妨“任他世态炎凉”。就是我们大家称颂着的“后凋松柏”，到了秋末冬天，也一概用“坚壁清野”“以守为攻”的策略，苟延生命，静待时机。并不如我们所想象的那么勇敢：“越艰苦越有劲”。不过“后凋”毕竟是“后凋”——因为它们叶子外面有着很厚的“角皮”，里面也并没有多量水分，纵使外面冰雪交加，它们仍旧不会冻死。这就是“准备”工夫的好处。如其不然，也免不了和其他“野草闲花”，同一命运。

大多数动物过冬的办法，在原则上也和植物一样。靠“休眠”来渡过难关。我们祖宗就用“蛰”这个字，来代表这种办法。刚才曾说过，地面以下，温度变化比较上小；所以许多动物，一到秋末，便放弃地面和空中的生活，躲到地下去。昆虫、蛙、蛇、龟、鳖……等“变温动物”，都藉“蛰居地下”，来避免冬季严寒和干燥两重威胁。一直到来春，天气渐渐和暖，才“惊蛰”而出。在入蛰以前，往往还有各种准备：有些昆虫的幼虫，从秋末起，身体中渐渐储积油脂，冬天就靠这点油，在体内慢慢氧化，发生一点温度，让身体里最后的那一点水分，不会结冰。“变温动物”，过去称为“凉血动物”。大家一听到“凉血”两字，总想到它们的“血”是“冰凉”。其实这些动物，血的温度，是随着外界大气温度变化的，普遍都比大气温度高出一些。在冷天固然是冰冷，在热天却很“热”，所以叫作变温动物。冬天外界气温太低，它们只好停止活动，苟全生命；春天气温一高，自然体温跟着上涨；到了夏天，活动便达到顶点，感觉、运动、种种都是“不由自主”地增加热烈。这一种全由环境支配的情形，在“进化”的阶段上，我们认为比较“原始”——换句话说，就是“未经训练，没有修养”的状况。到了鸟类和哺乳类，因为能够控制自己的体温，常常保持着一定温度，活动比较均匀，就成为“定温动物”或“热血动物”。因为能够“自治自主”，所以进一步渐渐有了控制环境的力量。外界温度太低时，就尽量增加体温的生产，保持寻常固有的活动。外界温度若是太高，也就尽量减低体温的产生， 同时更藉种种方法，使身体表面和内部的温度，保持一定。不过，原则上虽是如此，实际上定温动物在低温中要发生足够的高度体温,可也并不容易。所以寒带地方的许多鸟类和哺乳类,往往仍旧靠“冬眠”或“蛰伏”来度冬。最出名的例,莫过于熊。在春夏和初秋,这个动物虽则“残、暴、贪、狠”,集四恶之大成;一到暮秋,它们便像上面所说的昆虫一样,赶快在体内积蓄了许多脂肪,躲进地洞里去藏着。四肢末端,变得又肥又厚。“冬眠”的时候,便慢慢利用这些储存,来自温自暖。我们如果在它们“冬眠”中,找到了它们的寓所,进去参观时,它们往往很不容易醒觉。猎人便趁这时机把它宰了,切下四肢末端来;所谓“熊掌”的盛馔,就是“冬眠”的熊,把预备自己消费的脂肪,藏在肥厚的掌跖中的那一部分,本来为得要过一个较好的冬天,预备明春可以活动,才“剖腹藏珠”;那知“慢藏诲盗”,结果反而赔了性命,真是冤枉之至!

蓄藏在体内,固然是一种办法;但是藏得太少,则不够用;藏得太多,则行动不灵,容易受强敌的攻袭。所以另有一派动物,采用“我有旨蓄,亦以御冬”的办法,在秋末冬初,先在自己巢中,储集许多粮食,预备冬天享用。昆虫里面营社群生活的蜂和蚁,便是最显著的例子:人类有史以来,差不多大家都会的一种“掠夺”,所谓“取蜜”,就是利用蜜蜂冬天的储藏,来供给自己的消耗。在鸟类,有些啄木鸟会在树干上挖一个深洞,在洞中藏下一些橡实、榛、栗……等坚果,用污泥封上口来,到冬天再开藏取用。哺乳类中,松鼠也会搜集坚果;社鼠、搬仓儿、礼鼠……等,住在地洞里的,更会从人类的仓里,把人类“同一行为同一目的”的积谷,搬了过去当作自己的冬粮。这自然是“很不绅士”的办法;不过我们回头想想自己对于蜂类“公然掠取”的行为,也就未便深责这些“鼠窃之辈”,何况到了荒年,往往还有人会掘取“鼠窖”中的粮食,来求苟活的?更不好意思苛求了。

“定温动物”,因为自己既有“定温”,对于环境温度的改变,感觉自然锐敏;处置世态的炎凉,也就成了值得严重考虑的一个问题。如其不愿在冬天“蛰伏”,还要保持正常的活动,至少得有一点特殊的防寒准备。第一着是内部多是有点发热的材料,随时可以极极方便的方法,发生高温。据化学方面研究的结果,组成生物身体的各种“有机”物,同容积同重量的物质,脂肪发生热力为最高。一般定温动物,都能够“与学理暗合”,一到“已凉天气未寒时”,便尽量在体内积蓄脂肪,务必要达到“肠肥”,然后冬天才能活动如意地“脑满”。像熊那样,储积了还要去睡觉的,我们丢开不算,一般温带地方的哺乳类鸟类,冬天特地多长几许“板油”,差不多是一个“通例”。多的像海燕等,竟多得在受惊时会从嘴里冒出油来。少的也要长到腰圆腹鼓,绝不带一点“寒酸相”。第二着,是在身体外面增加一点保温的装备。“狐貉之厚以居”,氄毛较厚的,体温不易外散,自然比较上和暖。鸟类哺乳类,秋季毛羽逐渐地丰厚,我们还不容易觉察;等到它们春末要换上夏装,把冬天的长毛脱掉时,便很容易看出这“季节性”变化的情形了。到了人类,在第一着,“长油”一事还可以勉强随和应付,第二着的保温设备,则因为“进化”的关系,自己的毛已经失掉了原来的作用,便只有“掠夺”一法,硬把鸟兽的毛,剥来或剪下,装在自己身体表面。“……衣轻裘,与朋友共,蔽之而无憾”,固然是一种“慷慨”行为;但是仔细推究,这“身外之物”原来既还是“掠夺”得来,也就不免“慷他人之慨”。再进一步,那些“守财奴”,连“掠夺”得来的几件轻裘,也宁愿“世袭珍藏”,留下来给蛀毛虫当点心,可不肯自己享用,更不必谈“与朋友共”了!“掠夺”而来,结果仍旧给小虫“掠夺”而去,悖入悖出,“其智又当几何”呢?

丙　扩大的延续

逆境的威胁,也许可以逃避一时,老境的逼迫,究竟是不能幸免。无论草木鸟兽虫到鱼,个体生命不能再延续时,终究只能放弃保存个体的企图,作延续种族生命的准备,赶快繁殖。前头我们曾说过,生物是否能“意识”到死的威胁,尚不可知;所以这种关于繁殖的准备,是否在意识到自己快要死亡,“预先考虑周到”之后,然后才有的,我们无从知道。但是确有许多生物,对于尚未降临的逆境,有着很灵敏的“先知”之神。这种“察及未萌”的“知几”之“神”,究竟是第六识、第七识、第八识,我们暂时还不知道,自然也不必妄加推测。不过在逐渐而来的逆境和老境尚未十分“明朗化”以前,只要时机和环境容许,往往先着手准备繁殖。一年生和一稔(见后)植物的生孢子,开花,结果实,长珠芽、肉芽……动物的产卵,产儿,构成“休眠体”……的成功,每每就是个体生命终结的“前奏”。

一般人类有了“生”与“死”的认识后,对于个体生命的极限,感觉是一种大缺陷,于是就想种种方法,来求取遁逃。最简单的,是对于“长生不老”的努力:服药,修行,求仙……,想把这长不过百年内外的个体生命,作有限或无限的延长。这种违反“自然”现象的“人为”想法,当然无从兑现。最有趣味的是自命为继承老子之道的道家,却硬将历来主张“服从自然法则”的老子,装点成一个极违反自然法则的“长生不老”的老妖怪。这个责任,自然归方士觋巫负担,与老子丝毫无关。

长生的要求，既然是永远要碰壁；于是在“无可奈何”之中，来一点“精神安慰”，假定有一个永远存在的“第二生命”。或者叫它做“灵魂”，或者叫它做“神灵”，叫它做“精神”……。现实的生命达到极限时，“肉体”只有死亡，决无逃避。而“肉体”外的灵魂或精神……却永远存在，而且，和肉体生命一样活动。进一步，更假定这第二生命，还可以有一次（例如基督教所相信的“末日裁判”）或多次（例如印度教所相信的“轮回”）的再回到这一个“尘世”来。像这类比较简单原始的宗教思想，决不能叫头脑比较清醒，观察判断比较正确精到底“豪杰之士”满足。他们感觉“灵魂”的存在，实在太虚无缥缈；纵使相信，也不能得到多大的安慰。于是再进一步，想在人类的记忆中，取得“永生”。“太上有立德，其次有立功，其次有立言，此之谓三不朽”。与其信赖那一个不可捉摸的灵魂，倒不如从过去的实地经验中，已经找到的方法，以德业、功勋、文章著作，当作“第二生命”，让它们代替肉体生命，延续下去，反而更实在，更可靠。必不得已而求其次，然后才想到以后裔的延续，来代替个体的生存。“不孝有三，无后为大”便是这个道理。我们虽然不敢“扭曲事实”，硬说儒家的“孝道思想”，是从这里出发，也不敢说儒家千真万确地否认了灵魂，想以“德、功、言”这种“第二生命”，来代替虚无的“来生”。不过，“身体发肤受之父母、不敢毁伤”，已经深切地感到自身原是父母生命的“延续”；而“立身行道，扬名于后世，以显父母”，则更进一步想以自己的努力，为父母求得更长的“延续”，纯粹是理性与感情的推断，并无丝毫迷信色彩。根据我们这一段简单的推论，似乎大不妨替我们的“圣人”戴上一顶“认识透辟”的“高帽子”；捧捧他老人家，承认他的“哲学见解”，的确比外来的“宗教思想”高出一筹；尽可以不必“妄自菲薄”。至于“大丈夫不能流芳百世，亦当遗臭万年”的想法也不外求得一个“不朽”；若是丢开社会“道德”的价值标准，不作那方面的估计，这一种企图，在原理上至少不悖于“生之延续”的要求。只可惜“遗臭万年”，究竟真能办到的并不多；而且如果以“残害他人”为手段的“遗臭”，如果真正办到，使世界一切人类都因他的“永生”而全部死亡，则他的“永生”，也就失了根据。在原则上还是“不够聪明”，无需效法。至若说到由此推衍而生的“家族主义”，障碍了中国数千年社会文化的进步，那个“责任问题”，还得从长讨论，我们暂时只好“付保留”，将来再谈。

四　反执着

上面所举的这些例证，大概已经足够让我们相信，一切生物，对于目前有着的生命，都能以最大的努力，执着下来，在危难时求保全，保全了以后，还要求它延续。这是“现象”；这“现象”的原因，我们不知道，也不愿做任何假定的解释。我们更无从决定，在“执着”着自己生命的那些“生物”，是否自己意识到是在“执着”。但是根据人类自身的经验，我们似乎更愿意相信执着中的生物，自己并没有意识到自己正在“执着”。就是人类本身，通常也并无“自觉”。这就是“当局者迷、旁观者清”的一个例。同时从人类自身的经验里看来，我们感觉“生之执着”一事，是生物共同的基本现象之一；人类在这一件事上的表现，和其他生物相比时，虽然尽可有点精粗“程度”的差异，但根本上却“并无二致”。说得更清楚一点，就是人在表现“生之执着”时，只是一个比较高等一点的“兽”；——引用一句生物学上的话：“人是动物界的一种，属于‘灵长类’”。

然而，事实却也不止这么简单：直到现在，关于人以外一切生物的情形，我们所知道的，总是极力抓住“生”，逃避“死”。人以外一切生物的“死”，虽则有冻死、饿死、热死、干死、淹死、窒息死、伤重死、被吃死、病死，以至于老死，形形色色，种种死法；但是这些死，都是“被动”的死亡。凡有可能，无不极力避免。个体生命进程中，只有执着“死里求生”，没有“生中求死”。真正根据“自由意志”的选择，向“死”“挑战”，或者“求死”的“反执着”的现象，在人以外的生物，几乎可以说是绝对没有。虽然在“生之发展”中，我们可以看见种种“侥幸”的“行为”，冒着生命的危险，去求生之发展，那些行为，仍是出自对于生之留恋与执着。到了人类，可就发生了一种特殊现象。人类中的一部分，凭自己的“主观”意识、思考、估价与推理后，往往因为服从自己“自由意志”的选择，不但不“执着生”，反而会放弃“生”——漠视生，向死挑战，或者直接就自己取得“生”之结束，实行自杀。这就是说，人类根据“自由意志的选择”时，对于“生”，能有“反执着”。

甲　人可以选择“死”

“反执着”，像我们刚才所说的是一种“自由意志”的“选择”。所谓“自由意志”，历来就是一个争执的问题：这问题，第一方面是“意志”的解释，第二是“自由”的解释。我们这些“一般人”，既无参加“哲学”方面“正名战”的必要，不妨仍依我们的“基本原则”，先自己来一个“票面值”的“估定”，就说“生物”（暂且把无生物，“未完成”的生物，和“已死的生物”这三类的“尴尬”的情形除外，以免麻烦）在服从一切“自然界法则”的条件中，根据“主观”“本能”或“经验”，自己所取的一种决策，叫作“自由意志”。再说得简单含糊一点，就是“本能的判断”。（如果动物心理学家、动物生态学家、哲学家要否认本能是自由意志，我们决计让步，概不争论。不过我们在这里先同意于这种“一般人”的估定。）像这样一估定之后，我们即刻就发现在这估定中，已经把“选择”的意思，预先包含在内。所以我们只要看着人以外的生物，在“选择”这一方面，对于生之执着，是一个什么“态度”，就可以“判定”其他生物，是否也和人一样，有“反执着”。

一般高等植物，因为生活条件的限制，不能有“整个个体的移动运动”，所以永远只有被动的死亡，绝无向“死”挑战的“决心”，也没有“自杀”的“行动”。就是能够有“移动运动”的动物，对于自己“生”之结束，尽管有着管制的“权”与“能”；但我们也从来没有见过任何动物，依据“本能的判断”后，选择了要行使这“权”或运用这“能”的。我们不敢相信人以外一切动物都没有“自由”的选择：稍微高等一点的动物，在“行为”上，已经十足充分地表现“选择”的存在。比方蜜蜂只向花丛里去采蜜；而绝不去向烟囱、垃圾堆、喷泉、图画，和老虎头上去吮吸。蝶与蛾只选同种的异性个体，而不选择异种或同性的个体。乃至于最下等的生物，也有“趋避运动”的情形。我们也愿意承认蜜蜂采蜜是“饥驱”，昆虫交配时的选偶是“生殖腺内分泌主动”……“一切的一切”，都“服从物理学化学上机构的决定”。但到了“生死关头”，逃得出的便生，逃不出便死时，一切生物，却总是尽最大的努力，来保全或延续生命。这一个“总结”的现象，不管它的驱动力是杜里舒的“隐得来希”也好，柏格森的“创化力”也好，生机论者的“生命力”也好，总之我们暂时只得承认，在一般生物中，也的确有“选择”存在。不过其他动物“选择”的结果，绝对都是对于“生”的“执着”，并无例外。然而人类呢，尽管“一般”人，大多数愿意选择生，像肢体伤残到已无生的希望了的三浦右卫门和上面所举的某显者夫人，都被“生之执着”的力量，推着“盲目”地要“生”，要“苟延残喘”。可是在另一方面，人类却也的确有结束自己生命的“能”；只要这“权”在自己操纵之中，而这“能”可以自由运用的话。——那就是说，人类如果“选择”“死”，百分之九十九以上是可能的。形容极度的痛苦时，寻常总用“求生不能，求死不得”。对于第一句，我们能够同情；对于第二句，我们却不免怀疑。因为“自杀”在人类没有不可能的时候，除非没有决心，没有勇气，或者是“别有顾忌”。——这种情形，便是“非不能也，是不为也”；不是不能选择，而是选择不在这一方面。选择着要“生”，条件往往非常苛刻，结果或者竟是不能“如愿以偿”；而一旦选择着“死”时，“自然环境”从没有和人“对抗”的。所以“自杀”一事，——即是自己选择而且执行自己生命的结束，在其他生物是“绝无”，而在人类则是“仅有”。倘使有人问：“人为万物之灵，特殊的地方在哪里？”我们可以回答说：至少是取得而且利用了结束自己生命的“权”或“能”。换句话说：因为“思想”与“推理”等“心灵活动”的结果，人类对于生命，于“执着”之外，同时也能够根据“主观”，选择着“反执着”。这里，我们又得来一个顺便声明：我们并不“提倡”自杀，也更不以为“自杀”是人类最高等的表现。不过就事实说，我们承认人类有“自杀”的能力而已。

乙　自杀

“自杀”，是一种“现象”。我们如果进一步，要追寻“现象”的原因，即是寻出当事者所以“选择”“死”的理由，当然又可以发现种种“精粗程度”不同的一串阶级。关于自择的“死”的“道德评价”，历来的人生哲学者、宗教家……有着种种的论断。比方说“死有重于泰山，有轻于鸿毛”；“自杀是懦弱的行为”“自杀是违背上帝的意旨”……这些争辩，我们不愿加入。我们只想以“全人类”的“生物界行为”为根据，就当事者的“动机”，来看看这“选择”的意义。

在解释“生之执着”时，我们曾提到“人急悬梁”的一句话，并且认为这种消极办法，是“地道人为之事”。人在“急”时，常会因为自己的“判断”，觉得“生”的条件太苛刻，不能“如愿以偿”地活下去，所以才违背自然的趋势，放弃了生之执着，而逃到反执着的路上。这是“选择”的第一种；而且是最常见的一种。但是这一种“选择”“判断”往往不正确。“一朝之忿，忘其身”，正是“典型”的“惑”。在整个“生物界的各阶段”看来，这和不善逃避，不善防御，不善战斗而得到的“被动”的“死亡”，差不多可以说是均一的。因为“急”之所以发生，普通都是对于当时自然的或“人为”的环境，应付失当所招致。如果应付得宜，“急”多半是根本不会发生；发生以后也尽可以使“急”变成“不急”。“急”而至于“悬梁”可说是“防御不周”，也可以说是“逃避不敏捷”，或者“逃避时走错了路”，更可以说是“看错了对象的攻击”。稍微详细考虑一下，当事者每每会发现自己本能“判断”的错误；如果还没有真正死去，便可以立刻修改判决，收回成命,继续生活下去。像这样已经准备“自杀”,忽然“悬崖勒马”,又回转头来生活的,不问他将来生活“道德上”的成功如何,在“再度考虑”的那一瞬间,可真是获得了一个“生物界”很大的成功。因为这是另一段生命的起点;而这另一段的生命,却“先天”地带来了寻常新有的生命所不能有的许多“生活经验”,并且还经过了一番严重的特殊检验,比寻常新有的生命要来更可靠。可惜这番检验,每每不能如理想的那么严厉;同时,在能急得想悬梁的人,他所既具的“先天性”的“生活经验”,也每每不能做后来生活的根据而已。像这一类的“选择”,我们认为“不及格”,在水平线下;按照生物界的标准说来,应当“留级”,把他们革出“灵长类”以外。凡属“失望”“畏罪”“悲悼”“被迫”等“自杀”,都属于这一级;像这样的“自杀”,在全人类看来,无所损失,也许竟是“该死”!

第二阶段的自杀,应该是“殉”的阶级。“殉主”“殉爱”“殉道”“殉国”“殉城”“殉职”,以及“贪夫殉财,烈士殉名”等等。我们看来,似认为这些当事者,在拿他们所预备“殉”的东西,和他们自己的生命比较时,觉得所殉的东西,价值在生命之上;权衡轻重之后,他们宁愿执着所殉的东西,而不执着生。大体说来,这种“选择”,是否正确,应当所以殉的东西为标准。例如“财”是身外之物,是可以“再生”或“复原”的。如果一个人认为他自己在损失了“财”以后,便不能生活,所以不如在损失前或损失时便预行自杀,这判断与选择,当然是绝对错误:第一,他死了之后,这财自然仍旧不为他自己所有;第二,他如果继续活下去,便很可能再获得同量、同质,甚至于更高的“财”。像这种“人”,自然也不甚够“人”的资格。——岂但不够人的资格,连有着“自刑”的本领的下等动物都不如。这种“个体”的死去,在人类全体看来,不但不是损失,而且正是“收获”。其他的“殉法”,我们也可以姑且分做两组:“殉主”“殉城”“殉国”“殉职”等,所殉的对象,是人类群体的一个公共组织或其代表;这一种牺牲小我,“成全大我”的行为和“殉爱”的起源,是由于延长种族生命的一种企图一样;我们算是第一组。在道德上是“伟大”的,在“生物界”是“进步”的。所以在一方面看来,群体中从此短少了一个这样的个体,固然是一种损失,而群体却因此多了一分保全的机会,仍旧是一种收获。“选择”是适当的;就只有“选择”时标准是否合理,“判断”是否正确。第二组“殉道”者的“道”,也许是宗教上的教训,也许是人类群体的秩序条件。换句话说,是想保全崇高的理想,为人类群体保留某种“进步的倾向”和“殉名”一样,值得钦崇。这第二组的“选择”与“判断”,对于全人类的损益,也和第一组一样。

第三阶段的自杀，是“厌世之流”的行为。对于生存，感觉到厌倦或者痛苦，便以“生之结束”替代“生之延续”，与世长辞。这一种反执着，和上面两个阶段稍有不同：结束生命的动机，不是选择，而只是逃避与解脱。这里面又有几种不同的出发点：第一，有许多自命超脱的人，把生存看成毫无意义，毫无趣味的一件事，不愿意“混下去”，所以就“一死了之”。我们也很愿意同意他们的看法，把“动物性”的生命活动——即是邱浅次郎所谓“食而产，产而死”的生活方式——认为太简单、太机械、太枯窘……。但是我们既然自命为“人”是“灵长类”，又自己觉得自己已经能够把捉住自己的生命；则使我们自己生活的内容与方式，成为不简单、不机械、不枯窘，或者更丰富、更有意义、更有趣味，正是我们自己的责任。凡是一个能够自立生存的动物，渴了的时候，会自己去找水饮；饿了的时候，会自己去找东西吃。这都是自己负责任的表现。既然是一个“超脱”的人，是比一般“人”要高出一筹的；则他的生活本领，自然更应当比一个仅仅能够自立生存的动物强。如果对于“动物性”的生活感觉不满，便得自己竭力去“改造”或“创建”。采用“一死了之”的办法的，从“生物界”的情形来看，只好认为原是不够资格生活的个体，其死亡是自动的“淘汰”；在全人类是收获不是损失！

第二种出发点，是对于生命过程的某一阶段或某一部分，发现了缺陷，无从补偿，因而自杀。例如穷愁潦倒，颠沛流离，或者功业不遂，或者眼看生活的条件，一件件毁坏破灭，生命即将陷入极端的苦痛……这也只是“孱徒”的行为。从“恻隐之心”上，我们仅可以给予一点同情；从“是非之心”上，我们却只能觉得“可羞”，别无可取。

第三种出发点，是生活机能发生了重大的障碍。如得了不可救药的重病，或者对于社会人群，造了一种重大的罪孽，经过详细的考虑后，觉得自己的生存，对于自己，固然是绝无好处，对于人群，也只是增加负担。于是选择了死。因健康的绝望而死的颇不少见。这自然是“文明的病态”之一；但当事者的行为，在“生物界”的立脚点看来，“利己”之外，同时也是一种“利他”的伟大牺牲。虽不能提倡，但的确值得赞许。读过易卜生的“群鬼”的人，对于欧士华对于自己的计划，恐怕没有人不同情的。英美法律，对于这种自杀；所下裁判，照例是“精神不健全而自杀”；我们可要怀疑“健全的精神，到底是什么”？凡遭逢了人力所不能克复的困难，生存失掉了它个体与群体两方面的价值后，不愿意“苟延残喘”的，我们都认为这一类。不过，选择的标准，就要看他所遭的困难。

是不是人力所不能克服？比方“美人自古如名将，不许人间见白头”。女人的美丽到了老年便会消失，的确是人力所不能挽回。然而名将的功勋，并不会为老年而改变；名将晚年的失败，仍旧是人力未尽的过失。事实上女人的“美”，决不在容貌，“德、容、言、工”，正是四事，而“容”之中，“行止”“应对”“礼节”等，所占地位至少也不在“面目”在下很远。如果因为“面目”之改变，便得“自杀”，则“德”“言”“工”以至“行止”“应对”“礼节”的损失，又应当怎样去挽救？至于对于人群社会，犯了重大过失，又没有补救办法的人，在他的有生之年，精神上的痛苦既是无可遁逃，也长久给人家以痛苦的根据，能“一死以谢天下”，在“生物界”的立场上，正是“为群”牺牲的“将功赎罪”。累死了八千江东子弟，在乌江自刎的楚霸王，如果照这种标准看来，真是“英雄到底”，值得歌颂。

丙　向死挑战

生之保全与延续的可能，每每不容易作简单的判断。在比较复杂的条件中决策时，一般生物总是偏向于“生”的可能较大的一方面，而人类却偏有倾向于死——虽则不一定必死——的趋势，漠视了生，向死去挑战。人以外的动物，也偶尔有这一类的行为，特别是社会性昆虫，如工蜂、兵蚁之类。此外一般动物，在生殖和育雏时，暂时也有这种现象，可不是终生如此。像这两类情形，都是“特化”的结果。特化是自然的变迁，特化之后，终生特化了的个体，和暂时“特化”了的雄体或雌体，便会因为“特化”而“盲目”地前进；可是特化之前，个体并无自己“选择”的痕迹。人群社会，进化到相当的阶段时，也有“特化”的现象。不过人类的特化是“人为”的，当事者自己多少有选择的权与能。例如人类的职业中，有许多明明是以健康的损失，作为延续生命的代价的，像制铅粉、烧玻璃、卖血……之类；还有许多，则简直是以与死搏斗为生存的根据的，如潜捞，制造爆炸剂、制造有毒的化学药品……。这些富于生命危险的职业，自然又是“病态文明”，是“社会畸形”。这类文明社会经济制度的罪恶，我们暂时没有评判的必要。在“生物界”的立足点说来，却有几件事情，值得我们推想：其一，凡属对于多数人群个体的生存与健康的威胁，便是对于整个人群的威胁。其二，以与死搏斗为生的其他生物个体，在生存的过程中，可能因为熟谙而减少危险，在另一方面看，还不失为一种“训练”；而出卖健康以图生存的职业，对于个体，并没有由训练而生成抵抗力来的好处；换句话说，只有损失，而无收获。其三，这一部分个体的自我牺牲，结果并没有为比较他们更多数的个体，创造幸福与享受了他们的贡献；换句话说，群体并没有得到多大利益。这一点，在计算全群的损益时，是很值得留意的一件事！至于初民中的战士，在过去虽然是“特化”成了职业的；现在的情形，至少在原理上已经大大地改变。过去那种专门以向活人挑衅为生的战斗职业，无论是小型军阀，或者大规模的侵略主义者，现在已经走上了自己崩溃的路。当前的这一次战争结束以后，全人类都有着责任，要阻止人群中某一部分的个体，专向战争一方面去发展，而造成人群之间相互的威胁。而事实上，过去的军阀与寇酋，表面上看来，虽则似乎是在向死挑战；但其实这些个体，都往往只有驱策其他人类个体，去与死亡搏斗，自身倒是退立在安全的地位的居多。由全生物界的情形看来，他们正是孱徒，是无勇之辈，是全人类中最下流的渣滓。

职业化的向死挑战者，在人类并不是自然的特化，而是畸形的人为事件。在一般合理的人群组织中，这种特化应当消灭。反过来，遇到人群公敌的侵凌，便以全群的力量去向它作战；这时作战的目的是求全群的生存与发展，正是人类全群生之执着情状。作战的过程中，个体的反执着的表现，和“殉道”者的自杀一样，我们认为是“小我”的扩大，选择的标准，既着眼于全群的福利，自然与职业化的畸形状况不同了。

在另外的几方面，我们也还可以看见人类个体中，有漠视生，向死挑战的行为：有的是另有一定的目标，相比之下，那目标比较个体生存还重要，所以忽视了个体生存，而求那一方面的满足。从事智识方面的“探险”，如高空、深海、沙漠、荒原、两极的探险；生理学、病理学、细菌学、生物化学的学者，拿自己的身体做实验材料；化学者制备高度危险物品时的工作，往往得把“生死置之度外”，然后才能着手。又有些人，为了忠于自己崇高的信仰，无论所信为科学的、哲学的、艺术的真理。宗教的教训，或者“人权保障”等类自由信念，不说自欺欺人的话时，往往就有性命之虞。而这些人，却宁愿死，不愿意苟且随和。——“杀身以成仁”“舍生以取义”也就是儒家对于自己中心思想所取的态度。另外还有一些人，会因为贪图一时个人的享乐，“明知故犯”，去向死挑战的：如过量的饮酒，服食麻醉品，专为寻求快乐而去猎狮、猎象、猎犀……这种种情形，以“全生物”界的着眼点看来，我们都给他们“等量齐观”，认为“不智慧的选择”。前一类的情形，是积极或消极地为群；这一类则只是消极地为己；出发点不同，结果自然也不一样。最后还有一种情形：有些人，不满意于现实，不能苟全随和；又没有改造的能力。同时，积极地“自杀”固然不愿意；也更不愿意以积极的言与行，表示自己崇高的理想，招致“杀身之祸”。像这样条条路都走不通之后，最后只有藉“装死”来“苟全”一时，像甲虫一样。执着住一个痛苦的生，便不得不想方法在麻醉中寻求慰安；同时因为生的痛苦，对于死自然也无所畏惧。因此才以不死不活，来度过这生与死之间的一段时间。即是所谓“慢性的自杀”。信陵君的“醇酒妇人”，刘伶的“荷锸随游”，都是这一套。粗看时是“超脱”，是“颓废”，仔细分析时，我们却只看见“痛苦”与“无可奈何的积极”。我们幸而生于今日的文明盛世，享受了种种自由，所以对于这些颓废者，更能明白地付与同情，觉得这一些人毕竟要走到“慢性自杀”的路上，真是全人类的一种损失。

为了“反执着”，啰啰嗦嗦说了这许多；我们再度申明，我们的意思，并不是提倡“反执着”。——实在说来，有意义的反执着，根本上倒真正还是更大的执着。因为写这篇东西，看这篇东西的，既然都是“人”；而且，因为能写，能看，至少也还是全人群中比较上更进步一点的一些“人类个体”。那么，便应当平心静气，把自己的生命，在全人群全生物界中的位置，作一番合理的估价，然后在必需于“执着”与“反执着”两者之间选择——我们相信写者与看者，都有着选择的“权”与“能”时，可以有一个更合理的“判断”。

第二篇 生之发展

一 发展的趋势

执着住了的生，绝不是一个静止的，停滞着的东西，一定还要继续“发展”。换句话说，生虽是藉时间这个“连续量”(quanta continua)而表现的一件事情，但与“存在”不同，并不是单纯的空洞的时间，而必定有相当充实的内容在。一般的观念，生总是活动的，前进的；所以我们也可以反过来说，在“保全”与“延续”，即是时间的顺序推移以外，还得有“进展性”的演变，才能算得上是“真正的生命”。

如其我们承认“生之执着”是“本能”，则“生之发展”也应当是“本能”现象：一个动物的受精卵，在温度、湿度、酸碱度反应，……种种条件适当时，一定要“一而再，再而三”地起细胞分裂，终于构成一个新的个体。这个体，在条件适宜时，一定要“食”，要“生长”，达到“成熟”的阶段。倘使这种动物是有雄雌异性结合的，它一定要“求偶”“交配”，结果造成许多新的受精卵。这新成的受精卵，如果有适宜的环境，又得再变化成为许多新个体。植物也是一样：在合式的环境中，有萌发力的种子，一定要发芽，生长；生长到相当程度，这成熟了的新个体，又会像它的亲体一样，开花，结实，构成许多新的种子。这许多新种子成熟后，只要有满足的环境条件，又会长成许多新个体。这就是说，“凡一个生命，都有一种‘内在的’或‘潜伏的’趋势，要继续发展；只要环境能容许这发展的趋势前进,发展是不会停滞的。‘个体’如此,由个体合成的‘群体’也是如此。”在发展的中途去看生物,它们似乎在“盲目”地前进,认真地、固执地、一直向前,义无反顾。“成不夸功,败不诿过,”总之“绝不放弃机会”!动物的受精卵,细胞分裂,速度与分量,可以很多变化:环境适宜,分裂的速度大,次数多;不适宜,速度小,次数少。分裂过多少次,也许就能构成新的个体。如果在分裂的中途,环境忽然“恶化”,速度和分量因此都减退到“〇”的程度,分裂虽然暂时停止;可是一到环境好转时,分裂仍旧要继续前进。个体的“食”和“生长”也是一样;“成熟”“求偶”“交配”,以至“造成新的受精卵”,仍然是一样。“不问稼穑,但事耕耘”;他们向着同一目标,继续向前,虽然“成功”的机会很少,但是在前进中,绝无“成败”的“顾虑”。不但绝无“顾虑”,连前进的“自觉”也许都没有!因此,在我们看来,“生之发展”,实在也和“生之执着”一样,“只是一种自然的趋势”,似乎并不一定要“有自由意志的选择”在内。在“发展”的途中,也有“彷徨”,也有“奋斗”,也有“落伍”,也有“毁灭”;但是没有“憧憬”,没有“失望”,没有“动摇”,自然更没有“悲哀”与“消极”。因此,不需要“歌颂”,不需要“赞美”,不需要“安慰”,不需要“鼓励”,不需要“报酬”。只有一个绝对顽强的“认真到底”;而这个“的”,却便是“不再可能”。

“究竟是什么‘力’在驱策呢?”我们不知道,我们也不“妄加推测”。我们现在仍旧只说明“然”;“所以然”我们暂时不管。

二　个体的发展

生之发展,我们可分做“个体”和“群体”或“种族”两个阶段。事实上,这两个阶段又是“界限模糊”的:因为“群体”或“种族”,本是由“个体”累积而成。各个个体发展的总和,就是群体发展的全量;没有个体,群体根本便不存在。同时,如果环境不能容许群体的发展,个体的生存,也就快要不可能。不过,个体的发展,究竟比群体先一步,所以我们还是从个体发展推演下去,更方便,更容易明白。

个体的发展,第一事是“食”:利用外界的材料,扩充自己的身体,延长自己生存的时间,供给活动的能力。换句话说,是“物质的准备”。第二事是“住”,占用适当的空间,作为活动的范围,所谓“地盘的占领”。个体生命如果要能够发展,这个体自然先得有发展根据。根据有两方面:第一,这个体须得具有生命活动的能力;第二,须得使这个体具有能够利用着来发展的材料和空间。个体根据自己"内备"的因素,能够迁就或改变环境,使发展可以实现。同时,环境也就是发展材料空间的来源。"内""外"之间,本来就有着密切的连锁关系存在,不可强分。所以我们现在只就发展中食与住两件大事,来看生物个体在"内""外"两方面,如何取得调和的前进。

甲　食

"民以食为天"。翻译成生物学上的话,就是"生物的生活,'食'是一个最基本的条件"。如果我们把"食"的定义稍微放宽一点,将一切摄取外界物质,补偿个体消耗损失,同时准备应付生长的需要的行为,都包括在内,则一切生命活动,差不多可有大半都是"食的行为"。高等动物,用口或与口相似的器官"食";下等无口的动物,和下等植物用整个身体的内外"表面"来食;高等植物,由根和叶来"食"。食物的种类和分量,往往便是决定生物生活方式最重要的一个因素。

按照生物"食"的方式,可以把生物分做"自体营养"和"他体营养"两大类。——这是"生物学通论"里面一个惯用的分法。"自体营养",是指各种绿色植物而言:它们因为身体里含有"叶绿素";借这色素的一种特殊化学活动,便能够利用太阳的"辐射能"(日光和日热),把水和大气中或水里面溶解的碳酸气,综合成为种种基本的"有机物质",即是寻常所谓糖类;再加上各种特殊元素,便可以造成自己生长生活所必需的各种复杂有机物。叶绿素既是利用"日能"的某本条件,凡属没有叶绿素的生物,如全部动物界,和一般不含叶绿素的植物,自然不能够利用"日能"来制造自己生活所需要的"营养物质"。这些生物,因此便不得不直接或者间接,夺取绿色植物综合得来的各种有机物质,来供给自己的营养;所以叫作"他体营养"。一般说来,似乎有叶绿素的植物,是"生产者";而"他体营养"的生物,便全是"消费者"。不过事实上生物界在"营养"一方面的关系,并不像人类社会中,"生产"与"消费",两极对待的那么简单;他体营养的生物,夺取绿色植物的养分,来营养自己时,同时也就把这些养分,分解成各种简单的物质,如像碳酸气之类,还给绿色植物,让它利用着做综合所必需的原料。"因为相反,所以才相成"。如果没有这些"他体营养"的生物,那么绿色植物,把地面上所有的碳酸气都利用净尽之后,没有较大的继续添补的来源,这些"自体营养"的植物,也还是要因为"无机养分无着"而饿死。

换句话说，生物界的“消费”与“生产”，相互循环，并没有形成“资方”与“劳方”“阶级对峙”的局面。所以自有生物以来，便有营养；而营养中，“消费”与“生产”，和谐的同时并进，并无不平的斗争；一直到“永远的将来”，还可以“大体相安无事”。

植物有的具有叶绿素，有的没有；所以自体营养和他体营养的植物都有。自体营养的植物，食的材料，包括碳酸气、水分、各种无机盐类和日光。水，无机盐，都是由土壤或者土壤溶液供给；碳酸气或者由大气取得；或是由水里取得。为了要取得这些材料和日光，植物就显了一大套的复杂现象给我们看：即是所谓“生存竞争”。简单的“下等植物”，整个身体表面，到处都可以吸收水、无机盐和碳酸气；也就整个身体表面，都布着叶绿素，只要遇到日光，便可尽先利用。一般“高等植物”，因为生活方式和身体构造，互为因果地增加了复杂的程度，于是就有了“分化”：身体的某一部分（普通是根），专门管从土壤里面吸收水分和无机盐类，另外一部分（普通是叶），遍布着叶绿素，专管吸收碳酸气，利用日光。和趋向于“无穷”的“发展”相比看来，盐、水、气、光、无能那一种的供给量都“有限”。以“有限”应“无穷”，需要者自然要“竞争”，然后才能够“获得”。在第一篇里面，我们曾经说过“生存竞争”，并不是每个生物，都在横着眉，瞪着眼，你咬我抓，爪牙相向。植物本无爪牙；自体营养的植物，也没有相互吞食的可能。所谓竞争，就是如何取得最高量的水、盐、气、光的供给。这一种竞争，以暴露最大的吸收面积，为制胜的重要条件。简单的下等植物，因为整个身体表面，都可以吸收，在竞取物资时，只要把身体移近这些物资，便可以得到供给。所以它们就靠运动来帮助“食”。“春池水绿”是因为池水里有许多简单的绿色植物在里面生活。如果我们用玻璃杯舀一杯绿水，拿来放在窗前，让阳光从一面照在杯上；倘使阳光不太强，过了几点钟，就可以看见水中之植物，大家都已经向这阳的一面“挤”了过来。结果背太阳的一面，玻璃洁净透明，向阳的一面，因为有许多小植物聚集着，便成了绿色。尤其是近杯口的水面一侧，绿色最浓。因为这一植物，大家向日光空气较多的地方集中运动，暴露最大的吸收面积，所以才有这种现象。“趋炎附热”，本来就是生之发展中最重要的一种技术。

靠运动来取得物资供给，虽然尽有方便；但也有许多不便之处：第一，运动必需消耗能力，以高速度运动来求得物资，正像靠飞机运输粮食一样，尽管很可能，究竟“得不偿失”。以之“应急”则可，长期地靠此维持，决非好办法。第二，在身体较小，构造简单的植物，运动较容易；构造比较复杂，体形比较大一点的植物，运动自然困难。我们如果闭上眼睛，想象一棵五丈高的松树，因为要取得水、盐、气、光，不得不作一个每十分钟半公里的慢跑；那真是“是何景象？”——简直便“岂有此理”！因此，一到稍微高等些的植物，只有“生殖体”才偶尔表现一点短距离的“移动运动”；“营养体”便放弃了运动，专营固着生活；“以逸待劳，以动制静”“坐收其利”，不肯“逐逐”了。

坐定以后，固然有了一方面的收获；但是，水、盐、气、光，四样东西，究竟还有它们固有的性质。虽然也有“移樽就教”之时，不过并不一定刚好就赶得上植物迫切的需要。所以高等绿色植物，在表面上看来，似乎安坐雍容，“不为物扰”；其实它们对于这四种物质的追求，倒真是“若饥若渴”，绝不放松。——如果我们不客气一点，它们这种生活，可说是地道的“伪君子”！它们追求的技术比简单的下等植物，还要“利害”得多，真是“无孔不入”。就水来说，植物的根，（无根的植物，也有类似于根或和根相等的器官）都有“向水屈曲”：凡属有吸水能力的嫩根，都能够向水分供给较多的方面，屈曲生长过去。如果我们拿一盆潮润的泥沙，种上几粒豆子，让它发芽生长；在盆一侧面，另外放一个能够渗水的小瓦罐。以后盆中不再浇水，只浇在罐子里，让水从罐中渗出去。过了十多天，提起罐子来，就可以看见罐的外面，布满了豆子的嫩根，盆中泥土里其他部分所布的根，反而还比罐上的少，这就是“向水屈曲”的实际观察。对于无机盐类，根也有屈向生长；不过情形太复杂，不像“向水屈曲”这样容易看出。

气体和阳光，一般是由地上部分，即是暴露在空中的叶子，或代行叶子功用的器官吸收。这些器官，一般既是暴露在空气中，观察起来比较容易；我们也知道的比较清楚。“向阳花木早逢春”，这一句俗话，就告诉我们，凡是得到阳光较多（同时碳酸气供给也跟着比较丰富）的植物，生长发达，也更茂盛。长在空中的枝叶，能够得到较多的阳光和空气的，才有继续发展的可能；得不着足够的阳光和空气的枝叶，总是半途夭折。这么一“淘汰”下来，当然使枝叶对于阳光和空气，竞争显得更剧烈。最简单的情形，我们可以从同一株树的各枝条上看出：如果我们在一个高坡上向下望，坡侧面长着的树，树顶一团浓绿，几乎看不出一点空隙。如果我们在坡下向上望，坡侧面长的树，树顶一个浓绿色的大圆圈，中间撑着许多大大小小的树枝。这个对比，便可以说明树叶争取阳光的关系：阳光从上面照下来时，许多叶子，都得以最大的努力，去获得最多的照射，所以拼凑成了一团紧密无缝的浓绿；树下面没有直射光线，所以只有最外一圈，即是枝条的顶端,长有绿叶;再进来便不会有了。其次,我们从远处看任何个大小的一个树林,外形轮廓,总是像一个绿色的馒头,中心特别高,四面八方矮下去。这是因为树林中心部分和四周的树比较时,得到的阳光较少;非得向上特别伸长,才容易得到充分的照射。树林四周,阳光照射的机会多;所以四周的树,便会尽量向外面伸出许多矮枝低条来,充分地利用这种机会。再走向树林里一看,如果是一个寻常温带的树林,那么,林中树荫底下,差不多就再看不出任何其他植物。偶然间也许能够发现一两处稀疏的小草,我们抬头一看,就可看见这点小草,准是"上应星辰"。它们能生长的地方,一定就是上面枝叶比较稀疏一点的,有点阳光漏下来的处所。要是这树林中,最近曾经去掉一两棵高树,留下一点空隙,有阳光照进来的话,旁边的树一定要向这空隙伸出长长短短的许多嫩枝,地面上也一定要高高低低地长着许多嫩树苗,和许多小草,大家都在那里,尽情表演着"竞争"的序幕。

如果我们所看的树林,在华南接近热带的区域里,如像云南的河口和思、普、元、墨,广西的十万大山、龙州附近,广西的钦、廉、雷、海南岛……那一些热带雨林的景象,更是使我们又惊奇又赞叹。根本上,这种树林就不容易走进去:因为在这些地方,能够有树长出,水和无机盐类的供给,便一定非常充足,不成问题。植物生长上最难解决的事情,不是如何"着地"而是如何"升天",以取得充分的阳光和空气。树林四周,凡是可以长枝叶的地方,早已长满了树枝树叶;树枝树叶所留下的空隙,也就有各种各类其他的非树木的植物,填得不能再饱满:其中第一类是许多藤蔓。高树,在根和叶之间,一定得有很粗硬的枝干连联,然后才能把它那成千上万的树叶,高高抬起,撑向阳光和空气中去。造成一株高树的枝干,无论如何,得费相当的"本钱":——要材料,要时间,还要环境允许;总而言之,绝不容易。但是所谓"藤蔓"之类的东西,却藉一种"取巧"的本领,在地下着根后,先不必着忙就长粗硬的枝干,靠着"吸盘""气根""卷须""钩""刺"等攀缘器官,或者干脆就靠自己软弱如绳的茎干,爬着缠在高树上去。树长到那里,它们跟着爬到那里。——而且,普通还可以抢先一步,把自己的嫩叶,抬得比树还高还远。这样一来,阳光和空气的供给,便可不成问题。第二类是"着生植物"。他们简直不考虑到"着地"的问题,直接就在高树的高枝高干上面,着根、布叶、开花、结实;一生一世,就过着"上层生活"。这种"上层分子",生活自然相当优裕。可是也有几点危险:第一是因为天然的限制,不能长得太大太高;高大了要给风刮倒,给雨淋倒,给野兽碰倒,甚至于因为重量太大自己倒栽下来。倒下来便“一失足成千古恨”。第二，它们自己固然得永远“占上风”，它们的子孙，也得同样永远地“占上风”，然后才能维持种族。因为这些“上流植物”，养尊处优，已由“习惯”而成为“生性”；一旦着地，“出发点平等”之后，要在地面上辛辛苦苦地“从根本上生活起来”，便绝对不能和其余植物竞争。第三类是所谓“半寄生植物”。他们在这复杂的环境中，“别出心裁”，把根钻到高树的树皮以内，于是升天着地两事，同时解决；高树的根从地下辛辛苦苦地吸收得来的水和盐，它们便“沿路设卡”尽先分润了一部分；高树向天空长，他们也跟着向上长，享受上空无碍的阳光和自由的空气。高树升一分天，它得一分天；高树用一分地，它得一分地。处处实行掠夺。可是它们仍旧自己有着“绿的叶子红的花”，外表上俨然十足一个自给自足的正人君子，很不容易看出它掠夺的迹象。热带雨林，骨子里有着高树，高树外面，有这三群不劳而获的“上流分子”，在“盘里纠缠”，纵横交错成网，十分复杂错综；人类很不容易走进去，只好在外面“目眩心迷”一番，和复杂的人类社会组织一样。

先生！你看了这复杂的一个“社会组织”，听我们根据事实，把它的内容分析了一些以后，你也许要为这里面的高树“抱不平”，想问问：“高树就真正这样‘老实’，听从人家占上风，掠夺，攀附，不做任何反抗吗?”请慢一步：高树之所以为高树，就因为它有着硬撑的骨干，不屈不挠的躯体。它所以长成这结实的躯体，原是为要高抬起自己成千累万的叶子来，并不是替藤蔓、着生植物，或半寄生植物而设。只要水、盐、气、光各种营养物质，继续有得供给，有容它生长的温度，有容它发展的空间，它总要把这结实的躯体长起来的。这些纠缠者存在与否，不在它们的基本生活条件之内。在寒带和接近寒带的温带，高树会结集成为“干生林”“针叶树林”，在接近热带的温带，也会结集为“夏林”“季雨林”……之类。干生林和针叶林中，虽则纠缠依附者较少，而夏林和季雨林中，这些占上风、掠夺攀附的植物，便会继续增多。总之，一长成高树，便免不了受纠缠，受压榨，受掠夺。而且，温度、雨量、光线等条件愈调和适当，高树生长愈容易时，藤蔓、着生、半寄生植物也愈多。同时，高树生长的结果，也可以使当地的水、盐、气体交换情形，温度条件等等，更适宜于高树本身，以及这些纠缠依附者的继续生活。和人类社会一样，较安定的社会中，总得先有“骨干”——一些“特立自尊”的“中坚分子”。有了这些分子存在之后，社会因为他们的努力而愈加繁荣；社会繁荣之后，不管中坚分子愿意与否，“狗偷鼠窃”的纠缠依附者必定要跟着增多。他们占着上风，攀附、掠夺，应有尽有，一重一重地增加中坚分子的负担。一旦这些中坚分子被他们的“负担”压榨得喘不过气来,不能继续生存,终归“倒毙”之后,他们的“负担”,也就因为失去生活的根据,“同归于尽”。植物社会也正是一样:藤蔓,着生植物,半寄生植物生长过多,超过他们所依据的高树的负担力以后,高树往往不免倒毙;高树倒毙之后,上面纠缠的植物,也只得“一死了之”,别无办法。所不同的,人类社会中的中坚分子,如果真正够“中坚”的话,往往会给纠缠依附者以“制裁”;(请注意:我们说的是“制裁”,不是“反抗”!)使这些“不良分子”,自己敛迹一些,好继续“共同生活”下去。而植物社会中的高树,却只能听从“上层分子”和“榨取者”摆布,“反抗”的可能都没有,更不必谈“制裁”了。人之所以为“灵长类”,这一个“社会制裁”的可能性,也许是一个很重要的因子!

以上所说的,是一般“自体营养”植物的生活情形。在这些自体营养者之中,藤蔓、着生和半寄生,已经就渐渐有点“异样”,要以依附掠夺,为竞争的手段。另外还有一些自养植物,在水、盐、气、光各种营养的竞争中,却不用这些“取巧”的方式,而靠自己特具的本领来图存。大致说来,就是“藉忍耐力、存希望心”以“人弃我取”的态度,从艰苦中讨生活。比方极冷的两极地带,冰天雪地之中,仍旧有些能耐极端寒冷的植物生存。沙漠、岩壁等水分和盐类的供给很少的地方,也有特殊的耐干植物,“抱残守缺”;过着极清苦的生活。盐地,碱地,海滩等处,看上去盐和水是不成问题的。无如盐地碱地的盐分量过多,不合需要;海滩和海洋中的水也是浓度过高的溶液,并非合宜的水。一般植物,究竟难得在那里生存。只有耐盐的植物,才可以利用那种困难环境中,比较富裕的阳光和空气。在旁的地方,大家从同等的出发点来竞争时,这些耐冷、耐干、耐盐的植物,失败的可能多,往往根本上就看不见。然而一到特殊环境之中,其他植物,耐不住恶劣清苦生活,也只得“告退”;那时,这些植物,可就成了“适者”,真是“得其所哉”,暂时用不着为竞争失败而担忧了。所谓“机会平等”,到底只是人类社会的事;在自然界里去竞争,我们很难想象得出来,有什么“平等”的机会。

自体营养的植物,藉叶绿素的作用,利用日光的能力,以碳酸气为材料,制造简单基本有机物,所谓“糖类”,然后再加上氮、磷、硫等等元素,才能做成蛋白质,构成自己的身体。没有叶绿素的植物,自然生活物质,便不能如此简单;一定要利用绿色植物所作成的糖类。这便是他体营养的开始。有些简单的下等植物,生活在“依违两可”之间:如果有充分的碳酸气和日光的供给,它们便靠自己的叶绿素，来行“光合作用”，构成体质。要是阳光或碳酸气供给不足，同时却有其他植物做好了的糖类，可供利用，它们也尽能够“素富贵行乎富贵”，放弃劳苦的自养生涯，安享他人贡献，叶绿素便暂时因为无用而“退化”。一旦这样“不劳而获”的材料，消费完毕，不能坐享时，只要环境许可，它们又可恢复叶绿素，再过自养的生活。例如较深的一洼绿色积水，在春夏之交，久雨新晴，渐渐干燥时，里面往往有许多形体较大的绿色藻类，因为不能继续生长而死亡；他们的遗骸，在这积水中慢慢腐败分解；它们体中原有的糖类，便渐渐溶入水里。水慢慢干，淤泥可不会减少；再加上植物遗骸腐败后所生其他有机物，也可以使减少“澄清”的程度；所以这洼水愈来愈浑浊，阳光暂时几乎便无从透入。如果这一洼水里面，原来还有着另外几种特殊的硅藻生存；那么，这些本来自养的硅藻，很可能因为阳光不足，和有机物质很多的两种诱因，暂时改变作风，停止自养，先利用水中溶解了的有机物质，构成自己身体。经过他们这样一利用，这一洼又臭又浑的“泥浆”，往往可以“化臭腐为神奇”，在十几天工夫中，恢复了澄澈晶莹的状态。这时，硅藻往往又得恢复它们的叶绿素；再过几天，这洼水便又变成了透明的淡黄色。要是水中原来存在的“善变植物”，不是硅藻而是一些鞭毛藻；那么，因为它们所含叶绿素较多，这一洼积水，很可能还会在几天中，又更“绿波溶漾”起来的。生活面众多，生活的技术预备充分，自然便让它们成了“识时务的俊杰”。

可惜这种“随机应变”的俊杰植物，生存发展的机会，究竟不多：因为在“化臭腐为神奇”的过程中，还有许许多多其他的“他体营养者”，凭着更有利的技术准备，和它们竞争，同样要“没收”这点“逆产”，作为生存发展的物质根据。

另一方面，在积水恢复澄清时，又另外有一些自体营养的绿色植物，如原来生长在这水里的那些绿藻的“孢子”之类，萌生起来，加入对于阳光和碳酸气的竞争。两方面的竞争，都不能有必胜的担保；所以这些“豪杰之士”，在“生之发展”上，究竟并无绝对把握。

纯粹他体营养的植物，生活的方式和绿色植物不同的地方，只是没有叶绿素，不能利用日光，没有自制糖类的能力而已。它们身体的构造，却和绿色植物大体相同；一般都是靠根或和根相似的器官，摄取营养。所以除掉极简单的，如细菌等，有些能够运动以外，大多数便也和高等绿色植物一样，营着固着生活。这样，自然就在他们的生活条件上预先加了一重限制：即是他们着根的环境中，必须先有有机物质存在，能够供给它们吸收，然后它们才能生活。换句话说，绿色植物的生长，以水、盐、气、光四样，为必备必赡的条件；而他体营养植物，却把光换成了有机物质。乍看上去，这似乎是很困难很苛刻的一件事情：植物着根的地方，不是泥便是水，泥和水本身都是无机的无生物，怎么能有有机养分来供给植物生长的需要？但事实上倒并不艰难。过去地球上生物发生之初的情形我们虽然无从悬测（我们暂时也不必须去推测），今日的情形，却比较上简单明白：凡属新近露出的岩石表面，即是还没有发育完全的土壤，或者是新潴积的水，还不曾含有有机物质的，最初发展着去占领的生物，绝不是他体营养者，必定是自体营养的绿色植物；——而且差不多无例外地是下等绿色藻类。我们刚才说过的，他们的生活需要，比较容易满足，只要有少量的水分和盐分，光和气自有充足的供给。所以它们便可有相当发展。这些“先锋队”立住脚跟之后，它们短促的个体生命一结束，就地留来的遗骸，里面自然含有机物质，立刻就可以供给比较简单些底下等他体营养植物生活。除掉这种极简单极原始的情形以外，凡是既成为土壤的泥土，或者是下面有着土壤做底层的积水，里面至少必定含有绿色植物的遗骸；大多数还含有其他他体营养者体内的有机成分。无论如何，他体营养植物所需要的糖类，这个里面，必定已经存在。这种“自利利他”的情形，生物界是普遍存在的。过去生存过的生物，从来没有自以为有功，向现在生存的生物，有所夸张要挟；现在生存的生物，自然也没有可以因此而向同时代或将来生物夸张要挟的道理。生存在大宇宙中一番，暂时把宇宙间物质与能力的一部分，据为己有，似乎很可煊赫一时。但是今日的“夺取”，即是明日“服务”的“根据”；个体生命一旦结束，连这“臭皮囊”，也得全部贡献出来，给后来的生物利用，不管自己愿意不愿意。囤积居奇的人，那些矜持作态，自以为对人类大有贡献，苛责人家，要人家尊敬的人，这样想想之后，总也该“废然长叹”了罢？

他体营养植物，生活必备必赡的条件，依照它们生活的方式，有种种阶段不同：一般营“寄腐”生活的，都是以既死的动植物，为有机物质的给源。它们虽不必需要光，也不需要碳酸气，但却要空气中的养气，帮助呼吸；此外，它们也需要水分，需要无机盐。它们所取自土壤或积水的，只是糖类这“基本有机物质”；摄取之后，一部分拿来做呼吸的材料，一部分便用来应付构成体质的需要和上各种无机盐类，同化成为自己的身体。像平常的菌类、霉类、多数腐败细菌……都是这一类。因为它们生活的条件，比较上还简单，所以分布也最普遍。没有开创的本领，自然也没有显赫的成就；但是能利用已成局面的，却到处都可以过着敷衍凑合的生活。

其次,就有所谓"寄生"的植物。"寄生植物",共有菌类、细菌类和高等植物等三群。菌类大多数寄住在其他植物身体上,就从所寄住的"房东",所谓"寄主"(过去我们中国教科书上,沿用日本文的"宿主",直截了当,就是"房主";意思更是显豁。)的身体上,直接榨取水分、盐类,和一切有机养分。自己除了养气以外,别无需要。因为不必行"光合作用",日光的有无,它们也是不在乎的。不但不在乎,日光中"短波"的一部分,对于他们有害处,它们有时简直还要躲藏在寄主体中,组织深处,避免日光照射,只把抵抗力比较大的繁殖器官,暴露在空气里面,预备"蔓延"到其他的"寄主"身上去。这些"寄生"菌干干脆脆就是"真小人":丝毫不掩蔽它们"榨取""掠夺"的痕迹,和"半寄生"之类的"伪君子"比较起来,我们倒宁愿嘉许它们"公然为恶"的直率。

寄生细菌,大多数以动物为"寄主";情形很是复杂。简单些的,如像高等动物肠里的"大肠细菌",可以在动物体外,利用土壤或水里的有机物质,过着敷衍凑合的生活;也可以在肠子里面,把动物吃了下去而不能利用的"纤维素"等,硬涩粗糙的东西,作为养分,分解利用一番。寄主有时还沾它们的光(见后)。有时它们也会在肠中发酵,发生气体,叫寄主感到"气鼓气胀"的不舒服。特化程度稍高,像我们人类口腔里面的细菌,因为在人体内,过惯了温度、湿度、酸度、养分浓度等都很调匀的生活,"居移养移"之后,不免"娇生惯养",嫩弱非凡,往往只能长久在人体内寄住。不过它们生活的主要事件,是利用口腔里面食物残屑;虽则地道的"拾人牙慧",方式有欠高明;但却从来不大会让寄主有多大的不舒服,比较上尚"不无可取"。其余所谓"病原细菌"在寄主体中生活的结果,会做成种种对于寄主有毒的物质,使寄主"害病"。像酿脓细菌之类,为害不大的,寄主的血球,会把它们赶在皮肤上或皮肤下某处,集中圈禁起来,再加以"歼灭";牺牲若干血球,就可以把它们根本剿除。"其恶不过穿窬",还可以容忍。进一步,如肺结核菌、梅毒螺菌……之类,进攻到了寄主的"腠理之内",以至"为腹心之患",让寄主因健康的渐渐损毁,终至"死于非命"。恰像经济侵略者,文化侵略者一样,尽管"其来以渐",但究竟"流毒无穷";实在有点"未可轻恕"。再进一步,如脑膜炎菌、伤寒菌、霍乱菌、猩红热菌、破伤风菌等,只要一来,毒性极是利害:寄主即算不送掉性命,也得遭受极大的损失;很久很久,还不能复原。这些"不宣而战"的"武力侵略者",更是动物绝大的仇敌。

平心而论,这些病原细菌,它们是否"存心与寄主为难",实在是一种疑问。

我们倒宁肯相信它们,的确并没有和寄主结下“先天”的仇恨,不一定非把寄主弄死,然后才能“称心如意”。——有无“恩仇观念”,我们不得而知;不过无论如何,它们既没有“神经系统”,则“心理现象”的“物质基础”,至少还不存在。一定要把我们人类,对于同类中的“威胁分子”,如像专事剥削的过去某几种统治阶级,以及专凭大小不同的武力,来掠夺压榨的那些个体,所怀的愤恨与怨怒,推广到这些“冥顽无识”的小生物身上,把它们也“人身化”起来,以为它们一切都和人类中的“威胁分子”一样。这种情形,一方面是过度的懦弱,一方面也实在是不必要的“冤枉”,未免真正“小题大做”,把它们看得“太大”了。它们只是要“生存”,要“发展”;既无自给自足的本领,又没有放弃生存发展的毅力,结果便在寄主身体里来寄生。寄生时,尽管曾生出对于寄主有毒害的东西来,但产生毒物,却未必是它们预先安排好了的“战略”,像过去专制君主,及其助恶从恶与纵恶的臣僚,所设想的“统制思想”的“愚民政策”一样,——它们绝不能有体系如此复杂的思想。我们几乎可以大胆担保。不过,它们之来,事前决不宣布;绝对都是以“第五纵队”的姿态,混进寄主体中;然后生活繁殖,发挥破坏作用的。“阴贼险狠”的确是可恶之至。但是,另一方面,如果它们在侵入之先,先给寄主来一套“宣传”,发几篇宣言,贴一些标语,假仁假义一番,表明它们的立场,是“为寄主的生存发展”而来的。寄主的心里,会不会感觉得“安慰”一点呢?老实说,我们很怀疑!而且事实更明白地摆在这里:所有动物个体生命都是有限的;遭受这些病原细菌侵凌过的寄主,死亡更比正常迅速。寄主一旦死亡,从前寄主体内定温、定湿、定酸度、定浓度等条件,很快就变化破坏;结果是“同归于尽”,寄生细菌也不能再继续有所发展。可知这些细菌,绝不是按照“预定计划”,存心来残害它们的寄主的,它们并没有预先准备下若干“全师而退”的道路。最后,根据近代医学、生物化学、药物化学和细菌学等各方面的进步,人类已经获得相当的知识,对于这些病原细菌,有了种种抵抗、防御、扑灭的方法。同时,我们也渐渐知道这些病原细菌,生活条件非常苛刻:环境条件稍有不顺利之处,它们的生命,便无发展的可能。不但在寄主体外,不易生活;寄主死后,不易生活;就是好容易碰到了一个可以寄生的寄主,这寄主体内的情形,偶有变化时,它们也依然无从发展。如果人类和人类所蓄养的动物,不再因为生活情形,过分违背自然,继续损失原有的自然抵抗力,这些病原细菌的前途,真是十分黯淡;恐怕很快很快,就要急转直下,趋于“末路”了。

高等植物中,专营寄生生活的,种类并不很多;它们的寄主,也全是高等植物。在中国最常见的,有菟丝子和豆寄生两种。说起来,它们的确是“高等”植物;和甘薯、蕹菜、牵牛花一样,属于“合瓣花区”的“旋花科”。它们身体也相当地大:像昆明近郊的菟丝子,缠在树上的“个体丛”,往往可以占领一立方公尺以外的空间。菟丝子种子发芽的时候,和其他高等植物一样,也有着正常的根,可以由土壤里面,吸收水分和盐类;只是颜色苍白一点,此外一切情形,却和一株正常高等植物的幼株,没有什么显著分别。和童年就有着犯罪倾向的“先天”性犯罪比较时,也许这个幼株还更“正常”。一长到两寸来长时,它们就渐渐显出“不能自立”的现象,东偏西倒,找寻机会,在附近去“碰上”一个寄主;大致情形,和蔓藤植物幼年时,寻找攀缘的“支柱”一样。这样的情形,我们也许只能认为“依赖性”的表现。但是,一般蔓藤植物的幼株,如果寻不着支柱,虽然也有点“惶惶然”,究竟还能够生活;菟丝子寻不着寄主,可就非常严重:不过三两天,就要“憔悴”而终了。寄主究竟是不容易每一个幼株都找得着的;所以菟丝子整个种族,时时都在“绝灭”的威胁中。它们的幼株,如果“碰上”了一个寄主,立刻在接触的那一点,生出“吸根”来,尽全力钻进寄主的身体里去,在寄主的身体组织里,尽量扩布吸根,榨取寄主体中的有机无机各种养分;同时,赶忙分枝,缠络在寄主体面其他部分,随处生长吸根,一面就作开花传种的准备。原来生在土壤里面的“正常”的根,却渐渐枯萎;三五天后,已经长在寄主体中的部分,既不再需要这一段原来的根,便再不管这段根的死活,这段根也就只好静悄悄地死去。正和“身出微贱”的阔人、一旦飞黄腾达之后,自然而然就和原来出身的哪一个“阶层”,断绝关系一样。所不同的,菟丝子原来的根,只是自己死亡;上段长入寄主体内去了的茎枝,并不特别设法把它弄死。而阔人们一旦“平步青云”之后,却往往还要在所从出身的那个阶层上面,加以相当的蹂躏,促进它们的死亡。

菟丝子和豆寄生,根着生在寄主体内,茎枝(它们不需要叶,所以就不长叶子)还暴露在空气中,占有相当大的“游离空间”。向列当、肉苁蓉等,暴露在空气中的部分,比较上就小得多。最出名的高等寄生植物,是南洋各地的“大花草”;它们种子发芽后,不必露在地面空气中来生活,干干脆脆,直接钻进寄主的根里面,一直到寄主的生活情形,有点异样,快要结束时,它们才“灵机忽动”,赶紧从寄主皮缝里,爆出一两个大大的花蕾,开出花瓣寸多厚,直径三尺多些的大花来;花后结上一大堆轻小的种子。个体的生命,赶在寄主生命之前,结束了事。像这样一生一世,钻在人家身体内部的生涯,是否值得称为“发展”,虽是颇成疑问。不过它们的“食”的问题,既这么就解决了;而且,附带也就解决“室家”和“后裔”的两个难题,在个体和种族方面,应尽的责任,已无遗憾;不发展也就正是发展。

所有动物,都没有叶绿素;所以它们的生活方式,得和“他体营养”的植物一样,直接或间接地利用绿色植物所作成的有机物质。而且,一切动物,构成体质时,还不能完全直接利用糖类,连“蛋白质”,也得靠植物界直接间接供给。因此,在动物界,“食”这一件事,意义分外重大;除掉极简单的“原生动物”以外,一般动物,都有为“食”而特别分化的“口道”或消化器官,专管吃和吃了以后的“善后事务”。我们如果从一池污水中,舀取少许,滴一滴在玻璃片上,向显微镜下,去检查检查,就可以看见这污水中生活着的许多“微生物”正在十分起劲地“相吃”:小原生动物吃单细胞藻类,较大的原生动物吃小原生动物,更大的原生动物,兼吃中等的和较小的原生动物,也还能吃单细胞藻类。若有比较上再大再“高等”一点的“轮虫”或“水虱”之类的动物,混在这里面,则更是“兼收并蓄”,连大带小,不分动物植物,凡能吃的都要吃下去。看了这个“互吃”的“小宇宙”以后,很多人就不免对于生命,发生一个相当强烈的“反感”:以为“生”之所以为生,只不过是一个“互吃”的局面;加上平日所听见的“适者生存”的话,更要相信“生存竞争”是一件极端残酷的事情。比较上倾向于暴力的,就会拿“弱肉强食,是生存的公理”这一句错误的话,作为口实来掩饰它们的掠夺与榨取。这是单看一方面的结果。如果就“全生物界”整个的情形来看,“弱肉强食”只是一方面;另一方面,还有着“强肉弱食”;另一方面,还有“强者互相吞食”;另一方面,还有着“强者与弱者共食”。另外,还有着“强弱互不食”“弱者互助”“强者与弱者彼此相助”……种种情形,也都在“食”中表现。如果把事件展长,空间展阔来看,生命现象,另外有一个极伟大的“均衡”在。这小宇宙中“互吃”一事,只是“均衡”中一段短促的“波动”,决不能概括全局。这“全局”的说明,原是我们第三篇“生之意义”的主题;为避免大家加重“反感”起见,在这里先预支几句,作一个“心理上的准备”。

动物“食”的习惯,可以简单地分做纯粹以植物为食料的“草食”,纯粹吃其他动物为生的“肉食”,和兼吃动物植物的“杂食”等三群。这个简单粗糙的“相对”的分法,自然有不尽适合的地方。比方过去澳洲产有一种鸟类,一向以吃植物种子为生;澳洲的一般哺乳类,大概都相当机警勇敢,善于自卫,所以这种鸟,在它习惯的环境中,没有“肉食”的机会。可是自从白种人利用澳洲来经营畜牧，地面上突然增加了许多羊群之后，这种鸟忽然变了肉食性，啄死了不少的羊。羊也是草食动物；大量增加羊群，无异于直接减少这种鸟的食料。我们可以这样想象，某次有一群羊，从一个丛莽中啮食着穿过时，无意中，在背上带了一些这种鸟类喜欢吃的种子出来。这些鸟，也许因为羊的加入竞争，起引饥饿恐慌之后，对于羊，已经积累了相当的观察与判断，觉得这新来的邻居，并不像澳洲本土那些哺乳类，机警勇敢，便会飞向它们背上来，啄取种子。某一次或多次，在啄取种子时，用力稍大，把羊皮啄破了，无意中吃到一点羊肉，异味初尝，适口快心之后，爽性就多吃一点。但是被啄的羊平当受惯了人的防护和牧犬的管理，这时虽然感觉痛楚，可不会抵抗。那时的畜牧事业，开展在荒旷的草原里；既无“科学管理”，也没有“物质文明”的设备。到傍晚羊群归栏之后，牧羊人点一点羊的头数对了，大概也就不会特别燃上灯火，仔细去检查每一头羊的背。二天，这一群羊再出去，仍旧遇着昨天的那一个鸟群；昨天吃过羊肉的鸟，正在其内。看见那一头背上昨天已经开了口的羊，又畅情地吃了一顿。此后“羊肉好吃”的消息，慢慢便在鸟群中散布开来；其他同类的鸟儿，不难在毫无抗抵能力的羊背上，多开几条口；大家共同享受。习惯既成，只要有羊群出来，这种鸟便会飞来，在活羊背上，啄开口来，大吃羊肉。结果这一种本来草食的鸟，无意中便成了肉食的种类。这段故事，除了几点事实以外，大半都是“想象之词”；不过我们相信这想象大概离事实并不很远。我们也可根据这点“想象”，再“想象”开去，许多“杂食”的动物，正可以因环境的变化，徘徊于“草食”与“肉食”之间，由自己能力与智慧的配合，和食物获得的难易，最后决定专门吃草或专门吃肉；而专门吃肉或专门吃草的动物，在无肉只有草或无草仅有肉的环境中，也未尝不会因为自己有着“有酒学仙，无酒学佛”的“适应力”，改变吃的习惯。不过除掉这些能够应变的动物以外，究竟也还有些种类，因为过度特化的结果，在没有适当的食料时，只有饿死，而不能变节。比方马、牛、羊、鹿等，生就一副“教书匠”的肠胃口齿，只能吃植物性食物；给它们吃肉，它们的确是“不能下咽”；即使下咽，那习于藜苋的肠胃，也不能消化大肉肥鱼。所以就是“西山薇蕨已精光”时，这“一队夷齐下首阳”之后，也决不能够中年“易节”，去做“肉食者”。窥沙的宿鹭，因为一生吃惯的是水生动物；入梦的也只有鱼虾而并非藻荇。一定要强迫它们“吃斋”，在它们肠胃里勉强塞下些“时蔬旨果”，它们可也真会表面上胀死，实际上饿死。这些极端的例的存在，就是我们采用这种粗糙的相对分法的根据。

“草食”比较容易。因为植物的感觉与运动，决不像一般动物那么灵活。除了原生动物吃下等植物时，得费一点追求的力量以外；其余高等植物，被吃时，不要说抵抗，连逃避都不大会有，只要找得到，便可以吃得着。不过，植物的身体，构成和动物大不相同；拿植性材料供给动物的需要，自然有种种不适合的地方。一般说来，植物身体里面糖类较多，而蛋白质，质与量两方面都不够动物的需要。所以动物吃植物，一方面是糖类过剩，一方面是蛋白质不足。不足，唯有增加食的分量，希望“披沙炼金”，由多量的粗糙原料中，取得需要的一部分物质，才不会因为供给不足，而至于不能生长。因此，所有的草食动物，都得摄取过量的食物，从里面选取自己生长所需要的成分。根据估计，一条牛一天所吃下去的“草料”，平均是体重的千分之三十五；一匹马吃的，是千分之二十八；羊，是千分之六十七；猪是千分之五十五。照这个比例算来，如果人也吃“草料”的话的，一个体重百二十斤的人，一天该吃七斤到八斤，不能不说是一个很大的分量了。

草食的动物，所需要的食物，分量既如此其多。虽然植物对于被吃并不抵抗，但是一个动物，要寻得这许多分量，可想得到并不十分容易。何况有许多植物有毒，有刺……不能吃；有许多太老太硬不能吃；而且，在太干或太冷的时候和地方，根本就没有这许多植物可吃。所以一个草食动物，一天消耗在“吃”上面的时间和工作，自然也就很大很大。同一地方，同一时候，要吃植物的动物事实上决不会只有一个；这里面就有“竞争”发生。同时，和这个草食动物同时同地生存的，一定也还有肉食的动物，会“其视眈眈、其欲逐逐”地，专等机会，找这些草食动物，来满足它们生活的要求。在这重重困难之中，许多的草食动物，便因为饿死、累死、被吃死……种种死法，“淘汰”了去。剩下的，能够在这重重艰窘中生存的草食动物，自然得有它们特殊的“看家本领”，然后才能继续发展。这是“进化论”中“适者生存”的一种看法。这些所谓“适者”，自有各种不同的“适”法。最简单的，是靠敏捷的行动，一方面在同行的竞争中，可以扩大“游弋”的范围，增加供给的区域；一方面就借“逃避”的迅速，来避免强敌的侵害。如像兔、鼠、马、鹿……之类，都是著名善走善避的种类。其次便是特化身体某一部分后，因为特化的结果，能够找寻其他同行所不易找到或不易得到的食物，结果这独得的“一技之‘长’”，便使这种生物特别沾光了。像长颈鹿的长“颈”，象的长“鼻”；蜂鸟吮吸花蜜的长喙和蜂蝶等特别延长了的“口器”，便是它们生存发展的根据。再其次，便是因为身体某一部分特化，成为储积的“聚点仓库”后，能够在野外于匆忙中以很短的时间，搜集许多食料，聚集在这仓库里，等到回“家”之后，慢慢再来“含英咀华”，细磨细嚼。像牛、羊、骆驼等“反刍动物”，多余的几个胃室；礼鼠、猿猴的“嗛”，都是极端特化后所得的结果。此外，多数鸟类的嗉，也很有些能够多贮藏一点食物的。这种“贮藏设备”，有些肉食动物也具有；比方“塘鹅”嘴下喉上装鱼的大口袋，就是一个例。究竟是谁抄袭谁？我们可无从断定。

多吃的结果，固然可以解决不足的问题；但是，过剩的问题却也相当严重：第一，须得有长大的消化道，容纳这些东西；第二，须得有较长的时间，好让肠胃来从里面选择那些相比分量较少，而重要性很高的材料；第三，选择后所剩的东西，未排泄出去以前，滞在肠胃里，是对于自己运动速度有碍的。有了这些因素的牵制，我们就看见草食动物身体的构造，“相应地”经过许多“改造”。结果，凡草食动物，消化道都特别加长；像牛、羊、马、鹿等，无论反刍与否，肠子一律细长而且特别多（“羊肠小道”之所以像羊肠，就是又弯又细长）。肠子在一个较宽大的腹腔里面，来往迂回多次，然后才把上面所说第一第二两个问题，作了一个比较圆满的解决。解决第三个问题，这些动物普通就只有最方便简单的一个办法，顾不了“公共卫生”与“体面”，随时随地很快地排泄，把滓渣弃去。这样一来，固然使它们排粪的次数加多；但是每次排粪所耗的时间，却是减少了不少，正常从无“便闭”的病象。草食动物，一般都是如此。像大多数两栖类，幼儿时代（蝌蚪时期），以植物为食料时，肠子也是又细又长，盘曲得像盘香一样，塞满了一肚皮，而且要随时大便的。蚕儿、毛虫等昆虫的幼虫，亦复如此：吃得多，拉得凶，长得快。

此外还有一件事情，也是不可忽视的：就是尽管我们说植物体质中，糖类过剩；但是事实上这些“糖类”，只是化学上的一个总名，包括纤维素、木质、植胶素等，许多极不容易溶解利用的东西，并不全是“甜甜的糖”。真正要把这些东西溶解了来，当呼吸时生热的材料，一般草食动物都本领不够。但是，吃草为生时，这些东西，又免不了要跟随自己所需要的蛋白质，一起吃了下去，弄到自己装满了一肚皮无用的材料。幸喜生物界却有着“巧妙”的“配合”在：有些长鞭毛的原生动物，就有着能分解这些硬东西的本领；它们往往有机会，混到牛羊的“前胃”（反刍以前暂时贮藏的地方）里面，分享前胃中这些食物。牛羊活着时，总要继续吃东西；这些鞭毛虫也就继续有得吃。等到这些食物到了牛羊的“后胃”里，真正消化食物的地方，随着这些食物混进后胃的鞭毛虫，也就给胃消化了，变成了牛羊的“养分”。可是它们仍旧有一些后裔，留在前胃里，继续生活发展；它们的种族，仍旧可以保存。这样的“命运”，看起来似乎有点“悲惨”；但是放大了看时，人类牧畜牛羊，主要的目的，还是看中了它们的身体，可以作为人类的养分。它们的种族，靠人类替它们保存了在发展；它们的个体；却一代一代不断地到了人的肠胃中，岂不是“天道好还”之至？再放大一点，有许多人类的个体，为了要发展自己的族姓，或者为了自己暂时的享受，甘心出卖自身，投靠权门，去当“走狗”和“奸细”；不正也是这种“悲惨”的配合么？

“巧妙的配合”，还有着在：在这些草食动物的肠子里，另外还有一批他体营养的生物，便是所谓“大肠细菌”。它们生活所需要的环境，是相当固定的温度，不大变化的湿度和碱性度；光线和养分，有固然也可以；没有更加合宜。它们身体里面，却也有着一些“酵素”，能够分解纤维素、木质等不容易溶解的东西。在草食动物的肠子里，这些条件都和谐地配合着在；所以它们的“休眠孢子”，进到草食动物的肠子里以后，发芽生长时，自然感觉异常方便，便畅意地发达起来。它们个体增多的结果，所生成的“酵素”，能够把“不溶性糖类”，多量地变成可以供给它们“房东”吸收的养分。它们的房东，肠子很长，所以尽够这些细菌从容发展；同时，这长的肠子，一方面也增加了吸收这种意外养分的机会。这样，“房东”们自然间接地增加了活动能力的根据，更间接增加了出去找寻食物的能力的根据，更间接地，就又替这些细菌，增加了生活发展的材料。这一种“美满和谐”的合作，真正是“共存共荣”；细菌何尝一定有害？大的何尝一定要吃小的？生存何尝一定要“竞争”？

小的原生动物，吃草与吃肉，没有十分“大”的不同，但是大动物，肉食的与草食的，利弊相衡，却大有分别……大体说来，“肉”的化学成分，彼此相似的程度较高。所以无论是补偿消耗也好，增强体质供给生长也好，乃至于供给活动能力也好，只要比较少量的肉，便可以满足较大的需求。这就是说质的选择和量的选择相比时，质的问题更重要。如果有适当的质，量是可以减少的。食物的量减少，肠胃的工作便可以减轻；这是一利。一次饱食之后，可以经过比较长久的时间，然后再去寻找第二次的食物；这又是一利。进食的时间，相比地缩短了，暴露在危险中的机会较少；又是一利。渣滓较少，不必因为“负担”了许多无用的物资，至于阻碍运动的迅速；又是一利。可惜利益虽多，究竟有一个大问题，就是大多数动物，因为“食”的需要，都有“移动运动”的本领，所以在“取得”上较为困难，不像固着不动的植物，任凭吞食，既不抵抗，也不遁逃。草食的动物，在这一点上却占了许多方便；而肉食动物，便不得不“孜孜为食”，终日碌碌了。

就因为肉食不容易获得，所以肉食动物食的方式与习惯，才有种种不同的变化情形：动物生态学的研究对象，各种肉食动物的求食行为，与被吃的动物，如何避免遭吃的行为，占去了大半。第一篇生之保全一节所说的，大半是生物如何避免“被吃”的行为；我们现在可以不必再重复，只就主动的“吃”这一方面，来分析分析：

“肉食”是一概括的词名，严格说来，应当说“以动物性物质为食料”才够正确。所谓动物性食料，是把组成动物身体的一切东西，如血、肉、皮、羽、毛、壳、骨等，一切包括在内，而且，不论活的与死的，同种或异种，都只是一样的“肉”。由此，我们不难想到，“肉的种类”里面的情形，真是错综复杂。按照生理学与生物化学方面的理论，动物的血统关系愈接近的，它们肉的成分也越相近似。所以在肉的质一方面，营养价值，自以同种动物的为最高。动物中同种互吃的例子，并不算少；下等动物不消说了——这也许就是它们之所以为“下等”罢？——就是高等些的，如肉食的“节肢动物”中，蜘蛛、蜻蜓、蚁；再高等的，如鱼类、爬虫、鸟类；更“高”的像鲸、豹、猫、狼，乃至于人类。历史上的“原始社会”，原始的“土人”，都有过或现在还有着吃人习惯。例如英国根特郡（Kent）一个陶土洞，叫作“凿子林洞”（Chiselhuret Cave）的，里面就留着有一个杀人祭祀的祭坛遗迹。从前祭后是要“分胙”的。据考古学者说，恺撒率领罗马军征服英伦时，“土人”还在吃人。中国人因为“开化甚早”，历史上很少记载有“公然吃人”的事；不过平常咒诅时所说的“食其肉而寝其皮”；晋公子重耳恨恨地要“食舅氏之肉”，狐偃俏皮地回答说“犯肉腥臊何足食”？似乎“吃人”是古或有之的一件事。现在非洲的某几个小部落和美兰纳西亚（Melanesia）的“土人”，则至今还是吃人肉的。其次，相近种类的互吃，如狼吃狗、狗吃狐、虎豹吃其他“食肉兽”……食物化学也告诉了我们，就人所吃的肉来说，哺乳类和鸟类的肉，比较鱼类更“富于滋养”；节肢动物、软体动物等，便“每况愈下”。因此，在肉食动物全体说来，只要有供给，对于同种类和种类相近的肉，并无“禁忌”。人类根据自己的道德观念来评判，才觉得吃同类或血缘相近的种类，是“残忍”“残酷”，至少是“野蛮”。由人类“文明进步”的经历看来，我们也很同意认这种行为为野蛮、残酷。但是，如果一个人类个体，为了他自己的生存，不得已而直接把另一个或少数人类个体，直接吃下去，是野蛮残酷；那么一个人把另外一个或少数人类个体,间接地吃进自己肠胃里面去,是不是“文明”或“仁爱和平”呢?

其次,整个动物个体的各部分,在营养上价值也彼此不同,简单地说:愈活动和分化程度愈低的器官组织,营养也愈丰富。一般情形,血液是一个动物身体里面最富于养料的东西;其次是乳和卵;其次是神经系统中脑髓脊髓等;其次是肝脏脾脏;其次是腺体;其次是脂肪组织,即是寻常所说肥肉;其次才是肌肉、气管、皮肤等半死半活体组织;再其次是软骨硬骨;至于毛发、甲壳等早已经完全死了的组织,普通肉食动物,大概都不能消化了来利用的。形体较小的肉食动物,以吃血的为最多;从蚂蟥起,到鱼虱、人虱、狗蝇、牛虻、跳蚤、臭虫、蚊子、睡病蝇……可以数得出很长的一串。因为被吃的动物,往往比这些来吃的动物,大几十倍几百倍乃至于几十万倍;所以虽则一时被吃,却不容易立刻吃死;(关于“露筋祠”的传说,我们因为没有充足的证据,至多只能承认是一个特殊的例外;一个大动物,在短期内,给“血食动物”“吃”死的真实记载,到现在还没有。)损失既小,寻常都不大觉得它们是“肉食者”,最多是讨厌它们食前食后的“捣乱”而已。只要行之以渐,取之不多,连吸取血液人家都还可以饶恕;也许这就是人类社会中,小型榨取者之所以能够长久存在的理由。但是如果被吃的与来吃的两者之间,体形比例相差不远,被吃者的生命,就颇成问题;因为血液的分量,最多不过占身体的五分之一;这五分之一的营养物最丰富的物质被夺取后;剩下的五分之四,便会因为需要不能满足;很快很快地死亡。要是来吃的动物和被吃的动物,身体同样大小,被吃者身体中五分之一,装进了来吃者的肠胃里去,来吃的可以恰得一饱,而被吃者可已经就要“死于非命”。若是来吃的比被吃的还大些,那么,来吃的也许还没有饱,而被吃者却早已“呜呼哀哉”。一个苍蝇,给蝇虎逮住,蝇虎几下吮吸,苍蝇几下挣扎,大概三五分钟后,苍蝇便已“尸解”而超升天界“,蝇虎也就把这个躯“壳”(地道的“壳”)扔掉,再不留连。我们如果拾起这苍蝇的“遗蜕”来瞧,可真吮得“干”而且“净”,里面的血(附带说明一句,苍蝇的血是无色透明的,并非红色)一点也没有剩下;往往“干”“净”到连霉都不能长的地步。说到“榨取”的本领,这些“血”食者应当是“一甲一名”了。普通大型的肉食动物,很少专门吸血为生,因为它们体形既大,需要自然较高,若是全靠吸取血液来维持,事实上一定会有不能满足要求的时候,大概就是因为有这样一个原因,所以大型的肉食动物,根本上就不专靠吸血维持;或者主要的虽然是吸血为生,在不得已的情形中,仍旧要靠血以外的肉来补足。不过，一般大型肉食动物，如各种“猛兽”“鸷禽”，遇着大型的食料时，第一步仍是先吮吸血液，到血吃完了才吃其他部分。

吮吸血液为生，第一是来源有限，没有大量的供给；第二是一件食物，好容易费尽气力，寻求到手之后，只利用了一部分，其余付之抛弃，未免可惜，第三是时间的限制，往往不容许一个行动不够灵敏的肉食动物，从从容容地吮尽食物中的血液。所以除了极小的动物，从大动物身上去偷一点；或者大动物一下功夫，就把一个动物解决了，先吃它的血以外，寻常肉食动物，能够立刻吞下去的，往往就将整个食饵囫囵吞下；如其不能囫囵吞下去，也以“速战速决”的办法，三两下咽了下去，免得“夜长梦多”。——所谓“狼吞虎咽”，真是一句“尽致”的形容。这样急迫的吃法，自然没有细细咀嚼的余闲。正像大都市中匆忙的人一样，“吃”只是一种“义务”：胡乱吞了下去，了却一件惯例工作而已，绝没有“为饮食而饮食”，那种细嚼细咽，“欣赏”“享乐”的意义。好在一般肉食动物，能够自己找到食物的，都是健康的个体，不至于“消化不良”。正为消化力很好，不必顾虑到进食时的“心灵状况”，所以它们才能够维持生命的发展，乃至于训练到可以把极难消化的皮、骨、甲壳……也要消化了利用一部分，可说是绝无浪费。

肉食的利与弊，在上面我们已经作过具体的分析。肉的质较精，所以需要量较少；一次饱食之后，可以支持较长的时期，不至于迫切地感觉到饥饿。但是肉食最大的困难，在难于“到口”。所以许多肉食动物，往往要长期地忍捱饥饿。在由饱到饥饿的时候，他们受生之延续与生之发展这两种力量的驱使，要去找寻食物来维持；它们活动的方向与力量，便渐渐增高加大。到肠胃里前次寻来的食物已经完全消化吸收了。第二次食物，还没有入口以前，活动便达到最高峰。在这时它们往往肯冒着“死”的危险，去找寻、攻击、夺取，而且往往因此就送掉了性命。换句话说，勇敢胜过了机警。一旦碰到食物，自然便三口两口，急急忙忙吞了下去。要是这一次“吃”的机会，能够满足或者超过它的需要，那么，饱食之后，跟着便是一次长久的休息。一般情形，就和反刍类饱食以后一样，退藏到“家”里去，从容睡下，慢慢消化。这时它们除了提防敌害的侵袭，随时准备逃走以外，差不多全是“绝无斗志”的。换句话说。机警又压倒了勇敢。休息时期的长短与深浅，大概和饱的程度相比例。一次吃的质好量多，休息便加深加久；有时竟会深到连机警都没有了。热带森林中的大蟒，是出名凶暴的东西，在极饥饿的时候，它们往往会向狮、象、貘、犀等强有力的大动物，发动攻击。像这样不度德不量力，“人心不足”，结果固然多半是和日本人的侵略一样，“自讨没趣”；但是野羊、小牛……等，无力抵抗的，则常常遭受它们的吞噬。而一旦吃饱了，回到树林深处去休息时，却常受到猴群、蚁群……的欺侮，有时竟会让一群迁居的黑蚂蚁，把它连皮带肉并肠胃里的食物，一起吃得剩下两具白骨。海京伯马戏班里有一条大蟒，吃了一匹小鹿后，足足睡了五个多月才觉醒。普通肉食动物，特别是哺乳类和鸟类（所谓“猛兽鸷禽”），不大常有这种极饱的情形。所谓“睡狮未醒”，只是一种“形容”而已，在自然界里，吃饱了长期休息的狮子，原也并非常见。人类把肉食的禽兽们豢养起来，利用它们的勇敢或机警，当作“玩好”（如像普通的走狗玩猫和马戏班里的猛兽），或者作为渔猎时的奴役（如猎狗、猎隼、鸬鹚等）时，大概总是先给它们一个极度的饥饿，使它们“野性”消除，丧失反抗的可能；然后才给它们一点点食物，让它稍微获得一点活动的能力，恢复它们机警的大部分。此后，永远不让它们太饿，免得饿得太勇敢；也决不让它们太饱，饱到连机警都丧失。像这样不饱不饿地养着，经过相当时期的训练，它们自然就会服服帖帖地，听从主人的领导与约束，绝不会再有自由的思想与行动了。

肉食动物，如果想获得“食”的满足，自然得去觅食。觅食的困难，我们已经说过了一些。这一些困难的存在，就是它们的磨炼。磨炼成功的肉食动物，猎取食物的行为，真是千差万别。如果简单地归纳起来，我们却可以认为不过是“勇敢”与“机警”的种种配合。换句话说，“力”与“智”的配合表现。最简单的，就是靠“力”去攻击。大型的肉食兽类与肉食鸟类，常常靠“高压”取胜：藉它们重大的躯体，再加上高速度地由上而下所生的“运动量”，一下把它们的食饵扑死、扑昏、扑倒，便可以安然得食。例如狮、虎、豹、猫的纵跳，和鹰、鹫、隼、鹞的高飞骤下，去扑击它们所预备捉来当点心的小动物，往往只需要凌空一击，便可如愿以偿。我们别看“轻”了这凌空一击；这一击打下来，可真得有不少的准备：第一，先得静静地观察相当的时候，所谓“虎视眈眈”，或者“鹰瞵鹗视”，那屏息潜神，集中注意的瞄准，便不是一件容易的事情。凡属留心观察过家猫捕老鼠的情形的，就可以体谅到那种“五官并用”的注意，是何等紧张的一件事。第二，是集中所有肌肉的力量，作一个高速度的纵跳骤下，藉膂力来取速度，由速度加大压力，然后这一击才能够有效。这时，角度、方向、速度、距离、反动力……等等，都得有很精密的估算。——它们虽则并无“力学”知识，但据许多以打猎为“消遣”的物理学者和工程师们的观察，这种估算“实在是精确得可惊可叹”。这一击要是不中,或者中而力量不够,结局是那块食饵一晃而逃;饥饿以外,还得一番懊丧。“狮子搏兔,必用全力”这句话,是否根据实地观察得来,我们虽则不知道;但由情理推想,的确是很近正确的一句“教训”,也很值得我们“取法”。丢开观察和估算的精密不计,这种袭击中所用的力膂,也着实可惊:“风从虎”这一句老话,已可以使我们想象得到虎纵跳时高速度运动量的情形;老鹰捉小鸡时,掠过小树枝,也往往有折断的。有次看见一只鹰飞下来抓老鼠,刚抓着要起飞,给一只狗岔开了去。那只老鼠掉在地上,头骨已经被鹰爪扼得断了榫,可想见那一抓的力量。大些的肉食动物,平常都是“寓兵于食”的:有了犀利的爪牙、尖喙和强大的肌肉力量,自然可以把大型的食物战败,弄死,饱餐一顿。但是如果那被攻击的动物,防御特别坚强,或者力量比攻击者更大更能持久时,侵略者也只得自认失败;比方狮子碰了犀牛,虎豹找着了野牛时,攻击者与被攻击者往往两败俱伤,各自拼掉一条性命。这种“肉搏”的战争,事实上并不常见;大概攻击者在进攻以前,有了相当的“估计”后,总是“知难而退”。除了饿极了的时候,“正面进攻”的战略,很少用于大型食饵的。一般情形,多半是“出奇制胜”的“偷袭”。偷袭最要紧的一个条件,就是不能走漏风声,让对方觉察。猫、豹、狮、虎等“猫族”的食肉兽,脚底下有一块“软褥”;行动时,爪便缩进“软褥”里,走动时声音减到极小。鸷鸟飞动时,也常常利用“滑翔”的办法,减少声音。下而至于捕蝉的螳螂,捕螳螂的黄雀,都很懂得这一套,决不肯嚷着吵着,“大事宣传”。“咬狗不叫,叫狗不咬”,也正是这个道理。只有专吃小肉的动物,因为用不着顾虑,才有像老母鸡、猎狗等漫不经意地搜求。“诛”这一件事,所以只能应用于“窃钩者”,正是因为这种小东西,太没有本领,然后才可以随便办理。

袭击如果不得手,普通还得追逐与搜寻。这时候需要的准备,除掉力以外就得加上感官锐敏;而最重要的,还是“应付”的技巧,所谓“智”的条件。一般肉食动物,都得有一种极灵敏的感官:视力、听觉、嗅觉、振动感觉等,至少得有一方面有“出人头地”的地方,然后才能制胜。在第一篇第二节,谈“生之保全”时,我们曾分析过防御逃避与战斗三件事。在被吃的动物,防御逃避与战争,是保全生命的手段。在找寻动物为食料,来发展自己生命的肉食动物,必得有相当应付的“技巧”,克服人家的防御与逃避:感觉灵敏,速度高,利于追逐与搜寻,可使对方的防御与逃避,失掉效用。肌肉力量和战争武器威力两样大小的比较,则是战斗中制胜的“决定因素”。但是感觉、速度、膂力、武器,四样配合着使用时,技巧仍是一个最常用的条件。先拿一群有趣的肉食性水鸟来说:"鹬蚌相持"的老故事是大家都知道的。虽然大家心会那只是一个寓言,鹬并不会去吃大的蚌的。但这故事就给我们一个"教训"是单靠力量、武器和感觉,是不中用的,结果只便宜了渔人。其次,还有"信天翁"和"漫画"(一种鹬的俗名)的教训。信天翁,北方叫作"老等"。它呆呆地守在水边的一个"哨岗"上,低着头,静静地看着水里。如果有可吃的东西,在它头底下经过,它便伸下脖子去,啄了来吃。如果没有东西经过,它便"老等"在那里。但是究竟不会绝对没有东西的;只要一来,它那又狠又准的嘴一下去,决没有错的。所以它能得一饱。漫画也停在水边,可是它决不肯静静地等着,只要它飞到水边停下,便来回地走着,把长嘴在淤泥里画来画去,一边画一边走,一直到它飞开为止,再也不会休息。它如此辛苦勤劳,结果也仍不过是得一饱。我们的前辈,便把这两种鸟的行为,作为比例,教训我们,说"巧者多劳拙者闲";不要白费气力,自讨麻烦。其实,这个教训,观察虽相当细密,判断却大有错误:信天翁停下来守着的哨岗,并不是随随便便,没有选择的;一定是由"经验"推断了有着鱼虾,可供采取的地方。它的"等、狠、准"三种本领,也是由"经验"训练出来的技巧。它之所以能得一饱,正是"大智若愚,大巧若拙"的道理,决非偶然地漫不经意,"信天"而得。漫画的辛勤,由积极的行动,自然可以加高它收获的分量。因为活动大,所以需要多;因为需要多,活动也就自然跟着增大;也许它的技巧,不如信天翁,所以更不得不加倍辛勤。"人一能之己十之,人十能之己百之"……劳苦自强的训练恰是漫画生命发展的根据;绝不是"卖弄者"的多劳。

这是两句老话的解释,我们另外说一点其他事件:水鸟可以按照习性,分作"游禽"和"涉禽"两类。"游禽"因为环境的要求与选择,大半是有着长颈的。这一条长颈,便是它们没入水底下寻取食饵的有利条件。在水面游着时,忽然看见水中较深处有一条小鱼;两个水鸟,一个长颈,一个短颈,从同一距离外,以同一速度,同时向这条小鱼进攻。比较起来,谁占便宜?是不必讨论的。此外,尾上用来涂泽羽毛,使它入水不致沾湿的脂肪腺;脚趾中间长着的,便于拨水前进的蹼;身体里面多量储蓄着的脂肪,一方可以减轻比重,一方可以保持定温,同时又是最经济的能力来源。这些零零星星的准备,使它们能够方便地在水里游行生活,看来似乎并不稀奇。但是一向在天空中生活惯了的鸟类,忽然有这么一个支派,降落水面,开始游泳生活以后,该经过多少次的"改良",然后才获得这么一套生活技术,和谐地配合了它们的环境。仔细推寻,可真不是一件寻常的事情。只要看看那些“涉禽”还滞留在浅水与空中两阶段之间的长颈之外,还得有长的脚胫,长的嘴筒,然后才能把身体保持着不沾水而能够获得食物。看来似乎很可以勉强说得上顺利了。但是一到起飞,长嘴筒和脚胫,便成了两件不易安排的累赘;结果飞时前后两面,都在一伸一缩地,扮了许多“笨相”。由这里就可以知游禽的安排,配合得真够巧妙了。

就从鸟类说开去,我们再找几个例子瞧瞧:我们谈防御时,曾说过螺、蚌、龟、蟹等靠硬壳防守的情形。这些硬壳,绝不是普通爪、牙、尖喙所能攻入的。寻常肉食动物,捉了它们之后,总不大有办法。然而一个鹰抓到了一个大蚌,它却毫不迟疑顾虑,先把它带着飞到空中;然后,认准一块比较平正的大石头,双爪一松,把这大蚌向石头上扔了下去。蚌壳在石头上砸碎了,鹰就飞下来吃肉。一下砸不碎,它还会两次三次地加高上升的高度,务必把蚌壳砸碎,吃到壳中的肉为止。小形的龟类,鹰鹞也应用这种办法攻破它们的硬壳。有人观察过,溪边住的一种苍鹭,会把小蛤小蚌,搬到有太阳的地方,让太阳把它们晒得张开壳来后,再去吃里面的那块软肉;这简直像经过长期考虑后,才“想”了出来的毒辣技术。南美洲的鸩“鸟”,惯吃毒蛇。靠着敏捷的行动,长大有力的爪,尖利的喙,一下先把蛇踹住,一嘴啄中要害,使它无从施展毒口,然后从容地享受那像鸡脖子一样,又嫩又鲜美的蛇肉。(这个鸟的名字,只是“借用”,我们历来相传的那一种毒鸟,用羽毛浸酒后,可以毒死人的,大概未必是这种东西。)此外,在空中轻翻俊羽,拂柳分花,靠高速度掠食飞虫的燕子、鳸;黄昏时张着“血盆大口”,在空中疾飞,捕捉大量蚊虫为食饵的蚊母鸟;靠硬撑的尾,强有力的爪,攀着站在树枝上;再用尖长的喙,尖端有倒钩的舌,在树上穿一个深洞,钩取树干中藏着的甲虫幼虫,来当点心的啄木鸟等,在猎食一事上,各有精到的技术,不是旁的动物所能学得到的。最特别的,还有白头王鹰的办法:王鹰住在海岸高高的悬岩顶上;不但人类不易达到,普通小型飞鸟,也很少有那么好的翼翮,能够和劲风搏斗得过,自在地在那样高处,来往盘桓自如的。白头王鹰平常主要的食料是海鱼;不过它们并不常自己下海去捉。在王鹰营巢的岩壁腰上,另外有一些较小的渔鹗,在石罅中作着巢住。渔鹗也是吃鱼的,当它们由巢中飞出,到浪花汹涌的海面上去捉鱼时,王鹰们便已经在鹗巢直上几丈高的地方,憩息着静静地窥伺。渔鹗捉得了一两条小鱼,回巢去进餐,王鹰是不理会的。如果渔鹗捉得了大鱼,因为负重较大,鱼的泼跳,又增加了它们的困难,向上飞的速度自然较小。王鹰由经验推测,这是大鱼来了的情形,便在鹗快要飞到它自己巢边时，出其不意地，蓦然由高空盘旋而下，用力把翼、爪或喙、向鹗重重地一扑。“飞将军从天而降”，鹗在骤不及防时，会被王鹰的这一扑，松一松把握；那一尾大鱼，便由空中直坠下来。鹰和鹗同时一声长啸，一齐向下飞来追逐。但是无论如何，鹗的速度，总是比不上鹰；这鱼下坠，也许不过几秒或十几秒钟，便已经到了抢先一步的王鹰掌爪中，转过方向，随着王鹰，向青云中上进。再一两分钟，已经到了鹰巢里，做了鹰的一顿饭。那一只辛苦了半天，碰了大强盗，结果仍是一无所得的鹗，也只好自认晦气，再向海里去找小些的鱼来吃。渔鹗找到了大鱼，也究竟有着自己享受的时候，所以它们不至发誓不再捉大鱼。王鹰拦路抢劫的勾当，渔鹗以外，也还可以对其他吃鱼为生的动物施展；——饿极了时，它们竟会到渔船上来找鱼吃。因此这大小两个强盗，可以牵连着过活，而不至于有流血的事故发生；这就是“盗亦有道”的又一个方面了。

力与智的准备，往往还不甚够用；另有一派动物就加上了“毒”这一件事。小型的肉食动物，靠“毒”来做攻击手段的特别多。多数有毒的“节肢动物”，它们的毒，一方面固然作为防御，一方面还可以作为攻击食饵的根据。它们的毒有时非常强烈，连大型的动物，也遭受不起。比方蝎子、蜈蚣，是多少人都有点害怕的。要是拿身体的大小来作比较的根据，那么，跳蚤、蚊子、臭虫这几种小虫，叮了一下，可以使人的皮肤马上生成一个大“结突”，总也该算是很毒的了。无怪乎刚孵出的小鸡，遭蚊子叮了一下，重则丧命，轻也得“恹恹地”病好一向。形体较大的肉食动物，有毒的不多；差不多全在“爬虫类”这一纲里面；而且以中等和小的蛇类，占最大多数。这些东西，食量相当大，而行动速度，却不见得怎么十分高；又没有特别发达的战争武器。找到一个食饵动物，如果不“先发制人”，把这食物弄到“昏迷不醒”的程度，这食物是颇容易逃走的。经过若干年代的“淘汰”以后；这群爬虫，便积累下来一种特殊的本领。遇见一个可以吃一顿地动物，偷偷地爬到近边，“一口咬定”之后，嘴巴上下一动，嘴里原来预备下来的唾液（本来是让食物润滑一点，吞咽比较方便的），便大量地，循着长牙的牙“沟”或者牙“管”，挤到了这个动物的肌肉和血液里面。这点唾液就是“蛇毒”；一到了被咬的动物体内，那动物就会因为“中毒”，丧失运动能力，而无从逃遁。所以“中毒”的原因，一直到现在，生理学者和生物化学者，还没有弄清楚，我们暂时也不必根究。总而言之，这事象就是蛇在咬的时候，注射了一点“不纯正”的东西，到被咬的动物身体里面，那被咬的动物，受了这注射，马上就停止反抗，任凭吞噬而已。可是这点“不纯正”的东西，到了蛇的肠胃里去时，便消化了,并非“不纯正”的作用;所以蛇把那被咬的动物吞下去后,却没有一点问题。毒蛇借这一点特殊配备,可以把有本身大小一半以上的动物,立时杀死,也就立时吞食;它吞不下的动物,虽然被咬时也会中毒,但却不会立刻毒死,它便吃不着。另一方面,如果有一个比它大一点的肉食动物,行动比它敏捷得多,没有让它“一口咬定”的机会,它那一点“不纯正”的东西,无从侵入这动物体内,这动物便尽可翻过来吃它。印度的“蒙哥”,南美洲的“鸩鸟”,便是这一类;所以它们反可以靠吃毒蛇过日子。因为毒蛇咬不着它们,蛇毒不能进到它们肌肉和血液里面去;而毒蛇一到了消化道里面,也仍旧消化成了不毒的东西,不能够发挥“不纯正”的作用。这些情形,可以让我们推想得到“毒与不毒”,和“纯正不纯正”,根本不是一定不变的,只看“配合条件”如何,结果可以有很大的差异。

除掉“毒害”这一着外,在小型肉食动物里面还另有一派很流行的办法,就是“诱取”。最简单的“诱取”,像躲在叶丛里面的螳螂、青蛙,藏在尘土里的蝇虎,伏在地面上蟾蜍,身体暴露出来的部分和四周环境,颜色相同,形状相像。其他的小动物,它们预备猎取来作为食物的,走了拢来时,不容易觉察这些敌人的存在;它们如果缓缓地移动过去、对方也不容易知道。这种情形,过去叫作“隐蔽色”;说得时髦一点,该叫作“伪装”。有了“伪装”之后,无论“攻”或“守”都非常便利;一切“特务工作”,无论是“清官私访”,或者“第五纵队”,“第六纵队”……都不过是这么一套把戏。像这类的诱取,和“偷袭”差不多;所不同的,偷袭者,一般不藉特殊准备,而“伪装”者却得花上一点工夫或材料而已。另一方面,“隐蔽色”和逃避中的“拟态”,却往往就是一件事;许多小的肉食动物,本身每每地就是大型肉食动物的食饵;有了“伪装”之后,一面可以逃避敌人的攻击,一面也就可以攻击他人。乡下有一些小号或“副牌”的“土豪劣绅”,藉某种伪装的保护,避免了“官厅”的制裁以外,也就做了磕诈的根据。他们的生活,便正是利用这一派办法,来取得发展的。

“伪装”之外,特设“圈套”来诱取动物作食饵的,也非常多:“节肢动物”里面,例子最丰富,这里面要算“蜘蛛类”的设备最为完美。寻常我们看见的,在屋角上,树枝上,“摆开八卦阵专捉飞来将”的那些蜘蛛,固然够巧妙够精密了。还有一类“地蜘蛛”,中国“雅名”叫作“螲蟷”的,比这些抓飞虫的还要巧妙精密。它们普通的办法,是先在地面上找一个或掘一个小坑洞,里面收拾得很“干”“净”之后,便织好一张丝幕,张在洞口。这张丝幕,恰好比洞口稍微小一点点。幕的一边，像枢键一样，和地面结牢，可以开闭；对面便由一条粗丝，连在这地蜘蛛身上。地蜘蛛把这扇活门安好之后，还要把洞口旁边的泥土，搬一点撒在门上，使它不显露，同时把洞口和门上的泥土，扒平布匀，做成一个十全十美的"穴居"。有些人观察计算过，做成这么一个陷阱，要费三十分钟到两点钟——如果地土很松，又有现成的洞可利用的，需要时间较短；如果是太紧的地，就得多费一点时间。"穴居"作好之后，蜘蛛便躲在洞里去休息。这时看去，不过一个避世的君子，自己经营了来预备隐居高卧的一个"窑洞"而已。一片树叶掉了下来，在这丝幕上敲了一下，穴居主人不理会；几滴雨点打下来，它也不理会；风过处，刮去了一些泥土；或者一个大动物在旁边经过时，碰坏了洞口，这位隐士出来修补一下，又回去"高卧玩易"去了，简直就是"安乐窝"中的康节先生。可是，如果有一个小虫，出来游行，东张西望，漫不经意地踏在丝幕上面，还在继续前进时，它那轻细的步伐，自有一种不同的"振动数"，由幕上连着的粗丝，传到洞主身上，一下把洞主惊动了，便立刻全神贯注地等着。一到这虫儿整个踏在幕上，它的体重，把幕压得翻进了洞里，"说时迟，那时快"，恭候已久的洞主，只一下便把这"不速之客"拖翻，也不必再"拿进人肉作坊，细细洗刷，赶面做皮子"；干脆的几下吮吸，连血带肠子，便都吃完了。此后把那剩下的躯壳拖出洞外，远远地一扔；走了回来，修理修理洞口。再等第二回的"买卖"。"将以有待也"却全不隐士的行径了。巴西的地蜘蛛，身体有到三寸多长的，能够吃大的甲虫；据说还会捉小鸟。地蜘蛛之外，还有"蛟蜻蛉"的幼虫，叫作"沙挼子"的，会靠着头和尾的动作，在沙地上做成一个酒盏似的"蚁地狱"，自己躲在盏底，静候各种小虫走过时陷下来，捕捉食物。如果来的小虫，本领高强一点，在陷下后想逃脱，沙挼子还会激起一线沙来射中它，把它打下盏底。总之，既来之后，便无"幸免"；罟获陷阱之外，还有一套"含沙射影"的"深文周纳"。被害的动物。碰到这样一个生死冤家，真是"无所逃于天地之间"了。海洋深处，日光透不到的地方，本来非常黑暗。但是还有些肉食的鱼类，在那里生活。这些深海鱼类，多半是自己能够发光的。发光最原始的意义，据说是同类的互相招致，换句话说，本是结婚期的"花烛"。但是却也有一些小鱼，往往把大鱼第一条背鳍变成的发光丝，误认为同类的异性；因而有中了对方的"美人计"，送给大鱼吃掉的事情。还有些更大的鱼，便认准了这种发光丝，去找食物。这"冤沉海底"的下层世界，原也和"光天化日之下"一样，欺诈横行，并不是和平安静和的地段。

我们说了许多例子，都是动物吃动物，或动物吃植物的。其实，植物吃动物，也有存在。除掉病原细菌，把高等动物的身体，当作营养分，慢慢消费以外，还有一些植物，它们的叶子，真能够“捉”着小虫来吃。在中国最普通的是“茅膏菜”。长江中部一带，向南一直到桂林，许多山地里都有这种植物。寻常有圆叶和长叶两种，圆叶的叶子三四分长，两三分宽；长叶的也不过五六分长。叶子面上，长着一些又长又细的茸毛，毛尖上常积着分泌的黏液；映着日光，闪烁灿烂，很像许多小颗珍珠，镶在一片翠玉上。有些小飞虫，远远地看了，常会“莫明其妙”地扑了过来。一来之后，可就给这茸毛黏液黏住了，不易脱身。同时，叶面其他地方的茸毛，也会向这小虫弯曲过来，把它团团围定，捆在中间，这时任凭这虫儿如何摆动，再也飞不出去。再过一会，茸毛里面便会分泌出“消化液”来，消化液里面有着盐酸和蛋白质酵素，简直和动物的胃液一样。不多时，这小虫整个身体，便化成了“一摊清水”，再无痕迹；茸毛这时也便停止分泌消化液，把这一点肉汁，慢慢地吸去。再过些时，茸毛又一条条竖了起来，再分泌黏液，预备第二次捉虫来吃。此外和茅膏菜相像的，还有华南一带，高山溪涧旁边的毛毡苔；捕虫的情形，和茅膏菜完全一样。设备最完美的“肉食植物”，要算旧大陆热带地方的猪笼草：一片绿叶的叶尖上，有一条细筋，筋上长着一个瓶子般的“猪笼”；笼口向天，口上配着一个大小适宜的盖子。这盖子能够自己开闭；下雨时自然闭合，天晴时就敞开。瓶口上有些蜜腺，分泌一些蜜汁；瓶颈部蜜腺更多。要是有些贪嘴的小虫，走来吃蜜，自然而然地会向瓶颈蜜腺较多的部分爬进去。虫一爬到这里，瓶盖也会自动关上。等到它吃够了想走时，早已经给人家囚在猪笼里，跑不出去。瓶盖上还有一处特别透明的地方。飞虫往往误认这是出路，用力振翼向这透明的一点飞去，结果撞得头昏眼花，一下就掉下来，在瓶底积蓄着的一点消化液里面淹死了。要是不会飞的虫，一看出路没有了，也许就会慌得到处乱爬，爬到瓶颈下面的地方，那里是涂满了蜡的，站不定脚跟，一滑也就掉到瓶底的消化液里面淹死。这淹死的虫儿，最后自然都是给消化液消化了，变成了猪笼草的养分。见惯动物吃植物的情形，总是感到“弱肉强食”的可恶；现在看看植物吃动物，吃得如此“尽致”，也该会感到毕竟“强肉弱食”也不是没有的，会点点头，来一句“天道好还”了罢！

吃新鲜肉的，比较上“合于卫生之道”；可惜得费了许多力量去寻找。另外有些动物，生活要靠吃肉来维持发展，具有相当大的食量，可没有特大的本领去找寻大动物吃，却又不甘心专吃“小肉”。在这种种条件之中，它们唯一的办法,便是吃死尸。哺乳类中如狼、狐、鬣狗,鸟类中如岩鹞、秃鹫、猫头鹰等,对于“自死”的“净肉”,照例决不嫌弃;只要能找得到,便会哄着来吃。像狼的情形,更是有点“令人生气”:往往在哄着争吃死尸时,因为“分赃不匀”而打架;打架的时候,大家也决不留情,可以极端残酷地爪牙相向,结果往往会把一群中某一个个体打死。打死之后,这一重命案,无“主犯”“从犯”可寻;而且不论“主犯”“从犯”,大家都会聚了拢来,把这个死者也争着吃了完事。你要说这“真是惨无人道”吗?狼根本是“狼”;只有狼道而无人道。再回过头来,看看我们人类社会中间,像这样的情形,也并不少有:许多小型军阀,小诸侯,聚哄时,某一个倒了,其余的还不是大家先暂时停战,来处分这一份“逆产”?如果让狼来批评,它才真会点头赞许,是“正合狼道”!

吃尸的动物中,猫头鹰也是一个大大有名的例。猫头鹰是自然界最勤快的清道夫之一,搜求的周到,真是“无微不至”。往往其他动物吃剩的骷髅,它们也“珍同拱璧”。在它们的巢里,往往会堆下许多残破不全的骨骼。过去美国有几个动物学者,就曾经根据猫头鹰巢中的鸟兽头骨,定了许多珍奇的“新种”。庄子曾记有一个故事:一只猫头鹰,找得了一只又臭又烂的死耗子,得意非凡之际,偶然看见一只“鹓雏”飞过,它便仰起头来,道一声“吓”;意思大概是想骇住它这位文采风流的同宗,使它压下“分润”的野心。根本上不知道这位同宗,对于死耗子,绝无兴趣,枉费了它的一声“吓”。

新鲜的尸首,究竟还不失为肉;胡乱吃点,也还罢了。昆虫里面,竟还有一些种类,专吃“陈死人”。像专吃干鱼干肉的“蠹蛀子”,专吃干丝干毛的毛蠹(蛀毛虫)。这种“吃冷门”的情形,所谓“人弃我取”,倒也自得其乐,与世无争。只有人类,却因为利害的冲突,憎恨它们,要想方法来制止它们的发展。

绝对要吃肉,或绝对只能吃植物的动物,固然很多;能够随遇而安的,也并不少。这种“杂食性”动物,恐怕在动物界中还是占着比较上的大多数。杂食性动物,因为食物的选择不十分严格,所以生存发展的机会,比较上丰富。但是从另一方面说来,杂食性动物的消化器官,却得兼有草食和肉食两方面的准备,才能够发展得畅适。同时,在找寻食物时,也还要有能够猎取的准备。多方面的发展,要办到自足自给,究竟也不是十分经济的情形;因此,就是“人类”这“典型”的杂食动物,也还有着分化的趋势,专向肉食或草食某一方面发展。

“食”的重要,我们已经讨论得很明白;“食”的方式,我们也分析了有这么多。现在我们再追进一步,看一看生物得不着“食”时,生活情形怎样?食是生命的物质基础;没有食物,生命当然不能发展。不发展,有三种不同的“出路”:第一种是停滞;第二种是消费现有体质,来维持正当生活的进度;第三种是另换一种生活方式,使体质的消耗减低,让饥饿中生活的时间,可以延长一点。停滞的不是“生活”;真正的生物,从没有让自己生命,陷于绝对停止的状态中的。饥饿时,如其不结束生命而死亡,则生命活动总在继续前进,不过有时可以把活动的量,减低一点而已。换句话说,生物只采取这三种出路中的第二与第三;第一种是“死路”,不是生活。

严格地说起来,饥饿是生命中必有的现象;我们也可以说,没有饥饿,便没有生命活动。因为生物绝没有永远不停地进食的可能;要是我们把不吃的时间,即是两次进食中间的一段,认作饥饿,则生命便是继续不断的饱与饿的间歇。如果我们退一步,认为只是食物供给不足,才算饥饿;那么,生物也永远没有绝对饱的时候。就是正在“吃”的时候,食物没有完全消化前,身体的各部分,固然不是都在“饱”着;而食物消化了,传播到身体各部分时,也绝不是绝对均匀的分配,尽有许多部分,仍旧在饥饿状况之中。所以在这种状态里面,生命也还是饱与饿的交替。详细地说,不论“单细胞”或“多细胞”的生物,各个“细胞”,都是一时饱一时饿的。因为“生命活动”,必需“消费”能力,来做“工作”;不停地活动,自然是不停地消费能力。无论哪一种生物,生命活动所需要的能力,都靠呼吸供给。所谓呼吸,就是把身体里面的物质,拿来分解,放出能力来的一种作用。这拿来分解的材料,自然必定是已经进到细胞里面来了的东西。生命活动不停,细胞里面的物质,便得不停地分解;所以生活的细胞里面,绝没有绝对饱足的时候。细胞里面原有的物质,不断地分解;分解时所生成的能力,一部分便消费在“吸收新物质”上面去了;新的物资吸收进来,便是由饿到饱阶段。“春生、夏长、秋收、冬藏。”整个生命如此,组成整个个体的每个细胞,亦复如是。这就是“生命”之所以为“连续量”的一方面。

不过,除开“单细胞”生物以外,所有多细胞的生物,都已经经过分化,生出一套专管“吃”的器官。因此身体里面大部分细胞,都不能直接吸收外界的食物;一定要从这管“吃”的器官,间接取得养分。要是这管吃的器官,找不到东西吃,其余细胞,就会只有分解没有添补。这种情形,才是“最狭义”的“饥饿”。应付这种最狭义的饥饿,生物各有各的巧妙方法。大体说来,最原始的办法,就是第一篇第三节,我们讨论生物应付逆境时,所说的“退藏”;把各种生命活动的活动量,减到最低度。换句话说,是走第三种“出路”中极端的一条路。但是这种"阿世取容"的态度,只可"苟全"于一时。"寿命"已经是一个短促的东西;在这短促的时间中,要是再这么"随俗俯仰浮沉",生命未免"太不值得"。"个性"稍微"强硬"一点,比较上想多一点"自由自主"成分的生物,总不肯如此随和;一定要以"内在的调节",来应付"外来的牵制";或者干脆就给一个"不理会",来一套"狂者进取",以"攻"的方式,奋斗着求发展。

奋斗着求发展,就是我们所谓第二种"出路";走这一着的,普通都是分化程度高的生物。它们在"逆境"中,宁愿(我们所谓"宁愿",可不一定是"自由意志选择的结果";当事者也许并无"自觉"的!)照常消费现有的体质,取得活动必需的能力,来继续活动,由活动中去开拓。如果活动开拓的结果,居然得到了食物,则生命的前途,还是光明无限的。我们说肉食动物在饥饿中"勇敢"高于"机警",便是这种"狂者进取"的情形。如果我们高兴借用"新文艺"里习用的语调来描写,这里面有着"亢奋的挣扎",有着"不可遏抑的热情",有着"火一般前进的勇气",有着……有着……且慢一步! 我们更愿意看着内部"牢不可破"的事实(让我们爽性更借用伽利略(Galileo)的一句话)。——在这挣扎中,当事者的牺牲怎样?

一个动物在完全饥饿中,身体各部分的消耗(据 Voit)

组织种类	脂肪	脾	肝	生殖腺	
损失重量的百分数	九七	六七	五四	四〇	
组织种类	肌肉	血液	肾	皮肤和毛	
损失重量的百分数	三一	二七	二六	二一	
组织种类	肠	肺	胰	心	神经系统
损失重量的百分数	一八	一八	一七	三	三(注)

(注)神经系统所损失的只是水分,并无固体物质。

这些数字,告诉我们,"狂者"的进取,并不是不顾一切地牺牲:不紧要的东西,可以完全不要的,差不多就全部用掉;但也还要留下一点根据来,做"复兴"的基础。而重要的成分,却至死也不能消耗。先尽量在脂肪组织、脾、肝里面,储藏物资。一到饥饿时,先尽量消费这些东西。"战时取平时的态度",可决不放弃"复兴再造"所必需的活动主力根据。这里面,正有着严密合理的组织与分配。岂是"不顾一切"地零乱?

像这样的进取,得有合理的准备,虽则是较"进步"的办法,但是危险性很大。一般分化不高的生物,普遍都不这么"冒险",而宁愿采取第三种出路中

“温和”一点的办法，把生命活动，从新分配一番，让不必要的活动，相当停止一些，来“保全大局”。自然这“相当”两字，包含了许多极复杂的情形在内。这第三种出路，我们曾说过的，是“另换一种方式”：里面有着“量”与“质”两者交错的差异，当然不得不复杂。各种“分化”程度不同，和生活方式不同的生物，所取的应付方式，必定彼此不同。全部仔细分析，既不可能，也无必要，我们且拣几个重要“阶段”和“典型”来说说：

植物的情形，比较上简单，我们就从植物说起：植物所遭受的饥饿，有内起的与外致的两种情形。外致的，是外界的供给，不够它们发展的要求。在这种状况中，植物趋势，是以最大的物资，去长吸收那些不足条件的器官，来取得解决。缺水便尽量长吸水的根，把根长到水的供给最大的地方去。我们看沙土里长的植物，往往地下长着丈多深的根，而地上不过几片叶，短短一段茎而已。反过来，长在阴湿处所的植物，水的供给不成大问题，而日光空气不够，所以相比之下，根比茎叶都小。内起的，则是发展到相当程度后，原有物资，不够分配时，所生的困难。例如一个植物所需要的各种无机盐类，在一个生长季节开始时，可以有余，或者至少是敷用的；生长发达，开展到相当程度时，便因为“冲淡”了，不敷分配。这时已不是全靠扩张吸收器官所能解决：因为扩张吸收器官，仍要消费相当材料；材料的准备不够用，就只好把已得的盐类，重新分配一番，从陈旧已失时效的器官中，移出一部分来，供给新生的紧要部分利用。枯叶中钙、钠……较多，嫩叶、花、果实、种子中，则氮、磷、钾等重要材料，却仍旧能占优势，就是这个道理。这和高等动物饥饿时，各种组织，各有不同程度的损失，相似而并不相同：动物是消耗已有的物资，维持活动，希冀着不可必得的获取；而植物却是利用已经不甚需要的废物，改造了来做新的发展。意义完全两样。在我们看来，植物的办法“更合理”。再，还有一类特别的情形，即是外致内起两方面的饥饿，同时作用的，植物也有着一种“攻守并进”的办法：例如生在沙池的干生植物，得水不易，是外致的，失水很快，是外致而牵涉内起的。夹攻之下，这些植物，就有着同时应付的必要。比方像西瓜，它们一方面尽量在身体里面某一部分，大量地储存水分；并且在那里留下多量的糖，把这已经吸收来了的水分，加以看守，免得它跑掉，这就是西瓜果实又甜又多水的原因。同时，要是太阳出得凶，蒸发量大，它们的叶子就萎软下去，减少蒸发面积，保守残留的水分。这一着保全，倒是有点像动物的“装死”；不过保全之中，已有着发展的准备；太阳下去一点，根的吸收可以抵过叶的损失时，叶子便张大了。

动物中间，像“涡虫”等种类，分化的程度不高的，饥饿的时候，会把一部分已经“成长”的组织，分解了来，供给生活。如果把一个已经生长发育，达到成熟时期的涡虫，放在清水里，让它挨饿，结果它会把体内所有“成长”了的组织，慢慢消费着，到后来可以变成和刚出生来的幼体，连习性带生理状态，完全一样的个体。有人把弟兄两组涡虫，一组让它间歇着饿着，继续“活”下去；一组让它吃饱了去生殖。结果第二组生殖了一十九代，而第一组，却还能保持它们的“童态”。可惜人类因为分化程度过高，经过这样饥饿后，仍旧不能把“成长了”的组织消费下去。所以尽管有些想“美丽”的太太们，拼命饿着，免得吃饱了长胖后，有损“苗条之美”；但究竟只能“瘦”一点，而不能挽回“青春”。否则今日的太太小姐们，恐怕有十分之六七，都要“相率不食”了。那些妄想长生不老，对着镜子伤心的人，如果能学会“涡虫”这一套本领，也准可以减少其他的人，因为“马尔塞斯人口论”而担下的忧虑。那些以为战争为职业的“军阀”，如果有了这个办法，一定也要喜欢得发狂：因为它们只要把老年人关着饿一个时期，便可以又多一批“炮灰”；军粮不但不需准备，而且还可以分外剩余，岂非“再妙没有了”？

昆虫类中间，像蛾、蝶、蚊、蝇之类，由卵孵化出来之后，一生要经过三次变态。刚刚由卵壳里钻出来的“幼虫”，是“一生”之中吃得最多，长得最快的时候。幼虫生长到一定的大小，已经达到极限，不能再长时，会蓦然起一番变化，停止进食，把其他一切生命活动，减少到不能再减的程度。同时，身体外面，也长出一层厚皮来，包住里面柔软的东西，减少过分的渗透损失。有时，还在外面再加上一个茧壳，保护更加周密。这就成了“蛹”。蛹在表面上看来，是一个不食不动的东西；像死未死，像活不活；我们很容易想它是在睡眠。其实不然。蛹虽然不吃，也不运动；但它身体内部，却正在“旋乾转坤”地，演着一出“改造”的大戏。幼虫时期，“吃”是第一要义。消化道消化器官，非常发达。吃下去的东西，消费不了这许多，暂时储藏起来，长成一身嫩肉。这身嫩肉可并不是发展的“目的”：维持种族，是何等重大的责任？自然应该由经历较多，修养有素的成体来负担，决不能就交给这些软洋洋的嫩虫的。所以嫩虫长到不能再长时，就得“脱胎换骨”，潜藏修炼，把这一身嫩肉，作为材料，长出“生殖腺”、运动器官、感觉器官等，作为变作成虫的预备。一到预备完成，便“尸解”“羽化而登仙”，成为所谓“成虫”。成虫的生活，另是一段发展，暂时我们不必说。只这不食不动的蛹，如何“内化”变为成虫，这一套应付饥饿的本领，才真是值得羡慕的事。

以内化为发展手段的，还有“蜕化”中的虾、蟹、蛇。蜕化的动物，在“蜕化”前，先得把内部预储的材料，组织成一袭新的皮肤；蜕化后，新皮没有十分坚固以前，也得忍着饥饿过一段日子。这时“内化”与饥饿的程度，拿身体的大小，和时间的长短相比时，虽没有像蛹变成虫的严重，但的确也并非容易。人类中，尽管有着“绝食救国”的例子，甚至于宁愿冒着“饿死”的危险。想往饥饿中求“内化”的发展。但是截至现在为止，我们还没有看见真正的成功。过去的结果，告诉了我们，饿死是事实；饿而不全死也还可能；但是“脱胎换骨”真正变出另外一套“生命”来，似乎却只有宣传，并无实例。

“脱胎换骨”，既得以“仙风道骨”为根基；一般生物，多数只是“凡器凡躯”，“绝粒”之后，便不能维持多久，更不必谈以后的发展。所以一般生物，能够“知雄守雌”的，大概都宁肯老老实实，脚踏实地以“吃”为生，不妄想去“成仙得道”。聪明洒脱，“乐天知命”的生物，和蠢极了“今天不想明天”的生物，寻常都是一面找，一面吃。找得着，吃得下，生命便可发展。找不着，乐天知命的，便泰然地等着“生”之结束；蠢些的却常在“勇敢战胜机警”的条件中，冒着“战死”或“伤死”“毒死”……的危险，去找东西吃，结果往往“赔了一条性命”。话虽如此，聪明洒脱，乐天知命的生物，却并无发现过；只有冒着“死”的危险去求食，以换取生之发展，才是真正“生物”的“本能行为”。动物如此，植物如此，没有例外。如果要找例外，只有人类，——这就是“人异于禽兽者、几希”的“希”了。

但是，生物也不全是绝蠢绝蠢的蠢材：它们往往能够因为“本能”的作用，在可能的范围内，预先囤积一点食物，减轻饥饿的威胁，这种储粮的行为，在生之延续中“逆境”的应付里，我们曾经说起过。我们说这是“本能”，可并不冤屈人家：这种“本能的行为”，往往会有很“可笑”的结果。比方啄木鸟在树干上挖洞来储存坚果，我们不免要认为“智慧”的；可是它们有时也会啄开山上牧羊人屋上的木窗，屋外的木桶，胡乱堆下一堆坚果，再把泥封上，自觉“满足”而去。尤其是有些上面无盖，下面无底的木桶，搁在高一点的地方时，它们也飞来，照样地啄一个洞，扔下一些坚果，封上泥，得意而退。以后往往也并不再来“发藏取用”。这一套“蕉鹿梦”的把戏，我们愿不愿意学学孔丘与黄帝，来给它们下个判断呢？

不容易变坏的食物，固然可以贮积。像鲜肉等东西，动物储集着，腐败细菌却要先利用了，来发展它们自己的生命；等到动物要用时，已经变成无用了。所以贮积有困难。盐渍、水藏、干燥等保存食物的方法,是人类后期文明中的发明;一般动物,都没有想到;就在人类,生活比较原始的民族,也没有这些知识。但是住在地洞里,靠吃"肉虫"的生为鼹鼠,却发明了一个方法,替它自己预备了一部分量虽少,可是常常绝对新鲜的"肉"的供给。它的地洞,结构非常精致。除了一楼一底的住房外,常常还有间下房。它在外面获取食物,如果找到了蚯蚓,除非实在饿极了的时候,决不肯一次吃完。普通是把蚯蚓带回家中来,吃去头上或者尾上的一小段后,便放在下房里去。蚯蚓的"再生力"很强;受伤以后,如果经过相当时期的静养后,可以复原。复原以前,是不太会移动的。鼹鼠利用了蚯蚓的这一个"弱点",便找了许多蚯蚓来,各吃去一段,收藏下来,让它们再生复原。复原以后,它便再吃掉一点,等候它们再复原;一直吃到那蚯蚓实在疲弱不堪,不能够再复原时,然后才整条吃掉。像这样,有了十几条蚯蚓,长久地留在下房里,轮流被吃、再生、被吃、再生……鼹鼠就长久地有新鲜肉可吃;再出去多猎取几次,便长久地有得补充,不必发愁了。看上去,自然觉得有点"残忍"。但是在"横征暴敛"下过日子的老百姓,时时要"剜去心头肉"来"医得眼前疮",长久供给贪污的统治者以"民脂民膏",那命运就究竟比蚯蚓好得多少?

鼹鼠这一种残酷的榨取,在生物界并不普通。和榨取原理相同,也是利用其他生物的生命发展,加以适当的"保护"与"管制",由此取得食物,而手段却更和平、更进步、更合理的"畜牧"与"种植",在蚁类中倒有实例:蚁都喜欢吃糖。因为它们身体小,运动勤,活动量大,时时都要有能力丰富的食物供给,最方便最经济的食物,自然是糖。可是蚁却没有自己制造糖的本领。而在植物幼苗上长的蚜虫(常叫作"花虱"的),专吮吸苗汁为生。苗汁中糖分较多,蛋白质较少;蚜虫利用不完的糖分,便会成为浓厚的糖液,一滴一滴地,往尾后渗出来;积多了便会成为"甘露"。这种糖液,自然是蚁最喜欢的食物;蚁寻常便会缘上植物幼苗上去,寻蚜虫的甘露吃。有一些蚁,竟"发明"了把蚜虫搬到嫩苗上去。好好地保护着它们,来取得糖液长期的供给,像人牧乳牛取牛乳一样。南美洲有一种"农蚁",因为要吃一种禾本科植物的果实,便在旷地里开辟一片一片的"田",专门种植这种植物;并且还会从自己的洞里,把蚁粪搬了去"肥田",增加收获。还有一种"切叶蚁",因为欢喜吃一种菌类的"子实体"(菌类长出地面来的那一把"伞"),便把这种菌的菌丝体,搬到自己洞里来。同时,把这种菌类最爱寄生的树叶,咬成大小相差不远的小片,按时特地搬到洞里来,另筑一间

“菌房”，专门去培养这菌，让它长出子实体来吃，就像人类种“香菰”一样。蚂蚁以外，白蚁也有这种习性。不过，连人类本身在内，除掉“社会动物”以外，我们还不知道有无其他生物，经营着畜牧与农业的。目前我们虽然不敢有所判断；但是事实却诱惑我们，使我们假想这或许是有了社会组织以后，各个个体，有了“分工”特化的可能，于是才能有一部分个体，把它们的生命贡献出来，专门从事生产，让大家才能共同享受。

乙 住

为了我们当前这个住的问题，我们不妨把空间与时间，仍认作两个不同的“量”。生命本身，除掉时间的占取外，也还得有空间的占取，然后才能发展。换句话说，生物要“住”，才能生活。

“吃”，是物质的供给：一般植物，和固着不动的动物，是住着吃的；两件事情，同时解决，比较上简单。但是同时也就增加了“住”的重要。因为不住便无从吃；而没有东西可吃的地方，也不能够“住”。能运动着去找吃的动植物，“吃”大部分由运动解决；但是住依然要跟“吃”的难易发生关系。因为运动的量是有限的；每一个生物，都只能在它运动的量所能容许的范围以内运动。如果“吃”和“住”之间的距离，超过了它运动量的范围，也仍旧是不能住的。因此无尽的空间中，只有有限的生物住着。就地球上一般情形说来，只有气圈底下层，地面的大半，海洋的小半，有生活的生物在发展。气圈上层，空气稀薄的空间，没有生物；地面上终年被冰雪盖着的地方，太干燥的地方，太热的地方，只有很少数的生物；海水太浓、太冷，或空气不能透入的地方，也只有很少的生物；土壤层以下的岩层中，没有生活的生物。因为生活的可能，有一定的限度；光线、温度、水分和养气的供给等等环境条件的变化，如果隔生物生活的“最适点”过远，生活便要不可能。这么一来，可住的空间，已经比实存在的空间小得多。而事实上“住”和“吃”之间密切的关系，如此牵连着，把本来可住的空间，又加上一个折扣。所以“生命无所不在”这句话，只是诗人的“赞颂”之词；如果不加一点限制，是不真实的。

我们可把“住”这一件事情，分做“环象龛”“游弋圈”和“泊点”三重来看。空间中，各种环境条件的变化与配合，能够容许某种生物生活的那狭小的一段，这种生物，可以占领了做发展根据的；我们姑且称之为“环象龛”。环象龛中，某个生物个体，正式占领了，来作为它生存发展的地盘的，我们称之为“游弋圈”。在游弋圈中,生物个体认定了来专门定居的那一点,我们姑且叫作“泊点”。(顺带声明,这三个名词都是“杜撰”的;所以我说“姑且”。)不待说,环象龛是最大的一个单位;一个环象龛里面,可以同时容纳许多个个体的游弋圈。但游弋圈,却不一定就比泊点大得多少:概括地说,一个生物个体的游弋圈,最大的限度,是以它的泊点为中心,以它的运动量为半径,所画的一个“球形”的空间。最小的限度,就刚好等于它的泊点,加上它自己的体积。

环象龛的出现,有两重原因:第一是地球上各处各点,地势、地形、水分、阳光的量与分配,温度、空气成分、土壤构造,乃至于其他生物的存在等条件,有着种种错综复杂的变化与配合。第二,是各种生物本身生活需要的阳光、温度、水湿等,也各有不同的要求。这些外在的条件和生物的需要,不一定是刚好符合的。如果两方面的情形,相差不太远,生物是可以凑合着,或者畅适地在一定的空间段落里面,发展它们的生命的。这是“环象龛”的起因。拿一个比较上具体些的例子来说罢:有一种绿色的,自体营养的,木本植物——比方就说荔枝树或橄榄树,因为它构造和生理性的特殊,必得在一个终年温度都相当高,水分相当丰富的地方,才能生活。那么,两极地带,它不能生活;接近两极的地带,它不能生活;就是在南回归线以北,北回归线以南的地面,如果终年雨量不够它生活标准的地方,它也还不能生活。这样,就只有南北回归线之间的赤道地带,雨量终年都高的地方,才是它们的环象龛。有了这种环象龛,这种树便有生活发展的可能。如果它碰在这种环象龛里面,自然能够畅适地发展,生活可能达到最高极限。但是,一个高等植物的个体,必定要一个地方着根:或者着在土壤里,或者着在水底,或者着在树上。这着根的地方,便是它的“泊点”。着根既定,它还得布枝出叶,利用阳光,吸收碳酸气;同时,由根出支根,细根,吸收水分和盐类。它枝叶和根所达到的空间,不问是空气中或是土壤里面,总之,它体积所占领的空间,便是它的游弋圈。又比方蛙,它们得有相当高的温度,才不会冻死;要有水,才不会干死;要在有植物和小虫生长着,可以供给它幼时和成年后的食料,才不会饿死;……诸如此类,有许多的条件,限制着它们的生活。所以在两极地方,它们绝不能生存;靠近两极的寒带地方,仍旧不能生活;到了南北温带,它们可以勉强凑合着活;到了热带,他们活得很舒服了。所以偏近寒带的温带中,它们的种类和数量,都比较少;一到真正的温带,便渐渐加多;到了热带地方,只要有水,就是蛙类的极乐世界。它们的环象龛,是温带中比较潮湿温暖的地方,和热带中接近淡水的区域。它们能够自由运动;所以它们个体的游弋圈,便包括这些地方里面它们游着或跳着所能达到的地带。至于它们的泊点,比较上流动性很大;总之,它们在游弋圈中的某一点,固定下来时,那一点它们就据为泊点。虽则流动性大,但它们却常常守住一个较小的范围,不会离开得很远。蛇、蜥蜴、龟、鼈、鳄等爬虫类的环象龛,大体和蛙类相似。虽则它们在陆地上生活的本领,比蛙类稍胜一筹;但究竟有限。而且像鼍、鳄等种类,根本离水稍远一点,就不能活动。所以爬虫类在地球表面的分布,也和蛙类差不多。比方在中国,黄河流域一带,蛇、蜥蜴、龟种类都很少,鳄类根本没有。一直到长江流域,鳖、鼋、鼍都有了;蜥蜴和龟的种类也多了起来;蛇的种类更多,而且添了不少有毒的种类。向南,过了五岭,气候更温和,空气更湿润的地方,爬虫生活愈加畅适:种类也加多了,形体也更加大了。海南岛的大蟒,龙州一带的大蜥蜴,都已经有热带爬虫的气概。过去,在唐朝时,潮汕一带,还有养大鳄鱼,藏在水边吃人;曾经麻烦过韩退之老先生,派了人专程拿猪、羊去,把它们"祭"走;意思是请它们另找"游弋圈";让出这一部分"环象龛"来,让其他爱好和平的生物利用。定温的鸟类和兽类,因为自己有了节制体温的能力,环境对它们的威胁,渐渐减低;环象龛自然而然,扩大了不少。鸟类因为运动的准备特别好,能够利用的空间特别大,所以连两极地带、寒带都能占领了来住。兽类就因为运动能力的限制,只能在温带和热带畅适地发展;一到靠近寒带的地方,发展须得凑合环境的允许,所以种类也就减少了。

不同的环象龛中,地理、气候、生物等条件,固然不一样;就是同一环象龛中,各种条件,也绝不是永久均衡的。小环象龛中,细微的变化,我们不必去"钻"了,现在就最大的一个环象龛来说:海水,差不多占了地球整个表面面积的四分之三,彼此互相交通,水又是一个比热很高的东西,温度不十分变化的。像这样大的一个环象龛,我们寻常想象中,除了纬度不同,寒温热三带海水的温度,应当随着日光照射的角度与时间,稍有变化。此外,深度也有不同。其他条件,总不会变化得太厉害的了。其实,海水除了深度和温度外,其他差变,却很多而且往往很大:第一,海水的浓度,就会因为距离陆地和河流出口的远近不同,海岸和海的岩石的性质不同,深浅不同,温度不同,季节不同……,有种种差别。第二,海水中光线透入的分量,也因为海岸的颜色,海水的深浅,海生植物的种类和分量、纬度等而不同。第三,海水中溶解的养气和碳酸气的分量;第四,海水的酸碱性反应;第五,水中各种盐类的质和量……许多条件,都在变化之中。要找两处各种情况都绝对相同的海水,事实上就不会很容易,——也许竟是绝对地不可能。因此,海产生物也绝不是到处一样。可是海水变化的情形,比较上还算是最均匀的;所以海洋生物分布情形,变化的程度,也比较上小些,没有像陆地上那么显著。

环象龛中的条件,既然在像这样剧烈地变化;在这环象龛里面生活的生物,生活情形,自然也得受这些变化的影响。变化的量与速度,可有种种不同。和缓的,有定期的变化,生物因为“习惯”的关系,可以藉“应变”的准备,安全度过。如果应变的准备周到,则生命可以有畅适的发展;否则就只能凑合敷衍。在凑合敷衍中,“居移气、养移体”,可以慢慢地习惯;习惯久了,便可以“富润屋、德润身”,渐渐畅适地发展。凑合敷衍下去的生物,便只好死亡,或者退出,别寻适当的环象龛。这就是所谓“淘汰”的现象。应变的准备,我们谈“逆境”中的执着时,曾经说过一点,大体上,有两种办法:一种是改变自己生活的情形,减低活动量;或储藏一点维持生命的物资;另一种是暂时避开出去,“寻得桃源好避秦”,向另外的环象龛中去发展。急剧的变化,对于生命发展的威胁最大。准备得特殊充分的,总能幸免一死。普通一度急剧的变化后,原有的环象龛,便差不多要完全破坏,另换一批生物来生活。像野火延烧过的地面,火山熔岩和冰河流过的地方,都可把原有的生物,完全毁灭;其次,地震,山洪,也往往可以使当地的生物,大部分乃至于全部死亡。这种骤变后新成的环象龛,最初往往不适于寻常生物的发展。只有一些能够忍受极端折磨的种类,才可以在这种酷烈的环境中,筚路蓝缕一番,从荒凉中展开一点生意。

环象龛在条件的异变中,温度的变化,关系最严重:一般在生长在寒带和温带的生物,对于低温,都经过相当的“训练”,因此在寒冷中,还能有相当的发展。在温暖的地方,它们的发展自然更可畅适。所以它们的环象龛,比较上宽展。生在热带和接近热带的地方,习惯于较高的温度的生物,在低温度中便不能发展;遇了低温,除了潜藏与逃走以外,就只好结束。关于生物对于温度变化的反映,有一件颇有趣味的事情,就是寒带住惯了的生物,虽然有着防寒的准备;而大部分生物,却都绝不能耐受高温。除掉生长在温泉中的好热细菌,可以忍受百度表八十三度的高温以外,就是最能耐热的仙人掌,也仅仅可以忍耐五十二度以下的温度。其余一般动植物,一超过五十度的温度,就要现出“热僵”的情形,生命活动,都起了不能恢复的停顿。生理学者告诉我们,说“组成一般生物原生质的蛋白质,一到了五十度以上,都会因热而凝固,像鸡蛋白一样;凝固之后便失掉了生命活动的性质。”这自然是事实;但是为什么仙人掌和好热细菌的原生质,同样也是蛋白质组成的,却性质特殊呢?因此过去有些学者,提出另外的一个假说:他们说,“地球是渐渐在冷却的;大概过三万多年,就该降低百度表一度;地球上自从有生物以来,温度已经降下了十多度,将来还要继续冷下去,而再热上来的可能却非常少。所以生物有防寒的准备的多,防热的却没有。”这种方法,我们这些“一般人”,也有两点怀疑:第一地球在渐渐冷却,我们相信;但我们却不能相信真是三万多年,就冷下去一度;因为那些推算的根据,我们不能承认是绝对正确的。我们倒宁愿相信愈到后来,冷下去一度,所需要的时间愈长。第二,许多生物,是否能懂得它自己是在“生活”,都很成问题;若说他们“未卜先知”,居然能料到地球将来会完全冻结,所以现在就作着防寒的准备,我们实在不大容易相信这种“深谋远虑”。就事理推测,我们觉得生物的出现,既是地球渐渐冷却到水的沸点以下以后的事情(沸水里面,平常生物的确不能生活)。那么,组成生物身体的蛋白质,自然不会从更高的温度中经过;所以没有受过高温的“淘汰”。仙人掌之类,原来生长在亚热带沙漠中,是在比较高的温度中经过了的;凡受不了高温的,便早已死亡;只有能耐高温的,才能利用当地的环象龛,生活、发展、繁殖。其余一般生物,则看环象龛中,温度能低到什么程度,它们便已经经过那种低温的选择,有了对于那种低温的准备。因此,温带热带的生物,在寒带生活很困难;而生在温带和寒带的植物,却可以到热带去发展。经过严格管制的人,自然能够懂得“自由”之可贵;自由惯了的人,在管制中,除了潜藏与逃走外,只好死亡,也就是这个道理。

其次,环象龛中水分的相对量和绝对量,也是一个重要条件:有些地方,水的绝对量虽多;但成为浓厚的溶液存在的,生物往往不能利用。海水不解渴;盐地碱地,另有一套特殊的生物;寻常生物到了那里,仍旧不能利用地中的“溶液”。植物的生长,受水的限制最严:水分供给不足的地方,植物的生存发展也就很困难;植物不能生长的地方,动物的食物与泊点都成问题,所以动物的发展,间接也受水分的影响。但是只要稍有可以利用的水分的地方,却总有些植物,利用了作为环象龛,去做“抱残守缺”的发展的。在这种物资缺乏的环境中,它们自然得有相当准备。这类准备,寻常不外三种:第一种是“省吃俭用”的办法,量入为出,尽量减少水分的消耗。叶子是蒸发水分的器官,它们或者在叶子上长着厚角皮,或者长上长毛,或者长得很厚很小,或者干脆不长叶子,以免蒸发的损失。第二种是大量吸收,储存备用。根或者长得很深,或者范围很宽,以极大的吸收力,尽量吸收;吸收了以后,更以极大的力量来保持着,不让它消失。例如把多量的糖溶解在水里面,使它成为比土壤水还要浓厚的溶液。一方面藉高价收买,和土壤竞争水分,利于吸收;一方面强力把持,空气便再干燥,也不容易把水蒸出去,这是十足"囤积居奇"的手段。第三种是"偷渡";干燥地带,如果有一个定期的雨季,植物便趁着机会,在这短短的潮湿时期,很快地发展,等到雨季过去,干季来临,它们也已经发展够了,便又草草死亡,总算已经煊赫了一阵。黔桂铁路金城江站,过去草率的繁荣,就是这一种"偷渡"的发展。这种发展,虽则"时势造英雄";但是危险性过大:只能"聊备一格"而已,不是正常的办法。普通的"干生植物",多半是用第一法或第二法来维持;也有兼采两种方法的,那时发展就比较上畅适。

空气成分的改变,也是环象夋条件一种重要的变化。一般动植物,在这一方面,都有灵敏的感应。植物叶子上长着的呼吸器管,所谓"气孔"的小洞,往往会被附近大工厂烟囱里出来的煤烟全都堵塞,因而窒息死亡。要是煤烟里面硫黄的分量高,植物所遭受的伤害更大。炼铜炼铁的炼厂,煤胶工厂,所发生的各种气体,可以把近旁植物,大部分毒死。动物里面,昆虫和鸟类,对于空气中异常成分的出现,也有锐敏的感应,常常会早早逃避。据说非洲的野兽,近百多年来,对于火药的气味,特别敏感,能够借此绕开猎人经过的路线,绕道避开危险。

环象夋的变化,固然可以叫在这里面生活的生物受到影响。而生物生活发展的结果,也可以把当地环象夋的情形,加以相当改变。动物中,人种改造的力量最大:其他动物的活动,累积的结果,也可以有"愚公移山"的力量表现。植物的活动,一般较为缓慢;但累积时日之后,却比动物的作用更加显著。这种情形,将来说"继绪现象"时,我们还要详细讨论的。某种某类生物对于环象夋,所加的改变,可使其他在同一环象夋中生活的生物,受到严重的影响。所以环象夋这一个问题,和其他的"生命现象"一样,有着极复杂极错综的"相互关系";循环相倚,决不简单。拿一个浅近的例来说,松柏科植物因为叶子小,叶子的角皮厚,抵抗寒气侵袭的力量特强,所以能在较寒冷的地方生活;因此它们的环象夋,比一般"阔叶树"广大,能够一直延展到寒带,快靠近两极圈的地方。但是地面上长了松柏类植物之后,它们的落叶积在地面,渐渐地就让表面的土壤,能够保持较多的水分;同时,因为它们的遮蔽,冷风侵袭的力量也减少了。所以松林内部,就渐渐地变成了阔叶树的"环象夋";阔叶树也有杂在林中出现的可能了。再就松树做例说开去:平常的动物,很少有把松树当作食物的;因为松针干燥硬脆，又有树脂；松木树脂更多，连口器很坚硬的天牛，都不愿尝试。所以松林不是一般昆虫的“环象龛”。但是有一种蝶类的幼虫，寻常叫“松毛虫”的，却专喜欢吃松针，往往把整个松林都吃得光光秃秃。这就是说，松林的长成，替松毛虫造成了环象龛，可以让它们生存发展。但是松毛虫生活发展的结果。可以把松针吃完，让松树不能生长，甚至完全死亡。这就是说，松毛虫是破坏松树环象龛的一个因素。同时，松毛虫把松树吃完之后，也便自己把自己的环象龛破坏了；如果不别寻出路，就只好饿死。在松林里面，除了高大的松树以外，往往还可以有其他矮小的植物，在树缝里，找着它们的环象龛，生长发展。这些植物，自然都是能够不需要多量阳光的。松林生长着时，它们的阳光供给，渐渐在减少；它们新出来的枝叶接受阳光的机会，比不上旧有的；构造、形状，都得渐渐改变，才能够凑合敷衍活下去。一旦松林被松毛虫伤害了，这些遮遮掩掩惯了的“偷生”植物，骤然地又暴露在光天化日之下；那些新出的叶子，不合发展之用便又得枯死，另换一批新的出来，才能维持生活。如其不然，则因为环象龛变化的结果，也只好放弃生存了。若是所受松林伤害不大，第二年仍旧会生长出新叶来，造成遮蔽；这些偷生的植物，又得改变态度，然后才能继续生存。

一般动物，随着环象龛的异动，所表现的变化，比植物容易觉察；过去“目的论派”的学者们，所提出的“适应”状态的例证，多半就是这一套事例。最出名的，是变色：像北极附近的“北极狐”“雷鸟”等，羽毛的颜色，跟着环境变换。春尽夏来，冰消雪尽，大地渐渐露出它黄褐色“本来面目”时，这些动物是褐色的；一到秋末，积雪开始时，这些褐色动物，便又换上白色的羽毛，和环境的颜色一样。还有一种叫作“避役”的蜥蜴，碰倒一个什么环境里，几十秒到一两分钟，便可以变得和环境的色彩，非常调和。其次，便是运动器官的适应：住在水里的，一定会浮，会游，会潜水；住在陆上的，一定会爬，会跑，会跳；住在地底下的，一定会打洞，会刨土；住在高山上的，不会飞也得会跳；住在树上的，不会爬也得会飞；……诸如此类。再其次，便是“器官的退化”：像无翼的鸟，无脚的兽，无翅的昆虫；在黑暗中生长的动物，眼睛如果不完全退化，也很不发达，和没有眼睛相差不远。最极端的例子，像高等动物肠子里面的“内寄生虫”，除了吸着器官和生殖器官以外，其余就一无所有。这些“事实”，在六十年前的“生物学书籍”里，可以找到很多；近六七十年以来，生物学者的看法，渐渐已经“完全改变”，不把这些事实，看作生物本身“有目的，自动的选择”；而认为是“环境所加的选择”，即是“淘汰”。

"淘汰"的作用,在"器官的进化"上,我们也可以看见有一套表演,在"游弋圈"的占领上表现着:上面所说的,干生植物,长着容积很大或范围很广的根,可说是一个例。植物因为要多多吸收水分,所以这吸收的器官,便非常发达。其次,它们还得有很发达的"储水器官"。跟着下来,我们也可以说动物许多特别长大的器官,是因为"游弋圈"中"住"和"吃"两方面的需要。特别"淘汰"出来的。上面我们说过的,涉禽类的长脚长嘴,便是一个例。象的"长鼻",长颈鹿的长颈,可以达到人家达不到的地方,找鲜嫩的枝叶吃,也是这类的例。乃至于有人说,做官必得"头尖屁股大",然后才钻得高,坐得稳,也该是这类的例。

泊点是"住"的终结目的。一个生物个体,特别是能动的动物,在环象龛中选定了一个游弋圈之后,一定得在一个比较固定的地方,费一点力量,经营一番,作为栖身之处。"大厦千间,夜眠八尺";游弋圈虽然可以依运动力的极限,尽量展宽,而"泊点"普通却真只是"栖身"之所。"鹪鹩栖林,不过一枝";很少有超过身体容积很多的。像鼹鼠那样盖楼房的,究竟很少。这是因为真正为住宿而寻找的泊点,主要的目的,是在"安全";避免敌人的侵害,避免干燥,避免光线的照射,避免过高或过低的温度……诸如此类,总之,是"在休息时,不让自己的身体,暴露在可能发生的危险中"。这种"安全第一"的习惯,差不多可以说是全动物界都有的;不过表现的精粗程度,差异很大。比方蚯蚓,在休息时,需要黑暗;一有光线的刺激,它便立刻向暗处退缩;正像熟睡中的人,受了光线的刺激时,会把头钻进被中或枕下去一样。竹蛏,寻常总是把"脚"插在湿沙里面的;如果它身体暴露在空气中了,或者是我们在它的壳上撒了一些干沙,它便会继续向沙里退缩,缩到整个身体都埋进了湿沙里面为止。猫头鹰、蝙蝠、蚊虫等,白天躲在暗处;苍蝇、蜘蛛等,冬天躲在空气比较平静的地方。"游鱼藏藻,飞鸟归林,凫雁栖芦,羚羊挂角……乃至于虮虱处裈,亦各求其所安而已。"这种"安全第一"的习惯,差不多可以说是全动物界普遍的。"百兽之王"的狮子,因为自恃筋力胜人,安全不成问题,无须考虑;它的"王宫",也不过是长林丰草中,一个较僻静的角落,稍微把草压平了一点,睡得比较服帖些。倒是一些胆小力微的动物,住在地底下的,反而有构造得精致安全的地穴。和人类的情形相比时,人类个体中,愈是"社会地位"高的人,他的泊点也会讲究;似乎刚好相反。但是反转过来,我们拿体力来做标准,情形又稍微不同一点:体力愈好的人,对于泊点的"一般情形",愈是随便。只有身体不好,神经衰弱的人,则非得有适当的泊点,睡眠便会大成问题,以至于不能生活;正和胆小力微的动物一样。自然，这不过是一种“表面”上的看法，后面还有着许多复杂的社会组织、心理现象等“文明”条件，作为背景，不是一个简单的故事。

为了泊点中的安全，许多动物，还特殊费一点气力或材料，来隐蔽它们的泊点；而隐蔽的结果，同时对于猎食上也有很大的便利。地蜘蛛洞口的活门，一方面固然是“拦路抢劫”的根据，一方面也可以避免较大动物的吞食。寻常一般蜘蛛，结好网，布置了一个绝妙的游弋圈后，白天总不大坐在网中；多半是躲在网近旁的暗处，避免无妄之灾。网给任何力量掀动时，它们藉网的振动情形，判断来到网上的，是食物还是“灾害”。是食物便赶出来，是灾害便缜密潜藏，决不轻出。有一种“鸟粪蜘蛛”，它们的丝，只作包卵的包袱，寻常就在树叶上钉着。它们身上，有许多蜿蜒的突起，而且黑白斑驳，像是一堆鸟粪。这样一来，吃虫的鸟儿被它瞒过了，不去啄它；比它更小的“虫豸”走过时，也被它瞒过了，倒送上门来给它吃。蜘蛛以外，藉“隐蔽”以取得安全，同时便于猎取食物的还多得很：简单些的，像浅水中住着的螺和龟，有些壳上长着一些绿藻，有的没有。有绿藻生着的“绿毛龟”，安全与猎食，自然都占便宜。海水里面的小蟹，背壳上常常有些固着动物，如小珊瑚海绵之类，附着在背上面；寄居蟹所利用的螺壳上，也常有珊瑚和海绵之类附着。有时，这些小动物，竟会附着到蟹螯上去——因为它们都是“不中吃”的东西，所以这样“虎口翻筋斗”的情形，并无危险。这些动物附着的结果，一些“天性好杀”的蟹类，倒给它们隐蔽了下来，更容易获得食物。所以蟹类对于这些不付房租的寄居者，不但不下“逐客令”，有时还故意去“兜生意”，特地去找一些这些东西来，贴在身上，作为“伪装”。再进一步，像海马、杨枝鱼等，身体长得像海藻的节段，把尾巴结在海藻上寄泊着，就像海藻的一段。这就和鸟粪蜘蛛的办法，完全相同了。此外，我们在谈“生之保全”中“拟态”的情形时，所说的叶蝗、竹节虫，也都是一面避难一面求食的方法。

鸟类营巢的目的，全不是为的“居住”；还有保育子孙的问题在内，比较复杂；所以巢的构造，便有种种程度的差别。最巧的如杜鹃斑鸠等，根本便不营巢，到了产卵时，便去强占其他鸟类的巢。杜鹃甚至于干脆就窥伺着其他鸟儿出去了的时候，在人家巢里去下蛋，连孵卵也由别的鸟类来代办，固然巧不可言。最笨拙的，便辛辛苦苦，衔泥觅草，自己作巢。甚至还有些鸟作好巢，让杜鹃把蛋下在巢里，把小杜鹃孵了出来；小杜鹃把原来巢中的小鸟挤了出去后，这雌鸟还辛辛苦苦地，出去找了食物回来，养小杜鹃；真是愚不可及。抛去这种“人情世故”的标准，全看它们作巢的技巧，巧与拙也相差很大。比方鹪鹩，又叫作“巧妇鸟”，它们作巢的工作，特别精细，能够靠着尖嘴，把芦苇叶、嫩树皮等，擘成细丝，很精巧地编织成一个又轻又软的巢，挂在枝头。像某几种斑鸠，就只会拿几条树枝搭搭；再下去，普通的鸠，连这点本领也都没有。鱼类中，像小斗鱼，也会拿藻茎荇叶，织成一个巢，“双栖锦帐”，组织家庭，孵养小鱼。一般大型的鱼，便没有特别营巢来养小鱼的习惯。

此外一般动物，如果营巢，大概都是想同时解决食与住两重问题：我们说“食”时，已经说了很多。再还有些动物，平常泊点比较广泛，不大注意住的问题；但是一到“变态期中”，为着要“蜕化”，因此在住的方面，便特别留心到“安全”的，也很不少。比方“蛹”，多半是藏在一个幽静、不干不湿、不太热也不太冷的地方；蜕甲的虾蟹，多半在石缝里；蜕壳的蛇，也多在地洞或瓦缝中，其他动物不大去侵扰的地方。

由于具有运动的能力，动物能够把个体搬了过去，迁就环象箟，获得游弋圈和泊点。在这一点，动物是做到了“争取主动地位”的一着；这一着，是一着大大的胜利。可是却也有些动物，却宁愿用“黄老之道”：“知雄守雌，知白守黑。”它们“知动守静”，放弃主动地位，一样能够得着适当的游弋圈和泊点，取得生之发展的。我们先从简单的一个情形说起：日本和菲律宾海中的一种海绵，身体构造特殊，它们的“骨骼”，是像玻璃一样的硅酸盐结晶，又硬又脆，可以使咬它的动物立刻受伤；寻常海生的肉食动物，对于这类东西，自然没有发生食欲的。它身体下面是一个长柄，固着在浅海滩上泥沙里；柄上“镂刻”着许多小空洞，和身体里面的大空腔相通；海水可以透过空洞，流来流去。有一些小虾小蟹之类，幼年时代，随着潮水的荡动，流进柄中，就在这柄中停留下来。最初，身体还小时，本来可以自由出进的，可是柄里面一切平静安和。平常威胁它们的敌人，现在只能隔在玻璃窗外，向里面看着它们咽唾沫；随着水流荡进来的海藻，足够它们食用。因此它们就留在里面，不愿移动；到后来身体长大了，想出去已不可能，只好终身监禁在这柄里面，日久也就“安之若素”了。有时一个海绵柄里，刚好留下一雄一雌两个动物，漫长的无期徒刑中，彼此由同命同感而同情，以至于相悦相恋而相结为“患难夫妻”，自然也是意中应有节目。所以日本人便连虾或蟹与海绵，一并包括在内，叫它们做“偕老同穴”。事实上，我们知道这只是偶然凑合上的一件事，并无契约关系；结合的结局很悲惨，也并没有想象中的那么“富于诗意”。

“偕老同穴”中的虾与蟹，虽则在“终身监禁”之中；但在“狱牢”里面，仍旧可以自由运动，并没有放弃运动的本领。进一步，有些动物，会“因时制宜，相机行事”，坐着躺着能够有东西吃时，便偷懒一点，不作移动运动。只坐下躺下吃；坐着躺着实在没有可吃的，才会移动泊点，去找吃的东西。比方钟虫、水螅……乃至于信天翁，都是这样，能省事便尽量省事，决不轻易移动；再进一步，因为安全或事物的关系，在幼年或成年，虽能自由运动，但毕生总有一段时间，经营固着生活，节省运动时的麻烦。比方藤壶、石蜐、茗荷儿，刚出世时，是能够东飘西荡，游泳者自己找寻食物的；一到壮年，便在岩缝中石壁上自家栽下根来，不再行脚觅食；从此直到老终，都定居不动。像水母、蚌蛤等，幼年时，倒是借一个柄或一条丝，固着在沙滩上或鱼鳞缝里，到能够独立生活，自寻食物时，才自己运动。更进一步，便自生至结束，都过着“残废式”的固着生活，除掉捕捉食物和躲避灾害时，动一动“触手”以外，别的运动一概都没有。到最极端的例子，像各种内寄生虫，便连触手运动也在放弃之列，可算是最“享福”的动物了。

三　种族

时间是这么漫漫悠长；个体生命发展，起讫之间，所占取的一段，拿来和永恒的时间相比，真是“泡、影、露、电”，短促得不可思议。在这个对比中间，我们便感到个体生命累积而得的种族生命，倒是一个颇有意义的事。和永恒的时间不同，种族生命是有起点的。在某个星球上，某一个时期，“天地氤氲”，一切条件适当，才会有生物发生；生物发生后，因为内在的突变，和环境的选择，派衍宗分，发生了各种不同的生物，这就是种族生命的起点。据史地学者和古生物学者的估计，地球上最初发生生物，到现在已经是六万五千多万年；脊椎动物的出现，到现在是一万八千万年；人类的出现，是七百多万年来的事情。生物的种族生命开始之后，和个体生命不同，能够作无限量的累积。只要环境允许，便应该有与时俱穷的发展；换句话说，没有终点。但是环境既然老在变化之中，往往会变得非常恶劣，使某一种生物的全部个体，都不能继续生存；于是乎种族生命，也有“夭折”的情形。这就是所谓“选择”，所谓“淘汰”。关于环境选择种族生命的力量，在第三篇里，我们还得详细讨论；现在我们先谈一谈个体生命累积成种族生命的经过。

甲 寿命

种族生命的最小时间单位,应该是各个个体的寿命。所谓个体寿命,就是个体生命发展起点与终点之间所占取的那一段时间。寿命的起点,是新个体的形成。在高等动植物,寻常合理的算法,是以两性生殖细胞的会合为个体生命的开始。简单的下等动植物,个体只是一个单独的细胞的,一个细胞分裂成两个,分裂完成后,新的生命也就开始了。乍看起来,这些情形都很简单明了。不过事实上却有许多麻烦尴尬:比方很多高等植物,可以靠插枝来繁殖。又有些高等植物,旧的躯体受伤死亡后,能从残余的部分萌生新芽,长成新个体。像这样繁殖出来的新个体,一方面有着旧个体的寿命作基础,一方面又有着重新开始的发展;这两者之间,就不容易定出一个明白的界限来。换句话说,新个体生命的起点很难确定。动物界也有着相似的例子。又像一般的种子和孢子,由成熟到发芽,一定要经过相当长时间的休眠。在休眠期满以后,如果遇不到适当的环境,一般也还可以保持萌发力,再经过相当的隐伏,等候机会来萌发。这一个隐伏期间,长短变化很大:有些种子,可以隐伏到三五十年;最长的据说可有四百多年;最短的,连休眠并隐伏不过几小时。我们究竟认那一个时间为新个体生命起点呢?如果按照寻常习惯,以发芽为生命的起点,则有些孢子和种子,在隐伏期中,便已经丧失了它们的萌发力,该算是根本上没有“活”过。如果以两性生殖细胞的会合为起点,便得连休眠隐伏两段时间一并计算在内,那么同种生物各个体的寿命,也会变得极端参差。还有一层,许多动植物,由两性生殖细胞的会合起到个体成熟,中间要经过几次变态,变态中,一个个体仍旧保持着是一个个体的,固然很多,但是一个变成多个的,也还有着。再,每段变态,所经过的时间,长短也可以相差很大,而且往往中间还夹着一段“不活动”的时期在内,也给我们一重困难,使计算的条件增加复杂。

个体生命的终点,就是所谓“死亡”。死亡有自然的“老死”,和环境所招致的“不自然的死亡”,两种死法。这两种死亡,在方式上稍有不同:不自然的死亡,死者“惨遭横逆”,有伤死、毒死、病死、饿死、被吃死、热死、冻死、干死、淹死……种种情形。枉死的原因,往往是身体中“某一部机能,发生障碍”,像伤重立毙的失血过多,淹死的窒息,等等,生死之间,可以找得一个比较分明的界限的“终点”。像毒死、热死、冻死之类,什么时候,真是活的;什么时候,的确已经死亡,比较上还容易分别。至于究竟在何时“惨死”,可就不能十分准确。致死的变化，进度较快的，由“极活”到“极死”，中间经过的时间，由几分到几十分钟，我们尽可含糊一点，说“该生物于某日某时，因某事身故”，不算十分不正确；若是死亡的进度迟缓，如伤死、病死、干死……之类，可以拖延几小时到十几小时，我们“书卒”时，就只能纪日而不能纪时了。自然的死亡，所谓“寿终”的“老死”，第一篇里我们说过，除了人和家畜以外，普通不容易观察；事实上人类“文明”以后，生活一天天和自然界隔离；所能观察得到的死亡，却往往全只限于“自然的死亡”这一类。“老死”之际，正如我们中国的俗话“油干灯尽”。生与死之间，很不容易作明定的判断。书上曾有过十多天才“死完”的记载；我们所见到的“老死”，未死以前，一切生命活动，逐渐减低速度的情形，实在叫人“茫茫然”，不知道那微弱的心搏和呼吸，究竟在什么时候，真正完全停止；“死”的判断，往往只是极勉强的“武断”。再，无论是自然的老死，或者不自然的横死，身体各部分并不是同时死掉。反转来，另一方面，那些活得十分起劲的动植物，身体各部分，却也并不全是活的。比方树木的木材，大部分是死的；树皮大半是死的；人的毛发、须髯、爪、甲、表皮……是死的。诸如此类。究竟怎样才算是百分之百的“死亡”，更大成问题。再推进一步，普通所谓“死亡”，是指“生之结束”；个体生命结束后，通常都留下有一个“尸骸”，供人凭吊。但是在“下等生物”，情形又是出乎常轨地“异样”：一个下等单细胞生物个体，生活了一些时，身体长得不能再大，便会一个分成两个。这一分，可就来了麻烦问题：这时旧的个体生命，连生命带个体，都已经没有了；如果说旧个体已经死亡，我们可没有看见尸骸；如果说没有死亡，那么，这新有的两个个体，是另行开始的两个新生命；旧的“生存”既已结束，不是死亡是什么？

像这样的“寻根究底”，结果既只能增加我们的困惑；我们最好还是缩回来，不去根究；姑且“从俗”一点，承认一般人的看法，“以开始呼吸时为寿命的开始，以呼吸全停为寿命的终结”，比较上简单容易。以下所谈的寿命，便是这样“一般观念”，不加分析，以免麻烦。

关于个体寿命长短，我们首先想要知道的自然是为什么有长有短？其次是我们有无办法，可以延长寿命？其实，这只是一个问题：我们想“操纵”我们自己的寿命，使得加长，自然先得知道我们寿命如何才可以长，如何便会短。“操纵”可从两方面着手：一方面是内部的安排，一方面是对于环境的“加工”。要操纵寿命，先得看(一)内部怎样安排，可以长寿？(二)根据这内在的安排，更需要一些什么环境？(三)如果环境和内部的安排不调和，如何应付？“为什么”？一般都是不容易回答的问题；寿命为什么会有长短的差异，便正是最难回答的许多问题之一。归总的回答，可以很简单，“凡属生物内部的安排，能够和外界的情形相当协调的，寿命便可以较长”。如果再进一步，我们要详细问，怎样才能协调？那套很长很大的“连环问题”，差不多是无穷无尽；有很多事情，我们今日这一点浅薄的科学知识根本不能解释。现在我们只能就刚才所提出的三个问题——内部的安排，需要的环境，应付的方法，看一看全生物界“然”的现象，不去寻求“所以然”。

先看生物内部的安排，哪类情形，比较上可以长寿？最容易想得到也最容易看出的，是构造较复杂则调节的可能范围大，由此应付环境的能力愈强，生存的机会就愈多，寿命也愈长。一个简单的单细胞动物，无论自然或不自然地死亡的机会都比人类个体多。这里面，除掉“生之保全”的手段较多较复杂以外，内在的调节与“适应”也的确是一个重要因素。可是构造复杂与简单，不但没有作绝对的标准，就是相对的“程度”标准，也颇成问题。拿整个人体和整个单细胞动物来相比，自然是人体构造复杂。倘若我们拿组成人体的单位，和单细胞动物相比，这分别就很难决定：比方说人的“神经细胞”，在人的身体里面总算最复杂的了。中间一个“本体”，两头伸出许多神经突起，突起又再三地分歧；两个神经细胞突起的分歧，彼此相接连，可以“传导”很微妙的感觉与刺激。精细与复杂，固然可以说得上“登峰造极”。但单细胞动物中，如像“有孔虫”，却有和这相像的形状：中间是本体，两头有着许多分歧的细丝，而且，细胞本体外面还包着一层“本店自造”的石灰质硬壳，壳上镂空着有美丽整齐而对称的花纹，是神经细胞所没有的。其余人体里面的细胞，有的长着很细很细的“纤毛”，能够摆动；有的细胞能够跑来跑去找东西“吃”；有的长着一个“尾”，能够游泳……诸如此类，单细胞动物里面，也有着相对应、相等，而且往往更复杂的形状与构造。要是拿一个“草履虫”来和一个人体细胞相比，草履虫有口，有运动器官，有感觉器官……人体里面，可没有一个细胞，能像那么复杂。所不同的，一个单细胞动物，只能够生活一个短时期；而由许多单独细胞连合所成的人类个体，却可以活得很久。像神经细胞，寿命和整个人体相终始的情形，便不是有孔虫所能够“仰望”的事；就是一切形状习性和“变形虫”相像的白血球，也比大自然界的变形虫活得长久。这样拿两个极端来比较的情形，也许不能说明构造与寿命的关系。那么，退一步，拿比较相近的东西来比较罢。鱼和蛙，很相近了：同是变温的脊椎动物，鱼类的构造，比蛙类简单一些。可是蛙的寿命，却比鱼类平均短得多。又比方龟和兔比较：龟类的长生，是世界各民族所公认的。一个兔命，在家养的也不过七八年；在自然界生活的野兔，因为不自然的死法太多，更是短促。而在构造上说，无论内脏外形，龟是绝比不上兔的复杂。我们还可以举出许多其他相似的例子；说明身体构造和寿命，和我们假想不同，不一定有什么显著的关系。

跟着来，我们可以想象得到的，就是活动速率较小，寿命便可以较长。理论上，这也有一点根据：就是活动愈快，消耗愈快，损伤的机会也愈多，自然寿命较短。龟和兔、鱼和蛙的例子，都可如此解释。刚者易折，柔者常在；齿和舌的比喻，便是黄老哲学者们“知雄守雌，知白守黑”的道理，哲学根据之所在。但是活动迟缓的生物，被吃的就特别多；这在第一篇里谈“生之保存”时，我们举了不少的事例来证明过，现在不必再唠叨。在人类各个体间，动得慢才活得久，许是事实；不过我们更希望有实际的统计数字来证明。在一般生物，因为自然死亡的情形特别少，不自然的死亡多，所以还是动得快的死得少。高等植物，虽则不能运动，但是受伤后复原的快慢，却也是决定寿命长短的一个重要因素。此外更有一件事情，值得我们考虑的，就是活动的快慢往往不能全由生物自己做主；变温动物，一切活动，都随着外界温度在变化，温度愈高，活动也愈快。一个蚂蚁在百度表三十度的温度中，活动的速度，是二十度时的两倍，十度时的四倍。定温动物，虽有着固定的体温，但究竟不能完全不受环境温度的影响。一到低温中，也得相当地减少活动量。如果减低活动便可办到长寿，那么，是不是要在冰天雪地的两极地带里去，永远躺下不动，以求长寿呢？还是究竟在“光天化日”之下活动一些，因而短命一些好？我们虽不晓得蚂蚁中有无希冀长寿之士，想住在低温中，减低活动，以求长寿；但看它们无论在低温或高温中，总是勤勤恳恳不停地活动，便不敢相信会有蚁科学家或蚁哲学家，会以“减低活动，便可长寿”的学说，煽动其余的平蚁们，叫它们偷懒，造成风气，扰乱蚁秩序。

其次，有许多人说，成熟迟的生物寿都较长。荠菜生长二十多天，已可开花，四十多天便要了却“一生涯”；一株树，普通三四年开花的，至少可活三四十年；十多年才成熟开花的，可以活几百年；像美洲的大红树，活上四五千年的不算少，还没有人记载过它要多少年才能成熟，——大概是已经在一个普通人的寿限以外，所以人无从知道。动物的情形，也是一样，鸟类一般成熟较兽类早，寿命就不如兽类长；兽类中，像可以活到两三百年的鲸，要四五年才达到成熟；兔子只半年便可繁殖的，便活不到十年。一般热带地方的人类，成熟较早，寿命较短，寒带人寿命较长，成熟也晚。所谓“大器晚成”，可以看作“成熟较迟，便可长寿”的一种说法。成熟时期与寿命虽则有关，而且，还是“因果关系”；究竟哪一方面是因，哪一方是果，却不容易断定；我们说因为成熟迟，所以活得久，固然可以；反过来说，因为寿命长，所以才慢慢地长，因此迟迟成熟，似乎也并无不合理的地方。而且生物的寿命，尽有着和成熟时间差不多相等的，（见下节“繁殖”一段）在那种情形，成熟与寿命长短，更不容易说明哪是因哪是果了。

最后拿动物界和植物界全部相比，我们觉得植物一般比动物长命；动物界短寿的不过几天，最高寿的，像鱼、龟、鹰、鲸等例，据估计和实际观察，最高也不过三四百年。植物界，寻常的草本，由几十天到两个生长季节；宿根的草本，可有几十年；木本中，灌木和小树，可以活十来年；一般乔木，可有两三百年；大红树可活到五千年；绿岬（Cape Verda）的“包八布”（Baobab）树，可以活到七千年。我们中国神话和传说里面，关于长生的动物，如龟、鹤、鹿等，数目较少，植物却特别多。庄子说的“大椿”，八千年为春，八千年为秋。西王母的蟠桃树，三千年开花，三千年结实。此外，秦朝的“五大夫松”，一直到现在还长在泰山；孔子手植的桧，子贡手植的楷，以至于昆明的“唐梅宋柏”……很多很多；可以表示大家的心理，都觉得大树的长寿是合理的。这些传说中的长命树，虽不能全像大红树和“包八布”树那样，能有“科学证明”为根据；但乔木的寿命，在理论上，确是可以无限。因为乔木有着一个可以长寿的内在条件。乔木身体里面的组织，有几个圈定条件，叫作“分生组织”的，自始至终，保持着原始的“胚胎状况”，可以继续分裂。分裂后新成的细胞组织，按照一定的设计排列组合，在本体上生成新的器官；最容易看见的分生组织，就是时常出现的各种“芽”。这些芽发展成种种新器官。新器官有专管繁殖的，大部分则专管营养，如新叶新根之类。只要还有胚胎状况的分生组织，这些营养器官，总可继续生成，新陈代谢。个体的营养，可以靠营养器官的新陈代谢，长久维持着扩大与进展；个体寿命，自然就可以永无衰歇，简单说来，生物个体，必定要有这种无限生长的能力，然后才可以有无限的寿命。一般动物的个体，因为有固定的物理性化学性两方面种种条件，限制了它们形态上的发展，生长达到一定的极限后，便得停止。以后虽可有种种程度不同的修补，但最多也不过办到“恢复”原状，决不能超过一步。像这样有限的生长，达到极限后，再经过相当时间，衰老的情形逐步前来；即使幸免于不自然的死亡，也因为活动的衰退，抵抗变化的力量的减低等等原因，一天天和自然的死亡相近，寿命是无法无限延长的。

植物所以能够作无限的生长，最重要一个内在因子，是它们有着这种能作无限生长的内在条件。可是高等植物都有分生组织，为什么草木和灌木等，都不能永远生长？就是理论上可以永生的乔木，到底寿命也有极限。可见除了内在的准备以外，还有其他条件在发挥限制作用。最简单的一件事，分生组织的活动，须得有物资供给做根据，才能表现效果。关于生长所需物资，即是“食物”，外界供给的困难和内部的利用效率，互相因果地牵制着，怎样影响于生长分量，上面谈“食”的时候，我们曾经详细分析过。食的方面，如得不到圆满的解决，生长既无可能，寿命也就直接受到威胁。草本植物和一般灌木，所以不能长寿，原因不全在内部准备不够。外部事物供给的限制，效应比较上更大。乔木因为“本钱充足”，生长量高，得食较易，可以长久生长，获得较长的寿命。这就是说，长寿还需要环境允许。

我们再看，同是长命的乔木，为什么有的个体寿长，有的个体寿短？就说松树罢：松树寿命，平均应当有两三百年。然而事实上我们寻常看见一棵百年老松，便觉得是已经老得很，认为“珍异”；人寿百年，而七十便称“古稀”，正是同一现象。我们仔细分析分析松树一生的发展，就可以晓得，这无非又是一个“内外交加”的结果；松树的分生组织要发展，便得去“竞取食物”；竞争得胜，便可以活下去，竞争失败，只得结束。生活一天，便得竞争一天，一生是不断地竞争与挣扎；这是一种。即使光、气、水、盐等食物都能够顺利地竞争得手，还有自然的灾害，如像疾风暴雨的摧折，山崩地震的毁伤，暴寒剧热的蚀灼，干旱潮湿的侵凌；这又是一重。还有，毛虫要来吃叶子，啄木鸟要来在树干上啄孔，兔子要在根下打洞，野猪要来碰倒它，大小寄生菌类要来偷袭；这又是一重。最后还有我们这“万物之灵”，也给它们种种威胁，如樵采、砍伐和连根破坏的野烧之类。一棵小松树，从小就暴露在这重重威胁之中，真是三灾八难，百煞千关。我们想象着，等它们长到二三十岁，过了“而立之年”，总该站得住，活得下去了罢？却又不然：小时候在树丛里混羼，压住在层层在上的“先达”下面，天空地下，都很难发展；食物竞争方面固然是绝对吃亏，可是自然的，其他生物的，和人力三方面的折磨，负担倒比较上小。等到侥幸从“下层”里钻了出来，上见青云，枝柯八布，下达黄泉，根柢洞澈之后，虽然显了，达了，但是高干招风，深根致蚁……自然、生物、人力三方面的威胁，便需轮到“出人头地”的显达者来负担。生活的艰难，换了方面，正没有什么值得羡慕的地方。地位愈高，外力的摧残，便依照级数比例增加，危险也愈大。它们居然活到百年，的确是“大非容易”

了。大红树尽管有五千年寿命的可能,但在它老家美洲,真活到四五千年的,也不过那么十几二十株而已。

在自然、生物、人力三方面的损害中,如何能逃得出来?这个问题,可又得依靠生物本身的准备。一般生物都有着再生或复原的力量。身体某一部受伤,可以由残留下来的部分搜集物资,依照一定的设计来修补,恢复原有状态。这种恢复力,在质和量两方面,都有很大的等差。最强的,我们叫它“再生”。恢复力较低的,只能够在遭受较小的损失后,恢复原状,这就是我们所谓“复原”;如果损失过大,连复原都不易,就只好死亡。只有一般构造比较上简单的下等生物,可以再生。整个个体,破碎成许多小片段后,每个小片段,都可再行生长,做成一个和原有生物同一局面的新个体:不过初时只能“具体而微”,经过一段相当时期,才能渐渐达到和原有生物同一形体大小。一般较高等的生物,往往都只能复原,不能再生;愈高等的生物,复原力愈薄弱。树木损失了一枝小枝条,决不能在原有的地方再长出同样的小枝条;截断了尾巴的狗,终生再不能有摇着来乞怜的工具。它们都不过在伤口上胡乱长一点新皮,勉强包住里面的组织,免得寄生生物来“钻”。而且个体年龄愈大,复原力还会继续降低,减到连“元”也不能复,寄生生物,从伤口钻了进去,更会连伤带病而亡,就无从遁逃了。

不论再生或者复原,都得看环境是否允许:生物既决不能单独存在,所以其他“生物”,也是环境中一个重要的因素。在“再生”或“复原”时,太干、太冷、太热、空气不够,等等,不适合寄生生物生活的情形,也就不适合再生或复原的要求;环境条件适于再生或复原的,又往往给从伤口钻了进来的寄生生物,以捣乱的好机会,如何逃脱,更是一场辛苦的挣扎与斗争,直到今日,我们依旧不知底蕴。在内部,再生时,破碎的片段里,仅有的那一点生活细胞组织,往往需要彻底拆散,重新抟和过,把里面分化不十分长久,还保有分裂能力的一部分细胞做基础,分裂下去,准备向前“再分化”,做成新组织新器官。其余分化程度已高,不能将就的,就消解了,作为“能”的来源。简单的下等生物,体内各部分细胞,分化的程度有限,保持胚胎状况的细胞较多,再生自然不困难。构造复杂一点的高等植物,因为生活条件复杂,生存困难,不得已要向“最经济而效能最高”的一条路上发展,体内大部分细胞,都已经分化而且特化,只有分生组织,保持胚胎状况,所以接近分生组织的部位,复原虽很快,其余部分便有困难。高等动物,体内细胞组织,分化特化的程度跟着构造的复杂一齐继长增高,再生已经几乎不可能;只有靠复原来勉强补救补救。等到达到高龄,距离胚胎状况更远以后,便连复原的能力也没有了。在另一个极端,上面谈“食”时,我们曾经举来做例说过的涡虫,在饥饿中,能够作无限次的内部重组,常常由分化回到不分化的情形中去,寿命便可无限量延长,更证明分化便是“死亡”的起点。这一层又把内部准备,对于寿命的影响重大,翻了过来,让我们思索。

像这么绕了半天圈子,结果我们仍旧回到了出发点的老地方来:生物寿命之所以会有长短,是因为内在的准备和环境的情形相互作用之后,协调的程度,有种种差异。我们总算知道了这一个问题的轮廓,我们也有一些片段的详细知识;但是究竟要怎样才能协调,我们并不知道全盘的详细!

个体寿命,发展到了一定限度后,高等些的种类,体内保存的一部分胚胎状况组织细胞,会中途改变发展的方向;不向个体营养方面前进,而另开局面,酝酿着造成繁殖器官,如孢子、芽、生殖细胞之类,作增加新个体的预备。下等的种类,便直接旧个体分裂成两个或多个新个体。新个体每出来一个,同种的个体,便多一个;从种族方面看来,每多一个新个体,种族生命,便多一分延长的机会。只要有新的个体继续生出,衰颓了的旧个体,或者继续存在,或死亡,或毁灭,都无关重要。换句话说,种族生命,借繁殖延续;延续的关键,在新个体继续生出,不在乎旧个体的长期保存。

乙　繁殖

纵使把个体的寿命,尽量延长,这种衰老的个体,一方面内部趋向于衰颓,对于不良环境的抵抗力渐渐减少;一方面外力的破坏,像上面所说的,也似乎有专向老成个体多多发挥的倾向。为个体本身打算,延长寿命,也许是一件好的事情;但为了种族的生存与发展,却更愿多有一些新的,生机蓬勃的个体,一齐向无尽的空间与时间中去发展。所以,目的论地说起来,繁殖是生物界必需的一个节目。

“繁殖”是一个内容广泛的名词。凡属增加新个体的行为,不问它如何着手,如何进行,有无成就,只要是倾向于由旧个体衍生新个体的手段,都该叫作繁殖。我们可以把繁殖认为“复原”或“再生”的一个特例:从旧个体中,分出一部分组织或是一个细胞出来,简单的,这一个细胞,就是新个体;复杂的,这细胞或这部分组织,按照原有个体的局面,另行生长,重新做成一个新个体。凡新有的个体,在刚刚出现时,都恢复了“胚胎状况”,可以重新生长。这样说时,繁殖现象,更容易明白。过去生物学家,常用“生殖”这名词,代表生物增加个体的作用,把生殖分为“无性”和“有性”两大类。我们对于这种分法和名词,都觉得有些不甚惬意。因为“性”这个字,不幸得很,兼差太多,负担过重!本体的性质叫本性,心理状态叫个性,乃至于生命也叫作性命。雌雄分别,近来称为“性别”,正是“性”之一端。这是一点。第二,如果我们遵照近来时髦的惯例,把“性”认为“狭义的雌雄分别”;那么,有雌雄分别的繁殖,叫作“有性生殖”,没有雌雄分别的,便是“无性生殖”。事实上,生物界的繁殖方法,并不这么界限分明。有些生物,并无显著的雌雄分别可寻,可是生物学者却认它们为行“有性生殖”的;有些雌雄分别很明显的生物,又会行“单性生殖”,乃至于“无性生殖”。第三,生殖中,许多新个体的出来,往往并不经过“生产”这一个阶段,似乎不够资格说“生”。现在我们为简明而合我们的理想起见,采用“繁殖”这个老成语,代表生物生成新个体的现象,把繁殖分成“植物式”和“动物式”两类:“植物式繁殖”,就是许多植物常用的办法,由旧个体分出一部分出来,直接以“复原”或“再生”的方式,构成新的个体。“动物式繁殖”,则必得由两个旧个体,共同贡献一点东西,即是所谓“两性生殖细胞”;这共同贡献的东西,经过融和混合之后,然后才能以“再生”的方式,造成新个体,正是动物界最常见的繁殖方法。自然,动物不全由“动物式繁殖法”来繁殖,植物也不全用“植物式”。而且,同一生物,往往可以“骑墙”,有时行动物式繁殖,有时繁殖法却是植物式的。“式”只是典型的意思;植物尽多用动物式来繁殖的,动物也常采用“植物式”的办法。我们说式,正和“中国式”和“西式”一样,虽则代表两种典型,可并没有规定中国人不准穿“西装”,吃“西”菜,留“西式头发”……也不禁止“西人”住“中国式”的房子,讲“中国式”的礼节。我们采用这一串名词,矛盾冲突的地方,似乎可以少一点。

最简单的植物式繁殖,是由一个细胞,分做两个,寻常称为“分裂生殖”,或者简称“裂殖”。单细胞的“下等”生物,正常使用这种方法来繁殖,最简单最容易;环境最适宜的时候,一个新分裂出的个体,生长十五分到二十分钟,就可再来一次分裂。分裂结果,所成两个新个体,寻常形状大小,都完全相等;但是也有不相等的,像硅藻和酿造上最重要的“酵母菌”等。硅藻新生的两个个体,相差还不算很大;酵母菌新生的个体,大小常常和原有个体相差很远,小的便贴在大的旁边,像一个瘤一样。其次,单细胞生物的旧个体,环境不适宜时会在身体外面,长出一层硬壳,把里面的生活物质,变成一团或者几团抵抗力较强的东西，所谓“孢子”，以守为攻，静静地等待，到环境好转后，这些孢子发芽，又可以成为新的个体。下等动物和下等植物，都有这一套办法，寻常称为“孢子生殖”。往往一个旧个体可以生成许多新个体。多细胞的高等生物，所行的植物式繁殖，便不这么简单，不过原理却是一样。旧个体分出一部分细胞或组织，组成“繁殖器官”，再由繁殖器官生成新个体。这繁殖器官，有的是“孢子”，有的是“芽”。孢子形体很小，在脱离旧个体后，必须经过相当长时期的生长，才能造成一个独立生存的新个体。芽在脱离旧个体时，往往已经有了独立生活的能力，像水螅、珊瑚和苔藓植物的“胚芽”之类。高等植物，像南美洲的犰狳，胎儿会生出“芽”来，变成复胎。高等植物，则靠芽繁殖，往往比动物式繁殖更稳妥可靠，比方芋头、薯蓣、半夏、大蒜、马铃薯等，把一个营养器官，加点“改造”，在里面多储藏些养分，成为“肉芽”“珠芽”等。旧个体枯死之后，这些芽掉在泥土里面躲藏着，等到第二个生长季节，便可以生长成新个体。像竹（竹芽我们寻常叫“笋子”）、芭蕉、黄精、大理花等地下部分，能随时长成“芽”，钻出土来，生长成为新个体。又像虎耳草、迎春花等，地上的枝条，弹了下来，接触地面时，便会生根出叶，成为一个新个体。到后来，新旧个体之间，联系断绝，新个体就成了独立生长的一个幼株。再进一步，像许多果木花卉，在旧个体上分下一小部分来，插在泥土里面，也会生根出叶，长成一个新个体，如葡萄、甘蔗、甘薯、菊花、杨柳等园艺植物和森林植物，人类还利用它们这一点特性，加工让它们繁殖开来，供给自己衣食住行和赏心悦目的材料。这些繁殖方法，一般动物很难仿效，所以我们特称为“植物式”。

“动物式繁殖”，动植两界都很通行；必须由两个个体，共同贡献生成新个体的材料。说简单一点，就是所谓“接合生殖”。这两个个体，可并不一定有严格的雌雄之别。最简单最“原始”的情形，行接合的两个个体，形状大小，都完全相同，不过生理性质也许有点差别。过去用“等接合子接合生殖”这么长而靦缕的名词，来代表这种现象；现在我们也不必去修改它。下等动物和植物，都有用这方法来繁殖的；两个个体，大家打破界限，混融一气，成为一个新个体。

新个体的生活力虽比旧个体强，但是在刚刚接合之后，个体的数目倒是减少了，可说是“殖而不生”。稍微进步一点，这两个个体，并不直接融合，只各派一团活物质（所谓接合子或生殖细胞），作为“代表”，接洽混合。再进一步，这一对派出的“代表”，一个坐在家里等，一个跑出去追寻。寻常我们便认为这是“性别”的起点；那出去主动追寻的算雄性，坐着等人家追寻的算雌性。最下等的局面,两方面只有"动静"之别,并无形状大小之分。到更进一步,追寻者为了行动的方便,不能多带行李食物,放弃了"乃裹糇粮",单身出发,储备既少,身体便愈来愈小巧灵活。而守待的一方面,为将来新个体发展的方便,却不得不"乃积乃仓",在体内多储备一些养分,身体便越来越大。两方面取相反的方向发展,经过若干代的竞争与淘汰之后,"雄性接合子"或"精子"的大小,竟有只够"雌性接合子"或"卵子"的五万分之一的。如果不靠雌性方面"招赘"的准备,这雄性细胞的生活,着实不甚有办法。

大多数的动物,正常都是"雌雄异体";每一个个体,只生成一种接合子,雄体生精子,雌体生卵子。只有少数动物,是"雌雄同体"的:一个个体,同时能够生成精子卵子两种生殖细胞;但是在繁殖时,也很少由本个体的精子卵子自己配合的;除了一部分体内寄生虫,偶有自行交配的例子而外,一定要和另一个个体,交接着来混融。行动物式繁殖的植物,情形和动物却不一样;大多数的种类,不但雌雄同体,而且,往往同一朵花——"花",我们可以认为是为了繁殖而特化的一种器官,下面我们再详细说——里面,长着雌性和雄性两种接合子。稍微分化一点的,才有"雌雄异花"的,一朵花里面,只生成雄性或雌性一种接合子,像南瓜、冬瓜、丝瓜、蓖麻之类。再进一步,专长雄蕊的雄花,和专长雌蕊的雌花,分段排列,各成"花序",像芋头、玉米、松树之类。再进一步,才是"雌雄异株",和动物的"雌雄异体"一样。一种个体是专开雄花的雄株;一种个体,专生雌花,是雌株。像麻(我们老祖宗早已经知道了这件事,叫雄株的叫作"枲麻",雌株叫"苴麻")、白果树、罂子桐等,比例上种数最少;而且,还有着"杂性株"之类,雌株或雄株上生着"雌雄同花"的花的例外。"雌雄同花"的植物,正常也不自行交配,一定要和其他的花,交换生殖细胞;只有极少数的情形,有所谓"自花授粉"的现象,和内寄生虫一样,不假外求。其余行动物式繁殖的生物,全部都得找另外的个体(至少是另一体段)的生殖细胞,来行接合混融,才能生成新个体。

动物式繁殖,新个体的生命,以两方面生殖细胞混融的完满为起点。这中间,还得有相当时期来办理手续。一般情形,这时期并不很长;但像松树柏树之类,要等一年,然后"一切公文来往,交割仪式",方可"办理清讫"的也有着;如果雌的没有十分成熟,或者雄的"懒得进攻",常常要延长到一年以上。接合的好处,据说是在混合两方面的性质后,使新个体得到一个配合较复杂的"遗传基础",将来发展时,"机会"较好。这种推测,我们还不能绝对相信。可是也没有绝对怀疑的必要。——反正我们不明底蕴的事情还多得很，这一件，我们且记入“存疑”的户头里再说。不过有一件事情，值得十分注意的，就是许多下等动植物和一般的高等植物，虽则有行动物式繁殖的能力，也有着这方面的准备，但只要有行植物式繁殖的可能时，却总不大肯去行两性接合，招惹麻烦。就是比较高等一点的动物，特别是昆虫类，像蚜虫、臭虫之类，也往往一代接一代地行植物式的繁殖，成熟的雌虫，不经交配，直接生出新的雌虫来。一直到环境渐变渐恶劣时，才借两性的混融，生出抵抗力较强的个体。还有寻常行动物式繁殖的植物，在没有两性接合可能，全靠植物式繁殖，也尽够繁昌。最著名的例子是加拿大蕴藻。某次有一艘大船，从加拿大开到欧洲时，无意中在舵上带了一颗雌株，走进淡水港中，把它留在港里。这颗雌株，便借植物式繁殖，大大茂盛起来，慢慢发展开去。到现在，全欧洲的淡水河流、湖沼，乃至于蓄水池里面，差不多处处都有那一颗加拿大蕴藻的后裔。这一个“偶然”的事件，很可以证明两性接合，并非必要。此外许多“胚胎学者”，做了许多实验，证明海胆、海星、鱼类乃至于蛙类的卵，只要受一点“化学性刺激”（像从海水移到淡水里，或者水里面加上一点“异样”的物质，或者改变改变酸碱度之类）甚至于“物理性刺激”（像针刺等），也居然会开始发生，走上长成新个体的路。虽则这些新个体，往往不甚正常，或者很早就夭折了，很少有长成成熟个体的。但至少很可以证明，不经过两性接合，生殖还是可能。不过，这类事件，都只限于雌性个体和卵子；雄性个体和精子，都没有单独生长发展下去的能力。我们不知西游记里的“女儿国”，是否正是这种情形，理论上，这事也并不见得绝不可能。人类中那些愚蠢野蛮的统治者，老在设法，把年轻力壮的男人，拿来喂枪炮。根据许多统计数字，每次大战后，男孩出生比女孩少，而且这少数的男孩，又比较容易夭亡。要是那些“战魔”，定要不断地制造战争，这些“难得”的男孩，好容易长大成人后，又拿去做炮灰，男人自然会一天比一天少。也许有一天，老的男人死完了，少壮的男人全部变了炮灰，小的男孩又不能出生。结果除了那少数的“战魔”外，根本上全人类只剩了女性。这些新女性，一旦觉悟，以女儿国的先例为借镜，根据生物界既有的前例，费一点研究工夫，发明了人类植物式繁殖的方法后，爽性连这些少数的男性战魔，也一概消灭了，以后世界上便永远只有慈祥恺悌的女人，继续繁殖发展，根本不要男人生出，也许就从此太平，战争永息。在那种世界里，要是还需要有政治、外交、经济等把戏，那些把戏，自然一切都由姊妹们自己出面，到前台来玩，更无须像过去欧洲的宫廷一样，利用“臭男人”来做幌子了。

丙 配偶至上

动物式的繁殖，既然要由两个接合子混融了来造成新个体，混融必须先寻配偶，于是“配偶至上”，在行动物式繁殖的生物里，便成了通例。个体成熟之后，有了繁殖的能力时，便得尽最大的努力，让所生成的生殖细胞，有配偶混融的机会。这一个努力，全生物界，除了专行植物性繁殖的种类以外，可说无例外可寻。整个生态学的研究范围，除掉求食，和为子孙准备以外，差不多便全部给“求偶行为”占领了。“万物之灵”这个动物，也并不例外“食色，性也”，“饮食男女，人之大欲存焉”；孟夫子先这么直率地承认了以后，仍旧能够在文庙里陪着孔夫子吃生猪肉。那些“道貌岸然”的儒生，虽则尽量在掩饰，藉“不孝有三，无后为大”，来遮护因为“好色”而“金屋藏娇”的行为；究竟并没有个“自宫以明不欺”。要想否认自己有求偶的本能在，就该先否认自己是正常的活人才对。不过，人毕竟是灵长类，应当尊重“社会秩序”，才配处群；所以“踰东家墙而搂其处子则得妻，不搂则不得”的时候，也还是决计不搂而已。这些“题外之义”，我们暂且保留，先来看一看一般生物，在这方面的表现。

生物界“求偶”的行为，万绪千头，要是仔细地逐一说来，写成二三十本厚厚的洋装书也还不会单调。我们现在只能提出三个重要的普遍现象，作一点综合的讨论：(一)“青春渲染”；(二)配偶时物质的牺牲；(三)为了种族忘了个体生命。

行动物式繁殖的生物，个体成熟的时候，就是求偶时期的起点。那时身体的外表和内部都要发生重大而特殊的变化。这个变化，我们就叫它作“青春渲染”。我们中国的诗人，所赞颂的“春光”“春色”“春意”，最重要的节目，总离不掉“鸟语花香”；鸟的语，花的香，正是动植两界的“青春渲染”。鸟的身体没有成熟以前，尽管也会不成腔调地乱唱几句，但是真正有内容、有目的、有节奏、有意义的歌，却总是刚成熟或者预备再行繁殖的雄性个体，才唱得出。植物的情形，更加明显：不是成熟了的个体，决不能开出有香有色的花来。全动物界，除了那些地道的“没有出息”的内寄生生物以外，一个个体，达到成熟的时期，必有相当的青春渲染，或是颜色分外鲜明，或是身上多长一点东西，或是挥发着一种特殊的香或臭，或是唱几句动听的歌曲；最少最少也表现一点善斗的性质之类。这些渲染的出现,在雌雄异体的种类中,特别明显;而且大部分以雄性个体所表演的更为强烈。从鹦鹉螺的虹彩起,按照“进化阶层”往上算,有虾和蟹中某些种类的特大的螯,有甲虫的头角,有蝶蛾的翼上花纹,有直翅类的交响乐,有萤的火炬游行,有鱼类鲜明的“婚礼装”,有蝾螈的背棘,有蛙的鸣囊。到了鸟类和哺乳类,那才更是热闹:鸳与鸯的文彩,相差得远;孔雀、雉、鸡,雄性个体,有着高冠、长尾,丰富鲜明的羽毛,脚上还长着为斗争而特设的“距”;鸣禽类的雄性个体,除掉漂亮衣裳之外,还有宛转嘹亮的歌声,做宣传工具,足够使对方那些又朴素又沉默的小姐们,十分地目眩心迷,梦魂颠倒。兽类中,鹿类的长角,斑衣,生殖器官附近的“异香”(寻常我们称为麝香的那些东西);狮子的大礼帽、麝猫、麝鼠的“麝腺”;禺的“花脸”和“长胡子”。没有这一套渲染,或者渲染得不到家,够不上对方垂青的,在“雌雄淘汰”中间,准得失败,不能达到交配的目的;对于种族的发展,便无从尽力。到了万物之灵,似乎情形大变:容貌、衣裳、歌喉,乃至于香味、装饰,……一切一切,都是雌性个体的事情;粗笨的“臭男人”,在这些地方,简直百无一是。只听说“女为悦己者容”,并没有人说过“男为悦己者扮”。这个现象,可有三方面的解释:第一,拿“全动物界”的情形比着来说,比方男人的胡须,虽则“现代化”或“西洋化”了的男人们,在已有胡须之后,老是以人工减短它,但是作用与来源,和山羊、猴子、猩猩的长胡子,原都相同,正是一种“雄性美”的“青春渲染”。据说“西洋男人”,在古时原也并不用人工减短胡须的。自从马其顿的亚历山大大王,因为爱好虚荣,在中年以后,还尽量地“扮小官人”,每天早晨都偷偷地自己把胡须薙掉,让人家总觉得他是一位少年英雄,他宫廷里的侍从者,也只好跟着“扮小伙计”,从此成了这个每天刮毛的习惯。事实上,西洋的中年男人,如果真正有着美丽的胡须,也并不个个人都舍得薙去,往往还要提早留着来渲染;碰着胡须太不茂盛,留了下来,并不能增加美观,这才没法,只好勉强扮小官人。女人,天生没有长胡须,便只好把头发和眉毛,这两样和胡须相类的东西,尽量加工,直的把它烧弯,弯的偏来薙直,来和男人的胡须竞争。(至于近代化的男人,也跟着女人,学上这一套加工的玩意,烧弯自己的头发,薙直自己的眉毛,自以为可以增加美丽的,无须乎另加解释。)又像一般男人噪哑的嗓音,以近代人的审美标准来评判,虽然不悦耳之至,但依一般动物的情形说,及远升空,却还是雄性求偶时有利的条件。第二,在比较原始的人种中间,即是和一般动物更接近的情形之中,容貌,声音,却仍以男子的雄性美,为较高标准。衣裳、装饰和香料的涂抹,也并不以女性的标准为至上。这有史以来的几千年,人类的文明,尽管已经把心理状态改变了一些过来,许多地方,似乎改用了“女性中心”的标准。“女为悦己者容”,依动物界和原始人种的情形来说,却正是女性在求偶选择时的一种反应——因为就一般动物和原始民族的情形来说,男人原已经够美,用不着为悦己者扮。现在“文明”之后,一定要把为己悦者容的那一点“容”,加以称赞和鼓励;有些病态或有着病态倾向的男人们,更把“色情成分”,尽量地灌到“女性美”当中去,从极纤巧、极细腻的想象中得到“满足”。老实说,这仍只是“男性中心”的把戏,选择女性时的一种“外交政策”。第三,从原始民族的情形起,到极端“尖锐化”了的现代文明人种为止,大部分的男人,都在自觉地或盲目地把全副力量用在为个体或种族的生存而斗争的战斗上面;换句话说,“战斗”占了大部分男人的精神力量与时间。他们在求偶方面所用的工夫,也几乎离不了为生存而战斗的方式。于是“雌雄淘汰”这件事,在人类的两性中,就成了各走一端的发展:男人忙着在力的方面(包括个体体力与民族武力,智识情感两方面的创造力……)竞赛,女人大部分只在容的方面去斗争。在将来——我们希望是一个“最近的将来”——人类有了觉悟以后,男人能够放弃民族武力方面的力的斗争,多向智识情感两方面的创造去发展,慢慢和女性的容的斗争,求得和谐,然后人类的将来,可以更快地走向真、善、美的地步,“心理状态”与“文明”相调和,人类的生活才可望有幸福。

动物界的“青春渲染”,在专门书籍里,称为“第二级性征”。所谓“第二级性征”是和内外生殖器官那些“第一级性征”相对待的。不过事实上第一级和第二级之间,很难作确定的分判:因为生殖器官的“内”与“外”已经颇不分明;外生殖器官该算第一级或是第二级,也不容易判别。事实上,所有“第二级性征”,都是第一级性征中那些器官,成熟了以后,即是达到“青春期”时,才有明确表现,所以我们称它们做“青春渲染”,比较妥帖恰当。而且,植物的开花,更是无法可以称为“第几级性征”的;但却可以包括在青春渲染之内,更合于我们统观全局的讨论。动物的青春渲染,表面上看起来,似乎是“自然”不过的事情。一到青春,便会全部自然流露。但是事实上,就我们现在所知道的情形说,却复杂非常。七八十年前,法国的一位生理学家,由“实验”证明了高等动物的这些第二级性征,都是由生殖腺管理。后来才有人把生殖腺管理的情形弄明白了,知道是生殖腺能生出一些“喝尔猛”(现在书上称为“刺激素”或“激素”)来,注到血液里面,跟着血液,循环全身体;身体中各部分的器官组织,受了刺激素的刺激，生长营养情形，发生变化，才有各种第二级性征出来，渲染青春，增加热闹。到最近，更连这些刺激素的化学构成，也都知道得相当详细清楚，可以人工制备。而且知道管制青春渲染的机关，所谓“内分泌腺”，并不止生殖腺一处。在人的身体里面，就有着五种，和青春渲染直接有关；其余间接有关的，还有六七种。这十多种内分泌腺，有的作用和其他内分泌腺相反，有的相成；互相牵制消长，复杂得和军事政治外交差不多。稍微近代一点的生理学教科书，都有着关于内分泌腺的详细记述，这里我们实在没有办法多介绍。不过我们可以提出一两件小事情出来，说明我们老祖宗中国人，在经验上，对于这方面，倒曾经有过相当认识：第一，我们祖传的阉鸡、阉猪、阉牛、阉马等，对于家畜的特殊处理，就是把这些动物的生殖腺割除，使它们无从得到生殖腺刺激素。结果，被阉过的动物，生理、心理两方面，都发生大大的改变。于是或者专门长成一身厚泽的肥肉，供我们咀嚼，或者终身驯服，不会有“春情发动”时罢工反抗的事故。同时，阉鸡那种“青春渲染”，不雌不雄的神气，也就是阉割成功与否的一个测验标准。第二，宦官、寺人、内侍等把男人“宫”了的技术，我们中国人虽不能自称独到；但对于“宦寺”心理状况的认识，却是古埃及、意大利以及帝俄时代的俄国人所未有的。第三，关于药物性质方面的认识，除了直接应用“脏器食疗”而外，鹿茸、雄鸡肉和一般乳、血的“宜”“忌”，可以表示古代中国人，已经体会到刺激素在动物体内，随血循环的情形。同时，内分泌腺失了平衡之后不和谐的事实，也不曾逃出前代中国人的观察：“牝鸡司晨”之所以“不祥”，除掉象征人类家庭或社会中超越了常规的女权，可能酿成“女祸”以外，在实际上，像这样反常的第二级性征表现，那一个牝鸡，体内构造，已经有点不正常，依照食物宜忌的原则，最好是不吃。养了一个牝鸡，已不能生蛋，又不能吃，无论如何，是一种物质的损失，当然是“不祥”之一。

青春渲染中，构造形态上种种特殊的装置，像雄鸡的鸡冠、羽毛、啼声，一旦有之，终生不渝的，固然很多。但像蠑螈的背棘，鱼类的婚礼装，只装点一个短时期；繁殖季节一过，便不见了的，也还不少。如果一劳永逸的设备是有利的，何以这有利的设备，竟不能普遍？仔细推究时，我们知道青春渲染，是耗费颇大的一件事。在分化程度比较低些的生物，能够把已经成就的器官组织，收回去重新利用的，为婚礼而暂时特备的东西，在婚期过后，仍旧要重复利用了来维持正常生活；正像不甚富裕的人，在结婚时，尽管因为要装点门面，不得不阔穿、阔用、阔吃几天，蜜月一过，还得把银色皮鞋，染黑了来踹泥路一样。分化程度上较高的动物，门面撑开之后，便不能紧缩，才只好忍痛装点到底，不愿意，也实在不能够那么小家子气；可是结果还是相当受累。植物界的情形和动物界稍有不同，但原则却仍旧差不多：一般说来，植物界的青春渲染，没有保持终生的。一次付出的物资，数量相当大；付出之后，虽有少量可以收回重新利用，但收回后只可用在繁殖上，不能拿来维持日常生活，其余大部分便耗费掉了，一点残渣都没有留下。所以一次开花之后，总是"元气大伤"，非得有长期积蓄，不能恢复；多数种类，往往是拿整个生命，"孤注一掷"地来渲染的，这就是我们预备说第二件事——配偶时物质的牺牲。

要达交配的目的，一对配偶的两方面，都必得有重大的物质牺牲。刚才我们说过的，植物界的青春渲染，所谓开花，就是一种极明显的事例。开花，只是交配的准备。真正的交配，两性接合子的混融，所谓"媾精作用"，在开花的植物，我们是不容易直接简单地看见的。一般说来，从最外层数起，一朵花，最外面有着和寻常绿叶相差不远的花萼，进来有着美丽的花冠（花冠普通由多片花瓣合成）。这两层东西，本身绝无交配作用；正和结婚时的花轿、汽车、堂彩……一样，不过"装点门面"而已，尽可省去不妨。花冠里面，有时还有着专生"花蜜"的"蜜腺"，作用和婚礼时的"喜酒"一样，纵使不设备，也不会直接使两性接合子，失去混融的能力。再进里面来，才是两性生殖器官：生花粉的雄蕊，和包着"胚珠"的雌蕊。就是这两样东西，也究竟并非全体必需：一方面植物界就有着单性花，一朵花里面不一定需要兼长雌雄两蕊。一方面，像寻常误称为"美人蕉"的昙花，虽则一朵花里面雌雄蕊两全，可是真有生殖力的，却只有半个雄蕊一个雌蕊；但仍旧可以结实生子。一方面，像松、柏、麻黄、苏铁等所谓"裸子植物"花粉和胚珠干脆裸露着，没有包被，还不够资格称为雌雄蕊，一样也还会生成种子。再推进一层，根本上花粉和胚珠，也并不是全部需要的；真正和繁殖有关，实在在交配中混融的，还不过是花粉的四分之一和胚珠的八分之一至四分之一。所以实际上计算起来，一朵花里面，真正作接合混融的，少而又少；其余的一些东西，只是过剩的装点，对交配并没有直接贡献。正如近来新式"文明结婚"仪式里，尽管要临时拉差，凑上一些证婚人、介绍人、主婚人、男女傧相，牵纱和提花篮的"安琪儿"，汗流浃背地站了一大堆，大家紧张非凡，想着怎样走路，怎样致训词、致颂词……陪同受罪吃累，结果真正结婚的，却仍旧不过新郎新妇两个，和坐花轿拜堂入洞房的旧式野蛮结婚，并无分别。（所不同的，新式的文明结婚，"仿自西洋"，所以可贵；而"旧式结婚"，一切仪式，却都得由新郎新妇自己扮演,所以"野蛮"得和其他中国事件一样而已。)许多高等植物,却不惜重大牺牲,费了许多物资,在造成雌雄两性接合子以外,还加上重重装点,决不肯简单地举行野蛮结婚礼。它们真是醉心于中国近代的文明,所以对于这毫无意义的,的确不中,可是也并不西的繁文缛节,感觉无限的兴趣么?要解决这问题,让我们且仔细分析分析,植物界"开花"一事的全般景象:

像我们刚才所说的,开花时长了许多不必要的器官组织;是比较上普通的情形。说得严谨一点,是"他花受粉"的植物种类中,借动物为传播花粉的媒介的,才肯如此牺牲。所谓"动物媒媾花",详细说来,情形非常复杂细腻。植物的花粉,成熟以后,既不能自动地爬、跑,或飞到雄蕊上,达到交配的目的,自然便得靠能动的东西,帮忙搬运。能动的东西,自然以各种动物为第一。帮助植物传播花粉,使它粘着到雄蕊上去,引起媾精作用的动物,最重要的是各种能飞的昆虫;尤其是蜂、蝶、蛾、蝇等,"毛手毛脚"的东西,头上、身上、脚上的毛,最适合于携带花粉;其次小形的鸟类,再其次有蝙蝠,还有满身黏滑的蜗牛。但是忙不是胡乱可帮的,于是,植物物界自然就起有一种"淘汰"。凡属设备周全,能摄引到适当的动物来,替它们传播花粉的,才能有交配、结实、生成种子的可能;像这样的植物,才可以继续繁殖传种。要能够摄引适当的动物,第一事是得惹起这些动物的注意。惹起动物注意,不外乎三件事情:第一是鲜明的色彩,第二是愈近愈浓的气味,第三是一点甜头。动物媒媾花的色彩,最是鲜明,各种不同的颜色,也有各种不同的道理。大体说来,凡是要靠白天活动的动物传粉的,大多是红、橙、黄、白鲜明各色,蓝、紫、绿等比较晦暗的颜色,如果有,也必定十分浅淡。阳光照耀下,花色和叶色形成一个极强烈的对比,很容易让昆虫认识。靠蛾类等晚间活动的动物来传粉的,像睡莲、待霄草、晚香玉等,不但蓝紫各色没有,连红橙都不见,只有极鲜明的白色,充其量也不过极淡的淡黄,这样才可以在黑暗中显出鲜明的色调。如果花的体形很小,不能十分显著,便由许多的花攒聚一处,成为一个很耀眼的"花序",像女贞、鸡冠、菊花(菊花每一"朵"是一个花序;寻常我们认为一个花瓣的,却才真是一"朵"花)之类。有时整个花序也还太小。不够鲜明,就在花序附近的叶子上,生出色彩明艳的标识,像蕺菜、猩猩草、豆蔻、姜黄之类,或者在一个花序,周围开出特别大形的花,专做招致昆虫的幌子,像向日葵、八仙花和嘉定附近的"金花玉叶"。再进一步,有些花还会和替它传粉的昆虫,长成相同的形状。像鸢尾科、兰科、豆科的植物,便有像蝶一样形状的花。色彩是"有目其赏"的:对于视觉迟钝,或者对于色彩不感兴趣的“无目者”，再好的色彩也没有用处。所以有些“也无桃李争春色，也无梅柳标新格”的花，便另来一着：“一味恼人香，群花争敢当？”茉莉、桅子、晚香玉、菖蒲兰之类、小形而颜色并不十分鲜美的，便靠香味来引致动物。香与臭，是一个“主观”的问题，连人类都不能一律；动物界的情形，自然更无法可以用同一标准来审定统制；梅、兰、栀子、茉莉等虽香，可是苍蝇们并不感兴趣。因此，有许多靠苍蝇传粉的花，所发出来的气味，便是苍蝇们所认为最香的粪气和腐肉气，像萝藦、马兜铃、蒟蒻、野芋之类。色与香，都不便真正称为物质的享受；馋嘴的昆虫、鸟、兽，虽则也并不嫌弃眼与鼻的满足，但是对于“口腹实惠”，到底更表欢迎。因此，凡靠动物传粉的花，都预备一点“茶点”，恭候媒妁光临。绝对多数的是甜的“花蜜”：植物在一部分组织里，预先留下多量的糖（普通是很甜的果糖和蔗糖）；应用时，从邻近细胞里，拉扯了许多水分过来，调成糖浆，专诚待客。此外，有的专诚替蜜蜂预备脂肪特多的花粉，有的替蜗牛预备些又滑又黏的黏液。总括起来，无论是色香或味，原来都是“有所为而设”的东西；没有这些东西，便不能达到交配的目的。一次招待，所耗费的物资，往往等于真正交配直接需要的几十百倍；筹备这些招待物品，不得不有很大的牺牲，有时甚至“倾家荡产”。而招待会一过了，又没有多少东西，可以收回来重复利用。每年随着春光一同狼藉了的落红，便是一次用过了之后，付之抛置的招待品。然而能慷慨牺牲的，才可以交配传种，悭吝的只能“绝子灭孙”；所以现存的高等植物，如果要靠动物传粉，也唯有忍痛继续牺牲下去，才可在雌雄淘汰中获得成功。所以有一岁的春光，便会有一次的乱红飘坠，将与时间相偕不竭。

靠动物传粉，固然得在“生殖细胞”的构成以外多一些额外开销；不靠动物传粉的植物情形怎样呢？上面我们曾经说过，花粉没有自己运动的能力，非得借用自然界其他动力为媒便无从和雌蕊接头，更不必谈直接交配。自然界的动力，除了动物以外，我们能想得到，算得出来的，还有空气流动所成的风与水流、雷电、地震、火山喷发、雨雪的下降，等等。雷电太快，火山喷发温度太高，地震太猛烈，雨雪只有与地面成直角底下降，都不能利用来传花粉。只有风力和水流两样比较上温和柔缓，所以植物除了动物媒媾以外，还有“流体媒媾”的“风媒”与“水媒”。风媒花，像松柏科植物，稻、麦、竹等禾本科植物，杨柳、胡桃、榛、栗等柔荑花植物；水媒花，像一般生在水底或漂在水面的植物，种类也很不少。风和水流，都是无生的，不像动物那么可以引诱，需要招致；所以风媒花和水媒花，色、香、味都不必特别设置，似乎很是经济。可是就因为这些义务的服务者,不受贿买,“铁面无私”,植物便没有方法自己出主意摆布,一切都只能听从这些服务者安排管制。风与水流动的方向,如果和植物授粉所需要的方向恰好符合,花粉自然可有机会传到雌蕊上去,交配、结实、产生种子,一切顺利平安。若是方向两不调合,风和水并无损失,植物可是白费了一番,毫无成就。但看稻麦开花的那一向中,我们中国农人,老是注意观察风向,就可知道这些流体媒媾的植物,是怎样的无法自主。再进一层,流体媒媾植物,虽不需要美丽的花冠和香味、蜜腺,但是要能够大量传播花粉,必须:第一,雄蕊必须有能随风摇动或顺水漂动,以便散出花粉的特殊方便;第二,花粉要轻到可以在空中或水面漂浮;第三,雌蕊必须有大的接收面积,或者必须有大量的花粉,同时在空中或水面长久停留,增加遇合的机会。如果不能满足这些条件,纵使水流风力的方向适合需要,而因为花粉“不中抬举”,仍是不能交配。要满足这些条件,自然也得消耗许多物资。春天松树开花,我们穿过松林走一遭,鞋的上便会黏上一层蜜黄色的花粉,细软温馨,非常可爱。初夏一场骤雨,雨过天晴,阶下的积水渐渐干去时,往往会留下一圈一圈黄绿色的细晕,这细晕便是雨打了下来的杨柳、胡桃等风媒花的花粉。像这样的花粉,原都是过剩地预备了的东西,来扩大授粉的机会的。每一年,都得有巨额的牺牲,完全付与闲抛浪置。雌蕊,一样也得浪费相当的物质来接受花粉:每一条玉米上面缀着的那一把生时淡绿,熟后深棕色的胡须,便是雌蕊特别细长的柱头和花柱,预备受粉的。媾精之后,这种长须就全部付出在“消耗”项下了。相比看来,流体媒媾的植物,为了交配,也并不如我们初想中的那么节俭。

像这样,植物不交配则已,一要交配,不论动物媒媾也好,流体媒媾也好,一定得在交配以外,还准备很大的物质牺牲。这种牺牲,究竟严重到什么程度呢?寻常植物,可按照个体寿命的长短和“开花”次数的多寡,分成两大类:一类是终生只能开花一次的,个体寿命,就在这一次开花之后完全结束,这叫“一稔植物”。大多数的草本,都只有“一稔”的可能;个体寿命,短的不过三五十天,稍长的能够延长到占两个“年份”,最长的可达百多年。这些植物活了这么长久之后,才把开花结实所需要的物资准备充足。一旦准备既成,众花齐出,热闹一个短时期,把所有的物质准备都耗费完了,所有分生组织都分化成为花和果实之后,这个个体的寿命,也就“任务完成,安全退却”。短命的一年生植物,像稻、玉米、辣椒、茄子……二年生植物,像小麦、萝卜、芸薹……开花后立即死亡的情形,我们常见的比较容易想到。长寿一点的,像竹子、棕榈,芭蕉,以及号称

“百年草”的丝兰、龙舌兰，平常多半借“出芽”行植物式繁殖，开花很是少见。等到环境太不适宜，便开花结实，跟着也就寿终了，一生仍旧只是一稔。第二类所谓“多稔植物”，像大部分的木本植物，一个个体，一生能开花结实多次。一稔植物，一生积蓄，一旦耗竭，固然可以使我们明白交配与结实消耗之大；就是多稔植物，也有“大小年”的现象：“大年”开花结实，把去年今年两个生长季节中，辛苦积蓄得来的物质，消耗得太多；结果明年所能利用着来开花结实的材料，一定不能像今年这样充分，便成了“小年”。这种情形，也可以让我们明了开花消耗之大。

动物界交配与繁殖的直接消耗，和植物相比看来，相对分量虽比较上小，“绝对分量”仍旧颇大。比较简单些的动物，有许多是“体外媒媾”的，雌性个体和雄性个体，各自把预备好的接合细胞，放出体外，让它们自己找机会交配。这种情形，父母的负担相比之下自然颇轻。不过，像前面说过的，卵细胞里面，必得储藏下丰富的养料来，作为新个体发展的基础。储藏，不消说是母体经过长久的辛勤攒积然后得来；在母体中时，人家虽然不易夺取，可一旦放出体外之后，却是其他肉食动物（连人包括在内，“虾蛋”不是我们食物中珍品之一吗？）最欢喜找寻的食物。损耗之大，不问可知。精子细胞储藏养料不多，消耗似乎应当较少。但是寻常两性细胞生出时的数量比例，多数是和体形成反比的，比方卵子比精子大一千倍，母体生成一个卵，父体就生成一千个精子。这一千小精子，同时追寻卵子，大概有九百九十个以上，在到达目的地以前，便已经力竭而死；剩下的十个，也只有十分之一的机会，可以真正和卵子交配混融。因此父体的耗损，在事实上，究竟也并非少量。另一方面，体外媾精，全得听环境慈悲的允许。所以必得生成较多的精与卵，然后交配才能有较大的可能机会。增加精卵数，就是增加物资的消耗，当然两亲的负担，同时依照比例增加。进化程度较高的动物，多半行体内媾精；换句话说，雌雄个体必需先行个体交配，把精子注进雌体体内，然后精子和卵子，再行交配混融。个体交配中，复杂的“求偶”行为，我们在下面再细说，现在先就产生“两性细胞”的情形，和体内媾精的动物，做一个比较。简单说来，体内媾精的动物，所产生卵子与精子，数目可相当减少。比起体外媾精动物，一次产出千万卵子的情形来，的确是一种大节省。不过，这样节省下来的物资，结果仍然得在养育子女方面付出，绝不是亲体自己所能利用的。另一方面，与生殖细胞的生成相依而起的变化，如外生殖器的构成，结卵授精时亲体的预备，却随着“体内媾精”办法的繁复而加多；对于亲体，依旧是很重的课税。

最后，还有一层值得我们寻思的，就是一切行动物式繁殖的生物，一旦身体成熟之后，自然而然，便会由青春渲染起，到求偶交配止，孜孜不懈，毅然决然地，向前盲目进行。渲染着青春的，决不考虑到自己将来有无求偶的机会；热烈地求偶时，决不考虑到交配时物资的损失。雌雄异株的植物，决不因为附近没有异株存在，而停止开花的消耗；开重瓣花的植物，绝无结实的可能；可是一到风和日丽之时，依然要“姹紫嫣红开遍”。体外媾精的虾、蟹、鱼、蛙，一到产卵期，雌的“拼命”产卵，雄的“拼命”在后面赶着在卵堆上注加精子，奋不顾身，往往给予其他动物以最好的吞食机会。体内媾精的鸡鸭，不问已否受精，总在不息地下蛋。人，少年男子，照例得改变声音，长胡须，找太太。小姐们照例得把乳腺长好，乳房发育齐全，每个二十八天，一定得生一个蛋；（除非这蛋有机会在子宫里长成一个小孩，总有较长久的休息。）同时，也会在种种“人为”的束缚之中，自己努力渐渐地辟开一条道路，接受男子的爱之贡与。

行动物式繁殖的动物，发展群体的本能中间，特别是求偶与交配的行为，最富于“谜”的材料。在第一篇，我们谈论生之执着时，曾经说过，一切生物，都会逃避死而极力抓住生。但是，在求偶与交配时，却往往会忽略个体生命的安全，去图种族的发展。刚才所说的，各个个体成熟之后，造成生殖细胞时，所担负的物质牺牲，每每就是使这个个体死亡的因素；不过这种死亡的危险，并不是立刻见效的，或许不够称为“向死挑战”。真正为了交配，拿个体生命来牺牲的，也着实有着在。最简单的，让我们从蚯蚓说起。这一个“上食缟壤，下饮黄泉”的廉士，白昼平常是不轻易在地上露面的。因为它生就一身嫩肉，既无坚甲防身，又无武器应战，许多肉食动物，都要逮住它来当作食料。唯一比较安全的办法，便是躲藏在地下，免得遭遇不测；除掉夜间偶然出来地面徘徊一阵之外，只有它的穴居被水浸满了，或者温度骤高，实在忍受不了，才会出来躲躲。逆境一过，依然要缩回地下，避免侵凌。我们要找一段蚯蚓来做钓饵，寻常唯有跟着它们排出在地面上的粪串，向地下挖掘；绝没有随便在地面上找得到底机会。但是，一到交配时期，这种雌雄同体的动物，却非得出到地面上，来找另外的个体，交换精子细胞不可。这时它们“奋不顾身”，不管暴露中的一切危险，翻坑过阜，在地面上徘徊着来求偶，勇敢非常，完全不是寻常那一个“羞怯怯的”软虫了。每一个交配季节中，因为这样勇敢而牺牲掉了的蚯蚓，真不知道该有多少千万条。其次，猛兽鸷鸟，无论牝牡雌雄，见面时总是大家“视眈眈，欲逐逐”，不斗智便斗力的。一到交配季节,雄性个体,却会冒着生命的危险,向雌者去求爱。据野外观察的记载,虎、豹、狮等,交配之前,先总是来一场恶斗。由"猫儿打架"的情形推测起来,这类观察,大概是"准对"。狗,在文明的欧美,照例由主人奉养得非常周到的,一到春情期,便由主人之命,牵赴"名门贵胄"的对方,由双方主人,亲任"敬事房太监",监视着交配一番,载在简册,不能苟且,可说是百分之百地"人为",足够称为文明。此外,身价和职方郎中相去不远的一般中国狗,平常如不仗着主人的威风,见了人总以拨转屁股就跑的为多。然而当它们满街走着性交起来时,鞭打石击,种种侮辱和虐待,固然甘受不辞;就是加倍"不绅士态度"的尖刀,开水、炭火等威胁,也会熟视无睹。此外,在蜘蛛中间,还有着极特殊的情形在:蜘蛛是从小就受过训练,惯吃同类的(参看下节"儿童本位")。雄蜘蛛体型较小,碰着雌蜘蛛,往往很难幸免,寻常总以不见面为原则。但一到交配时期,情形立即大变:有一种雄蜘蛛,在它的肢节上,渐渐长出许多光滑的小"婚礼疣",反映着日光,宝气珠光,照灼璀璨。等到光彩十分完美之后,一向吃得很饱,长得很肥的雄蜘蛛,带着一囊精子,蘸着唾沫,把身上的灰尘,洗刷干净,"顾影自怜"一番之后,这才和自己的巢穴永诀了,出去"找对象"。找到一个同类的雌蜘蛛,相度地势,在辉煌的阳光中,自己呈献出来,载舞载跃,让那些"婚礼疣",反映着日光,卖弄炫耀,务必引起对方充分的注意。等到雌蜘蛛看准了这位求婚者,走到面前来欣赏时,它的舞跃愈来愈出劲,舞到最后,两方十分接近时,他乘着对方的一个不留心,赶快把带来的一囊精子,送进雌蜘蛛体内;雌蜘蛛也就同样出其不意,把它一下逮住,咬定要害,几次急促的吮吸,这一个求婚者体内的脂膏,悉数到了伊肠子里。求婚者达到交配的目的,同时也就赔了一条性命;只剩下那一套镶珠嵌宝的大婚礼服,挂在雌蛛门前,迎风晃动,闪灼生光。雌蜘蛛这才回家去,产卵休息。如果雄蜘蛛不去买弄,自然天下太平;或者卖弄一番,赶紧就逃走,也不会有性命之虞;如果要把那一囊精子呈献出来,则绝无例外,一定得把性命同时交付。拿个体生命来换取交配的行为,我们只好以"配偶至上"一句话来描写,可不能作任何的"解释"。

丁　儿童本位

无论动物式或植物式的繁殖,结果是造成新个体。除掉最简单的"裂殖"以外,新生的个体,普遍都比亲体小得多;为方便起见,我们就把这新生的小个体称作"儿童",以示优待,而资简单。最初生成的儿童,都是一小团"胚胎组织”,有着非常强大的分裂能力,但是柔嫩得很,禁不住环境无情的颠顿,同时软弱得很,也不大有自己独立生活的本领。必得由亲体,预先各方面准备,这就是我们现在所要谈的“儿童本位”。

第一件最简单的事情,就是替儿童预筹保护。植物的种子、孢子,外面都有着相当坚厚的包被,像松、榧、桃、杏、胡桃、椰子,外面包裹的东西,差不多就和石头一样坚厚。珠芽肉芽之类,外面或是包着不透水也不透气的栓皮,或是一层蜡被,一层鳞片,一层毛……总而言之,造成一层恰够隔绝内外的包护,一方面防止外力的创伤,一方面防止内部物质的损失。卵生的动物,受精卵无论大小,外面一定要包上一层石灰质,革质,或胶质的外被。鸡鸭蛋壳是我们最记得的东西,石灰质之外,加上胶质,又轻巧又坚牢,真是再适当不过的防护。蚁蚕孵出后,留下的那一层精致异常的白壳儿,也美丽得够使人赞叹。蛙卵外面包着的胶套,除了保护之外,还有黏附作用,可以让一串串的卵,固着在水草面上,免得随波逐流地每况愈下。“桑螵蛸”是螳螂的卵块,除了卵壳以外,还用胶质黏着在树枝上;蛟蜻蛉的卵,下面有一个细长胶质的柄,黏在叶子上面,叫作“优昙华”;意义也和蛙卵一样。一般鸟类,凡属在高树上营巢的,卵壳往往是淡绿或浓绿,有时上面还带一点深绿色的斑纹,在万绿丛中恰好是一种很调和的“隐蔽”,作用和第一篇我们所谈的保护色有点相似。沙滩上的鸟巢,巢中的卵,颜色花纹往往和沙中的石砾非常相像。有人做过一个“试验”,在海滩上找到两个形状和鸥卵相像的石子,搁在鸥巢里,在近处守候着,母鸥回来,在巢边看了大半晌,不肯下去,又飞走了。第二次回来,看了一阵,又飞走了。到第三次回来,忽然在巢里搔拨了一阵,休息片刻,才又飞走。这人走去看时,那母鸥已经把一颗石子和一颗自己的卵拨了出来,总算是回复了巢中原有的卵数。至于拨出来的两个不速之客,有一个竟是自己的卵,它可没有想到,这大概就是“君子可以欺其方”的道理了。

第二件是食物或养料的准备。“儿童们”在初成的时候,是没有能力自己管自己的营养的,一定得由“母亲”先给它预备一点养料,应付初期生长发育中的需要。在卵生动物,卵中的卵白卵黄,就是这种预备的养分。卵的体积较大的,卵白和卵黄,往往便足够儿童发育到能完全独立生活,比方鸡、鸭、鹅等鸟类,蟑螂(偷油婆)、蝶、蛾等昆虫。要是一次产卵数量过多,卵黄卵白的分量少,卵的相对体积较小,孵出来的儿童,便不能自营生活,母亲还得尽一点“哺养”的义务。像鸠、鸽等鸟类,蜂、蚁等昆虫,都是小蛋孵出小儿童,然后再加工养大的。到真正的胎生动物，预备更加复杂而且周到。卵子数量和卵中所含的养分，愈来愈少，可以减除不必要的消耗之后，受精卵就在母亲的身体里面，过着寄生式生活；发育生长所需要的养分，干脆直接，就从母亲的血液里面征取，实报实销，要多少就取多少。等到发育生长，已经达到和卵生动物孵化时差不多的情形，这才脱离母体，降生尘世，寻常便认为这是儿童们个体生命的开始。新生的儿童还是要由母亲继续从血液里面，抽出最理想的食物成分出来，供给它们生长的取材。这就是所谓"乳"；凡属由母亲用乳来养育儿童的动物，寻常便叫"哺乳动物"。哺乳动物中母亲的妊孕期长，生出来的儿童，已经能够勉强独立生活，像牛、马、狗、猪、豚鼠之类，一面吃乳，一面就可以吃固体食物的，哺乳期较短；要是像鼠、兔、人……等，初生的儿童，仍是一个不能自助的家伙，哺乳期便得大大延长，一直到儿童能吃固体食物时，才渐渐终止。"乳"和"卵"中间所含的各种养料成分，都是按照极精细的选择，配合而成，最适于动物生长发育的需要，所以称为"理想食物"。乳的配合，是跟着儿童生长发育的程度，在渐渐变化的，比较上更是理想。不过，这所谓理想，是对于当事者那种动物而言；鸡蛋是小鸡的理想食物，牛奶是小牛的理想食物。拿鸡蛋来养小鸭子，小鸭子未必领情；拿牛奶来喂小羊，小羊可要害消化不良的病。用牛奶来养小孩，所以要去油、加糖、掺水，正是因为牛奶并不适合小孩生长的需要，才有这种重新配合的必要。同样，一个健康的成人，如果不想自己将来再变成一只鸡或一头牛，而一天到晚只吃鸡蛋牛奶，虽则营养价值甚为丰富，但并不"理想"，是不难想见的。

植物为了它们的"儿童"，也准备有种种理想食物。珠芽、肉芽、块根、块茎之类，里面所储藏的东西，都经过极精细合理的选择；这些芽体开始生长时，往往可以靠储存的养分，作相当长时期的生长发育。种子里面的"胚乳"，平均分量固然不能和芽体相比；但是应付种子里面的那一个"胚"的需要，却往往是有余有剩。万一一个种子在一个不适当的环境里面发芽了，一切外资的接济，都不能得到时，也还可以作一个短时期的发展，再去碰机会。人类的食物，最初是靠渔猎和畜牧等肉食。一到有了耕种的文明后，主要食粮，就是各种植物——特别是禾本科——种子胚乳中，所贮存的"淀粉"。我们中国古代所谓"穀"，所谓"粒食"，无非禾本科和豆科的胚乳。这些胚乳，只有豆科所藏的，还含有相当分量的脂肪和蛋白质；禾本科所藏的固体物质，百分之九十五以上是淀粉，稍微有点蛋白质，主要全都在所谓"糊粉层"里面；就是我们称为"糠"（谷壳叫稃)，"麸皮"之类的东西，正是稻麦中养料最丰富的部分。中国穷人吃糙米、粗面，是连这些好东西一起吃了下去的，所以终年不见肉类，也还不至于十分营养不良；阔人另有肉类补充，嫌这些天然的好东西太粗糙，拿来喂牲畜，自己却专吃那一点只能氧化了发热的、真正的粗东西去了，倒也恰如其分！

第三件事情，是替儿童们预先找定一个适合的环象龛，让它们将来生活发展，比较方便容易。这一层，是"儿童本位"各种行为中最复杂也最艰难的事。推开一点来说，真正的种族的发展，一方面固然要增加同种个体的数目，但是，把同种生物的环形龛加宽加大，至少也是同等重要；最低限度，也应当要保住原有的泊点。这一个比较广义一点的情形，下面谈"由个体到群体"时，再详细说。现在我们先看一看父母在事先如何替儿童预备。

有许多鱼类，寻常生长在海水里面，海水正是它们的环象龛。但是，一到产卵期，这些鱼却逆流而上，游泳几百里乃至几千里，到淡水水源中去产卵；有时它们还要借跳跃过急滩和小瀑布，然后才能达到目的地。往往产卵之后，这一个疲劳的母亲，因为长途跋涉，过分疲惫，很容易就死于非命。这些卵经过阳光的孵化变成小鱼，又随波逐流而下，回到海里去过活，生长发育到成熟后，再往回奔，到淡水源头去产卵。这种情形，乍看起来，实在是傻得不能再傻的傻事：既然长大了的小鱼仍旧得在海水里生长，何必白费了许多气力，跑去跑来，担惊历险？经过许多"好事"的学者，为了渔业的利益，详细研究许久之后，才知道这全不是白费，而是有着很深重的生态意义，原来海洋里面，并不如我们想象中那么安静和平。海水温度和浓度，两方面错综变化的结果，海面以下的海水，便有定向的流动，这就是所谓"暗潮"或"洋流"。一切海生生物，对于泊点和环象龛中温度、咸度的变化，都具有相当敏感；超过一定范围，发展生长，乃至于生存，都会渐渐地不可能。鱼类的生活，一方面直接受海水的影响，一方面间接远得由"食物"而受海水各种情形的限制。再成熟些的个体，运动能力较大。环境过分不良。可以由迁徙来调节。暗潮的影响可以不至于十分重大。太小的"鱼苗"，运动力有限，经不起暗潮的激荡，说不定在什么时候便会给洋流把它们送到太不适合的环象龛里去，因而失去生存的机会。有了这样一个复杂的变化情形，所以许多海鱼，产卵的习惯，便成了决定种族命运的重要因素：如果有一种鱼，偶然游到淡水中某处产卵，孵化后的小鱼，随着河流，"朝宗于海"之后，刚好被暗潮带到了它们适宜的环境里，这种鱼的个体，自然可有比较多量，生存下去。这样，自然而然，就生成了一套"淘汰"的情形。凡属能够在适当的地方产卵，孵化后，小鱼可以趁着潮流得到发展机会的，种族生命，才可延长；经过有鱼以来七千多万年的淘汰，便成了今日某几种海鱼（如鳟、鲑、鲕之类）向淡水中产卵，某几种海鱼（鳗、鲕……），却向深海产卵，回到淡水河流出口附近生活的习惯。

候鸟的季节性迁徙是我们老祖宗就已经知道了的事情："鸿雁来宾""雁北乡""玄鸟至""玄鸟北归"。何以非常准确地和"月令"相合？也无非是替儿童预筹环象㲃的现象。有人详细观察鸟群的结集和移动，发现里面包含着为了儿童而起的复杂的"环象㲃""泊点""游弋圈"三重问题在内。这些候鸟的一个鸟群，徙到产卵地带来时，群的里面，有去年甚至前年曾经来到此地产过卵的成鸟，也有去年在此地孵出，现在可已经成熟了的青年。来到时，有些种类是雄鸟最先到达。这些雄鸟，各自清理出一片适用的地盘（泊点），打扫干净，搜集好许多营巢必要的材料，或者简直就作好巢来，各自保有一定的"疆界"（游弋圈），彼此不相侵犯。会唱的，这时就守在巢口附近，高唱着求凰曲，专候后来的雌鸟，到此选择丈夫和"家"。等到各对配偶选定之后，凡属一雄一雌，配成了佳偶的，便忙着修理门户，一心产卵。孵卵时，鸟先生除了出去找点东西回来呈献太太之外，还得唱几曲"妹妹我爱你"之类的歌，替孵蛋的太太解闷，减少伊单调辛勤中的疲劳。有些种类是先行选偶然后营巢的；营巢时，夫唱妇随，齐心壹志地努力；有些是选偶后仅由雌鸟作巢，雄鸟专管唱歌和守卫的。也有雌雄同时到达产卵地的；有不唱歌，另以他种方式选偶的，无论哪一种情形，如果有找不到地盘的雄鸟，（或者找得地盘而不会营巢，甚至于营巢已毕，而歌唱得不好的），便找不到配偶，结果在这一场"雌雄淘汰"中，便成了落伍的渣滓，慢慢集聚起来，在鸟群"室家区"以外，另成一个"光杆团"，集合着过鳏居生活，有时担任义务敢死队，异群或异种的鸟，侵犯疆界时，便由他们来对付。等到产卵季节终结，今年的幼鸟，都孵了出来，而且长大到能够远飞；产卵地的食物、温度等条件，又已经渐渐不适合做这鸟群的环象㲃时，才又整群迁徙到另一个地方，作渡冬或歇夏的打算。这时出发的鸟群，情形和来时已经有点两样：里面，有着在这产卵地带来住过一两次的成鸟，有着本届出生的幼鸟，也有着本届落伍了的光杆，志愿参加这群，担任护送。前届或本届的成鸟，自然不免有些疾终或死于非命的，所以这次出发的鸟群，在质和量两方面，仍旧不会和前届的差得很多。等到第二次再回来时，配偶情形，也许根本上要重新分配一次，也许保持原状，但是光杆集团，大致已经无形消灭，非得再经一次雌雄淘汰，往往看不出前次光杆团的痕迹。一种候鸟“结集成群”“三迁”和“雌雄淘汰”这三件事，有着“环象龛”“泊点”“游弋圈”三重意义，变化复杂之至，但是仔细推究起来，都只是“为了儿童”而已！

“为了儿童”除了这三方面的准备以外，还有养育照料的一段劬劳，也是够复杂细腻的题目：当然，“养育”一事，只限于行动物式繁殖的动物，而且，还只限于比较高等的种类。最原始的体外媾精种类，产卵之后，亲体往往不记得哪些卵是自己产的，甚至会自己把自己的蛋吃了下去。高等一点的，就有看护自己卵的事情。行体内媾精的动物，对于自己的卵，便已不肯随便付之牺牲。我们叫“蟢子”或“蟢蛛”的那种大蜘蛛，寻常并不纺丝绩网；但是产卵时，却会织成一个白丝口袋，把许多受精卵装起来，带着四处奔波，最后才把这一口袋儿孙，安置在一个妥帖的地方，就是我们所谓“壁钱”。一个壁钱中的蛋，至少也有一千几百个，孵出成小蜘蛛之后，只是很小很小的一些小虱子。这些小虱子大家躲在袋里，借这袋的保护，可以避免外敌的侵凌，当然安全不过。可是，袋里乾坤有限，这些肉食性的小动物，却无法得到外界的肉来吃，这时，袋里的许多兄弟姊妹们，为了“生存”，不得不“竞争”：强大些的个体，便会把袋中孵出稍迟的弱小者捉来当作食粮，生吞下去。袋子长久经过外来的风侵水蚀，内部的冲突奔腾，也就渐渐破裂了，结果，袋中的几千几百小虱子中，最后剩下十来个真正的强梁者，才突围而出，在外面大千世界里，继续从战斗中去讨生活。此外，蝇虎的习惯，也和蟢蛛大致相同。这些蜘蛛们，从小就养成欺负自家人的本领，残忍与机警同时并进，长成以后，愈磨炼自然便愈进步，地道地成了“格死打扑”的好材料。到最后，连交配时也得以一场“血腥”的风流案件结束，可说是无怪其然。但是当雌蜘蛛把亲丈夫吃完了来产卵时，那种事先照料准备的周到，却依然表现着十足的“母爱”。这种情形，真不能不让我们赞颂“儿童本位”与“种族至上”的伟大！

和蜘蛛同属于节肢动物的昆虫，养育儿童时往往有着更惊人的表演。我们曾说过，昆虫的发育生长，普通都要经过几回变态。由卵孵出的幼虫，在最初往往不能独立生活；无告的小虫，普遍都由母亲在产卵时预留地步，把它们搁在将来准有东西可吃的地方，让它们孵化。蔬菜叶子背面的虫蛋，照例是专吃这种蔬菜的昆虫所生；天牛的蛋，就下在天牛所爱吃的树的树皮缝罅里；无花果花序里，住着有许多小蜂儿，替无花果传播花粉之后，在花序里产卵，卵孵化了，就吃无花果长大；没食子蜂，把叶芽中的嫩叶子刺伤，在叶肉中产卵之后，那个叶芽，会因为这刺激而长出一个所为“五倍子”的虫瘿，里面生成许多恰好供给蜂儿吃的食料。这都不算十分特别；有趣的，还有另外一种蜂类，叫作蜾蠃。蜾蠃产卵的习惯，是先搜集一些泥土，和上唾沫，做成一个长管儿，再去找一条其他昆虫（如螟蛉之类）的幼虫来，先螫它一针，使它麻醉（可决不把它螫死）后，塞进管中，然后把卵产在这半死的虫体内。卵在虫体内，受了阳光的温热，渐渐孵出时，这虫体的肉，可够它们睡着吃到自己独立，后来才吃穿了出去，另寻生活。这就是“螟蛉有子，蜾蠃负之”的全部事实真相。

以上所说的这些情形，不过在产卵期中同时准备；儿童们出生以后，独立生活以前，亲体不在场照料，情形总还算简单。体外媾精的动物，最高等到一般的鱼与蛙等脊椎动物，也都只做到这一步。体内媾精的节肢动物，在无脊椎动物中，算是最高等的，一般情形，也不过如此。一到蜂蚁，情形便渐加复杂。刚才我们由无花果蜂，没食子蜂，说到蜾蠃，已经一步高似一步。到卢蜂、蜜蜂和蚁类，幼虫孵出以后，成虫还得躬亲饲养保护，这才真是“哀哀父母”的起点。蜂和蚁，卵与幼虫，从产出起，孵化、生长、变态，一直到成为小个的成虫，所有一切生活，都由成长的工蜂或工蚁，负责照料，真是鞠躬尽瘁，勤劬万端。蜜蜂和蚁类，普通称为“社会性昆虫”，营群居的集团生活；养育儿童，是社会事业之一端，照例由许多特化的雌性个体，共同担负；我们在下面再谈。卢蜂是“索居”的，和其他蜂类不同；饲养幼体的成虫，一概都是母亲，真也责无旁贷。幼虫孵出后，母亲得不息地去找东西来饲养。有种卢蜂，每次只产一个卵。曾经有人做过试验，趁母亲哺养幼虫时，拿一个玻璃罩，把这母亲和它的独子，连窠一同罩住，看伊如何应付。这母蜂飞了几次，飞不出去，窠里的幼虫，却张着嘴直动，要吃东西。母蜂几番碰壁之后，“情急智生”，从窠后钻了一个洞进去，把这个独子的尾段，咬了出来，衔向窠口，去饲养那负痛而加紧张嘴的前段。许多老太太们，愿意忍饥忍饿，留下自己的一点积蓄，预备替独子成家立业的，结果往往却不得不在情急之时，先支付了他的嫖债赌债，这大概也就卢蜂办法。

脊椎动物，鱼类和两栖类，普通都是体外媾精。产卵时，虽有相当的顾虑：卵一产出，大多数的亲体，便不再去照料。可是也有些例子，两亲对于养育幼儿，相当注意的。鱼类中的“斗鱼”，小小的雌雄一对，先营巢后产卵；卵数不多，但却仍是体外媾精的。卵在巢中孵出后，两亲以战士的态度，在巢里巢外卫护着经过一个相当的时期，到儿女们长大能够自立时，才放它们走。蛙类中有些种类，由雄蛙把卵块黏在自己脚上带着走的，也有在背上临时长出许多小洞。

藏着幼蛙的，保护和发育，总算相当周到。一般爬虫，都是体内媾精的，受精卵在母体内发育到了相当程度，才放出体外，儿童生命初期所受的威胁自然较少。虽然少有由母亲自己孵化的，但寻常雌体多半有营巢的习性，产出的卵，卵壳儿都相当坚固，再安置在适合的环象龛中安全地带，新孵出来的小动物，食和住的问题，也可以立刻解决。像蝮蛇等，卵数较少的，卵先在体内孵化，然后才脱离母体，所谓“卵胎生”，儿童出生之时，已经完全可以独立生活。鸟类虽没有卵胎生的情形，但是一方面绝对没有体外媾精的种类，儿童在发育初期，不至于夭殇非命；大多数的鸟类，都有营巢和自己孵卵的习性，至少也会把卵产在其他鸟类巢中，让别的鸟来代行孵化，第二期的防护养育，也加进一步地周密。同时，像上面说过的，如果卵形较小，孵出来的小鸟，不大能够独立生活的，母亲还得尽哺养的责任。就是大蛋孵出的大雏，也得由父母教飞、教游、教找东西吃；在有危难的时候，两亲还有牺牲自己来保卫儿童的勇气。看老母鸡带小鸡的种种情形，便可以懂得“母爱”在鸟类已经发展到什么程度。再上一级，到哺乳动物时，除掉卵生的“单孔类”以外，全部都是真正的胎生；儿童不必经孵化，直接就以和亲体相像的形态生出。妊孕期短的，生出来的儿童，毛没有长成，眼睛没有张开，离开母亲，便绝对不能够生活的，母亲还得以最大的努力，保护养育。妊孕期长些的，母亲的负累自然大得多得多；牝兽往往因为怀孕时行动迟缓，而招致生命的危险，可是生出的儿童，却可以省去这一段辛劬的抚养。

妊孕期最短的，像刚好高出的“单孔类”一级的“有袋类”，如袋鼠袋鹿等“真兽”，新生的儿童，简直还看不出和亲体怎样相像，比方袋鹿，长成的个体，有一匹小驴那么大；寻常靠着两条后腿和一条长尾，跳来跳去。新生的个体，却只有六七分长，后腿和尾巴，仅仅是针尖大小的三个小突起。整个身体，头占去四分之三，头上长着一张大嘴。此外，前腿有几个相当有力的钩爪，凭仗这几个钩爪，沿着母亲的肚皮，像一只大虱子一样，慢慢爬到母亲胸前，钻进胸前特别长着的那一个皮口袋里，碰上母亲十几个乳头中的一个后，再凭那张大嘴，一下衔上一个乳头，除了吃以外，再也不管天下大事。皮袋里又温暖又安全，这小家伙当然十分舒服。此后一直长大成形，到了和兔儿差不多大小，母亲跳着吃树叶，它们也能从袋里伸出头来，就便分润一点来咀嚼着时，才慢慢断乳。儿女们愈长愈大，母亲的负担慢慢加重后，儿童也从袋里慢慢出来跳跳；可是一有危险，还是跳向袋里去躲着。一直到袋子里实在装不下了时，方渐渐离开母亲，自营独立生活。

从“有袋类”以上，妊孕期仍旧有长有短，哺乳期跟着也有变化。可是无论哪一种情形，新生的儿童在没有长大成形以前，平时生活技能的训练，危难中的掩护与保全，至少母亲还要负一个相当时期的责任。而且，“就既知事实说”，似乎进化和凶猛两方面的程度愈高，这一段时期也愈长。贫齿类，鲸类和翼手类（蝙蝠）断乳后便得独自生活；刺猬、鼹鼠等食虫类的儿童，断乳后还跟着母亲跑一个短时期，学习“食虫”的本领。牛、羊、马、鹿、象等有蹄兽类动物，在长期的群居中，“小家庭”里母亲和孩子们，比较上也有长期特殊亲近的时候。这些，都是比较“低等”或较“和平”的兽类。一到野猪这种有蹄类，因为雄猪贪暴残忍，所以儿童只跟着母亲，不大和父亲见面。肉食兽中，猫族的狮，虎，豹，美洲虎等，孩子们和母亲有较长的亲密关系；可是得避开父亲，否则性命危险；好在事实上父亲也只在交配期中才和母亲同居，而孩子们没有受完吃肉打架等基本训练之前，母亲总是护着孩子们和父亲争斗的。犬族与熊族夫妇间的关系比较平和的，母亲与孩子们之间的关系，反而没有猫族那么亲密。一到灵长类，进化程度特高之后，亲子的关系，便愈加清晰。一般猿类，如果不十分凶猛的，多半是过群居生活；大群里面的小家庭，除了亲密的母子关系以外，在育儿的初期，父亲对于自己的儿童，要负相当责任；就是儿童刚能寻东西吃的时候，父亲也还肯帮忙“教育”。“类人猿”，特别是大猩猩，对于幼年儿童的保护和教养，更是尽心力而为之。可是一到“儿子”成年的时候，“父与子”的冲突马上就表现出来：雄性青年如果不离开“生母”和“嫡母”或“庶母”，父亲便要执行父权，把他们驱逐出去，母亲在这种情况中，真是爱莫能助，一点办法也没有。

最后，还有一点很值得玩味的情形，就是个体寿命的长短，往往和育儿期的长短，有一个比例关系；体外媾精的动物，个体寿命普通很短；它们对于儿童，根本无认识，够不上说育儿。昆虫类中，到自己的卵孵化出来时便死去的，为数最多；短命些的往往产卵后即寿终；最长命的，像蜂蚁之类，到儿童已成年，能产卵时，亲体寿命便也宣告结束。爬虫和鸟类，普遍可以看见“孙代”的出生。兽类的情形，一般是以最后一胎所生儿童的成熟，为个体寿命终点。人类的状况，我们不妨拿关于“幸福”的理想来做说明：我们中国最早的“福”的项目，像诗经里的“周王寿考”，又像洪范五福，第一是“寿”，最后是“考终命”。寿与考显然不是一事。所谓“考”，虽然各家注解不同，说法种种，但由父亲称“考”一事看去，“考”应该是老年人亲见子孙长成的那一种幸福，不仅是“老”而已。人生三十年算做“一世”，一世就是一“代”；三十岁的男人，照规矩应当身为“显考”了。

六十岁称为“下寿”,刚好是两世,或两代。如果一个男人第一个生的孩子是男孩子,这男孩子现在也应该身为“显考”,而本人才有含饴弄孙的桑榆之乐;和鸟类兽类一般情形,相去不远。所以只能称为“下寿”。由此再上,九十曰“耋”,“‘耋’者,老之‘至’也”;轮到孙男晋级显考,原来的男人,这时已能看见他第四代后裔的生出。老年人亲见子孙一代代长大成人,以至于“五代同堂”,那才是有意义的寿。所谓五代同堂,按照三十年一世的算法,该是一百二十岁;一百二十年,就是第四代个体成熟,第五代个体生出的期限,在动物界中,自然是“无先例”的最高纪录了。

四 由个体到群体

个体生命,发展为种族生命,可以分做两种方向来看:一种是随着时间,顺序向后推衍,借用简单的数学术语来表示,是由一“点”向一个“圆锥”进行,是种族的延长。另一种是在同一时间内,产生多数个体,尽量占用最大空间,即是由一“点”向一个“圆面”进行,是种族的扩大。自然,这又只是一种相对的说法:事实上,这两方面的发展,既是同由一点出发,发展时便会在很多地方互相重合。因为父、母、子、女、伯、叔、姑、舅、姨,和侄、甥、堂兄弟姊妹和表兄弟姊妹,常常会在同一时间内,共同占用一个泊点;同时,每繁殖一次,大部分生物的情形,都要形成多数新个体。但是,同一时间同一泊点中的许多个体,彼此间亲族的关系,既有亲疏远近之分,而同一个生物个体的全部后裔,却未必就会在同一泊点之内。两个发展方向,生态意义,决不全同;所以我们仍旧得分开来说。关于“圆锥”方向的发展情形,上一段“配偶至上”和“儿童本位”两节,已经谈得很多,现在我们再在“圆面”方向上看一看。

甲 种族的扩大

大多数生物,一次繁殖,所生成的新个体,数目多半是“大于一”的。这里面的情形,变化相当复杂,从这复杂的变化中,我们可以归纳得出几重“矛盾”:第一,新个体总数愈大,则将来在“淘汰”中获得“保全”的机遇,相比增高。这是自然之理。但是,事实方面却又另有一种限制:以同等力量,利用同量的材料来制造新的个体,成品数量增高时,质的方面便不能太考究,换句话说,难免粗制滥造,结果所得的成品未必能合标准尺度。在严格的淘选中,有时反倒是精制而数少的成品占便宜。这也是自然之理。第二,新个体总数愈多,散布的范围自然可以愈广;广阔地展布开来以后,保全的机遇也可以相比提高。但是,相反的方面,散步的范围加宽,环境变化的复杂程度也会加大,淘选的力量便会相比加强;结果散布范围小的,未必一定吃亏。第三,展长各个个体的寿命,结果个体的总数虽或较小,但同一时间,在同一空间里面过活的个体总数,却可以相比较多。利用旧个体物质和"精神"两方面原有的基础,来竞取生存的机会,往往是有利的条件。然而另一方面旧个体年龄越大,精神物质两方面准备越充分,越有利于生存时,外来摧折的量愈大,上面谈个体寿命时,我们曾说过的。结果是得是失,也仍旧不易算得十分肯定。总结三重矛盾,对于种族扩大最有利的条件,该是同时存在的个体总数很多,每个新个体,都有着精细完备的构造,以适应变化复杂的环境,同时个体寿命又很长的那一些种类。可惜这种"腰缠十万贯,骑鹤下扬州"的理想情形,除掉人以外,其他生物,不曾发现过。一般生物,都只能有两方面的进展:普通都是以多胜,同时以长寿胜。构造完备而数多的,像各种昆虫,个体寿命便不很长;长寿而准备完善的,像各种大乔木,和"类人猿",数目便不很多。就是人类,虽则三方面都占着优势;但是每次繁殖时所造成的新体,却比"一"大不了一点。(普通一胎总是一个小孩;一胎双生的,在人类有六千分之一的机会。就是每六千次生产中,可有一次双胎。一胎三个孩子的,机会是五十七万分之一;一胎四个的,机会是七百万万分之一。十年前,曾经有过一胎五女的纪录;可是还没有人统计过在人类这种四胎以上的机会,是多少万分之一。若是根据四胎以下的数字来统计,人类"每胎"所能生成的儿童,不过是一·〇〇二个;这一点尾数,大可不必斤斤了。)现代物质科学的"发明",一方面固然可以把人类个体平均寿命稍微延长一些,一方面也似乎尽在设法使人体的构造更加美满完备。但从另一点来看,优生学者尽管在喊着叫着,要提高"人的素质";然而一般情形,因为社会组织,经济状况种种条件的牵制,一方面人类中的"优秀分子"在利用科学发明,尽量减少他们儿童的产出,而精神或身体不合标准的夫妇,反而在大量增产,一方面本来应该淘汰的弱儿,却因为社会地位或经济条件的优越,不但未归淘汰反而获得继续生存乃至延长种族的机会。得失相权,人类是否可以长久保持现有的优势,恐怕有点问题。这种"杞人之忧",我们且暂时搁下,看一看人以外的一般生物,如何扩大他们的种族。

先从植物说起:寻常所谓"下等"的"孢子植物",靠"孢子"繁殖。孢子又轻又细，像灰尘一样，可以随风飘荡。风把这些孢子吹送到任何可以生长的地方，遇着勉强可以敷衍凑合的环境条件，孢子便可以发芽，生长；要是环境适宜，这新成的个体达到成熟时，又可繁殖。一般说来，自体营养的孢子植物，忍耐性较强，抵抗力较大，对于环境不作苛细的挑剔，所以种族的发展比较容易，往往是开辟新环象龛的"先锋队"。水生孢子植物，孢子或借水力飘散，或者仍靠风力传播，发展虽比较陆生种类困难，但比起一般高等植物来，仍是容易得多。不过，孢子的形体既小，里面所储藏的东西自然不多；遇着不适宜的环境，便因为准备不充分，不能发展；或者暂时发展，后来仍不免中途夭折。在"乘时及远"方面，孢子繁殖虽然比较有利；但是安全程度不够。比较复杂一点的孢子植物，往往倾向于其他"植物式繁殖法"：菌类多半是长"菌丝体"；在取得营养料的"基质"表面以下，散布着网状的菌丝，穿透分歧，尽量地作暗中活动，非到暗中活动近于不可能时，决不轻易出风头，向大气中长孢子体，作"乘时及远"的企图。藓类是一面发展，一面构成"胚芽"，胚芽在干燥后，也可以藉风力或动物的力量，向远处散布。苔类和羊齿（薇、蕨、贯仲等植物），在基质的表面以下，潜伏着长"根状茎"，四面八方地扩展。不到"环境不允许"的时候，一般决不轻易长孢子。

所谓高等的"种子植物"，基本情形，也并不两样。植物式繁殖有可能时，总是尽先作"分条"，长"地下茎"，珠芽，肉芽之类的活动，直接把已有相当基础的分生组织，分了出去，造成生活准备比较充分的新个体。在一稔植物，直到自己内部情形，实在不大有办法时，才行动物式繁殖，开花结实，另造小型的新个体。多稔植物，一般也仍旧是以行植物式繁殖为第一着。不过，多稔植物，既然都是个体体积较大的木本，自己站得住，长得稳时，自以填满自己已经占有的泊点为原则。木本植物，没有作"移动运动"的可能，把本身泊点填满后，再要在泊点范围之内做成新个体，新个体与旧个体，对于水、盐、光、气四种生活基本条件的取给，便很难得有合理和平的支配。如果泊点四周还有勉强可以利用的空间，也许还可以凑合着长成一个树丛。但是新个体的准备，总不能像旧个体那么充分；竞争的结果，新个体依然不免失败。在这种情况中，发展并不能达到种族扩大的希冀；所以多稔植物，逼不得已，才从动物式繁殖中来求发展，藉比较上容易运动些的种子，海阔天空地去布散。

成熟了的种子，必得落在与母株有相当距离的地方，然后种族才能发展得开。凡落在母株泊点范围以内的种子，大多数是不能发芽；发芽了也不能生长盛旺，到一个相当时期，还是不免夭折；——这就是说，在种族扩大的竞争淘汰中，种子离母株愈远，发展的可能便愈大。种子布散出去时，和母株距离的远近，固然不是绝对没有偶然巧合的机会；但究竟准备充分，有及远的可能的，才能必然地有发展的可能。这种准备，最简单最基本的，就是果实成熟以后，能够自己裂开来，把种子散出去。普通的植物，像豆类、萝卜、油菜，以至于“苦瓜”，都有这种情形。其次，除掉裂开以外，还在力的方面，有点准备。像凤仙花，寻常又叫“指甲花”的，种子成熟之后，内面的果皮，已经因萎软而缩短，外层果皮，却保持相当膨亨。两方面压力不平衡，只要稍有点外力的冲撞，果实便会破裂，果皮立刻一瓣瓣地向里卷了进去，一下把成熟了的种子，向外弹散出来。所以又有“急性子”的一个俗名。又像“纹天竺葵”(洋绣球)，果实成熟后，一片片黏有种子的果皮，会卷成一个螺旋，把种子高高抬起；大气中水汽的分量稍微有些变化，这螺旋会跟着转动，风一动摇，便会脱了下来，借这一片螺旋桨的推进，随风飘去。其次，许多果实和种子，上面有着种种“飞行”的准备：像蒲公英，草绵的毛，槭树、嵌宝枫(麻柳)、梓树、凌霄花果实种子的翅，以及柳絮榆钱，乘风高去，原来的志向，并不是要“直上青云”，却只是将来“入地”的准备。像藜、苋等，果实种子，虽不会因风起舞，但是全株着根很浅，风一来，往往全株拔起，随风顺着地面直滚过去，一面放赖，一面就把果实种子撒泼在地面上。其次，许多果实种子，在外面长上刺、硬毛、钩，以至于黏液，任何动物在旁边经过时，便贴在它们身上，靠它们的行动，带着散开出去。像马唐、香茆、胡萝卜、芹菜、苜蓿、豨莶、天名精，等等。从野外吃草回来的牛羊，往往尾巴上粘着许多种子果实；我们从乱草丛中走过，衣裾、袴脚，乃至于鞋袜上，也会带着一批批走私的黄鱼。葈耳(苍耳子)的果实，上面满长着倒钩；就借这点攀龙附凤的本领，跟着人、马、牛、羊，走遍了人迹所到的各大陆。

其次，有许多果实，所谓“核果”“浆果”的，成熟后外面有着又香又甜的“果肉”，里面的种子包着又厚又硬的“种被”，种子没有长成硬壳以前，果肉都酸涩不堪；成熟了的果实却是动物(连人在内)很肯欣赏的东西。他们采了果实去吃，吃掉果实后，有硬壳的种子随地扔了下来，便给种子以广布的机会；万一那动物十分匆忙，不暇细细嘴吃，连肉带核一齐吞了下去，这核经过肠胃，随着粪便排出动物体外后，仍旧毫无损伤——有时还因为硬壳稍有磨伤，发芽等容易。据说楮树、榖树(榖皮树)的种子，不从鸟的砂囊里磨过一些时，简直还不会发芽的。像“栎寄生”之类，专门在高树顶上过着半寄生生活的，种子外面包着一些极黐黏的胶质，再外面才有一层甜香细软的果肉。鸟类吃了它们的果肉后，种子便黏在鸟喙上，轻易不会掉下来；鸟因为喙上黏有东西，十分不舒服，会在树枝上去磨刮；磨刮的结果，便把这种子牢牢地黏进树皮缝里，给它定下在一个十足十全的理想泊点中，畅情发展。

水生植物的种子与果实，往往有着极特殊的准备：有的会有"气室""气囊"之类的游泳设备，可以随着水流飘浮；有的便斜搁在淤泥藻荇里，好黏向水鸟脚上去，航空广布。君子所爱的莲，繁衍的情形，最是值得玩味：它除了心窍空灵的根茎（藕），因为"空心"，可以和大气暗通消息，所以能在水的淤泥中四面八方蔓延，极力行植物式繁殖以外，它的果实种子，构造也很有意思。凡是剥过老"莲房"（寻常叫"莲蓬"）的人，总不会忘记那一个倒圆锥形的"花托"的：里面是乱七八糟，又松又软，而且粗涩不堪，毫无可取的一团糟粕，外面油光滑黑，却是苍劲得道貌岸然。你别以为它是"徒以老见尊"！它这构造，却真是大有道理：油光滑黑的外面，可使这莲房入水不濡，不大容易腐坏；里面粗松的组织，可以叫这莲房轻易地随波逐流，飘行不坠。每一颗"莲实"，外面包着一套天衣无缝的革质果皮。果皮外面满是不沾水的蜡粒，里面向下的一端全是空气，向上的一端才是真正的莲子。种子外面又有一层薄薄的衣，里面除了两片储满了上等淀粉的子叶外，还有一个已经长出了一片绿色荷叶的幼苗，所谓苦心的"莲薏"。莲房长在柄上时，锥尖向下，莲实个个朝天，然后才能在空气中干燥成熟。莲房成熟了，荷梗枯朽折断后，莲房一个筋斗栽了下来，轻的锥尖向上，重的莲实入水，莲子却均仍旧没有没入水下。整个东西，像一个流线型的航空母舰，在水面漂浮着，沿溪越涧，过渡钻桥，流到另外的湖荡里，水停潴不动的地方，方才静止。经过长期的内忧外患，莲房终于箍不住这场面，腐坏下去，里面乱七八糟的渣滓，自然渐归消灭。沉闷已久的许多莲实，从"黑暗的旧势力"中解放出来之后，重见天日。这时莲实的第一个动作，是再翻一个筋斗，轻的气室一端朝天，重的莲子一端，沉入水面以下，种子里的幼根，刚好指着水底淤泥。直到革质的果皮，也腐败到破了之后，莲子便依重力方向，一直沉入水底，慢慢作发芽的准备，又得经过长期的埋没，方可见大。莲薏中那一片小荷钱，早已长好叶绿素，只要一见阳光，立刻就可以行光合作用，生长发展。我们细想一下，这颗莲子在发芽以前，第一先得水程千里，经过种种艰辛；第二得翻两次筋斗，经过两番彻底的腐败，然后才能死里逃生；第三，得冤沉水底，过一段又黑暗又窒息的生活，然后方能出头。此外，一重莲房，一重革质的果皮，在它早年又是何等拘束？挣扎到最后，还得靠多久以前准备下来的一文小钱，做发展生存的基本。这种生涯，不正是一出极精彩动人的悲喜剧么？长成以后，“出淤泥而不染，濯清涟而不妖”，诚然可亲可爱；可是前面这一段幼年的厄运，更十足地表现了“君子固穷”，值得钦敬！

一般动物因为有着移动运动的能力，所以在扩大的发展上，不必像植物那么麻烦。只要环境允许，动物总是不断地扩展它们的泊点、游弋圈和环象龛的。上面我们谈“住”，谈亲体替新个体准备环形龛和泊点时，已经有过相当详细的分析，现在我们再就全局的问题，稍微再说一点。一般能动的动物，虽有扩大环形龛的趋向，但是自然的障碍，却往往是一个非常重要的限制条件。环境条件相同或者很相似，而相距较远的两个地域，照理，是应当有着相同的动物生存着，在作相同的发展的，然而往往两处动物分布的情形会完全两样。这中间最重要的原因，便是“距离”。因为动物虽然有运动的能力，但是运动能力却有极限，无论哪一种动物，运动的范围，都不能超出运动能力的极限。“鼯鼠五技而穷”之所以穷，就穷在运动能力的极限太小。动物扩展种族的可能，普通都以它的运动能力和运动方式为限制。长江天堑，只有飞渡和游渡两种可能；一般不能飞不能游的动物，到此只好望洋兴叹。所以长江下游各处，江南江北的野兔，便是根本不同的两种；刺猬也是一样，江南江北，各有千秋。鸟类和比较大些的昆虫，可就不受这种限制。秦岭中间，有一段顶上是终年积雪的，兽类固然不能越过，鸟类和昆虫也因为飞越为难，所以山南山北的鸟类和昆虫，就各有特色。再推广开去，我们还可以看见其他高山、大川、沙漠、海洋……种种自然障碍，在动物扩展种族上所加的限制力。地形大致相同的南美洲和非洲，动物种类差不多就没有相同之处。澳洲四面有重洋隔绝，便连动物带植物都和其他大陆根本不同。现在的人类，如果我们承认在生物学上只是一“种”（生物学的所谓“种”和人类学上的“种”，意义有点不同），那么人类勉强可以算作一个例外，地面各处可以做人类的环形龛的地方，的确都已有人迹。要是以人种学上的“种”为根据，那么，连人类的分布和扩展，也在自然障碍的限制之中。尽管近代的人。自以为征服了高山，征服了深海，乃至于征服了天空。凭着交通工具，可以所向无阻。但是，许多土人能够过活的地方，“文明人”仍旧生活不下去。许多帝国主义的国家，占领了下来的殖民地，并没有真正把“民”“殖”了过去；不过定期地派了一些“压榨机器”去，从土人身上重重地压取一点物资。而这些“压榨机器”，除非为邻里乡党亲戚朋友所共弃，也决不肯安心立志，在殖民地里，过着帝王所不及的养尊处优的生活，总得想法定期地“回家乡去享福”。就是受了“上帝的付托”的传教士们，在殖民地里，尽可借着“上帝和外国人派来救土人”的那些羽翼之助，过着“极端圣洁”的生活，可是真肯在殖民地终老的，却也并没有十分之一。但是，另一方面，人类的交通工具，倒是替另外的一些生物，扩大了环形龛：比方牛、羊的传入澳洲，烟草、鸦片、黑鼠（黑色的“家鼠”）苍蝇的传遍全世界，以及梅毒螺菌的传到中国，马铃薯上“日本瓢虫”的传到美洲，都是“文明人”海上势力扩张时，附带所做的工作。

许多不能作移动运动的动物，在占取空间，作种族扩展时必得有特殊的准备。像海绵、珊瑚、藤壶、石蜐之类水生动物，必有一个时期，能够自动游泳，至少也能随波荡漾，各处漂浮，因此才能够远离亲体泊点，在广大的空间中去发展。许多行动迟缓的种类，幼年时代也能利用特殊的技巧，托体于大形而运动速度及运动量较高的动物，扩展它们的种族。像蚌蛤等，初生的个体，会借一条“黏丝”，贴在鱼鳞缝里，或者把两片贝壳，紧紧闭住，咬定水鸟的蹼，让这些大动物，把它们运输到远处。不大肯运动的外寄生虫，像鱼虱、恙虫……可以藉寄主彼此身体表面的接触，传播开来。一生除了吃以外，再无其他活动的内寄生虫，成熟的个体，因为可以不必运动，固然绝不想到动，它们的幼体，也没有多大的运动可言；在传布上，似乎再困难不过了。它们唯一的出路，便是多多产卵，以数量战胜困难，在水中、泥中，到处都是。只要有一线机缘，可以混进寄主体内，便赶着又快快繁殖，尽量产卵，所以也终于能达到族姓繁殖的目的。它们的卵壳，经过几千万代的选择与淘汰后，在水里泥里，可以长久地不朽；一到寄主体内，却刚能够溶解。从壳中钻出的幼体，因为一生一世只有吃和生小孩两件大工作，无须再为本身生活，作任何准备，所有事业，不外乎生长和繁殖，结果身体里面，除掉一个极简单的吸附器官以外，生殖器官占了百分之九十五以上。种族的确是发展了，扩大了；个体生存，究竟有何意味？恐怕除了这些寄生虫本身，和想做或做惯了寄生虫的人类个体以外，谁也不能回答。另一方面，人类为了要免除自己所受的扰害，对于这些内寄生虫，除了以最有效的药剂，把它们从体内赶出来以外，还要取夷三族的手段，尽力想法消除它的卵，务必要绝灭它们的根株，防止他们的蔓延与扩展。人类存在一天，它们的种族命运，也多一天绝灭的危险。我们替它们考虑起来，总觉得这种生活方式，虽则逸乐多于辛苦，但是为种族与个体的发育着想时，殊不上算。

乙 群

由个体生命发展成种族，无论是取面的方向或者是锥的方向，总之必有那么一段时间，在同一局部的空间中，同时有一个以上的个体，共同生存。这就是“群”的起源。最简单最短促的群，是交配时的一对雌雄。两方面抱着同一的目的，负着同一的使命，来做一个暂时的结合，春风一度，各自西东，交配后便散了开去；这一次结合中的伴侣，往往彼此没有再见的机会。前面谈过的蜘蛛，交配后，雄的作了雌底的一顿点心的，固然不必说了；狮、虎、豹、猫、鹰、鹞等猛兽鸷鸟，“‘合’则留，不‘合’则去”，交配后，还是互不负责的局面。其次，是一个以上同种的肉食动物，同向一个比较大一点的食饵进攻的群；也是因为目的相同，利害相共，暂时结合。然而因为大家不怀好意，一转眼间，利害有冲突时，便要不欢而散。其次，是同母的兄弟姊妹所成的群。这种群可久可暂，可大可小，一般全看生物内在的情形和环境的条件而变化。像蚕群、鱼群之类，因为同母的兄弟姊妹，数目很多，而各个体间，没有多大的利害冲突，又没有彼此斗争的武器时，可以多数联合，结成很大的群，往往声势非常浩大，但是实际上这种无组织的群，真是一盘散沙；随时可以解散，可以聚合。虽则是群，群中并无可乐之处；遇了共同的强敌时，因为各个作战，缺少联络，随时可给敌人各个击破，以至于全群覆没。我们看到蝗虫的情形，一来往往是几万，几十万，乃至于几百万，漫山遍野，遮天蔽日而来，遇见什么吃什么，破坏力真伟大。但是人类掘几条堑坑一堵，烧几把火一薰，也可以很快就挡住他们的前进；跟着便是扫帚，畚箕，铲除歼灭，再进一步，还可以把它们的卵块掘掉，使它们暂时绝灭。像这样的积聚，实在不够称“群”，只能说是“众”。要是各个体之间，常有利害冲突，大家能够靠武力来解决争执时，这样的众，很快很快便会分崩离析，结果仍以自相残害为终点。像壁钱里的小蜘蛛，神圣罗马帝国结合之下的许多小国家，都是这类的例子。

进一步，像同在母亲抚育之下的兄弟姊妹，受母亲的监护与指导的，情形便不同了：这时，目的相同，利害相共，在同一的监护与指导之下，而这指导与监护又的确是有力量、有意义，为着全群的福利的；各个个体只有各自放弃小我，一切以群的利益为利益，以求安全，群是相当安定、和平、而且幸福的。不过，这种安定、和平与幸福，是否能够长久维持，还是要看未来的发展。如果各个个体有了独立生存的本领以后，彼此不能继续共存共荣，母亲的威与力，又不能继续有效时,这种群仍旧要分裂的。好一点,彼此漠不相关,各奔各的前程,不相侵犯,像同一窝中孵出的小鸡,或忽必烈死后的四大汗国,虽无特殊幸福,但也许暂时还可以有和平与安定。坏一点马上就可以因利害冲突,并和平安定也不能保持,一次出生的小猫、小狗,鲁的三家,晋的六卿,都是例子。这种群之所以不能始终坚定,大概是因为结聚成群时,并不是大家心悦诚服地同意的,只是因为在这个生存初期,有母亲的指导与监护之必要,所以勉强容忍。在指导与监护失掉必要性之后,个性取而代之,自然就要有"睚眦"的现象出来。推广开来说,专制帝王,正心诚意地为老百姓谋幸福时,固然可以暂时造成一个繁荣的帝国,居然物阜民康一番。但是帝国只是帝国;帝国的臣民,只能是"日出而作,日入而息,凿井而饮,耕田而食"的人,在"帝力于我何有哉"的认识之下,才可以"不识不知,顺帝之则"来享福。一旦这帝王本人或继承者的措施,稍有失招,老百姓或帝王,必有一方面不幸。开元天宝的政事,法王路易十四与路易十六的命运,就是极好的事实说明;结果不是引起群的瓦解,就是整个群得遭受灾难。

再进一步,许多个体或个体小集团,因为生活的需要,结集组织,合成一个大群。这种有组织、有意义的群,在鸟类和兽类中最常见到。鸟群的情形,谈"儿童本位"时,我们曾经说过。兽群有大有小:小的像狐群、狼群,一方面为着本身生命的安全,一方面为着猎食的需要,五六个到十来个个体,成群出发。较大的群,群中还有分工的趋势。比方象群,由一个年长力强的雄象当首领;有小孩的母象和象儿,在群的最中心,年轻的雄象雌象担任前卫和侧卫;最老的个体,留在最后面的,随时有落伍的机会。羊群、牛群、猴群,也是这样。这种分工,自然没有永久性,像象群中的象儿慢慢成长,便会由中心移作侧卫和前卫,也会再向前担任首领,或者退回中心作母象,到最后慢慢又退到群的最后面去。这就是"分化"而并不"特化"。高等动物的社会生活,所成的群,只有这一种典型。

更进一步的群,像蜜蜂、蚂蚁、白蚁等"社会性昆虫",群中的个体,便已因"分工"而"特化",某部分个体,毕生只担任某一部分的工作;在生长途中,便把身体的构造,加以改变,务必使这工作,能得到最高的效果。像这样"特化"了的个体,一旦长成,便再无改行的可能。不像象群、鹿群,一个个体可以因为环境的要求,生活的情况,与全群的需要等条件,随时改变。社会性昆虫,群中的工作,只有两个大的部门:一方面是维持全群目前生活的美满与安全,一方面是后裔的产出。为了第一方面"圆面方向"的发展,有准备食物,建筑巢居,保护儿童,抵抗侵略各项。第二方面的"圆锥"发展,就是繁殖,造成新个体。如果群的构成健全，由比较少数的个体，担任繁殖，也尽够维持种族的圆锥发展。在社会性昆虫中，繁殖工作普通由极少数的个体担任：在蜜蜂是一个雌蜂，几十个雄蜂；蚁和白蚁，数目稍多，但也占不到全群的百分之一，雄性个体，一生只有制造精虫这一种唯一的责任；普通一次媾和之后，便因职责既尽，性命随之，立刻死亡，决不再活下去，消耗群中宝贵的粮食。雌性个体，“以一身系种族之存亡”，而产卵的工作，又不是匆匆忙忙一下子可以干得完的，所以生存的时间较久。但因为特化的结果，挺着一个大肚皮，装满了一大肚皮的蛋，可没有能力再做别的事情。蛋是新个体和新群体的基础；要使种族能继续作圆锥方向的发展，非得多供给雌性个体一些特殊好的养料，让伊舒舒服服地，专诚下蛋，而且要下大蛋好蛋；所以伊们日常的给养，比群中任何个体都要优厚。要使这些蛋能安全地产出，那挺着大肚子只会下蛋不会其他活动的雌性个体，非得受其他个体周详的保护。要使下出来的蛋能够好好地发育成健全的新个体，蛋和下蛋的雌性个体，必得放在巢中最温暖，最干燥的中央部分；而且下出来的蛋，也决不能由那个颟顸不堪的雌性个体，自行照料，必定得由其他个体，搬去好生孵化养育。这种种情形，凑合起来，雌性个体，一方面养尊处优，一事不作；一方面伊本身和伊所下的蛋，都由其他个体，保护照料；一方面数目又少。乍看上去，很有点“帝王风格”，无怪乎我们中国过去叫伊们做“蜂王”“蚁王”，欧洲人叫伊们“蜂后”“蚁后”。但是照我们现在所知道的蜂蚁社会制度看来，这所谓“王”或“后”，只是一副下蛋机器。虽则养尊处优，备受保卫，可是，全因为伊能够牺牲一切，专门下蛋，才能享受这点待遇。此外，群中一切事情，都不能过问，也实在没有过问的能力，更不必说实行统治全群的“君权”。要是把蜂蚁的社会制度中的王或后，作为标准来规定人类中王或后的享受与权力，恐怕也就没有人会羡慕着，热衷想去过瘾了。

社会性昆虫群聚中，除掉繁殖以外，剩下的“圆面发展”中，各种工作，在蜜蜂和多种蚂蚁都由一些无繁殖能力的雌性（或雄性）个体担任，这就是所谓“工蜂”或“工蚁”。它们是真正的工作者：孵蛋，找寻食物，准备冬粮，建筑住宅，保持清洁，抵抗侵略，防御盗贼，乃至于“畜牧耕耘”，凡我们所想象得到的日常生活中应有之事，一概都由这些“劳动阶级”担任。在工作分量上说，他们可以说是极忙碌之能事；而且还暴露在全群所共有的各种危险中间。在享受上，它们所吃的，比较幼虫和“后”，质与量都要差一点。但这种种，似乎就是从事生产工作的个体，所必有的牺牲。它们唯一的收获，大概只有“助人为快乐之本”，为全群服务，取得全群的安全、繁荣与进展，这一点“精神安慰”。也许一天的工作既完，疲乏之后，休息睡眠，非常安稳，是它们生活中最美满最舒服的一段。可有一件，就是它们的生活，的确是对群各尽所能，从群里面也得到平均合理分配下来的各取所需；它们和“后”一样，是一群中的被统治者；但统治它们的，是全群安全繁荣与进展所必需的“全群秩序”；“后”或“王”绝对不能对它们加任何压榨与钳制，因此，自然根本上不会发生争取自由的事件。

在白蚁和少数蚂蚁的群中，另外还有一种特化的个体，自成一个阶级，为蜂群和多数蚁群中所无，就是“斗士”或“兵蚁”。兵蚁和工蚁工蜂一样，也只是一些无繁殖能力的雌性或雄性个体。所不同的就是生长发育的时候，它们的“口器”特别长得快，因此长出一对特别强大有力的小颚，这就是它们的武器。武器既成，个体已经机械化成为一个专门打仗的斗士。既不能繁殖，也不能担任其他正常的工作。它们唯一的任务便是防御盗贼，抵抗侵略。全群受扰害时，它们便挺着一张大嘴，出来咬敌人。群里中平静无事，它们还有件例外工作，出发到另外的蚁群去偷袭，猎取人家的幼虫，搬回自己巢中，让工蚁养大了来做“奴役”。此外，如果自己巢穴受水灾或塌陷后，有搬家的需要时，它们得在蚁队的最外面一行担任警卫。它们虽则“功高”，可是比较起来，劳苦有限。因此，在群中并无特殊地位可言。天下承平，群中食粮充裕时，它们可以和工蚁得到同等的给养；——因为他们的嘴太大，大到连吃东西都成问题，得由工蚁哺给他们吃。一到饥馑降临，群中粮食短绌时，工蚁可不会再拿东西来饲养它们，后蚁和雄蚁，也没有能力来帮忙，它便只好眼睁睁地饿死，被清除出去。我们无从知道在蚁社会中，“崇德报功”的观念如何；但由事实现象看来，这样刻薄寡恩的行径，我们实在要替那些饿死的大兵，挥一掬同情之泪！

同样的个体，结聚起来，固然可以组成群体。可是生物的泊点也和一切物质一样，是“多孔性”的，里面有着大大小小的空隙；这种空隙，正常常有其他大大小小的生物占用。因此便有异种个体所结成的群。因为空间虽则无穷，但能做“环象龛”，即是一切条件，能容许生物发展生命的地方，却非常有限；凡够格作环象龛的空间，自然会有许多生物，挤着占领发展。泊点之间，为第一种生物不能利用的地方，会有第二种、第三种……乃至于无数种的生物，挤来占领；这样，把泊点之间的间隙填满，便成了异种个体结合的群。最简单的，彼此之间，似乎没有十分重大的直接利害关系。比方一个牛栏里，有几条牛，有一些苍蝇，有一些蜣螂，有几个蜘蛛，有许多大肠细菌生活在牛粪里，有一些下等绿色藻类，着生在牛栏柱子上……这些生物，随时可以纠合成群，也很容易随时拆伙，分散成许多个体。但是，蜘蛛张着网，很可能便会黏上几个苍蝇来当点心；苍蝇飞出去时，可能把大肠细菌和绿藻带着，传布到旁的地方；蜣螂吃牛粪时，也会把大肠细菌一起吃下去……诸如此类，关系并不如我们初看时那么简单。而牛的前胃里，还有着鞭牛虫；牛肠子里，还有大肠细菌；牛脚趾缝里，也许还有着许多寄生虫的卵，细菌和菌类的孢子，这些东西，也许直接间接，可以为牛谋福利，也可以为牛造成灾难。像这样“源远流长”地推下去，情形太麻烦，只好留下来，等大家被迫坐下听无味的演讲时，长途乘坐车船无事可做时，或者神志清醒而不得不躺在床上静卧时，慢慢思索。现且拿一点比较上显而易见的情形，做个分层的比较。

异种成群，彼此关系较浅的是树林：许多不同种的个体，草本、灌木、乔木、蔓本、高树……诸如此类，它们为了水、盐、光、气的供给，会有激烈的生存竞争：这些情形，在谈“吃”时曾经说过。其次像许多草食或肉食动物，同在一个环象中过活，彼此相辅相成或相争相夺的，或动物与植物同群，如刚才我所说的“牛栏局面”，或我们谈“住”时所说的松毛虫与松树之类。像这类的群，都是暂时性的乌合之众，汎汎之交，合固可以，分也无大关系。但是这里面，已经渐渐有些第一种个体的生存发展，必需倚靠第二种的存在的情形，如蔓本和着生植物必需依赖高树，牛胃纤毛虫必需依赖牛，松毛虫的需要松树之类。稍进一步，依赖性更重，像“偕老同穴”中的虾，栖息在水螅体腔里的绿藻等，拆伙之后，便有一方要感到生活困难。再进一层，像豆类根上长着的结突，寻常由“根瘤细菌”做成；豆类身体里的糖分，是细菌生活的根据；细菌把空气中的游离氮，综合成氮化物，也是豆类生长中不可少的东西。合之则两全，分之则皆损，拆伙后，大家生存都要发现缺陷。又像“地衣”，原是藻类和菌类联合生活的“群体”。菌类吸水分的能力特别强，可以在很干燥的岩石表面或树皮上生活；但是它们却是“他体营养”的，非得有藻类做伴，利用它们光合所得的有机物，仍旧不能发展。于是它们便把藻类囚在自己的群中，带到那些干燥地方去，享受自由空气和阳光，发展生存；藻类也因此得到了广布子孙的机会。像这样相互利用了若干代后，菌与藻“相依为命”；结果连繁殖时的“孢子”，也两方面各认一股，成了固定的结合，再也不能拆伙。极端的情形，像一种扁虫，叫作“片旋虫”的，受精卵生成时，先有一些单细胞的绿色藻类，黏在卵壳里面。受精卵发育成一个新个体，藻类便跟着在虫体里面裂殖，生成多数新个体。可是这种扁虫并没有口,也没有任何其他营养器官。它们生活物质,便由这些藻类光合着来供给。虫去晒太阳,藻类便乘时光合;光合所得的有机物质,大部分却让虫利用了。到后来,虫渐渐成熟时,便会把体内的藻类,也消化了来利用。藻类,这时也会做成孢子,附着在卵壳上继续传种。两方面的营养体,最后"同归于尽",而两方面的繁殖体却"同托一胎"。这种生死不渝的结合,大概总算是尽了密切之能事。

就全生物界的情形,统观全局地说,真正有组织有意义的"群",似乎应当以"社会性昆虫"为最高点;但是因为个体特化的结果,群的形式,过于固定。太固定、太美满的组织,在平常安定的环境中,发展虽比较平静安稳;但是环境剧变时,过分固定美满的组织,应变反而更困难。环境永恒地在变化中,如果要在万变中继续生存发展,也许一个异种个体组合所成的群,群中各个体,都能为全群的安全、繁荣与进展尽力,同时在不悖于群的原则下,又能各自得到最高发展的,更加适合。——看罢:如果我们把时间放长,空间放宽来瞧,地球面上,海、陆、空中的各种生物,虽然此仆彼兴、甲消乙长,但有生命以来,生命便在朝永恒发展的路上走。专看一局部,我们固然可以看见各种生物,在自己互相竞争;但是统观全局,我们却更可以看见全生物界,在通力合作地与"无情的自然环境搏斗""全生物界"这一个"大群"正在发展,发展,继续地"生",继续地获得胜利!

第三篇 生之意义

一 生命 时间 空间

一切有生，所谓生物，个体也好，种族也好，既有生命，便先执着，牢牢抓定，决不放松。执着既定，才顺随时间，向前进展，领取空间，向外扩大。当局的有生之伦，有无自觉我们不知道；有无目的，我们也不知道。——不过就我们所认识的情形说，似乎它们都在向“永存”与“汎在”这两个可疑的方向，盲目地发展。第一、第二两篇，我们已经把生物如何执着如何发展的现象，依我们主观的看法，叙述了一些。这些现象，全是我们主观的认识，与由主观认识而生的观念。这种认识，是否真实，这种观念，是否正确，用不着担保。我们不相信有绝对的“客观”。与其强辩着自以为客观，而事实上立论根据，仍旧脱不了“主观”的选择，与“经验”的引导，倒不如干脆放弃那些似是而实非的假客观，把人类自我认识的累积，所谓“经验”（或者更老实一点，就说我们的“世故人情”），作为基础，设身处地，替其他生物“说法”。几千年的人智，始终没法完全脱离“人类中心”和“人身比拟”的束缚。推理离不掉假定，假定正是主观。生命的认识，既是连人类本身，概括在内的，又哪能不带“人身”色彩？我们过去谈生之执着，生之发展，绝不避免浓重的“人类中心观”，一切都以人类为典型，从“人身比拟”出发，便是绝不妄想自许为客观。好在我们都是“一般人”，纵使我们的理论不合正宗哲学家科学家的标准，也该不算大错误。以前所用材料，大部分都很平常，很普通，我们一般人都知道的。叙述这些材料时的看法，与推论时所取的态度，相信也一定和大家相去不会太远。因此我们可以说，在这三方面，都“并无新奇”之处。现在，我们仍旧以“一般人的说法”来谈“生之意义”。

有生者自然是“存”的；有生者也必定有所“在”。存在的依附，就是时间与空间。时间与空间，我们不妨仍照“一般的说法”，认为是相关而方向不全同的两个“连续量”。数理哲学家正在争执着，把这两个量，认为“最后只是一样的”；我们也愿承认。因为我们不想加入争执。依我们的理论说来，万绪千端的生命现象，可以用几句简单的言语，约束下来，说：“生命是依附一段时间，占领一段空间，表演着内外和谐的连续变化。”依附了时间，占领了空间，生命变化才存在。存在而能够内外和谐，变化才能延续发展。和谐的变化，虽不一定连续发展；但连续发展的，却一定要内外和谐，不和谐便得结束。在有生命者本身来看生命，整个生命过程，便不外“根据过去，利用现在，创造将来，——总而言之，取得连续”。

甲　连续

最好还是先举例：

两颗豆子，生在同一个豆荚里。霜降之后，豆荚成熟，干燥，裂开，两颗豆子同时迸出，掉在泥里。一颗重一分五厘七毫，一颗重两分。为方便起见，轻的这一颗，我们给它一个名称，叫它作“一五七”，重的叫“二〇〇”。“一五七”，一粒白花的花粉粒，和一颗长个儿胚珠结合而成；“二〇〇”，是一粒紫花的花粉粒，和一颗圆短个豆儿胚珠的结合。这三对条件，重量、花色、豆形是它们“先天”的禀赋。这同荚两颗豆子，出身相同，目前机会也平等。两个“豆荚”，现在因为环境不佳（温度太低，土壤太干燥，总而言之，“气候不对”）。同时，内部的情形也不够（胚还太嫩，得再休养一会），大家不谋而合，“秋收冬藏”地韬光养晦。立冬过去；小雪大雪，雪下过后，两颗豆子，渐渐都盖在泥土里面去了。小寒大寒，地面冻结成了厚冰，地面的草儿、虫儿，都冻坏了；渐渐又过了立春雨水，到了惊蛰节。一场春雨，阳和复开，东风带着温馨的“春意”，把山上树芽都催发了，地面的厚冰，也变成了滋润土壤的膏泽。春风到后，太阳出现的时间越见加长，润湿的地面，给这每天十二小时以上的日照晒得十分温和柔暖。一向的雨水、雪水、冰水，已经把泥土浸润得饱满均匀，这时水分更慢慢浸到了两颗豆的种皮上。渐渐地，种皮给水泡得发皱了，胀松起来；渐渐地，豆仁也泡得发胀了。“节序过清明”天清明了，地面也清明了，休息了将近半年的胚，这时受了水分、温度的“刺激”，大家都预备开始生长。（要是我是新文艺作家，我还可以“人身化”地描写它怎么“感觉”到黑暗与寒冷中的“苦闷”，怎样“期待”着“春之降临”，怎样感受水与温度给它的“启示”，或者怎样“伸伸懒腰”，“打一个呵欠”，瞢瞢腾腾地说“呵，春天来了么?”可惜我不是，这一篇美丽的童话，只好从略，请大家想象着去补上罢）。四月二十一日，上午九时十七分，“一五七”与“二〇〇”的胚，同时真正开始生长。第一步，大家先长“幼根”。到二十二日，上午十一时二十三分，大家的根尖，同时突出种皮，和外界的土壤接触。“假定”在这一分钟以前，两个豆胚的环境条件，都绝对相同；内有条件，除了我们所举的“三对情形”以外，也完全一致。但是到这一刹那，两个豆胚，便已经要表现差异:“一五七”，因为原来整个豆子较轻，储藏物质较少，分配于胚的物资，分量相比自然较小；所以它的胚和胚中的幼根，自然也比“二〇〇”小点。因此，两个幼根吸收水分、盐类的分量，也有差别，大概是八与十之比。生长七十二小时之后，四月二十五日，上午十一时二十三分，两个豆的幼芽又同时钻出了地面，各把两片绿色的子叶，一点嫩绿的新芽，暴露在日光中，来行光合。“一五七”的子叶与新芽，先天地比“二〇〇”小；光合的效果，自然也要有个八与十之比的差别。再过二百四十小时，假定这十日中的环境条件，两个都一直是一样；到五四纪念日，上午十一时二十三分，我们再来看这两棵“青年豆苗”，就可以看见“二〇〇”差不多平均要比“一五七”大了五分之一的光景；茎干也高些，粗些，叶子也多些，大些……总而言之，“二〇〇”因为最初的根据不同，过去的两星期中，也就特别沾光。这就是说，生命的发展，得以过去为根据:根据的过去不同，所利用的现在，与所创造的未来，必有分别。生物发展个体生命时，最初所根据的是“遗传”。人所以会相信遗传，就因为遗传是将来生命所发展的基础，将来发展中利用与创造的成就，都得直接间接受遗传的支配。但是遗传仅仅是“过去”的一部分；虽然最重要最有决定力，但并不是全部。就拿这两株豆苗来说，它们四月二十日开始生长，所有差别，固然只在遗传方面，到了四月二十三日十一时二十三分时，它们所根据的“过去”，就得把这已往二十四时中根的生长，加入一并计算。换句话说，四月二十三日上午十一时二十四分所根据的过去，是同日十一时二十三分全部的累积。从那时起，它们所能创造的将来，便得以二十三日十一时二十三分止，根的全部生长吸收效果，与原有豆子重量中，生长消费所余的物质，两方面合并计算，作为根据。遗传，自然仍旧是最要的条件。因为这二十四小时以内幼根的吸收效果,由根的体积、面积、吸收能力等条件决定的,而这些条件,却先天地接受了遗传的支配。到四月二十六日上午十一时二十四分,新芽出土,做了二十四小时的光合工作以后,这两株豆苗,所根据的过去,又加上一重复杂的计算条件,光合效果,也得加入。这样,我们可以明白"后天"如何附着在先天外面,扩大先天的影响。所谓先天与后天,并不是在单独地各自决定生物的命运;生物创造未来,既得根据过去,过去是先天与后天交加而成,自然先天与后天要牵连着发生作用。假定这两株豆苗,无灾无难同样地生长了七八十天,到大暑节时,白昼渐渐缩短,黑夜逐渐加长,它们便都开花了,"一五七"一定是开白花,"二〇〇"一定是开紫花。到了秋分前后,生长了一百五十一天光景,花期已过,种子慢慢成熟时,"一五七"所结种子,都是长个儿,"二〇〇"也结满了圆短个儿豆子。"一五七"全株结上了三百零几粒豆子,"二〇〇",则因为历来营养状况比较优良,所以结了五百八十九粒。于是两颗豆子后天的"创造",暂时告一段落,成绩差不多是一与二之比。"质"的方面,十足地表现了先天遗传所应有的差异情形;"量"的方面,也可以根据遗传,来做一部分的解释。

这两颗豆,由种豆子长成苗,长成开花结实的豆株,到最后变成两株枯萎的豆萁,全是依附时间,连续地演出的变化。我们刚才"假定"了,它们毕生一直情形相同,无灾无难,就是假定它们内在的条件,很与环境和谐,所以它们才顺适地根据着过去,创造了未来。这一串变化,前后相连,毫无间断。虽然我们的叙述很草率,只画了一个极简单的轮廓,拈出几椿重大的"史实",没有做成"日起居注",但我相信大家所得的"印象"或"观念",却可以和看电影差不多,在几分钟里描出百多天的经历,还不十分断断续续。但是,这里面却埋伏了一个很大的"脱节":我们简直没有说过这两颗豆子或两株豆苗,如何"利用现在"。没有现在,过去和未来,如何取得连续?

事实是这样;所谓过去、现在、未来这三个时间段落,原来是不断地在顺序向前推移,绝无停滞间歇的。在大宇中的永恒时间,直是无终无始,不可形容。就空间的某一点,这一个固定的位置,来看时间,才觉得它是有定向的流;因此,我们便捉住它,把它"切断",以便把握体会。动的东西,看不清楚,如是我们便不得不更假定有一个停滞的段落,就是所谓现在。严格说来,根本上就没有现在那么一回事。比方我们看这一行书顶头上的一个字,未看之前,"看"是"未来";一看上去,看立刻便成了"过去"。正在看着的那一个"现在",一端已是过去，一段还是未来。任凭我们把时间单位缩小到什么程度，也没有一个小单位，能够称为现在。“看”，这动作太迅速，占有的空间太小，也许不够表现。那么，我们另外来一个例罢：假设从一个十五丈高的塔顶上，掷下一个小石子，这石子向地面落下来。离开手，是“落”的开始，也就是未落以前的过去。落下地是，落的终结，也就是还未及地以前的未来。假定从离开手到落下地之间有四秒钟，是“落”的经过，这四秒钟，便该算是“正在落下”的“现在”。但是这四秒钟中间，石子、时间、空间，有着许多配合：每一个配合，都是后一个配合的过去，前一个配合的未来；而这一个配合，却又的确有它的独立性，和过去，未来，都不相同。于是过去、未来和这个似乎可算是现在的配合，前后相连，不断不歇地连续着。可是任何一个配合，未有之先，只是未来，既有之后，立刻已成过去，决无真正暂时停滞下来成为现在的情形。这四秒钟与其说是一个现在，倒不如说是许多过去和许多未来的连续，更正确合理。

如此说来，“现在”虽为事实所无，但在假定中却尽可以有。而一般的定义，所谓习惯的说法，则往往可以“为分析的方便”，任意指定过去中靠后的一段，加上未来中向前的一段，连续起来，认为“现在”。所以如果我们预先明白，“现在”只是一种假定的停滞，事实上它和过去未来，是泯然无迹地混融连续的，截取任何长短一段时间，把它认为“现在”，所得的只是许多过去与许多未来的连续，则这个假定，正是一个很有用的工具。有了这一个基本认识，我们再利用这工具，分析分析我们所谓“利用现在”。

归入本题，我们还是说“一五七”“二〇〇”那两株豆苗：我们截取六月十九日，上午六时到下午三时这九小时的时间，作为“现在”，看两株豆苗，怎样利用这九小时。首先我们得查一查，在这天上午五时五十九分五十九秒，就是我们假定的现在，还没有开始以前，它们有些什么“过去”的累积，可以做利用的根据。账上记着的，我们看见有：

	茎高	叶面积总量	根容积总量	新鲜物质总量	生活原生质总量
一五七	二七·五市寸	二一九平方市寸	二〇六立方市寸	五五·七市钱	约计七市钱
二〇〇	四一·八市寸	五〇三平方市寸	三九三立方市寸	一一二·四市钱	约计一五市钱

这些过去的累积，对于现在的工作各有意义不同的影响；粗浅地说，茎高是

撑起叶子来的支柱，是根和叶之间的距离（根吸收了的东西，必须顺着茎送到叶里面去应用；叶所制造的东西，也有一大部分必须顺着茎送到根去储存和应用）和既成养分储存的仓库一小部分。叶是光合的器官，叶的面积加大，光合的效果便可加高，所得的有机物质也愈多。同时叶是发散水分的器官，叶面积加大，便得加重根吸收水分的工作。根一方面是吸收水分和盐类的器官，一面又是储存仓库。“新鲜物质”，大部分是水，储存的养分，和构成身体器官的死材料，小部分，“生活原生质”才真是生活的，利用其他物质的根据。生活原生质分量愈多，自然活动能力愈大，效率愈高。根据这一点粗浅分析，我们便可以“预卜”这九小时的现在中，在内在条件一方面，利用的效率，“二〇〇”的确占有优势。假定这两株豆苗，都可以绝对自由地发展，外界情形它们享有同等机会来利用。这九小时中，太阳的照射，风的吹动，下午二时十五分至二时五十五分四十分钟的小雨，土壤中的水分，盐类（假定也是平均分布的）和空气中碳酸气的供给，它们可都利害均摊地受用着。那么，这九小时中，每一时、一分、一秒，便各有相等比例而不相等的物资消耗与储积。每一时、一分、一秒，同时根据已有的吸收器官，光合器官，充分地利用了当前的环境，吸收了新的材料，构成了新的有机物，创造了新的局面。这新创造的局面，便是第二时第二分和第二秒生命活动的新根据。承先启后，继往开来，每一分一秒的“现在”，当它还在“未来”中，不曾开始创造以前，可有无限的希望，也可有不尽的犹疑，内在的准备虽有，环境的允许，还无绝对把握，真是“一则以喜，一则以惧”。一着手创造，便是尽已有的内部准备，尽量地采摘、迁就、争取、躲闪……全神贯注，一刹那间，早已归入过去当中，成为往迹。物资方面的收获，不论是损是益，固然并入过去累积中，合并计算。精神方面，是成是败，除却成为将来自己（甚至他人）惊叹、羡慕、留恋、憧憬、懊丧、悔恨、悲伤、哀悼、儆戒的凭依以外，也许可以在回味中，作为自己的经历，细细咀嚼，补短增长，为将来第二次经历时借鉴的准备。向前推移一分一秒，这一分一秒钟的利用情形，便成了未来创造中所当根据的过去，生命未穷，这推移毫不犹豫地将永无间歇。这两株豆苗，有无如此的自觉，我们不必枉费工夫去推测！但当它们把这九小时“现在”利用完毕之后，这九小时利用之所得，便作当天下午三时零一秒，雨过天晴，潮润的热空气中，继续光合吸收的准备条件；既成过去，但候未来，无所谓现在了。

“一五七”从原有的一粒豆子，生长了一百五十多天，长成一株豆萁，三百零几粒新豆子。这三百零几粒新豆子，又可在环境允许的条件中，再长成三百零几株新豆萁,万粒左近的新豆子。如此扩展开去,种族豆子的生命,也在同一的变化进程中,“根据过去,利用现在,创造未来。”种族生命的情形,比个体还要容易明白。

“生生不息”。所以我们说,从有生命者本身,来估衡生命,无非是“取得连续”!个体如是,种族亦复如是。

乙　变化

在分析生命的连续时,我们再三地“假定”内在的条件,和环境的情形,都是一直固定的。所以那两粒豆子,除掉所根据的“过去”,有三对条件不同以外,其余休眠的时期,发芽的时期,生长的时期,开花的时期,一切内因外因对于它们的影响,都只伴随着这三对条件变化。这假定,也正和我们假定时间会停滞成为一个现在,好让我们详细分析,慢慢捉摸,以便体会一样,是一种无可奈何的手段。而且,这种假定,比停滞的现在,还要不合事实:因为我们假定现在暂时停滞,停滞下来的是一个整个局面,包含那一刹那中,整个空间、时间与生命活动的一切配合。这整个局面停滞下来,这一切配合,自然也都停滞不动,可以让我们仔细逐部分去捉摸;把这一刹那中一切配合都捉摸清楚以后,我们便可以由这些详细的认识,追溯过去,推测未来,比较分析,建立我们的推理。很简单的一个比方,就是从一长卷电影影片中,取出单独的一片,放大了来看中间各部位的详细情形;或者就进行中停顿下来了的半局围棋,推算过去半局中,每一子的着法,与未来半局中,每子应走的局势。这一种情形,是事实上所必无,而假定中却还是合理的。但是我们的假定,并不这样;我们只认识小部分东西在变化中,而让大部分条件固定。这并不是把现在停滞住,而是撕破它的整个局面的配合后,硬牵着某一部分走,把其他扔掉。拿我们刚才的比方来说,是硬要一片电影片中一部分人物跳动,来演完这一场电影,或者抹去一部棋局来着其余的子。在电影,我们将看见一个人通过一张柜子,或者让一个茶杯从他的胸腹里通过;在棋局,我们会在黑子上面累上几颗白子。这种情形,即使不是不合理的“荒唐”,至少也绝非原来事物的真相。生命是一场和谐有一定秩序的活动,一切变化都有它的局面配合,有前因后果可寻,决不会像梦中光线背景一般,“固定”得那么零乱不合理。我们荒唐地把生命硬牵着走了一百五十多天,总算勉强把“生命是连续的”这一个观念弄清楚了。现在我们可要来恢复秩序,看一看内在与外界在生长的过程中可能有些什么变化。当然,我们绝不能把所有的变化,一一分析得清清楚楚。一株豆苗,由发芽生长起,到开花结实止,短短的百多天内,所有内外变化,如果一小时一小时地分析记载下来,纵使可能,也复杂得够单调;何况一小时还是一个很大的时间单位,分析绝不够详细?不过就我们现有知识,把一部分比较显著、比较重要的项目,作个简单的介绍,还是可能。

先说"内在条件",而且,让我们从最原始的内在条件——"遗传"说起:上段说的豆子,我们假定有三对条件,一对是种子的重量,一对是花的颜色,一对是种子的形状。依照正宗遗传学者的看法,这三对中,只有后两对够资格称为遗传性质。因为这两对条件,在未来若干代的生命发展中,都可以"复演":花的颜色,在后代的花上会出现;种子的形状,也会在后代的种子上表演出来。而第一对条件,"一五七"和"二〇〇"这两个重量,虽则可以决定这两株豆子毕生生长发展的分量,却不一定能在它们自己种子上重现:"一五七"的三百零几粒种子绝不是每粒的重量,都刚好一分五厘七毫;"二〇〇"的种子,也不会每粒都是两市分重,不多不少。第二代第三代更谈不到了。席丰履厚,可使第一代个体生活比较优裕;但并不能使第二代个体也个个力壮身高。正因为物质的积蓄,只是利用现在时所根据的一部分过去,不是现在;创造将来时,它的作用并不特大。反过来,我们在推述这两粒豆子生长发展的历史时,我们特地避免了"生长效率"这一类遗传因子的作用。所谓生长效率,简单说来,就是"利用现在"这一件事的工作效能。例如有的豆,生长效率特高,环境优裕时固然可以有茂盛的生长;就是环境不良,甚至非常艰苦时,仍旧可以勉强撑持,继续奋斗,有所收获。它们一方面可以不必"席丰履厚",一方面也可以不必"养尊处优"。农艺方面,我们选择作物和家畜品种时,这个生长效率的因子,往往还比其他性质更重要。所谓"抗旱""抗虫""抗病"等条件,我们都可以认为是生长效率方面的性质。处顺境时,也许此类因子的好处,不见得特别显明;"时穷节乃见",在逆境中,我们便能认识这种先天的毅力与倔强,真是优点,可惜不能强求力致。我们寻常谈论遗传时,往往误认某一个短促的时间段节中,生长发展的外表,如叶数、叶面积、茎长、果实、颜色、味道、羽毛、皮肤的光泽、肌肉、面色,甚而至于个人财产之类的情形,忽视了那一个个体的真正先天性质,如生长速度,抵抗力,智力,乃至于道德条件,(顺带声明,我们并不说一切道德条件都是遗传性质;不过一个人的仁爱或凶暴,慈祥或残酷,果断或犹疑,笃厚或刻薄等,虽则可以在后天"训练",但在紧急表现时,先天的成分却往往占优势!)等项。幸亏这一种错误本身，不在“遗传”之内，否则根据这点错误的过去创造出来的未来，真是不堪设想。

此外，一个生物的外表性质，如高矮、大小、花果羽毛的颜色……有许多是直接由遗传基因决定，有许多，也还得由生长发展时内外其他条件允许，才能充分表现。比方花果羽毛的颜色，如果花果羽毛长不出来，便根本上看不出，这是一方面。甲状腺肿大（大颈瘤病）的“基因”，在食物中缺碘时才现出，玉米红皮的“基因”，不晒太阳也不显现，这是又一方面。同时，许多生理性质，如食物消耗的分量、成熟时期、“免疫性”……等，也以遗传基因为根据。遗传学已有百年以上的历史，现在累积了不少的材料与知识。详细讨论，另有专书，我们不必累赘。只有一件事，我们还要说明的，就是遗传性质本身正就是一个变化极大的东西，无论“质”或“量”，都绝不是固定不易的。生物之所以能够“进化”，能够“发展”，遗传性质的变化正是最重要的内在根据。遗传上的“突变”与“彷徨变化”，这两种变化的解说与例证，在近二十年中出版的中文生物学教材书里，都有着的。我们还可以进一步，再给它们一个“说明”——这两种变化本身，仍旧逃不出“变化”！

这是内部最初的变，跟在遗传后面，还有其他内部的变。第一，生物的身体，我们可以比拟作河心的一个旋涡：水由上游流下，卷入旋涡，便向下游流去了，水在不息地“新陈代谢”，旋涡却似乎在原来的位置旋动。构成生物身体的水分、无机盐类，特别是有机物质，正和构成旋涡的水一样，川流不息，伴随着生命发展，在连续地变化。所不同的，旋涡中水的质和量，全由水流速度与方向控制，旋涡本身没有方法做任何的调节；而组成生物身体的物质出进，生物本身，在质与量两方面，多少可以有点“选择的自由”，不是绝对服从高压的“灌输”而已。第二，生物从外面摄取进来的“食物”，当然不能全与自己身体已有的物质相同。一般生物都有“同化”的能力，由这些食物里面，拣出自己所需要的材料，加以消化、分解、综合等处理；同时便把一些构造上用不着而可以发生“能”的物质，加以分解、氧化等“异化”的处理。这“同化”和“异化”，在生物体内，特别复杂而容易；而且，各种生物，各有不同的同化与异化的办法。第三，当同化的速度与分量，超过异化时，生物便有了生长所需的材料，向生长方面，做“分化”“特化”等准备。这些准备，逐步表现时，生物个体的大小与形状也伴随着发生差变。差不多每种生物，都有它特殊差变的方向。最高的表现，便是第四，所谓“变态”。每种生物个体，按着遗传的决定，循照一定程序，变化下去：

蛾蝶的受精卵，发育成为“幼虫”，成为“蛹”，成为“成虫”；鸡蛋孵出只有氄毛的小鸡，小鸡慢慢长出鸡冠长羽，长成大鸡；羊齿的孢子发芽，长成原叶体，（所谓“配子世代”），原叶体构成受精卵，长出寻常的羊齿（所谓“孢子世代”）；南瓜种子发芽，先长成长椭圆形的子叶，再长出一片缺刻很简单的第一叶，慢慢由第二叶第三叶，才演出十分像样的正常南瓜叶子。人，也有着四只脚，两只脚，终于三只脚的变态。在这节节相承的变态中，质与量两方面，自然还有许多细枝末节的变化。比方昆虫是变态最显明的生物，幼虫、蛹、成虫三个时期各有不同的形状，前后比较，有的简直看不出相似的地方，这是一层。三个时期各营不同的生活：比方蚕，又吃又活动；蛹，不吃又不活动；蛾，不吃而活动非常强烈。这又是一层。三个时期长短的相比，各种昆虫又彼此不同。例如蜂蚁等幼虫和蛹的时间较短，成虫时期相比很长；蜉蝣的幼虫，要生长三两个月，成虫却著名的“朝生暮死”，不过生活百来个小时；“十七年蝉”的幼虫，“升乔木而饮朝露，下缟壤而餐落叶”的生涯，有十七年之久，然后才蜕变成生活八九十天的成虫。这又是一层。第五，个体的成熟时期，各有迟早；成熟之后，求偶、产儿、为后代预备，等等，质、量、手段……也各有不同。第六，各种生物，都有开辟新环象龛，扩大游弋圈，至少展拓泊点的倾向，而这三种“空间占领”的分量、方法……因为各种的需要与能力不同，各有它适当的解决。第七，个体寿命，各有长短；生命结束的原因、方式，也各有不同的内在根据；所以，由出生起，生长、发展、到生之结束，各种生物，各不同的内在条件，发挥成为不同的变化；同种的各个个体，也因为内在根据不同，要有不同的经历；千变万化，不可纪极。内在根据的复杂，至少是生命现象所以复杂的一个主要条件。这些变化，可也终有两点共同：第一，是生之执着，总在让生命继续发展。第二，发展时，顺利也好，不顺利也好，直进也好，绕弯子也好，只要环境允许，内在准备充分，最后总是由简单变复杂，由少变多，由小变大，换句话说，在“进化”。

有生的生物，固然与时俱变；无生的自然环境，也绝非固定不移。生物“环象龛”中各种“无生”条件的各种变化，在第二篇中谈“住”，谈“儿童本位”时，我们曾经说过一些。环境条件变化时，对于生物生命，所生影响，在第一篇中“生之延续”，第二篇“食”“住”各段，我们也举了例证来说明过。环境的变化，对于生物生存，无直接影响的，是否有之，我们还不敢妄断。就我们现在的知识说来，似乎和地球靠近的大宇中，各种自然变迁，对于地球上现存的生命，都有大小各别的作用。简单而规模较小的，如小局部地面水分、空气情形的变化，可以影响到当地一部分生物的日常生活，像食住的安全与美满之类，我们不难体会。规模较大，而情形不算十的剧烈的，如昼夜的更迭与季节的递换，环境中温度、光线（强度与照射时间），或水分的直接变化，连带着牵动了水分、食物等供给情形，地面上生物的住与食，便大受限制，甚至于使一部分个体的活动，陷入停顿状况。变化再剧烈一点，像飓风、大雷雨、山洪、山崩、地震、火山爆发、海啸、陆沉、冰河流徙等，往往可以毁灭一区域中全部生物的各个体与种族。太阳的黑斑，可以改变地面温度，间接便牵连到生物的生活。月的躔道，是造成潮汐的主动力之一，海洋生物自然大受影响；乃至于彗星的光波，使地球大气层外圈中电力情形发生变化，影响气候，也可以在生物生活情形中掀起一些波澜。

无论生物内部的变或是环境的变，变化万千，各有不同的复杂。但是万变不离宗，我们却还可以在变中寻出一个综系所有各种变化的法则，这就是我们在第一篇开始时所说的，“因果律的规律性”。一切变化，都有它固定的因，也必有固定的果，如影随形，丝毫不乱。用我们刚才所说的话来表示，凡变化，都是“根据过去，利用现在，创造未来，前后相连，永无间歇”不论生物或无生物，全部一样。

丙　和谐

大自然在变，这变是谁在主动？有无目的与方向？我们不知道。我们宁愿相信是无主也无目的方向的。生物也在变。这变，生物尽管未必有自觉，但似乎在想要自己主动，主要的目的，在取得生之延续、生之发展与扩大，向进化的前程奔。天下事，凡无目的的，“无所为而为”的，自由的可能最大。一到了有目的，非达到目的不行的时候，自由的程度立刻缩小，也就立刻要因为“迁就事实”而牺牲主动地位。大自然无生环境的变，多少带一点“玩票”性质，爱怎样就怎样，一切都依自己的规矩。生物的生存，既然要环境允许，它变化的经历便得与环境和谐。和环境不能和谐，再变也无益于生之延续、发展与扩大。正像附庸的“小朝廷”，一切外交、内政、军事、经济……表面上自主自动，变化复杂，花样繁多。但事实上这一些变化与花样，却一切都得在宗主国外交、军事、经济的情形下决定。换句话说，生命变化，是“职业化”了的，职业化之后，便得守职业上一切规矩与秩序。在一个相当范围之内，虽然尽可以自己出点小花样，再自己欣赏欣赏这花样的表演，但决不能超出“职业化所容许的”范围。要突出这范围，只有两种办法：第一是自动结束，第二是被迫改行；其结果都是一样，要结束现有的工作，去另寻发展。生活工作的变化，原也容许自动结束，可是能自动结束生命变化的，只限于人类；人以外的生物，如果不愿服从大自然的规矩，便得"被迫改行"，从蓄意反抗时起，它生活的机会，便被剥夺。举个例说，凡生物，都得有水分然后才能生存，这是既成事实。暂时我们且不管这事实是如何变化而来，有了这个既成事实的限制，在大自然中去发展时，无论生物如何千变万变，去取得水分，都必得在"有水可取"之条件中，才能继续生活。大自然爱在哪里多搁一点水，在哪里少留一点，都只服从它自己另订的"法规"（即是简单的化学物理两方面的定律）。它绝不会因为生物需要水分，便随时随地预备水分，供应生物的需要。——如果大自然真是这样慈悲体贴，则仙人掌不必长成那么怪模怪样的形态；西瓜不必在果实里储藏许多糖，预留水分，也不必在太阳中萎软了叶子；瓦熊虫和九死还魂草不必在干季里装死；一切植物，都可以少长许多根；骆驼不必有储水的水囊；住在高岩顶上，其他动物足迹不到之处的羊群鹿群，不必冒着"死的危险"，定期地跑几十里路，来回于山溪与住处之间，去求一饮；人不必迷信地去求雨，不必因为争水而械斗，不必有水利工程，"求贤若渴"的比喻也无从成立……诸如此类，详细写来，很可以写出五万字的"不必"。这许多变化，手段不同，意义则一：不外乎尽量地由内在的改变，迁就环境，取得与环境的和谐，使水分的供给，可以满足需要，因而生命有延续、发展和扩大的可能。虽则当事者的生物，未必个个自觉，有一个"求水"的目的在；但如其这些生物不作诸如此类的"努力"，则在"唯德是辅"的环境限制之中，不能和谐；结果，唯有"被迫改行"，走到反面，选择不再活下去的那一条路。如果我们不愿承认生物的变化，是如此没出息地"被动""被选择"。那么，我们也可以换过一种说法，承认生命的变，有它自主安排下来的方向，和大自然界的变化一样，都是独立自主地向前。但是"天地之道，相交相待，"如果生命变化，不能和大自然的变化相交，则大自然也决不相待。它不能改变它自己的变化方向，来凑合着和生命和谐，伺候生命。结果，能够"因内而符外"的生命，即是变化途径和自然界途径，相交之点愈多的，愈能得到大自然的相待伺候，发展也愈舒服容易。或者，我们又不愿意如此自傲，退一步，承认生命变化，和大自然界其他变化，同样是"被动"，同样受化学、物理等方面定律的限制与管理。结果仍是一样：两方面不相交的时候，吃亏受罪的，还只是生物而不是无情的大自然。总之，如果生物根据了过去，要来利用现在，以创造未来时，这利用当中，便非和现在的环境和谐不可。

照我们“主观”的看法，自然界有许多事例，都可以拿来证明现存生物生命的变化，是和环境和谐的。我们先从应变的技术谈起。所谓应变的技术，即是生物如何调节它们自己生命变化的方向、速度、分量……来和当时变化中的现在环境和谐，在“相交”中取得生存、延续与发展的方法。这些技术，最容易认识的，莫过于运动。广义的运动，是一切生物，为了发展个体生命与种族生命，必有的一类空间变化。求食、避难、求偶、交配、散布等，没有一件事，不需要由运动来扩大现在占有的空间，以取得创造未来的可能的。我们在第一篇、第二篇，已经举了不少的例证。所有那些运动，除了运动时热力学原理，可以说是相同以外，其余如方向、速度、分量、方式……每种生物，和其他种类的生物，固然不尽相同；同种的各个体，也绝不会就全体一样；同一个体，在不同的环境中，又不必前后一致；乃至同一个体，为了同一的目的，应付相同的环境时，也未必全用同一的技术。运动的结果，能否达到预期的目的，延续了现有的个体或种族生命，创造个体或种族的未来，也有种种变化。其中复杂的程度，我们可以就一件极简单的情形，“风吹树动”，说明推测。高等植物，除了肉食植物和含羞草以外，可说没有自发自主的敏捷运动。风吹过来，一般树都只有被动，绝无“主动”可言。一棵树，长在地上，一生所经过的风吹，可说有数不清记不出的次数。风来的方向、速率、强度、温度、水汽饱和程度、吹的时间、树在被风吹着时内部的情形和这些外在条件，每吹一吹风，都有着不同的配合；所以每次吹过，树所受的影响，决不会和过去或未来的某一次，绝对相同。不要说详细地逐次分析了，就是勉强把相似的情形中，所发生相似的变化，归纳起来，作几个典型来讨论，也并不如我们想象中那么简单容易。比方，缓而弱、干而温和的南风，吹在向南的有叶嫩枝条上，嫩叶所受的影响，或者说在立冬前后，急锐的西北风，干而冷地，吹在向南的有叶的嫩枝条上，老叶所受的影响……说句不甚恭敬的话，每一个配合，都很值得一位科学家去仔细分析，结果都可以做成一篇很有价值的科学论文；而且，如果真作得好，还该登在世界第一流的科学杂志上，得到同时与后代学者的景慕与赞赏。这里面，实在包含着有热力学、流体力学、静力学、生物化学、胶体化学、植物生理学等各门科学的复杂问题，绝不是夸大的话。像这样一个极简单的运动，已经便连典型为讨论，都不容易，不必谈全盘详细的分析；更不必谈自主自动的趋避运动，或战斗时所做的复杂运动了。但是，另一方面说来，这些运动的变化，所生结果，却可以用一两句简单的话，来概括说明：那就是说，这些运动变化，必须根据当时的内在条件，来与当时的环境情形，取得和谐，然后才能得到运动预期的结果。这样的变化，随时便累积到过去的“收入”帐中，作为创造未来的根据。再简单一点，便是“在利用现在中，如果需要运动，则运动必须与当时的环境取得和谐。”

藉自发运动来取得与环境的和谐，最明显最简单的，是求食与避难时的屈曲生长与趋避运动。其次，是突变来临时的急剧应付。最高的表现，则是定期定向的迁徙，如“候鸟”和“候鱼”之类。运动是应变的生命变化之一，可说是位置的变。位置以外，颜色的变化，也很容易看出。许多植物的叶子，嫩时鲜红，成熟时青绿，老成以后，又会变成黄色或红色。叶子内部的情形，逐渐变化时，如此转易，便可以和环境中光线温度的变化协调。果实未成熟时青绿，成熟以后，红、黄、紫、黑也是内部的情形，跟随环境光线温度的变化，相应相和。在动物界，变色的情形，更是明显；谈环象龛时，我们已经举过一些例子。其余，保护色、警戒色、拟态等，也可认作应变的技术，借此取得与环境的和谐的。总结起来，我们可说从生之保全、生之延续到生之发展，一切变化，内外相偕，生物必得与外界合拍。最后，在“大自然在变”这一个基本认识之内，我们更可以体念得到，无论处变或是处常，生物本身，都必须随时改换它的生活方式。推衍起来说，常即是变，变即是常，只是量的差殊，绝非质的分别。“春生、夏长、秋收、冬藏”，是生物之变，也就正是生物之常。不能处常的生物，自然再不能处变。不变的生命，便不能常在。变化如何，各有各的巧妙，彼此不同。如何与外界和谐，当变的生物，各有不同的内部准备。

生物反正得常常变化，然后才能与环境和谐。无论当变者本身，有无自觉，我们人类在旁边的地位看来，倒总替它们感觉到这不断地变化，实在不容易。可是不变便不能活，这困难是免不了的。因此，“生于忧患，死于安乐”“置之死地而后生”，在生命现象上，到处可以找到充分的证明。不过，忧患的程度，却彼此不同。如何才可以与环境和谐？不是一个简单的问题。谁也不能开出一张万应奇方出来，照方配合，便可应用的。——如果有这种可能，那就不成其为忧患了。要利用现在的环境，去创造无限的未来，生物本身，总得有相当准备。换句话说，要根据过去。过去里面，一边是“局面”，一边是“运用这局面的能力”。造时势的英雄，决不能赤手从平地忽然创造出一座楼台，除非所创建的是空中楼阁。所以局面即是当事者当时所能利用的一切材料，与当时环境中一切条件的配合，是必需的准备。但是时势造成的英雄，却还得有运用这局面的能力，否则生物个体或种族，也做不了它自己的英雄。第一篇我们举来做例的蜗牛与蜒蚰，凭它们简单的技能准备。与它们所处的局面，去应付小鸟、儿童、与老母鸡三种变化，三方面不一定得到相同的结果。反过来，像第二篇我们所举的，雨林中各种植物，同在一个环象龛中过活的情形，各占不同的局面，各有不同的能力，结果倒也各遂其生，这就是"万物并育而不相害，道并行而不相悖"的道理。（如不是这样解释，第一句话是绝不能与一切生物生命现象符合的；我们寻常所看见的，万物相害的例子，实在太多。）应变所根据的局面，配合的顺、逆、难、易，随时随地随生物在变化；运用这局面的能力，各种生物的精粗、巧拙，也各有不同。可是终有一点相同：与环境愈和谐，生命的执着、保全、延续、发展，都愈顺利。应变的结果，每种环象龛中各种生物，便"镶嵌细工"似的，各种嵌入它们适宜的环象龛中，伴随着龛，向时间空间发展。像"珍珠丸"上面所黏的糯米颗粒一样，与圆子一同蒸，一同热，一同熟，再一同冷。不能和谐的，并不是没有可用的局面与能力；不过局面与能力，不能与当前的环境和谐，所以只好退出这一个环象龛，另寻发展。因此高山顶上的森林里，不会长出莲花与鱼；也绝没有鲸在树顶上飞跃；虎、兔、梅、兰、没有在湖水底下出现的道理；不在潜水艇这一个特别的局面中，再有本领的人，也不能在深海里去生活十几二十几小时，不觉得十分困苦。简单的一句话，"环境不允许"。

局面与运用局面的能力，应该如何准备，我们虽是无从判定；但是就已知的现象，归纳起来，我们还可以找出一点索线，知道各种准备相比的利与弊。大体说来，以简单的准备与简单地运用能力，应付复杂的环境，自然胜利的把握较小。准备愈复杂，运用时变化条件愈多，则颠覆的机会愈少，胜利的机会愈高。拿一个粗浅的事例做比方，就说计量时间这件事：最简单的，植竿取影，也可以知道一个大概；有了日晷，可以量得更准确。但是，没有太阳时，这两种准备便不能应付。沙漏和滴水，依赖外力的地方，比较上少了，在晚间和没有太阳的时候，仍旧可以测量得一个大概。但是沙与水的流动速度，太不均匀，而且沙与水漏完下来时，如果不以劳力去补正，也会失效。原始的钟表，就因为利用了机械，一面可以得到较准确的测量，另一方面，补正的劳力较少，可说是一大进步。钟表愈进步，构造愈复杂，机件愈多，外力干涉愈少，内部互相牵连控制愈趋向均衡与和谐，效用便愈大。最近的钟表，已经把温度、震动、大气潮湿，乃至于电力与地球磁性的干涉扰乱，都减除到最小限度；甚至弹簧的紧张的完全解除后，还会自动地恢复紧张，连"上发条"这一点补正的力量，都已经内部自行准备。局面的确已经够复杂，运用这局面的能力，就钟表本身来说，也够精巧。外界的扰乱，已经减到最低程度，自然很容易与外界和谐。说到效力，暂时当然是最满意的了。不过我们要从另一方面来看，做成这么一件钟表，材料的选择，得非常细密；制造的过程得非常精确，早已并非容易。若是这精细的钟表，内部稍有障碍，便不易修复，非得送回原来的厂家不行，这又是一重困难。急剧的大变化，这种精细的钟表，仍是无从和谐，这是第三重困难。一个人带着这样一个钟表，到两极探险，利用起来，自然非常舒服畅快。可是倘使万一不幸，滑跌了一跤，把这钟表撞坏了，他可真是束手无策。在那种情形中，也许倒反而觉得植竿取影或者利用沙漏，更是便利。由这事例，我们可以知道内部局面与能力的准备，在应付寻常的变化时，总以复杂的均衡，为比较有利，但在极端剧烈的变化中，复杂的局面与能力，未必绝对便宜。生物界的情形，大体上也就这样：简单的局面，与简单地运用能力，只可应付简单的环境；寻常多变的环境，仍以复杂的均衡，较易得到和谐。比方仙人掌，因为局面的准备充分，应付的能力强，在一般植物能长的地方，它总也能够凑合着过活，就是遇着干而极热的时期，其他植物担当不起了，它仍旧可以生长得很起劲，以至于开花结实。所以从热带到温带，无论干湿，它们都可以和谐。但是如果遇到一次山崩、地震、奇寒……仙人掌仍旧要死亡。死亡后，重新来占领这荒旷的新开环境的，可不是仙人掌，而是第二篇我们说过的“先锋队”植物了。自然这只是一个简单的例子，只能做“比方”，不能过分追求。但事实告诉我们，否与泰并不是永远固定的，永远的和谐，是否可能，这可能是否绝对，不容我们做过分肯定的推断。就因为环境也在变，而且，变有常有突。在常的变化中，生物藉自身的准备去应付时，相交之处多，和谐比较易得；变化急而突时，过度平定的均衡，太固定、太美满的局面，应变反而困难，未必能与环境和谐；生命的延续与发展，不一定能得允许。

应变的调节，很多自动自律，可并不一定自觉。——根据我们目前的知识来说，恐怕自觉的是例外，只在特殊重大的环境变化中，或许会产生。正常的调节，都并非自觉的。自动调节，我们可以根据本身经验来推断：我们注意观察任何健康人的瞳孔，就可看见瞳孔的大小，正常跟着环境中光线的强弱在变化，光强瞳孔缩小，光弱瞳孔放大。但是瞳孔放大缩小的变化，当局的本人，自己并不知道。生理学上，我们把这种不自觉的变化，归入“反射作用”之中，一般学者的看法，认为是本能事件，不牵涉到思想范围内的。和冷时皮肤的收缩，热时出汗，嘴里有东西时分泌唾液，以及血液循环、心的搏动、呼吸、消化时胃肠的分泌、运动和吸收等，同在“下意识”管理之中，用不着由复杂的思想感觉去管理。

但是下意识与意识两段东西，究竟在那里分界，事实上谁也未必能有把握，可以说得十分斩截分明。比方吃东西时，自然会咀嚼，会吞咽，这都是下意识的动作，该属于本能事件。但我们也可由思想去延长或缩短咀嚼的时间，把这些动作，牵制到意识范围之内。又比方行动的速度，寻常都和疲倦的程度成反比，下意识会自动调节，万一有危险来临，即算疲倦也会自觉地提起精神来"拼命"跑一段，跑过相当时期，又交给下意识来自动管理。这再由下意识管理的那一段，究竟从那里起首，可就无从断定。再进一层，心理学上所谓"替境反射"，更把这两段管理的界限加了一重雾罩：简单的替境反射，如看见清洁的食具，整齐地排列着，再闻见食物的香味，便会口里出馋涎，固然还是由意识到下意识，由感觉引起反射。稍微复杂一点，像走到门限旁边，便习惯地提高脚步来；或者想好一句文章，便习惯地一个个字写下去。究竟意识与下意识如何分判，大不容易决定。因此，在特殊环境中应变的详细情节，是否一一都有意识自觉地主宰，我们真是连自己也不敢肯定地说。人以外的动物，更是无从肯定。有神经系统存在的动物，我们还不妨假定它们有"思想"；没有神经痕迹的简单下等动物与一般植物，尤其并假定都不可能了。可是人以外的生物一样能够应变，一样能根据它们过去累积的内在条件和谐地利用它们现有的空间情形，创造它们未来的个体与种族生存。而在这些生物的生命变化中，我们并看不出每个都有自觉在。这一种痴骙瞢腾的情形，对于生物本身，也许是极有利的一种条件！如果生物对于它每一次的应变，都要以复杂的思想意识去应付，一方面固然要大大地不胜其烦，简直会活不下去；一方面每次应变的胜利，都可以自负自满一番，一生涯中，就会全部给胜利的宣传塞满了，恐怕连发展都要来不及。过去目的论派的学者们，从自身出发着想，推己及物，以为凡生物都和学者们一样聪明，有明确的自觉：认定"如要生存，必须适应环境"；所以一切内在变化的推移，都是有意识的行为。现在，我们这些一般人，参照本身经验，觉得我们自己应变的动作，都不一定由自觉与意识来主持操纵，所以推己及物地看起来，承认在环境的选择与淘汰中，与环境和谐的便可发展，倒并不一定需要生物本身的自觉。

我们再三地说着环境的限制，环境选择，环境淘汰，环境允许，等等。仔细说来，这些话都有着极大的语病。因为由这些话"望文生义"，似乎在我们的观感中，"环境"是一个有意识有知觉的东西，或者简直就是一个恣睢暴戾的独裁者，坐在生与死的关口上，瞪着泛出血色的大眼睛，把一个个生物个体，一种种生物群体，捉来仔细检查，合它的标准与尺度的，就准许继续生活，否则就向

"死"的一面扔了下去。这不但不合"客观"的事实,就是原来"主观"的假定也决不如此。刚才说过,这些大自然环境的变化,我们宁愿相信它是无主动也无目的,而且还得服从化学与物理方面简单的定律,当然已不会是一个暴君。事实上它的标准与尺度也并不苛刻。所以在同一环象龛中,应变的技术精粗巧拙相差得很远,许多生物种族与个体都可容许同时生存发展,只要它们自己能够凑合下去。而且,环象龛还可因为生物生存发展的影响,发动它化学性物理性变易的方向、速度与分量,这尤其不是一个暴君的性质中,所能允许的事项。另一方面,刚才我们也曾说过,自然环境,决不迁就生物的需要;固然是事实。但是生物如果充分利用它,它也绝不反对,不吝啬,尽它所有的,"予取予求,"可让一切能利用的生物利用到完全满足;或勉强凑合够用。如果利用到尽致,以至于不能满足;或者生物一方面利用,一方面自己又在破坏;它也决不来好意地劝告,或严切地干涉。这种种情形,我们既不能以"宽和仁厚"来形容,也不能以"正直无私"来描写;逼不得已,我们只好说允许、选择、淘汰,将它"人身化"起来,把人类的行为来解说。所以孔子说"天何言哉? 四时行焉,万物生焉"时,他老人家已经知道"天命之谓性"的那一个"性"(当然不是雌雄分别的性),根本不能以人的行为来比拟。壶丘子林(列子天瑞篇)说:"有生不生,有化不化。不生者能生生,不化者能化化;生者不能不生,化者不能不化,故常生常化。常生常化者,无时不生,无时不化……"这中间的所谓"生"与"化",我们如果硬赖着说是"生命"与"变化",便可认为道家的生命哲学观。如果孔子列子是希腊人或罗马人,这几句话,一定会认为"宝典",翻译着排在中文的世界科学发达史第一章前几段里面。

丁　生物的相处

凡成为环象龛的空间,决不会同时只有单独的一个生物个体存在。这在第二篇谈"群"时已经说过了。其他生物个体的存在,既是自然界无可避免的必然现象,则某一个体生存发展时,与同时同地其他个体互相影响,也正是应有的节目。过去我们谈生物的自然环境,为简单起见,特地避免生物与生物之间的关系,只以无生的自然物为主题。现在我们把生物相处的情形,即是环象龛的生物条件,合并了在此地作一个概况的分析。

凡生物个体,都必得在适当的环象龛中,占有一点空间,作为泊点或游弋圈。这一点,在第二篇谈"住"时,我们曾说过的。我们也曾说过,泊点只是住所;所关系的,仅在住下那一时间中的安全。游弋圈的意义,偏于“食”一方面的较多,有时还附带牵及求偶、交配、育儿等各方面,需要利用的空间段落和时间段落都比较大。许多个体,同时共享一个泊点,事例不多,而且冲突与斗争的可能也较少;游弋圈同时互相交错的机会较多,利害冲突,自不可免,于是为了游弋圈的争取和环象龛的扩大,生物界便生出了“生存竞争”这一段事。事实上,我们说生存竞争,就是生物相处的全部情形,亦无不可。不过,“生存竞争”是一个大家熟惯不过的名词;寻常一提到它,大家往往不免马上联想到“适者生存”,因而就牵连着把“优胜劣败,弱强肉食”这两句,也带上了。甚至于把叔本华的一个比喻,也拉了过来,装在里面。(叔本华的比喻,大意说人类的相处,就像冬天一群刺猬,聚在一处一样。如果彼此不挤近一点,大家都要冻得难受;如果挤得太近,大家又要劃得受难。这样“典型的悲观主义者”的看法,我们不必做是非的批评,不过说这是生物界的全部事象,我们却不能承认。)我们现在所谓竞争,范围比较这几句话都要大一点。

在我们看来,这竞争一共该有几重在:从最里面最小的说起,是同种各个体的竞争。叔本华的比喻,拿来描写这一重里面的某一部分情形,的确也相当正确,而且对某一部分人类个体说时,简直正确得非常深刻。同种各个体间相处,为了食与住的竞取,在急不暇择的情形中,诚然是免不了“白首相知犹按剑”的。但是,在宽和的环境中,食与住没有发生冲突以前,至少也可有短期的相安无事。比方刚泡到发胀的种子疏疏落落地撒在土中时,或者一个羊群散放在一片大原野里,并不会彼此相侵犯的。我们中国道家理想中的和平:“小国寡民……鸡犬之声相闻,民老死不相往来……”虽则未必能兑现,但至少告诉我们可能有那么一种理想状况。同种个体所组成的群,在彼此利害无冲突时,原可彼此和谐,因而平静无事的。不过,在这种安靖和平的状况中,生物个体圆锥圆面两向发展的可能特高,结果,个体数目自然会很快地增多,因为很容易达到饱和状态。在达到饱和的过程中,利害冲突渐渐增加,不和谐的程度也跟着渐渐增大;所以同种的个体,一任本能发展时,决无从避免血与肉的斗争;不过迟早不同,激烈的程度,也不一样。最早的,像一个壁钱袋里的许多小蜘蛛;最激烈的,像鸷禽猛兽;最迟最和缓的;姑且让我们自己恭维自己一番:是人类(如果有人反对,我决不辩护)可是,总而言之,只有程度的差异。我们所谓“仁兽”的麒麟,如果真是一个动物的话,也得和西洋人认为象征和平的鸽子与羔羊一样,对同类决不会和平或仁慈到极度。

较大一重的竞争,是异种之间的。这重竞争的现象,最多最常见,情形也许最复杂。寻常所认为的生存竞争,大多数都是指这一重里面的事例;所谓"大虫吃小虫","螳螂捕蝉,黄雀在后"等弱肉强食的现象,都在这里。小孩猜拳玩,有所谓"人、虫、鸡、虎、土",用五个手指,来代表人、虫、鸡、虎、土地(灶神),看谁比谁弱,弱的就算输。人吃鸡,鸡吃虫,虫吃土地,土地管老虎,老虎吃人,是一套;人踏死虫,虫吃老虎毛,老虎吃鸡,又是一套;土地能管人,也能吃鸡,又是一套;看来看去,似乎只有吃与被吃,或管制与被管制,恰像一般观念中生存竞争的弱肉强食。但是,就拿这个游戏来说,我们也尽可另外寻出道理,说明异种生物间的相互关系,决不如此简单:这五个角色之中,土地除掉被虫吃以外,最占上风:人、鸡、老虎,都得受他吃或受他管。鸡,是人、老虎、土地三个都要吃的;可是它却能够吃吃土地的虫。人、虫、老虎,各受两方面的管制与吃,也各吃两方面。我们不妨这样推论:倘使世上只有一两个土地,许多的虫;那么,所有的虫,短时期内把这三两个土地都吃完了,结果,人、鸡和老虎,都可以减少一重威胁,生存比较上要幸福得多。在这四个剩下的角色中,被吃与管制的情形,就和原有五角的相互牵制,大不相同。现在,老虎除了虫来吃它的毛那一个小威胁以外,它在这四个角色中占着绝对的优势,它可以放胆地吃人、吃鸡。土地数目原有限,所吃的鸡也有限。但是,有土地在时,人和老虎都不能十分放恣;现在土地没有了,鸡被吃的机会便大大地增多。过了一个相当时期,鸡可被人和老虎吃到绝灭,于是四角变成了三角。三角中,人没有鸡可吃时,得饿死;而且,没有鸡了,人成了老虎唯一的食粮,自不能长久生存,于是人也灭绝。人绝灭之后,虫却换成了优势:没有人来踏它,也没有鸡来啄它,它们个体数目,一天天加多,可以把那些没有人可吃也没有鸡可吃的饿老虎,一个个的毛,都吃得干干净净。老虎又冻又饿,只好死亡。老虎死后,虫也会因为食物无根据而饿死。这是一套可能的变化,假定我们从这五角中,抽去老虎。那么,人除受土地管制外,别无忧患,他可以大量地吃鸡。鸡数渐渐减少,虫数必定加多,这时受威胁的却是土地。土地一方面受虫的威胁,一方面因为人吃鸡吃得太多,粮食也会发生恐慌,结果只有对人加重暴力的压迫。人,在这种情况中,一方面因为自己吃鸡吃得过量,已经感到粮食不足的危险,一方面再受土地的压迫,就只好改行吃虫。人来吃虫,土地自然高兴;但是虫的身体太小,不够人的需要,结局也许先饿死。人死了,鸡完了,土地也就得让虫吃死,或者因为没有鸡吃而饿死。最后虫的生存,仍是不能延续。其余,我们抽去鸡,抽去虫,抽去人,结果也大概相差不远，是大家同归于尽。所以在五个角色互吃时，此消彼长，也许有“和谐”的，大家活下去的可能，而抽去一角，结果便反而因为扰乱平衡而全部完结。这虽只是一个开玩笑的简单比方，事实上，自然现象，决不会如此单纯粗糙。但是由这个玩笑中，我们可以看出异种生物之间，有着一个极复杂极不安定的均衡在。它们除掉直接地吃和被吃以外，还有许多间接的互相影响，平时不容易觉察，到均衡扰乱得太厉害时，才会显露；不像直接的吃与被吃，我们容易知道。而直接的吃与被吃之中，寻常又大半是强大的吃弱小的，运动量大的吃运动量小的，所以我们很容易就来一句笼统的“弱肉强食”。稍微分析一下，往往就会立刻自己推翻原来的结论，而要“重新估价”的。比方我们说过的病原细菌、捕虫植物等，已经给了我们一些强肉弱食的例子。肉食动物，彼此互吃，正是“强者互食”；大肠细菌与草食动物配合，是“强者与弱者共食”……老虎固然要吃鸡，但是老虎也吃人，就可算替鸡帮忙；土地固然吃鸡，但土地所吃的鸡有限，而土地管制老虎与人，替鸡减少了两重威胁；老虎吃鸡的结果，却又替专吃自己的毛的虫帮忙了。如果土地不许老虎和人多吃鸡，好让自己多得吃鸡的机会；则鸡的发展，便等于虫的减少，无意中更替自己造了一番福。这些强弱互吃互助的局面中，损益恩仇的帐，真是无从计算，我们只有说：“总而言之，非常复杂。”

复杂虽是非常，但也未尝没有简单归纳起来的可能。归纳的结果，我们可以说：异种生物的相处，中间必定有着许多不安定的均衡，连续存在。所谓均衡是和谐的一种形象。各种力量，以不同的量与速，从不同的方向，向某一点作用，可以相长相消、互相牵制，结果得到一个表面上一时的安定。这种表面上的安定，绝不是和平，只是一个暂时平静的局面，要借连续不断地变化来维持。拿一个简单的事例来对比，就好像一个人捧着一满碗热汤走。汤倘使离开碗，自然要和碗一样，受地心吸引力的作用，向地面掉下去。这一个人，因为爱惜这碗汤和这盛汤的碗，所以肯费一点力，来捧住这碗汤。但汤是热的，碗是满的，随时有烫手的可能，所以他不得不小心翼翼，慢慢地走，免得受烫。如果他性急一点，不肯安安静静小心地走，结果汤荡出碗外，他一定捱烫，捱烫的时候，如果他仍旧可以忍耐，自然可以走到桌子旁边，把汤搁下。否则，他便会连碗带汤，一并摔下。最后的结果，这碗热汤决不能长久在这人手中，因为他一定要走着把它搁下。如果长久在这人手中，汤也会慢慢冷下去，不会是原来的热汤。理论上，物理学和化学方面的所谓平衡，原也不是一成不变的局面。在相同的外界情形与内在条件的配合中，可有这局面的重演；外因内因稍有变化，化学物理的平衡,也会立刻推移,另成一个新形势新局面;条件愈复杂,连续推移的量也愈大,生物界的均衡,亦复如此;表面上暂时虽是安定的,但也决不能长久维持现状,一定要因为某一方面力量在量与速或方向上细微的更易,影响全局,发生变动,作一个急速或迟缓的推移。而生物界的条件,又比无生物方面化学物理的条件更复杂;外因内因绝对相同的配合,能有与否,就颇成问题;所以生物的均衡,是否能重演,都在不可知之列;自然更不能长久继续守定不变。过去谈生物进化的人,对于生物界直接互相的影响,与目前暂时的均衡,都十分注意;也许就因为这种过分的客观,分析现在时,把现在停滞得太厉害了,所以生物进化,便看成了一个不变的僵局;"优胜劣败"也便成了"唯力是恃"者的理论根据。现在我们主观地看来,似乎应当把优劣的标准,随着生命变化,同时移动一番,当作活动电影看待,不依纯功利主义的立场判定短时间中,哪一个优,哪一个劣。而说,生物各个体各种类之间,生命和谐变化的程度,大有差异;与其他个体种类的变化,和谐的程度愈高,则生存发展也愈容易。换句话说,生命的延续与发展,既然必须有多方面的接触;在延续与发展中的个体种类,彼此互相接触时,愈能与其他生物的变化,保持当前与未来的均衡的,便愈能长久保持优势,生存胜利的把握也愈大。

最后还有一重最大的竞争,复杂程度也许较小,但在生存上的意义,却更重大:这就是生物界全体,联成一气,和无生的大自然竞争,以求得宇宙中生命的延续与发展。依我们的看法说来,凡属有生之伦,都对于生有所执着,不肯轻易舍弃;执着住了以后,也一定要继续发展。这就是说,每个过去与现在(我们不妨武断一点,连未来也硬派上;因为我们无从征得未来生物的同意,所以它们反对时我们也可以不必管。)的生物个体与生物种族,都执着着生,都要发展生。全体生物的同样行为的总和,便是生物全体,都在根据过去已有的生命,利用现在的环境,来创造未来的生命。这种努力的结果,分散来看时,各个体各种族,互相竞争,决不能每个都绝对成功;但是概括全生物界来计算时,集体创造所得总和,仍是成功与胜利。

第二篇里谈"住"时,我们曾经说过,生物生存的结果,可以使环象兔发生变化。这种变化,一方面可使无生的自然条件发生变更,一方面直接间接,便都可使其他生物受到影响。我们曾以松林中松毛虫与树木为例,说明这个现象;现在我们再来三两个"继续现象"的例子,申述一下。

生物改变自然环境的情形，要算继续现象为最显著。近几十年来植物生态学动物生态学研究的主题，已由各种“适应现象”，挪过“继续现象”这方面来，所以有许多人主张把生态学这名词，改做“环象学”。真正详细的“科学”研究，另有这两种科学的专书和杂志，我们现在只能拣两三个重要的通例来说。假定北温带某处，有一个内陆高地的小淡水湖沼，因为某种自然变迁，淡水注入的分量，逐渐减少，这湖便会慢慢干涸。原来的湖底，慢慢变成湖滨；原来的湖滨浅水，慢慢干成淤泥。原来生在湖岸上的植物，如各种蓼类、薹草等，便会由湖岸移向湖滨和这新干出的淤泥上发展。原来生在浅水底上的蒹葭藻荇，和栖息在里面的鱼、虾、蛙、水蛆，“下等藻类”，也会因为自然环境的不允许，慢慢退让向湖心里去。蓼、薹等生长发展的结果由它们的蒸腾，可以促进湖滨的退缩。它们身体里的固体物质，平均比蒹葭藻荇要多些；它们草草而生草草而殇，尸体堆积下来，总量也比原来的蒹葭藻荇质量大，也可以促进湖的淤塞。经过几分生长季节，蒹葭藻荇，便已退到湖心这一道最后防线；湖心原有的深水水底植物和螺、蚌，大鱼等，自然会因为生存无据而全部死亡。薹、蓼之类，已追踪而至，发展到这道最后防线的外围。同时，原来沿湖一带平地上的普通草本“中生植物”，也会跟在薹、蓼等后面，由湖岸、湖滨向湖心发展。后来湖底成了一个盆地，长满了沿湖平地的草本中生植物；周围也许就有各种小灌木和丛菁；原来的湖滨、湖岸，也许就长起了许多小乔木。在这种种植物群落中，自然就会有应境的动物，进来栖息、生长、发展、繁殖。倘使一切顺遂，不受侵扰，最后，过了百十来年，这原来的湖心，会长出拔地参天的苍松翠柏，或者还有椅、桐、梓、漆、梗、楠、樟、杞之类，夹在里面，蔚然成林，郁郁葱葱；虫鸟飞鸣，狐鼠出入，景象十分繁茂。百多年前汪洋荡漾的湖沼的痕迹，早都不见了。沧海桑田，若一个两百多岁的老人，来看他从前在这里钓鱼游泳过的小湖，真要不胜今昔之感！

再来一个例：某处高原，忽然来一场地震，山崩川壅，一切地形，都大大地改变了。遍地面只有大块硗确的岩石，荒凉万分。经过十多二十年的风吹雨打，日晒冰凝，岩石慢慢风化，变成了碎屑；碎屑缝里，也渐渐积下了些雨水，略有潮润之意。这时，乘风飞到的地衣、下等藻类等先锋植物的孢子，便可在石缝中和接近石缝的岩石表面，慢慢生长发展。再过十来年，这一片荒凉的地上，已由地衣藻类长满，青绿一片，生意盎然。原来的石缝中，现在已经堆积了一些藻类的尸骸，跟着已经有一些能耐旱耐冷，善于抱残守缺的苔藓羊齿和小型草本植物来生长。它们一来，岩石的崩化更快，里面掺杂的有机物，也会因为它们的蜕遗而加多，渐渐形成土壤。于是，跟着便会有耐旱的大型草木、灌木，很快地由附近地带发展过来，占领这新的环象龛；跟着，便会有乔木和各种应境的动物……如果一切顺利，最后也是长成一个茂林。继续发展到不能再发展的极限。

这两个例，都是若干年的事，虽则推想中可以“当然”，究竟不容易每个人都看见。现在，我们再说一个简短的小故事：中华民国三十三年，二月二十日，上午十时半，赵主任到钱经理家里去作“春节拜访”。钱经理陪赵主任谈天；钱太太端了一小碗百合汤出来，请赵主任吃；赵主任客气得很，吃了大半碗，留下三分之一在碗里。赵主任走后，钱太太拿了这碗去，叫老妈子李大娘洗；钱经理的八岁小女儿健美，拿一个半截玻璃杯来，把这吃剩的百合汤倒下，预备给伊心爱的小白耗子吃。但是白耗子不识抬举，不肯吃百合汤。钱小姐大不高兴，把这半杯百合汤，搁在屋子里的窗台上，随后也就忘记了。到了二十三日下午，健美外出回家，要请白耗子喝水，想起了那半截玻璃杯，到屋里去找。偶尔一闻，不对：本来是百合汤糖水，现在有酒香散出来；健美以为谁倒了酒在里面，跑去问母亲。钱太太想起了从前读书时，教生物学的先生曾说过酿母菌能够在糖水里生活，把糖发酵变成酒精的；便放下手中编着的毛线袜，走到书房里，翻出教科书来，解释给健美听。健美听了，自然高兴的不得了，想着可以由这半杯糖水出发，办一个酒精工厂，替抗战建国尽一份责任，忙着把这半截玻璃杯，收到房里去，时时捧着瞧。到了二十八日，不对，小酒精工厂里，发出酸味来；到了三月二日，更糟，酒精厂怪臭，出了黑霉了。钱健美已经忘记了伊原来酒精工厂的计划，这个又脏又臭的半截玻璃杯，也让李大娘清了出去，搁在柴房里面，慢慢干涸。有几个果蝇，在二月二十七日早上，曾经飞到杯里产过卵；三月十日，小蛆儿也孵出来了。四四儿童节日，钱健美在学校中庆祝会里面，听一位要人的演说，鼓励儿童从事生产，帮助抗战建国。这小姐似懂非懂地，听得很入神；忽然间，那要人说到了酒精可以代替汽油，伊一下想起了二月间的小酒精工厂，兴奋非凡。散会回家，马上找着李大娘，追问那半截杯子的下落。寻出来一看，杯中只有一群果蝇在飞动；杯底的百合，早已让野耗子吃光，只剩了一些灰、黄、黑、绿，各种各色的霉，零乱地黏在杯底和杯边上。钱健美失望了，随口骂了李大娘几句；钱太太听见，走来教训健美，不应当如此开口骂人；李大娘把半截杯子洗净，还给健美；又拿了几粒新鲜豌豆，同健美去喂小白耗子。故事于是完结。

这故事既简单又平凡，根本上只是一件小事。但这小事里面，自含有一个局面虽小，步骤却很分明的继续现象在：野生酿母菌的孢子，随风飘扬，落到了糖汤里，根据它不怕低温、不怕高浓度的生理性质，便可以利用当前的环境，生长发展繁殖。过了一些时候，它们生长繁殖的结果，糖是用去了一部分；但它生长发酵时所生成的酒精，慢慢加多，加到后来，它们自己也不能忍受时，便只好宣告退位，死去大部分，留下一部分，变成了孢子。这时醋酸细菌的一些霉类，同时也赶了过来，在这一杯糖汤所变成的酒水里面生长发展。过些时，醋酸细菌利用酒精所作成的醋酸，又多到使自己不能忍受，醋酸细菌也就大半死亡，霉类起而相代。霉类生长时，糖分、酒精、乃至于醋酸，都可用作发展材料；而且，它们还有促进蒸发的本领，使杯中水分，加快散发。霉的种类很多：生理性质和生活习惯各有不同；甲种霉类生长一些时，自己所产生的物质，否定了自己发展前途时，乙种便可应运而生。跟着，丙、丁、戊、己，代谢不息，也许甲乙还要卷土重来；所以弄到乌七八糟，灰、黄、黑、绿。一直到洗净以前，或者大家都干死以前，异种间的前仆后继，总在继续开展。

为什么会有继续现象发生？如果我们把既知事实，翻译成我们的话。便无须再解释：生物生存发展是变；环境，也在变。生物的变，能与环境凑合得上，达到和谐，生物的生存与发展，便可延续。但是生物的变，决不能处处与环境和谐；而必有“脱节”之时；再加上生物生存发展时，往往还会把环境的变化，拖着向对自己不利的方向挪动，所以自然而然，便由和谐里创造了不和谐，结果不得不告退。告退之时，环境局面，自然已经不是这一种生物原来没有利用以前的样子。这一个新局面，如有另外的生物，可以根据它过去准备来利用时，它又可以利用了来，创造它的和谐或不和谐。于是，一个环象龛在继续地变；环象龛中的生物，也在继续地变。善变的生物，能与环境取得较长久的和谐，便可发展得较长久；不善变的，便只好随时退出。乔木和高等些的动物，比较上善于应变，同时它生长发展后的创造，有利于它们自己前途的，比较上多，所以它们的发展比较稳定；最高顶点生物群聚，都由乔木和高等动物组成。它们的环象龛，是在长期奋斗中取得的，也须由长期奋斗来保持。它们的长久和谐，绝不是自然环境特别偏护它们，而是它们努力创造的结果。

但是，愈好的环象龛中，生物彼此之间，竞争也愈剧烈；正像都市愈大，个人生活享受愈多，则社会阶层间的差别愈大，生活也愈不容易，个人与个人之间，相处也愈多戒心。小国寡民之道，不是“发展”，生物不采用的；所以生物之间，便不免战争。如果以个体生存为单位来看竞争，我们固然会和叔本华一样，感觉失望，只好悲观。如果换过单位，以全体生物为标准看生物与环境的竞争，则我们但觉生物界全体，愈斗争愈进步，胜利便愈有把握。继续现象，可以由叔本华的悲观主义出发，看成残酷的篡夺窥伺；又何尝不可以依克鲁泡特金的看法，认为前一种的牺牲，正是为后一种的发展而起的一种“互助”。异种生物的相处，残酷的竞争，是短时间小空间的小节目；时间展长，空间放大，我们也许仅仅看见伟大的牺牲，仁勇的互助。地层里面埋藏着的化石，是一本极伟大，极丰富，而至今还没有完成的大著作：地质学家和古生物学家，曾经揭开几页来，让我们看过，那里面所写的，也正是一种继绪现象：地球上有过极多的三叶虫，极多的贝类，极多的鱼，极多的爬虫，极多的羊齿，极多的裸子植物……后来才慢慢有了被子植物、鸟、兽和人类。前几期的那些生物，必定因为它们能和当时环境和谐，所以才盛极一时；但是，这些种族都和个体一样，由幼而老，而衰，而死，自己画了许多“波形曲线”在那本大著作里面。现存的生物，也都正排着队要到那本书里面去画曲线签名。这书的题名虽没有正式写好，大致的意义，不外乎“生存纪录”；内容特别着重的是“生物与大自然如何取得和谐，来创造它们未来的发展”。

二　我们自己

以上种种，在本篇开始时，我们曾经说过，都是由人体“自我中心”出发，来看生命的话。这些话完结后，自然我们不免要反躬自问一下，我们人体自己的生命怎样？和其他生物有何区别？

“人生哲学”“人生观”是大题目，大学问；过去、现在，有着不少权威学者，发表了他们广博、渊深、精到的见解，印在洋装布面金字书里面。我们这些一般人，如果想读懂那些专门书，先得记熟许多艰深的基本理论与许多洋文名词。我绝对相信，有志之士，想明白那些道理，耗费一点时间精力在这些记忆上，是非常值得的。但如果一般的一般人，和我一样，习与偷懒，不肯做这一套硬性工夫，我们正不妨自己来一套“丰沛父老看汉高帝还乡”，凭我们的直觉与主观，说我们自己简单的话。

甲　根据过去利用现在

“人是猴儿变的”这是小学时候，理科（现在这功课已经改称“自然”了）先生教给我的一句话。也可以代表二十多年以前，中国一般知识分子和十多年前，美国某州知识分子，对于物种由来和进化理论共同的了解或误会。了解也好，误会也好，人决不与天地同时生成是事实；从前的人和现在的人不同，现在存在的人种，彼此间又有很大差异，也是事实；许多比较原始的“土人”，身体构造、智慧等，和比较高等些的类人猿，近似的程度，反比他们与“文明人”的相似度较大也都是事实。我们曾说过，一切生命的发展，都是根据过去，利用现在，创造未来。人类的生存发展，正不例外。如果想知道人类发展的情形，与展望中可能的变化，我们便得先推测人的过去。

地球上最初有人类出现，固然决不与盘古开天地同时。但是抱歉得很，我以为创世纪的“记载”，可信度程度也并不较高。据地史学、古生物学上的推断，人的出现，大概该在七百多万年以前。那所谓人类，不管“北京人”也好，爪哇猿人也好，皮尔当曙人也好，内安兑塔尔人、海岱堡人、罗德西亚人、克隆曼秾人也好，不过是一个样子像人的动物。由他们遗下的骨骼来推测，他们的确已经由四条腿变成了两条腿；但是，突出的强大下巴颏，突起的眉棱骨，向上小过去的脑髓腔……种种情形，都可以表示这些人，真是异于禽兽者几希。他们绝没有文字；因此，自然便没有历史记载，可以让我们知道他们的生活状况如何。不过，比较人类学这一门科学，给我们开了一个方便之门：古人和“土人”，一样都是原始人种；我们由现存较原始诸人种的情形，推测最古的人，也可以得到一个相差不甚远的概念：他们最初都是不穿衣服，也不戴帽子；自然更不系领带，不穿高跟鞋，不剃胡须，不涂雪花膏。他们住在洞穴里；或者在树上搭一点“巢”。他们是杂食性的：吃果实，吃各种种子，吃蜜、吃虫、吃鸟、吃兽、也吃人——最初连新死的亲属，都还会举行腹葬。他们寻常合成小群，共同生活；小群的情形和类人猿相去不远：大概是一个壮年的男人，带着几个女人，一群小孩，一同居住。好的东西，归家长享用，然后分给女人和婴儿，最后才给大的小孩。群与群之间，不断地有着战斗：最初是膂力与爪牙的肉搏，后来才有正式的团体战争。他们没有复杂的言语；思想也着实单纯，差不多全部都只是“本能”的冲动，没有高深的推论与分析。

这些最初出现的人，究竟从何种动物变化而来？我们没法找得一个十分确凿的答案。不过，我们可以提出作答时必需的几点基本条件：第一，那个生物必定是尾巴很短，头部较大的一个杂食性四足兽，已经渐渐有了靠后腿站立起来的可能；大致构造与形态和现在的大猩猩、黑猩猩，相去不远，可决不会就是现在的黑猩猩和大猩猩。第二，那时候，地球表面的自然形态，虽然和现在相去不很远，但决不能和今日完全一样；那时候地面上生物生活的情形，也一定和现在不同。所以那种动物，究竟如何生活，我们无从推定。第三，那种生物的总数，不会特别多，也不一定全部聚集在地球表面的某一处——这一点，也许主张人种同源说的学者们要极力反对；但我们暂时宁愿相信人种不一定同源。它们出现之后，又经过了若干万年的变化，因为把前肢空出来，变成了“手”；手的灵活运用，开辟了一个从来未有局面，慢慢才成了古代的原始人。原始人，再因为脑的作用，使手的功用与变化，更加复杂，生出了许多发现与发明：器具与火是物质方面两件大突进；语言与记载（包括文字图画及其他方法，如结绳、建筑……）是“心灵”上两步大飞跃。这四样东西，便奠定了今日人类“文明”基础。前人的成就，成为后人利用创造的根据；过去的累积愈多，进步便愈大。

火，原人利用了来赶走寒冷，赶开黑暗，赶开夜间来侵袭的猛兽害虫。同时，也替人类引来了各种忠实动物同伴（家畜）。随后火又替人类扩大了食物的调制。器具是原人利用自然的一个大进步，衣、食、住、旅行，因器具的帮助而渐渐地扩展。日常生活渐渐有了闲暇；艺术也成了生活中重要项目之一。闲暇再增多，语言随着思想的进步，内容天天复杂；教育、“训练”与传说，便加入生活项目之内；同时也渐渐渗入了记载。这种种渐渐累积、渐渐扩展，于是成了各种“文化”。生活愈能与环境和谐，人类个体数目，畅遂地增加后，个体与群之间，游弋圈重合的机会逐渐增大，竞争、战斗、和平种种交互关系，频率与复杂程度，也跟着渐渐增高。这种交互关系，磨炼了个体，使他们知道如何以“自觉”的方式，学习处群；磨炼了群，使他们知道如何保重自己群中的个体群的文化同时也使他们知道如何改良他们的器具。思想、教育、语言与记载的内容，因此也在复杂、精密与丰富三个方向，加速进展，文化于是扩大改进，成了“文明”。文化与文明，是目前任何其他生物所无，而人类所特有的创造。

思想上，由经验、记忆与分析的进展，增加了观念的正确度后，推理与抽象发生了。愿望、欣赏、信仰、估价、情感等复杂的观念，掺杂配合，在处群的修养方面，汇合成了道德，社会制度，法律与政治；在个人的进展上，汇合成了宗教、艺术、哲学与科学知识（我们不说科学而说科学知识，因为科学原理，似乎应当归入哲学的领域之内）。联合这两方面的，成了利用环境的各种技术知识。不用说，这是一套三开间的屋房，彼此相通；虽则各有门户，仍旧是相连为用的。技术知识方面的进步，把人类的环象龛，一天天地展宽；处群方面的修养，因此也得随着改进。同时，个人生活内容也在进步，衣、食、住、行的享受，渐渐增高；经验、知识、思想，也在扩大；器具的进步，更把我们感官的感觉范围，扩大了不少：光学器械，像显微镜和望远镜，一方面使我们的宇宙认识钻进了“极小”，一方面也展宽到“极大”。机器在速度方面的改进，把空间和时间加于我们行动上的限制，大大减低，深海、地底、高空都被“征服”了。历史的研究，使我们认识了已有文明的前人；考古学的研究，使我们认识了已有文明的前人；考古学的研究，使我认识了仅有文化的古人；人类学和人种学，一方面使我们认识了现在的人，一方面更认识了古人以前的“原始人”；地史学和古生物学，再进一步，推到了还不十分够格的最初人类，生物学，使我们认识了同时代的有生之伦；化学物理学，使我们认识了我们四面无生之类；地质学古生物学，把时间扩大，使我们认识了地球上从前的有生之伦与无生之类；大家公认为最古科学的天文学，更把空间时间，同时变小变大，使我们认识了地球以外的宇与宙；生理学与心理学，使我们认识了现在自己的肉体与心灵；胚胎学、遗传学，更使我们认识到自己没有降生以前的来历；数学和“理则学”，把我们的认识，带进了我们所不能体察与接触的抽象里去。综括一切原理，认识的认识，所谓哲学，是人类创造的登峰造极——可是这一切，都和其他生命现象一样，在变，在朝前进展地变。

这是精神或心灵上“内展”的成就。这些成就，的确让人类减少了环境限制的许多牵累：“自由活动”的程度加多；与环境取得和谐的可能，也增加了不少。在体质构造方面，内展也有一些成就：毛，从身体全表面，退缩到几个很小的区域；保温的作用，大部分已经丧失，只成为一个减少摩擦的设备。爪甲，已失去战争时的效用，大部分成了保护器官；在少数的雌性个体，却替它们添上了“青春渲染”的附带机能，涂上一点颜色和蜡质，以为美观之助。脑，长大了，也变复杂了；替境反应，逐渐增多，许多不需要思想的工作，渐渐成为反射的本能动作，移交脊髓，让大脑有更多的余暇，来应付复杂变化的需要。牙齿数目由四十减到三十六、三十二，现在已经有减到二十八的倾向；形式与排列，由分歧渐渐趋向整齐，至少长短与间隙已经划一了。面部的肌肉，咬嚼筋相比之下是退缩了，其他都特别运动灵活，“表情”成了一个整套的复杂功能。感官中，嗅觉似乎没有从前那样灵敏了；视、听、味增加了精细敏确的程度；触觉，特别是指尖部分，也加大了敏感。而且，这五种感觉都掺进了不少审美的成分下去；五者相互之间的和谐，也有了长大的进展。发声的器官，尤其是超越地发达了，复杂了。交配与繁殖,在人以外的动物,无从以自己意志控制;而人类却渐渐获得了自主选择的能力。食与住,我们也可以依自己的意思,来选择配合。最后,我们取得了一种特别神圣的权与能,可以随时随地结束我们自己个体的生命。不过,综结起来,这些构造上的进变,却似乎不够和心灵或精神相比并;说得严重一点,物质条件,还不甚够和精神的进展相调和;高空气圈中,空气过分稀薄的地方,和过深的地底与海底,气压过高的地方,我们的呼吸器官循环器官(主要的是肺与心脏),不能维持我们生命活动的需要。我们身体表面面积,与身体容积的比例,目前还没有完全妥善的办法,可以随意改变。因此,在过高的温度中,内部的热,无从加快散射;在低温中,我们无法超过汗毛倒竖那一步的紧缩;我们尽管想增高食物的热效果来填补,肠胃的吸收面积,却不能无限量地再扩大。诸如此类,总而言之,依我们精神方面的成就,要去创造我们理想中的未来时,我们时时都会发现,我们身体构造方面的过去,利用现在环境时,有种种的不满足,所以想利用也无从充分利用。我们夸耀着说:"我们人类征服了大自然。"自然(容许我来一句比喻罢!)却在抿着嘴笑这淘气的孩子:"你这些把戏也要算征服?"

乙　利用现在创造未来

上一段,已经把我们人类过去的成就与缺陷,粗枝大叶地草草率率说了一些。根据这些过去,我们在创造未来上,究竟能够有多少光明的展望?光明与黑暗,是内在局面的安排与配合。我们如要根据这点过去的累积,来利用现在,创造未来,应当使光明的条件增加;我们得有运用这局面的能力,使我们生命变化,和外界条件,增高和谐的程度。

想估算有多少光明,就得先估算有多少黑暗在堵住。刚才我们所说过的,我们体质构造方面,有许多自然的缺陷,这些缺陷,就是黑暗的一部分。但是这些黑暗,是我们身体的进变,没有赶得上我们精神的发展,所生的误差与不和谐。另一方面,进展所带给人类的,是否全部都是光明?也必须分析分析。

手和语言,是人类今日一切幸福的基础。我们先看这两样东西,究竟给了我们多少光明,多少黑暗。历史与经验,告诉我们,创造人类全群最大幸福的,都是很灵活的手;历史与经验,同时也告诉了我们,造成人类中最悲惨的灾祸,最不可饶恕的罪恶的,也都是很灵活的手。语言的内容愈丰富,人生的幸福愈增加:真理愈辩论愈分明,感情愈倾吐愈高涨;柳荫下相对十分钟的絮语,可以融和多年的积怨;广场中片刻大声疾呼,可以暂时惊觉许多人的迷梦。"佛说法时，天女散花”“海潮音”“狮子吼”，可以说明佛学者对于语言的重视。但是，不兑现的诺言，抹杀真相的宣传，扭捩事实的游说，甚至于教书匠的误人子弟，不也都是语言的成绩么？器具与火是手最大最重要的两种创造。然而纣的炮烙，秦始皇的焚书，来俊臣的请君入瓮，罗马尼罗大帝焚烧罗马城与希特勒烧柏林国会，中古时代天主教徒拷问异端的火刑，吸鸦片的火，乃至于近代战争中威力最大的火器，何尝不都是火？农具、交通器具、科学仪器都是器具，战争武器，又何尝不是器具？文字记载是语言另一方向的长足进展；知识靠它流传，感情靠它传达，联系了人类脑、手、口三方面的进展成就。人却也伪造了宣传文字，欺骗当世的人；捏造了历史，欺骗已往和未来的人；更创造了经典符箓，欺骗自己所创造的神与鬼。最后，汇合手、脑、发声器官三方面的创造，人类得到了政治、外交、社会制度、宗教、技术。这些，都应当是为人类增加幸福的。但幸福固然创造了出来；同时，也创造了痛苦、灾祸与罪恶。

此外，衣服的发明，减轻了气温对于我们生命活动的限制；但同时也减低了我们自己对于温度变化调节和谐的能力。熟食发明之后，从前吃不动嚼不碎的东西，现在也可以吃了；同时我们肠胃齿牙便自然地颓弱。医药卫生的进步，减轻了疾病的痛苦，增进了我们的健康，同时我们抵抗自然灾害的能力，也因此而薄弱了不少。推广开来，工厂制造是近代人物质享受的根源，也就是破坏我们自己环象龛与泊点中安静舒适的主动力。为了增加农产，人类破坏了自然界继续现象的演进，以草原来代替森林；结果自己也就创造了水旱等所谓天灾，反而减少了农产的获量。焚烧一部分农产物，来抬高市价；不经审慎考虑与试验，滥用浓缩肥料，破坏农田。这种种所谓“病态文明”的“人为事件”，自己创造了不和谐，当然自食其果。其他生物创造力没有人类这样大，破坏力就不如人类这么强；自己受自己的累，也自然较小。像这样推宕下去，结果恐怕大家都不免和叔本华一样，要走上浓重悲观主义的道路。

现在，再来估计我们所有的光明，除掉前段所说的精神上体质上的成就以外，我们还要看一看在配合安排中，有些什么比较上光明的条件？第一件最重要的就是人类个体，可塑性很高，变化的可能性很大；所以教育与“训练”，即对于遗传后天的补足与调整，在人类可有极高的成就，为其他生物所不能及。第二是人类认识知识经验的累积，渐渐加高了“自觉”；因此，由意志的操纵与选择，来决定变化的方向与分量的这一种力量，在全生物界，人类也获得了最高绩点。第三，至少我们主观地看来，人的脑和神经系，管制身体其他部分的效能，已得到其他生物所不能赶上的复杂与和谐；换句话说，这全副机械的构造，在全生物界已得到空前的成就。由这三方面的配合,决定了人为“万物之灵”的局面。

由这些光明与这些黑暗,安排配合,成为今日人类生命的局面。这局面中,我们又获得了继续生成的黑暗与光明。那么,黑暗与光明的转旋之点,究竟在哪里?我们可不可以根据我们的自觉,与我们自己管制的效能,利用我们可塑性的强大,增高光明,减少黑暗?事实是这样:可塑性是和年龄成反比的;愈老成的便愈安定,改变的可能愈小。自己管制,则随年龄而增大;可塑性降低后,管制效能才渐渐增高;可塑性缩到很小很小的时候,管制效能才发展到极大限度。自觉,也就在这个时候才渐渐完成。这三个东西,并不是完全和谐发展的。遗传配合好,三样比较和谐,可塑性可延长到生命的最后期,自觉的发生,向前移到幼年时代 ,这样一个个体,光明的希望自然较多。倘使他在可塑时期,受了合理的处群训练,他便可以以自觉来自己操纵,让他个体局面中的光明成分充分发展;结果他自己的前途,固然光明多于黑暗;他所在的群,自然也可以因为他的创造,多积得许多光明。倘使他没有受到合理的处群训练,他的自觉,只在“为自己”的一方面发展,一切以本身的利益为先。在他自己,也许是光明多于黑暗;但他自私自利的创造,却只能为全群造成黑暗,掩蔽光明。

我们知道遗传的配合,变化多端;可塑性、自己管制和自觉三种不同条件,所成各种配合情形,变化自然也很复杂。以有变的遗传,在这些变化中去发展,当然又加上了几种复杂。教育训练这些后天的补足与调整,以及后天时间空间变化时,物质环境条件的差异,再附加在上面,又构成几重繁复的变化。那些“先入为主”“牢不可破”的遗传基础,究竟表演到什么程度?后天的影响,究竟有几何力量?虽未必绝对不能清算;但是必定困难非常,却可断言,这样,我们便可以知道人类个体,变化的繁复,该是怎样一种情形;要说出一个简明的法则来,适用于一切人类个体,求得光明大于黑暗的进展,是怎样困难?况且,像刚才我们所说的,个体的光明,未必就是全群的光明之部分,还要看这个体处群的修养如何,才能决定。过去我们的理想,以为好的个体累积起来,就可以得到一个好的群;现在看来,还是“条件未备未赅”。推进一步,个体与人群的接触,一天天在加多;小群,如家庭、乡邻、社会阶层、同业等单位,彼此间免不了竞争冲突。如何取得和谐,向光明进展,以“谋全人类的幸福”,那时光明黑暗的标准与如何转旋,更得重新估定。再进一步,事实上,现在全生物界的进展与成就,的确以人类为最高峰。将来是否再有其他生物,来代替人类的位置,自然要看人类自己往后如何进展,才能决定。但是无论从主观或客观,理智或情感,任何一个观点来说，人类都应当努力，保持着现有地位，继续进展，创造更大的未来。在未来的创造中，人类更有义务，根据自觉，通盘筹算，提携所有的生物，去向无生的大自然“搏斗”。这搏斗前途的黑暗与光明，如何转旋，人类负有很大的责任。

我们且把这些“深谋远虑”，暂时搁下，先来看看当前的现在，与最近的将来。目前，人类虽然是“万物之灵”，但同时他也还是一个比较高等一点的“兽”！因为他已经是“人”，所以他的全部生命活动，便不仅是像丘浅治郎所见的“食而产，产而死”。丘浅的看法，只能说是一个百分之百的兽。丘浅的话，在日本曾经极端流行；在一般日本人的思想上，有深重的影响。像这样忽视人性，只让兽性发展，自然是“开倒车”；结果日本的少壮军人，便以为侵略是人类应为之事，造成了这一次大战的惨祸；也许将来日本民族，因此而陷入万劫不复的灾祸。尼采所谓“超人”，虽则极重视力与理智，可是“超人”超越得太远，成了极度的个人，而不是群中的一员。按尼采原来的理想，他尽可因为自己的发展，构成对于其他人类个体的灾患。德国人受了这种思想影响，一方面以暂时忍受相夸耀，一方面尽量发展武力，于是一次两次，酿成世界大战，惨祸延及人类全体。威尔逊不免忘记了人类有时还是一个自私自利的兽，过分地相信了人为万物之灵；结果满腔仁爱热心，想替全人类创造永久和平时，除了十三条不兑现的纸上和平，和自己国内的不信任以外，一无所得。目前，人似乎都认识得更清楚一点，知道要取得永久的和平，先得创造“集体安全”。我们看来，至少表面上已经有了新觉悟。过去政治、外交等事，都是少数人，依据自己个体或小群的私利、钩心斗角的、玩出来的“赌局”。一般人的看法，他们认为太浅，哲学者与科学者的认识，他们以为太迂，照例都置诸不议不论之列。当前这一场“民主与独裁”的争斗，我们这些一般人，很可以认为是人性与兽性或集体安全与少数利益之争。至少已经有一部分人类个体，希望这战争结束以后，真能创造一个“集体安全”出来。既是“民主”，又要“集体”，这安全是否创造得出来，我们这些一般人，便逃不了都有责任的；至少，我们要身受其福或身受其祸。人，一方面是人，一方面是兽；人类各个体，又是变化多端的各个体；人与兽的成分，调和配合，自不能一致。如果各个体在相处时，多存一点人性，可以彼此和谐，集体安全自然可以得到。如果一任兽性发展，彼此间自然便会有种种冲突；无理的竞争，也便无从消灭。所以会有“人头畜鸣”“衣冠禽兽”……正是为了这点。为了全群的安全，为了全群的进展，我们自然希望每个个体，至少在相处时,要竭力减低兽性,“不要露出尾巴来”。我们是中国人,愿意根据我们过去的累积,从我们祖宗的哲学里面,搬出两句话来,当作全人类大家的目标:“民吾胞也,物吾与也。”我们要谋全人类的幸福,我们要与一切生物,共同向无情的自然搏斗。再搬一句话来,当作大家努力时的口号,“天地之大德曰‘生’”。再搬两句话来,使我们努力时有所凭借:“天行健,君子以自强不息!”

國立中山大學廣西猺山採集隊採集日程

石声汉

目录

引言

朱家骅

在未介绍本书内容之先，我很情愿把组织瑶山采集队的经过情形，略加叙述。

辛树帜教授，是本党最努力的同志，非但于科学有精深之研究，本党主义与国际政治情形，也非常明了，一向在海外为党努力。以前我并不认识他，经友人介绍，乃决请其来广。那时我总以为他对于政治的兴趣比较浓厚，故介绍其任黄埔军校政治部主任，不料他于去年六月间到广后，见中大在学术上已有相当基础，同事又都很热心，遂决心暂时丢开党政的工作，而专心致力于科学，预备把西南的动植物，作一次普遍详细的研究。当时我虽代黄埔军校不能得辛教授主持政治工作惋惜，但处在中大负责者的地位，自然也很欢迎他来协助中大学术之发展的。

使我最惭疚的，就是他到广后，不能立即助其在科学上谋发展。不久张黄难作，他的计划，更不能不随一切之破坏搁浅而停顿，但当时辛教授并没有半点灰心，仍旧勤勤恳恳地在中大动植物系作种种室内的研究。

直至今春，广东的政局渐趋安定，辛教授才把野外研究的计划重新提起，但那时政局虽日有进步，而财政的困难，则达于极点。就中大讲，维持都很难，哪有钱供给野外采集？同时我又不愿意再把他的计划搁起，减杀他的兴味。何况野外采集，关系于科学的发明研究很重要，就我的责任讲，也应从速促其实现。所以和戴校长想尽种种方法，决由大学筹拨二千元，由两广地质调查所拨助一千元，作为辛教授等野外采集的经费。地质调查所，虽似专攻地质矿产，但生物与地质关系至切，而处我国今日科学幼稚时代，尤应相助为理，拨助千元，也是责之所在。

辛教授得到经费后，即组织广西生物采集队，于五月初出发，沿西江而上，作实地的研究。我读他历次寄回的报告，详分缕析，一如身入其境，真是非常高兴，同时也非常佩服。

夏天，才知他率领队员入人迹罕至的瑶山采集标本。瑶山是西南的一谜，不说外间的人，连附近的乡下人也很少敢冒险进去的。辛教授忠于科学，和他的勇敢，真使我惊佩！不久接他的信，知道他们带去的钱，因人数很多，各种开支又大，已经用罄，如果不再予接济，不但不能继续工作和把已采集的标本运回广州，而且连人都不能回来了。当时我觉得功亏一篑，总未免太可惜，所以又竭力设法，在大学和地质调查所各筹千元汇去，一面也声明以后无论如何，不能再接济，因虽明知此种工作的重要，极愿提倡，但格于情势，亦只好以此为限。辛教授在那种经济困难、生活艰苦的情形中，竟在瑶山连续工作几个月，发现不少新奇的动植物，计此次带回植物标本一千余种，动物千余只，其中有许多极不易获取，极有价值的珍品。辛教授等此次瑶山采集的成功，诚非初料所及。

现在他们决计编印广西瑶山采集日程，贡献社会。辛教授要我做一篇引言，真使我说不出的高兴。瑶山是中国或者说世界科学界的宝藏，西南动植物界有许多特殊的性质，但瑶山都包括无遗，最有采集研究的价值。他们决把这次采集的经过编印日程，最大目的，就想借此唤起社会对学术的兴趣，尤其是要鼓励实地的调查采集，因为中国学术界还很幼稚，调查采集，实为目前首要工作，辛教授对于这层认识得很清楚，故能坚毅以赴。我很希望各种学术，都能从调查采集入手，庶几不落空谈。

日程是青年动物学者石君声汉编的。采集队在未入山之前，就决定了编制日程的计划，队员中各有所长，各有工作，分配得很精当，石君则尤长于笔记，所以辛教授就把编制日程的工作委托他负责。石君以从事采集之余，两月间，写成这八万余言的日程，其坚苦勇敢，也很足钦佩，日程中把各人采集时候所感受的困苦，说得很详细，而对于改良、补救、采集方法和应注意各点，也都有具体的贡献。材料则包括瑶山概况，该地瑶民生活情形，山中生物情形，等等，莫不详分缕析，条理井然，所以这一本确是一册很有价值极饶兴趣的记载，石君明净流利的文字，也可作初中学生课外的读本。我很希望因这册日程引起社会研究学术的兴趣，而使第二次采集瑶山和海南岛的计划，在最短期间实现，那他在中国学术上的贡献，当更不限于记载之明晰、调查之详尽和文字之流利了。

十七年十一月于广州中大

五月

曼清和之芳草

耀朝旭兮雲紛

五月十日　星期四

昨晚黄季庄君出探广州至苍梧舟期，始知梧轮皆夜间启碇，时辛师犹在东山，尚未闻知，故今日凌晨六时即来学校速余辈起床，盖以为舟行在八时前，急待整装就道也。及既知舟行时刻已有更变，乃变计拟趁十一时之广三车赴三水转梧。晨餐后，检点行装，天际阴云重布，同人均深以雨为虑，洎九时许，果雨作，尤觉不豫。及行装束竣，则为数至三十余件，聚商之余，知若乘车出发，则由学校至河岸，由河岸过驳艇，由驳艇再运至石围塘车站，车到三水后由三水站再须由驳艇驳运至三水梧州轮，手续繁重尤属小事，三水江中驳艇之搬运实属极为危险，故决意由轮船直赴梧。由黄君扶病至西堤购船票，轮上账房不在，遂空手返校，报告后，众各略事休息，决定下午四时以车赴西濠口。

三时四十五分，技师唐善康君往雇运货汽车一辆来接。行装三十余件，堆积东讲堂北廊楼上，由同人手挈之登车，行李笨重，由楼上下降，倍觉困难，搬运竣事时，各已汗透重衣矣。遂踞坐车上行李堆中，暂别学校，首途前进。

四时十分许，车至白鹅潭江岸，雇艇运之至天就轮舱面。候至五时许，始由轮上军队将行李检查一过，为时已甚晏，饥饿中兼以疲乏，不复能耐，且舟行时刻在深夜二时后，不必在舟中坐待，遂复登陆，就西堤清一色晚餐。

饭时辛师提出公约两条。第一为私人不得携带银钱，此后一切用费均归公众支付，返广州后各人行李均须检查一过，除衫履杂物系原来由私人带去者外，余均为公物，即封存为第二次旅行之用。所有私人钱物之为由广州出发后所多出者，概作公有。第二为旅行中饮食起居须团体化，各人一律，饮食物务取精洁，不可过多，亦不可过杂，以防疾病。餐后天色尚早，分队出散步，至十时前后，各返舟中。至二时许船始启碇离羊城。

五月十一日　星期五

是日全在舟中。晨六时起盥漱后同人赴舱面散步。两岸渐有山陵，水流亦略较下流为急。未几他舱中有人出，与辛师似曾相识，久之，趋来问姓名，乃知为辛师武高同学张伯群（仲）先生，十年旧雨，一旦重逢，喜出意表。张君自出学校后，曾随第七军在桂省各地剿匪多次，具道其旅行经历，至为亲切。张君亦曾为博物学者，故于各地方动植物情形，特别留意，言之亦綦详。据谓吾人兹行所定大目的地中之十万大山及大明山，彼皆曾身历。十万大山群山绵连，树木极浓密。大明山杂树特多。尚有由奉议北行约三日程之青龙坡，古树参天，夹道六十里荫蔽不见日色，尤为采集佳地。又谓广东钦廉道钦州之海产，较烟台尤富，大有采集之价值。辛师复托以查询贺县附近之姑婆山。贺县为张君此行之目的地，姑婆山则黄季宽先生所举以相告之一大山也（按姑婆山即萌渚岭之土名）。

朝食，已十一时。饭后略事憩息，即与辛师草拟中央研究院两广生物调查及研究计划书。连夜失眠，极为疲乏，信笔直书，自审不知作何语。一书既竟，倒枕沉沉便入睡乡，一觉醒来，扪表视之，已近下午三时，起而盥漱，侧听邻舱三人，方在烟床上于呼吸吞吮中曼声度粤曲，综计此数人一日中所为，殆只吸烟，餐饭，吃点心，度曲，睡眠数事，天下第一闲人，殆非此莫属矣。

赴舱面略散步，舟抵三水。船泊河中，贩物小艇蚁集。黄蕉丹荔，杂陈其间。蕉实颇大，然味殊酸涩不适口。舟泊此约二十分钟。吾人群至船舷，买蕉实，花生，豆腐干等嚼食之。蕉固不佳，腐干亦恶劣。

由三水后，始入西江正流，江面颇阔大，水流则似较三水广州间为缓。两岸高山绵缀，平原渐少。

傍晚，仍在船舷闲眺，暝色渐合，景物模糊不辨。及舟抵肇庆，已入昏夜，但见万点红灯，映碧波中划然作长条，复随波纹破碎而已。返船中晚饭。饭毕有人张留声机唱粤曲，音萎靡不可听。邻舱吸烟人于吮吸中断续合之，尤令人生恹。

五月十二日　星期六

晨起录正昨所草草拟之计划书，饥甚，买鸡卵食之。

舟行至封川，见鹰一羽，毛羽作殷红色，甚奇特，舟行甚速，不能射猎，极为惋惜。

由封川再上约一小时许，遥见江心有一小山，四面皆有水环之，上筑小屋，辛师指谓梧州到矣。俛瞰江中，有纸屑荔壳等逐流下，知去梧市必已不远，乃急摭拾行李，预备登陆。到埠头，任君即挈唐善康先上陆觅地为寄顿行李之处，久久未返。挑夫皆妇人，群携竹担来抢行囊，多方喝制，抢攘久之，黄君偶问辛师，“任君尚未还来，吾等其将赴第二师范乎？抑往苍梧中学乎？”一语未了，挑夫即哄然呼“第二师范，第二师范，”来肩行李走，竭十分钟之力，始得渐就秩序。唐善康返来，谓任君正在苍梧中学相候，嘱彼先来照料行李。又几经周折，始得将行李运至苍梧中学，而同行诸人因此一番扰攘莫不汗透重衣矣。

到苍中时，其学校前广场中正在开会追悼阵亡将士，群众挤拥，颇为热烈。余等在苍中略事休息后，即出至南园茶楼午餐，计自晨起至是顷，已历七小时，均仅食杂卵两枚饥肠辘辘，已多时响矣。

出此后，觅地暂寓，先至南华酒店觅展不得，转至洞天酒店始得僦居。安顿既毕，余复随辛师与任君出至广西大学拟访李仲揆先生，询不在，出，往工务局一询，阍者慢不为通。不得已迳入，得晤局中办事人杨裕芬先生，款洽颇极殷勤，问以李先生行止，谓寓在南华，因出至南华再一询，始知中央研究院遴派来此之一队，已出发赴柳州，且中途曾遇险。吾人托黄季宽先生带梧之行李，则不知下落。无已，怏怏返。

梧州天气奇热，马路地面所布地沥青，均已熔融，粘腻滞履。

未抵埠前，曾又见红鹰一羽，技师江义顺特往猎之，一发即中，同人见之，无不欣羡。

晚餐后，集议决由黄君返广州购置药品及应用各种器械，以便早日入瑶山采集。

五月十三日　星期日

晨起盥漱后，作函报告戴校长，由黄君携回广州。又函致李仲揆先生，告知一切。黄君扶病整理物件，预备返粤。江君及唐君出猎，至十时后归，猎得红鹰一羽鹗一羽。

工务局杨裕芬来访，为谈州席市政工务情形甚详晰。并劝吾人往访警备司令，可得多种方便。

十二时始朝餐，餐毕出市购药品。以吾人在广州购得之药品，交黄季宽先生带来梧州者，现尚不知下落，而欲赴瑶山，各种医用药及剥制浸制用药剂均非重新购置不可也。觅多时始于一药行中购得若干。价倍蓰于广州而质量则不如远甚。

归后，梧州第二中学教务主任邱宝畴君来访。邱君为广东高等师范校友，在梧服务数年。吾人来此，邱君为助力者不少。

中央研究院遴选来此之一队，今日闻有两君曾来此间酒店中，一见旅客名单上辛师名姓，点首微笑便去，未有一言，令人颇觉惑然。

晚饭后，与辛师渡江至鹦哥咀散步。由江岸下至木筏，有小艇来唤渡。艇制略如广州及曲江之艇，精洁称之。渡桂江后，至一兵房前，拾石级上。微雨初歇，天色空青如澄波碧海，作琉璃光。树梢宿雨滴滴犹下，着衣冠上作小渍痕而散。沿江干南行，约半里许，有粉墙出丛碧中，乍见以为蘭若，及近视之，则为一小学校，在半山，由磴道上，过此学校门首，折而上，数数曲折，得达其顶。有屋数间，矮墙环之，作近代式，已圮废，然荒砖败礫中隐然犹可想见当日初建是之盛概。由此东望梧州市，如小盘嵌在彼岸，灯火在雨余云气中明灭若天际晨星，光淡而摇摇欲坠。地境幽敻，不欲久留，遂下而买艇归。

于桨声灯影中望见对岸木筏上有岿然在樯橹中矗出之楼船高达三丈余，阔可盈丈，长两丈以外，榜为酒家者，颇为壮大。闻昔日为征歌买笑，纸醉金迷之地，今则华屋仅存，盖桂省政府废娼令下后，此地已无复昔日之繁华矣。

晚间广西大学筹备处建筑工程师余伯杰君来访。余君湘人，自沪上来此未久。为谈广西大学筹备情形及建筑计划甚详尽。

五月十四日　星期一

晨起与辛师及蔡君挈职工郑兆渡江赴昨晚散步处采集，由漓浔汇流处登陆。江水极湍急，小舟在波中晃漾，倾欹侧立者数。登陆后，大雨骤至，衣履都湿。循路至昨夜所见小学校前，沿路上，得见一种忍冬科植物，为蔓本，蕃息甚畅，花色黄或白，形颇小，花直下之两叶，全变为白色，颇令人注目，盖为招致昆虫而设者也。由此曲曲更序上，越昨夜所见废屋，至由后一小径中，于雨色溟蒙中得见浔江南岸有林木蓊翳，郁然衺斜数十里。江流横练，湍濑洪波，涛声震耳，尤为壮观。

雨云霁开，骄日自云隙泻金光下。遥闻隔林鸟噪新晴如笙簧聒耳，蝶亦渐出，轻翻粉翅，斜掠飞红，若忘向之大雨者。水气蒸郁，觉奇热不可耐，乃渡江归。

任君往访警备司令，病未得见，与吾等先后归。坐甫定，警备司令部副官张横来访，始知中央研究院之一队，舟在滕县附近触礁沉没，幸人及行李均无恙。至前托黄季宽先生带来之行李，则尚存在该部。谈次出中央一队秘书钱天鹤君留待辛师之一函，大意谓已先赴柳州，约吾人择地晤会。吾人以行李笨重，而柳州地在平原，于采集上并无甚重要，不能纡道往会，因约在南宁相晤。前李仲揆先生在广州时与辛师约定分途采集，吾队之地点，原定为瑶山大明山，在西江以北各地，中央一队，原定采集西江以南之十万大山勾漏山等处，吾人兹亦不便更改原来之计划，因决于明后日起程赴瑶山。

草电三通，一致戴校长，一致黄君速其首途来，一致钱天鹤君约在南宁会晤，皆送戒备司令部托代发。

夜张君复来谈。吾人询以赴瑶山路径，彼劝吾人由平南入，并慨允为电知平南县长，嘱招致瑶头来，预为先容，以免误会而别生枝节。又询贵县情形，则举北流之十万大山相告，谓为采集至佳之地，招待周至，拳拳深意，至为可感。

五月十五日　星期二

晨起后，致函朱副校长。

昨晚警备司令部张副官约吾人今日往领取黄季宽先生带来之行李，又由梧州赴平南之船，亦承其允为觅定，今晨特偕蔡君往彼处取回行李，兼询船期。往返三次，得见后，将行李先取回，船期约下午告知。上午任君出猎，得鸟三种。

至饭后，船期犹无消息，乃偕任君赴警备司令部再访张副官，未遇，折至河干船务科一询，即由该处派一人同往查视，在吉星拖渡定得尾舱八人位，据称船夜九时开行。

归后，余留旅中录正两广生物调查及研究计划书，寄李仲揆先生，辛师与任君出往山货肆中察视情形，购得爬虫数种归。

晚餐后，摒挡各物，由唐善康君赴苍梧中学将寄存行李先运至船中，少顷，张副官亦来，告知船行时刻，且来作送。至七时半，一切就绪，于小雨中出趁船。张君坚欲送至船上，再三逊谢始已。至河干，船上已先有人笼灯在码头相待。据云船已离梧市泊在南岸，雇小艇两艘，将行李载上，运往彼间。夜潮初涨，水流甚急，小舟一叶，载重凌怒流而上，倾侧者再四，四顾灯火冥茫，在波中上下震荡，小雨如丝，掩在四表，景色尤苍茫不可辨。舟中昏灯一点，光如豆，作青绿色，欲灭复明，约二十分钟。始抵吉星泊处。攀舷而上，入其所谓尾楼者铺置行李坐。舟颇大，前以火轮曳之，故名拖渡，雨渐止，渐收，天际孤星亦旋现。晚风自窗中来，扇人作微凉至适。

探怀出时计一视，已十时五分矣，船尚未有启行之表示，自窗中外瞰，缺月冉冉自东山渐出渐高，银辉匝地，爝火息色，举两岸山林，水面舟楫，皆浸在如雪冷光中。两月以来，未得见月色如此也。至十一时半，始启碇。

梧之四近皆平原，有山亦不甚高，植物之情形，略与广州相近似，无可资采集者。市中有山货肆，杂陈山中各种动物，爬虫尤多，盖两粤人多嗜蛇及龟鳖蛤蚧等，故聚集甚众。唯梧州既无甚高山，而地又为大埠，百商麕集，此种动物必多由内地各处转贩而来，无真确产地，于采集上实无价值之可言，但得之亦可略明广西境内爬虫之种类，藉资参考，故离梧时曾事征集，得有五六种蛇类，两种龟类，三种蜥蜴类，备他日借证。

广西政府近来戮力革新，办事极迅速，以在梧三数日观察所得言，事事皆无留滞处，极为方便，吾人凡有所请托于此间地方长官者，无不立为办妥，绝未有何种窒误，此种新气象在中国洵极难得。

梧州市规模甚小，且建设之始，一切仍不免有幼稚之相。马路有主干线一条，支线各处散在有少许，而由广州来时登埠之处尚极芜秽，瓦砾狼藉，亦无街道之可言。然梧市地势极佳，扼漓水之喉，揽浔江之颈，地在两粤要冲，将来之发达，固正未可限量也。

教育事业，吾人未得有详察之机会，就所见各校学生言，精神似亦甚振作，颇有生气。

梧市行使之货币极为繁复。有港纸，为香港各银行纸币之由广州流入者，有东银，即广东银币；有西银，则为广西政府自发之纸币，及银质辅币。别有一角，二角之广西银行纸币，以备商场零星找补，颇为便利。以其银质辅币成色较低，故其纸币价值亦逊于广东银币。

梧州通用语言为官话（即所谓普通话）、广东话（俗称白话）及土语。土语较广东话略有差异，声调略高，读音亦异。

茶楼中有用女子当垆者，但皆拘束甚严谨。辛师言欧洲亦有此种风气。旅店中有女子专为人按摩。广西政府已下令废止公娼，唯吾人所居旅店中有私娼两人，各携小童一人，赁室暂居，有公安局人来查，则谓小童为其子女，自称为良家妇女，来此旅居者，辛师谓欧洲废娼各国，亦有私娼，借种种方法避免检查，为社会上一极大之问题，至今尚未有解决方法者也。

五月十六日　星期三

今晨起，已近八时，舟早过滕县矣。出舷边视所乘舟，长阔略较普通火轮为小，制极简陋。余等所居之尾楼，为舵房之一段。木舵长丈余，舵工一人，踞在舟顶，悬铁一片，至粗陋，每到一站，则击之为号，以为前行拖运火轮之进退。

九时许，有人向船家买饭，吾人因亦嘱为代备朝餐。历一时许始至，饭生且冷，菜亦极恶劣，然索值则甚巨。

饭后唐君叔侄与江君剥制昨日所得鸟类标本。余等自船舱中闲眺，两岸皆童山，丰草茂密，不见有树木，甚或全为黄土，一无荫蔽，磐石深黝，杂出其间。间有数山，种马尾松及杉等，然极罕见。地利未尽，至可惜也。

自晨至午，雨旸相间。江流悍急，啮滩石作怒号，如大海潮音。礁石碁布，自舟中望上下流，但见黑点累累，如群蛙在水中，仰头出视。望来去诸舟，在滩石中行，怵然觉其奇险，回视己舟，则亦在沿江岸择石隙中深水处行，其险正复相埒。

两岸民居较珠江下流各处不如远甚。人家附近，多为竹林。时有小童驱犊及(牸)就河饮，知居民犹多恃力田为生，未解森林之利益也。

蒙江口以上，夹岸绿畴，皆植柔桑。种桑犹古法，故树叶俱小，品质不佳。

长江两岸亦多荒山，且荻港深邃，不知涯涘者极多。然平原浩莽，江流阔大，人在舟中觉胸襟与之俱大。朝日夕阳风雨中望江南时，颇觉有大好山河，正待固守之感。珠江上流荒芜过长江，而江水峻急狭小，令人但觉其险阻。此时正值水涨，然余视之，唯近舟盈丈处略呈黄浊，上下流仍清漪如山溪中水。长江则浊浪滔滔，自江汉合流而东，未见有澄清处。辛师言珠江上流冬季水浅时，尤觉清涟，盖以所纳者小也。

四时以后，复购炒饭略食，殊未能饱。计程去平南已不甚远，遂决登岸后再进餐。

日薄崦嵫，绚为霞彩，万物都映在澄金光里，妩媚不可名。新雨才过，草梢垂珠欲滴。燕子呢喃，掠水轻飞。三五渔家，在水滨石上张网曝之，舟过了不当意。陌上桑田杂禾稼中争碧。茅檐下童稚数人，张手呼船来船来，渐渐间舟遂抵平南城外。

埠边有大驳艇在，将行李先运至艇中，留蔡君及技工唐君等守之，余随辛师任君以挑夫一人导至县署。县署前门新经粉饰，尚壮观。门内有军士数十，群集各处闲话。大榕四章，粗可三四围，荫门内颇清阴。正门已破败，一跛者司阍，投敕后，入久复出，谓县长不在署中，问尚有何人，则以总务科长对。即令其为通，吾人在正门外苑中伫待。斜曛敛色，天已就暝，署中忽有鼓声出，在此萧条破屋前听之，但觉凄厉。

少顷，阍者出速吾等入，见所谓总务科长者。审其言，知为鄂人。询以梧州警备司令部电此间县长嘱为招致瑶头事，是否已有端绪，谓不知，谈次，及闻吾人尚衔有中央研究院使命，忽尔忆及前曾得省政府通领妥为照料者，问吾人是否即此队。入出档牍畀吾人视之，见李仲揆先生名，告以良是，乃足恭为礼，殷勤有加，急令人觅县长归。

县长马姓，桂人，隶军籍，吐属颇中礼。警备司令部电令，彼已接得，然殊不料吾人之来速有如是者。烦并为觅地暂寓，为引入其县中北河团务总局，借一室暂息征尘。即着随来挑夫往河干接运行李，吾人即在局中与县长及局董等谈入瑶山一切情形。至八时许，蔡君等至，出局外晚餐，餐毕归来，已九时矣，乃张床就寝。

五月十七日　星期四

晨起后，任君赴县署与县长马君商议入瑶山一切布置。余随辛师偕蔡君出外采集，得桑科无花果属之植物一种，又萝藦科一种。

赴局前一酒楼名楠利者朝餐，肆主极狡诈，索值极昂，初犹未觉，归后与昨晚晚食处相较，始知。

餐后与辛师往访平南教育局长，欲借县志一读。久待始至，两肩高耸，满面烟容。其人如此，其所办理之教育事业可想。

任君等出猎鸟，计得十余羽，有一种为从前未射得者，极为可贵。

午后与辛师任君出县城西郊闲眺，得见一种蔓本植物，着红花，色如燕脂，颇为美丽。

返寓后，将梧州所得爬虫检查封藏，至薄暮始竣事。

平南街市湫隘秽恶，直街仅两线，商店以蚕种与丝为主要营业品。四郊多植桑，柔枝碧叶，遍野皆是。余等所寓团局为龚州书院旧址；院为邑人公建，中有乡贤祠一，凡求入祀者当内赀若干，即以此赀为院中膏火。视其所祀神主，有明督师袁崇焕，此外则不伦不类，杂列甚多。姓氏中有农氏及玉氏两姓，颇为罕见。

五月十八日　星期五

晨起阴雨密布，盥洗毕，分途出发采集。出郭后，大雨骤至。仓促间避于一旧屋中，方以为不过十分钟左右可以见霁，讵愈候雨愈剧，势不可当，遂冒雨觅途归。平南城中街市本极湫隘，雨来无宣泄处，集于街中，横潦不可收拾，深至及胫，摸索涉水归，已身无寸缕干燥者矣。去湿衣后稍事休息，采鸟一队亦归。亦以雨故一弹未发，仅遍体濡湿而返。原意今日可大事采集，以雨阻遂成大失望。

雨大，行不便，遂仍赴楠利午饭。饭后略事整理休息，天忽放晴，出局后小试，得见枳椇一树，极高大。

下午一时许，天果大晴，喜溢望外，仍继续分队出发。猎鸟队得鸟十六羽，中有六种为此行第一次获得者。植物则以此间地属平原，无甚新奇植物，仅得普通有花植物三十余种，又菌类一种，较为特别。

大雨前，采得昨日下午所见之植物，红花绚丽，且颇芳香，殊可贵也。

返来略休息，黄季庄君自广州来，相见大喜。略整理标本，出赴永珍酒楼晚餐。

下午平南县公署送来火药两包。晚间任君往晤县知事，具道谢意，并请其派兵保护于明日入瑶山。县知事当允派兵一连，往还以十五日为期。

五月十九日　星期六

晨起阴雨，至八时后，雨更剧。第吾人以有昨日之经验，知下午必能复霁，志仍不复稍馁，检点行装，静待出发。

作缄致戴校长及李仲揆先生。

早餐归来，摒挡行李，雇得挑夫十四人，首途入瑶山。此间挑夫葸弱无力，行李逾六十斤即哗然以为不能举。喧嚣久之，由任君及河北总局局董戴君部勒就绪，出发西北行。挑夫尚为工头制，有夫头一名，负责领取工食，其他各夫领袖视之，不敢或抗。

下午三时前五十分，由河北局出平南城北，复折西北。县署派兵一排，以连副率之随吾辈行。行十余里，见高山恍在目前，白云环顶，青葱直接云下，数十峰绵亘由南而北，拖蓝曳翠，壮观之至。

昨日采得一种牡荆属植物，为小灌丛，花亦美丽，初仅见一株，以为系牡荆之发育未完全者，今日沿途见之甚多，始决定其另为一种。此外途中采得兰科植物一种，黄花极美丽，惜极为稀少，仅得一茎。

傍晚抵路三里官村团防分局，任君出县署致团局书，其局董出而招待，为设晚膳。烹茶相享，极为甘劳，闻系该地土产之一，价极廉，然运输不便，外间颇不甚易得。

由平南城至路三里，地势平坦，道路修治尚称整洁，虽间有荒地亘里许，唯居民似尚富足。沿途人烟不甚稠密。间有村庄，亦颇不小。路三里为一市集，营业者少而烟馆赌馆特多，此实桂民进步前途之两大障碍也。

途中有一小溪，湍濑极峻急，有就之设水车者，利用天然之力，机器之初步也。

晚宿团局。

五月二十日　星期日

晨起检点行装，摒挡出发，将赴五十里以外之水晏。由官村赴水晏村计有两途，一为由官村绕道由大旺墟而行，路较平坦，但较远十里。一为由官村沿蒙水折越高岭，而直抵水晏。吾人入瑶山之热望甚浓，故宁取越岭之一道。

挑夫群嫌行李过重，纷呶不已，坚持必多雇两三人，几经曲折，始得在官村墟添雇一人，于九时十七分由团局出发。

出官村市，即有小雨溟蒙，唯吾人既习知此间每日上午必雨，即亦决不复俄延，冒雨竟进。半里后，遥望远山云气郁勃，白烟如絮，环绕山顶，自山麓寻丈以上，皆在云中，唯山脚浓翠欲滴。天际黑云四阖，知大雨且至矣。不数十步，雨果大至，大珠小珠，飞银溅玉，十步以外人物之影即模糊不可辨。再行约里许，雨势始稍杀。山溪得雨，势骤张，横过道上，徒涉过之。深至没胫。

由官村起，皆为大道，已粗具汽车路之规模，趁步极为轻快。仰首四瞩，云脚渐收，惟白云缭绕山间如带，至浓且阔，渐渐向山顶飞去。远近诸峰自云海中昂首出视，髣髴欲动。山溪瀑布，倒挂百尺，尤为壮观，惜未得近前一听，不然，噌吰鞺鞳，其音恐未必下于鼎湖诸瀑也。

雨余天色弥觉玲珑，远处炊烟搠聚如缕而不能飞散。

沿途所见普通植物，有楝、龙眼、樟、朴等，间有荔枝香蕉，有数处有野生之赪桐，赤霞布地，灿然夺目。夹道野花，如桃金娘、野牡丹、蒲桃、番石榴、风仙花科之一种等，繁枝密朵，绚烂鲜妍，点缀极美。

行二十里许，抵八峒。为山路之始，路渐渐崎岖，植物遂亦与平原渐异。沿途所见新奇品种，有二十余种之多。就中桑科无花果属之种类最繁，此为两广植物特点之一。道傍小草中，有一种鸭跖草科植物，柔茎附地，着小形淡紫之花三瓣，娇弱可怜。兰科之绶草，亦殊艳丽。山岗多马尾松，间有大者，颇为苍古，鳞纹细坼，奇枝突出，曲尽其美。

道渐行渐狭，羊肠小径，蛇曲山边，乱石杂之，触足底至为不适。间有小溪或桨涧，必褰裳徒涉，水寒砭骨，久而不复。有时流至湍急，支持步履极不易，而水底卵石，经历来水流之激荡，光滑不容立足，尤觉其苦。间有桥梁，独木为之，下临深壑，步过其上，深觉凛栗。及下午一时许，行抵一小村落，茅檐伏乱石丛莽间，居停人张葵棚道左，设肆贩粥及豆腐。吾人徒行半日，渐觉饥疲，就而食之，虽村野中不备酱芥，亦别饶风味。

由此再北，山路益险，雨后苔滑，时虞倾跌。山行数里，技工唐善康君为捕得刺蜥蜴一头，正在产卵期中，腹甚膨大，故行动迟钝，遂被捕获。

再里许，至一高岭之脚，仰望百寻，峻峭如削，羊肠一线，作深黄色蜿蜒斜上，形势绝险，一气攀登，喘息欲绝。席地稍坐，任君出气压表视之，知高已达九百五十英尺。至其绝颠，常在千一百尺外。俯瞰四近，陂陀起伏，环绕此峰，略如菡萏初出，犹攒聚未全吐时。居民就斜坡烧山作田，杂艺松、杉、旱芋、木薯、茶梅等，故高达八百余尺处犹得见青葱。吾国农民之勤苦卓绝，信不可及。

下岭后，过一小丛，忽觉异香扑鼻，芳烈中有辛辣味如桂。前察之，始知为一小屋中，以玉桂为薪，桂油因热蒸散而起。山中多桂，居民剥其皮售之于市，所余之材部，则拉杂烧之，初不以其桂而特重之也。

再踰一岭后，天忽晦冥，然以往下午不见雨之例例之，以为殆不复有雨。继而雨珠如豆骤至，虽不甚稠而势甚急，始知必有大雨，因急趱行。下山岗后，雨益剧，倾盆泼浪，不足以喻，此时疲乏都忘，但急急前进。行李及同行诸人与护送兵士，半途已落后，环顾前后，唯辛师、任君、黄君及余四人而已。稍进，计程去官村殆已近六十里矣，遥见前有远村暧暧，以为水晏且达，大喜过望，急奔就之，则阔涧横阻，舟辑桥梁都无，村在对岸雨中，恍如琼宫。而水流甚急，不敢涉渡，正徘徊叹息间，对岸村中忽有汲者出，呼而问之，始知已误入歧路，此去水晏尚有十里程，皆大沮丧，旋更就询途径，由阡陌中折入大道，泥泞滑塌，举步维艰，久久始到。前行不远，又至水湄，大路至此复尽，不知途之所从。有钓者戴笠踞滨水石上危坐，就问路途，钓者又复重听，茫然久之，始得辨端倪，就浅水中涉过。复前至一土山，仰见其高可五六百尺，山路一线，直达其顶，知又将有攀登之苦，相视作苦笑。及抵山脚，始见有两途，一达山巅，一缘山腹；因沿山腹行，雨益暴。数武后，得见茅檐一角，出丛蔓中，喜而趋入暂避，屋中人见黄君身畔之猎弹，觳觫万状，向索茶，以有粥对。大喜，各取碗啜之，暖粥入腹，精神为之一振。回视屋主人，正兀呆不知所为，任君向询前路，期期艾艾错杂举以相告。予之铜币数枚，出而再进。至山后，遇护送之队兵两人，得其向导，始不复迷。

雨至此更加烈，直如在江水中逆流前进。衣履无寸缕干，山风吹来，肌肤为粟。山中无水道，雨积为横潦，在山路中奔突，深没胫；就水中摸索下山，回顾山脚，浊流数百道自山上奔腾而下，如金蛇万匹，水下击石溅起至尺余，信为奇观，非在此间不得见也。

出山后，至平野，田畴尽没水中，禾苗仅露其尖端，浮浊水上，颤动不已。行经其间，腰膂皆入水下。几经艰阻，复到河滨，方瞻望间，临流有中年妇人，披蓑唤渡。及登彼岸，同行之队兵相告谓已到水晏。任君出县署书，团防分局之局董出而相见，邀至其所设肆中，以空楼一间见假为铺榻地，坐而稍憩。

久久，行李渐至，各更湿衣，急检携来之植物标本视之，多已濡湿，市纸换之既竟，请肆主为遣仆略市酒浆，食而未能饱，然既疲极，遂亦各各就寝。

五月二十一日　星期一

昨日衣服行李多濡湿，又益以山行一日，疲乏不堪，故今日小驻水晏村，爇火烘衣物，兼作休息。

晨起其团防局董陈唐绍来谈，具道瑶山多烟瘴，夏来大雨，道路泥泞，行旅尤苦，劝吾人折回。吾人告以来志已决，大险在所不畏，但敬谢其盛意而已。

水晏地狭，街市污秽芜隘，全市不过十许人家，多为杂货业，此外有小学一间，借寺宇为之。有小墟场在其东首，日午为市，商贩集焉。是日有作傀儡戏者来，观者麕集，嗟叹不已，盖极希见也。墟场末有赌场三间，粉垩独精，聚集之人亦极众。

昨夜予肆中仆人以票币两元，令具酒食，数人皆不能饱，窃以为怪，今晨遂拟自炊，晨间令郑兆，出市食物归，所费不及两元，而丰腴倍之，始察知其诈，一笑付之，后此即不复得售其奸矣。

肆外有抱厦一间，下午骄阳肆虐，溽暑蒸人，群就其间坐作闲谈，颇复快意。

傍晚辛师偕任君出，采得植物三种。

水晏山间多植松，民居附近栽玉桂者极多，竹尤繁昌。

滨河水车甚多。又有养鸬鹚以捕鱼者。

五月二十二日　星期二

晨五时起布署行李，六时许即毕事。郑兆作朝餐亦竟。以昨夜曾约护送军队之连副莫某来会食，久待未至，任君走速之，则犹高卧未起，良久始来，肴馔俱冷矣。匆匆食毕，集夫出行，至九时许始启行。

出水晏村，沿流西北上，山势渐高，路亦曲折特甚，约与河谷并行。河岸植物益与外面各处异，行经其中，洵有山阴道上应接不暇之感。盖溪流附近，浸润潜滋，土壤藉上流之冲积而愈沃，植物之生长自亦较盛也。

下午一时许抵马练村。马练墟在其南，小屋数间，商贩所集，较水晏尤小矣。吾人假寓其团防分局中。局在马练旧市，旧市在岩石上临河俯瞰，形势较新墟为佳，而湫隘更倍于水晏村。

到团局稍憩，即与辛师出旧村渡河至其北岸山谷中采得植物十余种。河中以竹笼盛卵石为墩，上横木条，以代桥梁，制极简陋，然亦尚合用。对岸山陵较南岸为高，其中植物亦渐具高山植物之特性。归途在岩石上阴湿处采得秋海棠科植物一种，俗名天葵，花极美丽，前在鼎湖亦曾采得，但其花尚未全放，无从识别，此次探得，其喜可知。

是日时忽阴雨，天气又奇热。因行李过多，在水晏再添雇两人。行至中途，有一挑夫卒因中暑而病，行未几，黄君亦病，至马练时，几于不能步行。辛师亦中暑觉小不适。

途中曾猎得两鸟。到马练后，双管枪忽有一枝机捩坏折，殆因天气潮湿，锈蚀所致也，下午任君荷枪出猎，横过五山，一鸟不见，败兴而归。

晚间任君与团防局中郭某交涉，前行赴瑶山。其人始则盛道其剿匪之功绩，继则谓瑶山无纸可购，必由马练购之入山。又谓马练无返可觅挑夫，一两名或可为力，且必早一日定议。旋介绍杂货肆恒兴，谓唯此一家有纸可购。谛听之余，至为失望，怏怏就寝，以为此行入瑶山，必大失败矣。综计此行中最败兴者，盖以此一日为最焉。

五月二十三日　星期三

晨起，黄君已渐愈，力起与辛师赴新墟购纸。肆主百端勒索，坚欲十三元百斤，且只以劣纸出售，言辞态度，极为倨傲。估算其索值，已倍蓰外间，吾人以郭某先告之言，深恐无纸供用，则入瑶山有植物亦不能采集，入宝山空返，故亦隐忍购二百四十斤。

归团局，告郭某谓纸已购得，请设法为雇夫两名，彼忽毅然承诺，立即唤集挑夫四名，吾人深感其热诚，而动物采集队是日猎得鸟五羽，其中一羽小不过如指头大，羽毛俊美，经任君检定，其喙与舌具啄木鸟科之特征，但是仅三趾，则又与普通啄木鸟类之四趾者异，任君猎鸟数年，此种为第一次得见，珍异可思。得此一鸟，吾人之精神大振，举昨晚各种失意事，都忘之矣。

至九时后，整理出发。挑夫狡诈万端，务必选取最轻之行李，甚至有以空箩一个，覆纸少许其上，以蔽吾人者，纷呶至半小时之久，始就道。

山道较昨日尤曲折崎岖，昨宵经雨，泥泞倍滑，立步俱艰。日出水尽作蒸汽飞散，溽暑蒸人，觉如在釜甑中行。数里后，俱极疲苶，不能复前，遂就一山坡上松荫下藉松针及小草小憩，以舒喘息。

由此再前，溪流益急，盖近源处河谷愈狭愈浅，乱石又时阻其流也。水激其上，淅沥铿锵，如奏天钧，至为悦耳。稍上又越一岭，古树参天，日影都觉少见，非此深山，不能保有壮丽如是之天然林也。任君笑相告，谓山已渐有瑶气矣，不觉大笑。

下岭后，过溪，至一纸厂，方池四五，平列地上，编竹覆之。辛师任君与余行稍急，行李及同行者已落后，相去约在一里外，不复能望见，亦遂不复待，迳前行。再至一高山麓，雨忽作，势颇骤，急折道至山坡一破屋中暂避。雨注如弹，击坭壤作小穴。坐待约半小时，始复见日色，急出登山前进。遥见数里外有高峰峭立，白气如绵，披覆其顶，散聚靡定，峰巅偶一露出，青翠之下见有石色黝黑，知为瑶山矣。已近在目前，而忽以雨阻之，令人渴欲一见之念弥坚，殆如所谓“美人未许稍相见，先着珠帘半遮面”也邪？

越此岭后，略有平地，对面两山合抱如环，障在目前，小溪一线，潺然出其间，路途至此，仿佛已尽。循溪曲折而前，忽尔峰回路转，遂如别有天地，绿畴四五，蔚然在望。陇上仍有高峰插空中，曳白云与蓝天相映带。古树茂然，状极奇伟，盖山麓乔木带也。回想幼时所读桃花源记，觉如真有其地。

溪流在此，转较外间为阔，殆以地已略平故耶？水清见底，流经石间，激起作白花四溅如沸。上无桥梁，唯巨石数堆，错累其间，恰可容步，跨之而前。有巨林郁然当前，苍翠扑衣。鸟声、蝉声、水流声、风声，一时并作，万籁齐鸣，耳为之惑。蝶及蜻蜓、甲虫等，翅色如霞如锦，备极天工之巧。辛师与余在树下石上见极鲜美之羊齿多种，遂先采之。循溪再进，木桥一梁，横在溪上，蹈之而过，有磴道相继。由此前行，忽见篱落，童稚三五，正在竹屋前嬉戏，乍见生客，急返身匿篱下窃窃窥人，细语相笑。再上，见山腹间有此种屋宇十六七间，聚为一村，历落在丛碧间，黄土作墙，绿树绕屋，知已到瑶山矣。

拾级更上，至村董赵某家，有人在厅事中捧茶相飨。视其人，诚朴醇古，都与外间无异。唯男子椎髻于首，以银簪攒之，高出如螺，女子衣皆开襟如古画中装束，盘髻以猪膏泽之，光如髹漆，外罩竹箨之冠，以押发，长针横贯其间，颇为特异。体格皆颇魁伟，且甚矫捷。

稍待，黄君移押行李继至。村董相语谓其居过逼仄，请移驻屋后其弟氏家中。从之曲折上，至其村之极高处息焉。黄君谓顷间避雨于途中纸厂，知此间纸价极廉，每百斤价不过十元左右，问以恒兴杂货肆，则为马练村团局董郭某之弟所设。至此始知郭之狡恶，与其弟狼狈为奸，朦骗吾人，而晨间之所以能慨然为雇挑夫至四人之多，且俄顷间即集来者，盖亦以狡计得售，又深恐吾人因无挑夫而不购其纸也。彼辈以为吾人殆官府中人，故貌尚恭顺，然犹奸滑如此，则其平日欺凌乡里，鱼肉平民，盖可知矣，此间匪患之多，其故良可思。

时已下午二时许，主人来询饭未，并问吾人带有米若干。乍闻之，甚为诧讶。继乃知山中乏米，事前已特遣人通知马练郭某，转告吾人由马练购米入山，俾不至乏食。然吾人昨夜询之郭某，山中米粮是否足食，彼则连声称足，且劝吾人不必携米入山，空劳人力，洵不知是何居心。

晚餐后，挑夫群来乞遣归，以留之无益处，遂允之。

即因其便带草电两通致戴校长及李仲揆先生。

夜间与土著闲谈，调查其风俗习惯，草为报告一通，寄回学校，并寓书北河总局,谢其招待之厚意。

五月二十四日　星期四

早起微云四抹,山色溟蒙,溪山烟雨,画图之布局尽工,终不若天然之奇丽也。

任君偕技工出猎鸟,黄君与辛师出采植物,以天时关系,鸟无所获,植物总数得十余种中有豆科一种,极为新奇,紫花累累,美丽之至。

下午复分队外出采集,辛师、黄君与余采植物,任君与技工出猎鸟。所得植物计四十余种二百余件,颇不乏新奇品种,鸟类四羽中,有一种有冠毛之鹰类,尤极特别。

由平南随队护送前来之兵士,只赍半月粮,吾人在此间拟作长时期之勾留,在势不能久留彼辈,遂决亦遣之归,便与一缄,致其县长马某,具道谢忱。

此间地虽荒僻,然已有石油侵入,故夜间除步行时仍然炬为导外,已有制作简陋之石油灯,高陈案上,供彼家人父子围坐谈笑矣。

五月二十五日　星期五

晨起大雨,在寓处将入压标本换纸,至十时后,始复放晴。新雨乍开,晴岚青翠欲泻,层峦叠嶂,冉冉自云中出,含笑相窥。

遂随辛师偕黄君俱出,雇瑶人挑�相随。至屋北山中,在山边阴湿处得兰科植物一种,颇美丽。至山脚后,黄君分道行,由他道至山巅,余随辛师由小道入山腹,采得三数种,极为新奇,后以道塞不能行,乃由他道曲折下山。在山腰一平处得有玄参科植物两种,皆小草、小花细碎,红实鲜烂。下山后,渡一阔涧,至一平台,于涧边得见大树一株,树干上满缀淡红之小花,娇红淡白,如贯珠,如缀玉。

由此涧谷别上一小山,于此得见新奇标本多种。临其旷处俯瞰山谷,历历如绘。绿畴三五,如苔痕状疏疏着山石上。此间山多田少,瑶民生齿日繁,故益见贫瘠,山外沃壤,又皆属汉人耕植,据其所言,则他村中犹往往有汉人迁入,不久恐此种太古遗民,将无噍类矣。侵略之险,于此可见其端,吾人不能不憬然自惕也。

瑶人性尚诚笃，唯慵惰不堪。事田畴林木者皆女子，男子但坐家中抚婴孩，吸烟叶而已，如此民族，安能逃生存竞争之淘汰乎？朝鲜安南，国之亡亡于逸惰，宴安酖毒，古人不欺我也。

若辈习山居，故山行极轻捷，攀登树木，尤矫疾如猿猱。行必带刀，破竹取其节之半为鞘，以小带佩之腰间，盖犹有古来之遗风。山中肉食极少，故面多菜色，力尤弱小。

晚团董赵某具酒馔为晚食，备极诚敬。

饭后辛师与任君等与赵某聚谈，知瑶民之居此者共有五族。彼辈自称正瑶，来自黔中，广东连山之瑶人，亦为同族。在此间之正瑶共有十三村，分居山东南各处。

下午猎得鸟七羽，中又有冠鹰一。

五月二十六日　星期六

昨宵大雨，淅淅潇潇，终夜未息。今晨早起，檐声犹响，揭帐出视，则朦胧一色，如银如雪，小雨霏霏，固犹未歇也。

任君昨夜与邻近之龙军村中某约今日往一察其地方，晨餐后黄君蔡君即偕任君同往彼间探视。辛师与余留寓处换制标本，待雨止后出外采集。而微雨霏霏，连绵如缕，令人闷损。至下午二时许，仍未绝，遂决冒雨出。

出门后，至一大山。泥泞滑绝，举步维艰，倾跌至再。途中采得新奇之羊齿一种，其他植物亦颇多，曲折渐近山顶，同行之瑶人不肯再进。虽为时尚不过午后五时前后，第暝色已渐合。山间林蒨阴密，日色不入，倍觉黯黑。远处丛林，但有黑影团团，在暮云中隐约欲动。怪鸱磔磔渐动，晚蝉曳残声相应，溪水啮石作声琤琮，音至阴郁，令人不可再留。回顾近处树木，亦已渐不可辨，遂循旧路返。出林后，稍稍得见日色，而晚烟渐起，亦已黄昏矣。

去湿衣后，略事休息，任君等亦已归来。黄君采得羊齿八种，皆为吾人前此所未得见者，为此行空前之成绩。

五月二十七日　星期日

晨起制作植物标本，计在瑶山所采者，至今日已达百三十种，普通植物尚不在其列。

饭后，天仍阴雨未止，辛师偕黄君及余挈技工唐善康赴龙军村采集，沿途所得标本甚多，惟雨中路滑，艰于跋涉，颇觉疲乏。越过四五高峰后，遥见丛碧中有村角作深黄色出露，黄君指以相告，谓已到龙军矣。趋下，拾级复上，大石磐磐，累而为基，上着黄墙小屋可十余间，规模较罗香村为小，但似较整洁。小雨未歇，吾人衣履并皆沾濡，即就一屋中小憩。主人烹茶相享，招待至殷勤。

自清晨朝食后，至是已逾六小时，而朝餐因购菜肴不得，食均不饱，此时益觉肚饥。黄君屋主治午食，则和告谓购买不易，降而求为煮粥，亦以天雨薪湿，炊煮须时，吾人以时已过晏，不复能待，乃请其为觅饼食兴为果腹，去久之，空手返，慊然相告，谓亦不可得。无已，稍事休息后，遂楞复行。

归途经另一山谷中行。树影蔽天，苔痕布地，回首遥望适间停驻之村庄，黄墙黑瓦，矮檐低露于树丛中，侧面层峦叠嶂，竹林深密，映雨光浓碧如琉璃，溪水如练，时自山腰露其一两段，震震作银色以相见。技工唐君于来时在竹林中曾闻一种鸟声极奇特，思猎获之，遂分途先出，辛师黄君及余遂亦各为一队前进采集。

循谷及溪流曲折前，林愈密，人行其中，如在薄暮中，又如晨熹微露，朝暾未放时，水声铿然类琴韵，风过林中，拂叶作微啸，音尤清越。

沿途所见蝶及蜻蜓，翅色妍丽，为平地所不易得见，未携器械不能采集，交臂失之，至为可惜。

行十余里，得见一村庄，依山为嶂，篱落稀疏，鸡犬历落，窃怪其不甚似罗香村，问之向道之瑶人，知为樏梧，查汉人与瑶人杂居之一村。村外有天主教教堂一所，临路而立，茅檐简陋，与其他村屋相同，红符在户，高橥天主降临四字，传教士之于吾国，诚所谓水银泻地，无孔不入也。

由此稍前，于水田中得见一种地钱，如人字分列，学名“人字浮萍”，为前此所未经见者。自此过溪上木桥，至一茂林中，辛师得见一种极大之羊齿，着生一高树上，翠叶纷披，其长达二尺以上，至为美丽，令随行瑶人以杖拨得之，置箩中，箩为之满。出林后，在一小阜上采得风藤葛及一种木兰科植物，途中尚见其他植物不少，但以饿乏，不能再事攀越，遂觅道归。

动物采集队是日得鸟类四十余，爬虫类十余，两栖类五，为此次空前之成绩。

五月二十八日　星期一

晨起制作植物标本，早餐后辛师偕任君黄君赴白牛村，余留在家中整理部署。

赴白牛之路，据此间人称为十五里。但以辛师归来所述，则实近二十里左右。途中有一高岭，即二十六日余随辛师采集所经之道，山路崎岖，步行极难。途中所历，就辛师所述记之如次。

出发后，任君猎鸟，故前出较远，辛师及黄君采集植物故落在后。至高达千八百尺以后，羊齿之种类极繁多。十步之内，必有新奇种类。一见之余，兴致百倍，乐而忘倦，前进极速。总计所得，计有十九种之多。越山巅后，再下山坡时，山前所见各种羊齿，亦得于同一高度处见之，植物地理分布界限之分明，几于不爽铢黍，自然界现象之神奇，盖无往而不如是也。

山顶皆竹林，凤尾森森，一碧无涘，虫鸟声声，应和不绝，虽时为炎夏，而在林中则正不啻初秋之晨，微飔扇凉时之悠越也。跻峰顶一望远近诸山，如拱如伏，历历俱在目前；如菡萏初放，瓣瓣相承，棊局已终，楸枰未乱；又如夏夜晴明，众星朗列。此峰为瑶山中分水岭之一，涧谷细流，自山腰四处汇合而下成两溪，分向南北，南支入罗香抵马练，以成蒙水之上流，北支尚未得知其究竟。在山巅听四处泉声瀑声，如响筝琶，疏密有致。

山北曾经野烧，黑灰遍陵谷，杂草间生，时或有焚余之木干，参差突出，状至荒凉。石径光滑如涂脂，颠踬时虞，俯瞰悬崖百仞，深壑在下，尤令人股栗，一经倾跌，则此躯立为粉齑，故两人前后行，偶闻有倾仆声即惊战不已。前行至某处，地更荒僻，遥望前有高峰插天，云气郁勃，石壁峻峭，问之，知为圣堂顶，为瑶山中另一高峰，地在更西。

再下，采得齐墩果属一种，颇为新奇。其树较普通齐墩果为大，叶亦异，所生虫瘿则较小。去此树不远，有灌木一丛，为森林复起之处。辛师等正俯身搜寻羊齿，忽闻有相呼者，颇为诧讶，视之，则任君也，已由白牛返，为采得植物数种，遥见即声唤相招。近视其植物标本中，有一种三角枫，较平地生者为大。由此再前不远，遂入白牛村。

村在谷中，溪水一带，环在其前，平畴一片，作方罫大小参错。矮屋十余间，连为一列，至为简陋，绿树扶疏，绕其背如障。辛师与黄君并两挑夫便至一家小坐，群儿三五，牵手来堂下聚观生客，瞳子漆黑，凝眝不瞬，天真可掬。辛师各畀以一饼，欣忭雀跃，顷刻都尽，还以舌舐唇，咣咂再四。房中有老妪，出为陈冷饭数碗，苦菜一碟，生椒数四，态度极和蔼，礼数尤周及。挑夫亦各得白粥一瓯，辛师等便与挑夫易粥食之，老妪以为已有不敬，深致慊仄，黄君与以银币四毫，则惊喜万状。复坚留一宿，无以为馔，且拟竭其鱼塘之水，取鱼为供。其意殷殷，令人感谢之余转觉恻然。谢之而出。

天将晚，日影已近含山，越岭急急行，雨又骤至，行益疾，宛如作百码竞赛，在半途即追及任君，十余里山路以一时半而达，归家解衣，表里尽湿，都不辨其为汗为雨矣。

是日得山龟三个，形状极为奇特。又刺蜥蜴两种，蛇类多种，为此次旅行中爬虫类最佳之成绩。鸟类亦得五十余羽，较昨日尤多。

五月二十九日　星期二

晨起与辛师黄君制作植物标本。

今日因标本过多，特添雇瑶人两人，助郑兆工作。若辈奇拙且惰，教之至十余次，约到下午两时始渐能就范。乃随辛师偕黄君及蔡君出屋后，至通白牛之高山，名罗香背者，从事采集。山中昆虫极多，蝶类蜻蜓等，羽衣翩翻，飞翻上下，极为妍丽，且多为山外不能达见之品种。独惜无事采集之人，遂致可望而不可得。蔡君间一采之，归后计算，得四十余种，中有一种长尾之蝶，掠地分花，轻俊无匹，尤为美妙。采集中备见若辈假死，下坠种种逃避方法，及拟态、保护色、警戒色种种生态，洵极昆虫界之大观。

今日雇为挑箩之瑶人极狡且惰，晨间以银币嘱往代为购物，彼即出囊中赝币顶换，任君面摘其奸始无词而退，及登山，嘱升树为采标本，即拒谓不能。有一种蔷薇科植物，树较高大，手不能攀及，因竟不能采得，大为败兴，幸后此黄君采得多数，始得补此阙憾。山雨忽来，泥路大滑，不能再进。故至山半即归。

晚间聚议，以此间情形极佳，必当多作勾留，但药品、现款均感缺乏：遂决由任君返平南一行，将存平南之药品再运入山，兼电致中央研究院所派采集队，约以改期在邕会议。

五月三十日　星期三

晨起与辛师黄君制作昨日采来植物标本。

上午大雨，不能外出，以瑶人风俗人情及其分居，各地之大概情形，作缄报告语言历史研究所傅孟真先生。

连日购买零星物件，时苦现币不足，有时缺乏铜币找补，更形困难。余昨日曾随手作一铜币之纸票数纸付村中小儿买蛙，今日任君遂提议作更精密之组织，发行一毫、一仙、半仙之钞票以便应用。费一小时许，制得票币若干，试行之，果极方便。

下午二时后，天放晴，黄君奋勇先出，辛时亦偕蔡君继出，各至屋前南向入村处高八百尺至千尺之山中采集，计得标本十余种。得有玉桂之虫瘿，其形态性质一与阴香之虫类无异。

鸟类得啄木鸟一种，其他鸟类亦颇多。爬虫类得有俗所谓两头蛇者一条。

晚间写得瑶歌五首。

制植物标本所用之纸因天雨无从曝晒，雇瑶人以火烘之。若辈素未更事，拙而且缓，一人可以了事之工作，三人为之，犹觉忙碌不堪，可怜亦复可笑。

五月三十一日　星期四

任君今日清晨出发赴平南县城取回药品，购买应用物件。

晨间整作标本极为忙碌。朝餐后，辛师复与黄君分队出至罗香背采集，至四时许归。据辛师言，随辛师挑担之工人，极为狡黠，且懒惰异常。昨夜大雨，山溪暴涨，水流颇深急；岸上石道苔痕斑驳，得雨后尤滑不容步，前进极艰。彼则且行且息，不肯前进。

几经困难，始得羁之就范，渐渐前行。登一高山，采得胡椒科植物一种。旋见最高峰已在目前，促之前行，答以无路可前，再四迫之，始云另有小径一线在后不远处，可以达此高峰之顶。辛师命为导，折回旧路不远处，果有羊肠小路，循之而前，入一竹林中。由此再前，路益险益狭，时或危岩插云，路径中绝，必攀竹而过。时或巨石当前，苔痕塞道，又必跗跻而越之。行三四百步后，可达山顶矣，此工人则据地坐不复动，促之胁之，均不肯再前。无已许以归后多畀与银币一毫，始欣然就道。至绝顶后，已达灌木线带，石南科以外几无他种植物，而石南科植物则形形色色，独备极新奇。采得其五六种又得蟾蜍一种，形体极大，亦颇特别。下岭时，已两手皆盈把，时或有散落，辄复俯身掇拾，极为困苦。

及下山，天色已瞑，得会黄君，遂偕归。偕黄君行之工人极良善勤恳，故黄君于悬岩上采有羊齿三十余种，为此行羊齿顾空前之记录。

综计是日为此行采集最苦而结果最大之一日。至可纪念。

下午有那沥村一少年来，吐属尚有礼节，出敕见示，名赵光铨，自谓曾在梧州建道学校附设之师范班肄业一年，语颇为谦，是殆瑶中少年之佼佼者矣。

任君赴平南之经过，照录其日记如次：

晨七时，与护送之数瑶人自罗香起往思旺，路程八十里，天雨，路崎岖。余坐轿觉比步行遥苦。今晨与瑶人共餐，腥秽扑鼻，中人欲呕，食不能饱，中途无物可食，饥火如焚，行六十五里至花凤村，时已入晚，乃假宿于裕福裸货店中，幽湿异常，蚊大如蝇。黄昏时，其声如鼓琴如吹萧，甚热。

瑶人在家食粥，以糙米和木薯粉煮之，至此，则杀鸡、煮蛋、置酒，肆啖狂饮，吾亦无如之何。

村人对吾似有无限之神秘，窥探者、喁议者，不一而足，瑶人更张大其词，述吾侪怪特之行为，如数家珍，益令彼辈莫名其妙，可怜又复可笑。

瑶人每餐必费二三小时，可厌之极。

攬衆芳於水湄
驚芬華之銷歇

五月 毅

搴蘅芷兮紉雲衣　六月

陟巖阿兮望鳥飛

六月一日　星期五

今日大雨，自晨迄昏，未俄顷息。坐室中听户外雨声溪声，珧琅相应，终日不辍。山溪势本峻急，得雨后益张，奔流湍荡，激石作声，宏大磅礴为向所未得闻。

晨起制作植物标本，计昨日已得有二十七种。

辛师昨日为羁制挑担工人所苦，今日极为疲倦，未外出，惟黄君犹鼓勇至村后谷中，采得新奇标本十余种以归。

余留在家整理，事务琐屑，颇以为苦。

任君赴平南日记，照录如次：

晨五时起，雨甚急，七时早餐，轿夫迟迟尤不成行，愤甚，以严厉手段对待之始来。

本日天气甚清凉，时雨时晴，下午五时抵平南县城，置行李于河北民团总局中，即在局中收拾前寄存之需用物品，已毕，又添购棉花铁丝棕绳等杂物十余种。五时许，一切都备，饥肠欲断，即出外晚餐。七时许，将行李置妥，并交电报二通与平南县署代拍，八时许，将广西纸六百余元兑换东毫得四百余元，又雇挑夫五名。十一时寝，决定明日赴瑶山。

六月二日　星期六

晨间与辛师黄君制作昨日黄君采得之标本，至九时半始蒇事。

朝餐后，余仍留守家中，整理标本，照料一切。辛师偕黄君及蔡君出外采集，至六时许始归。经过一切，就辛师及蔡君所述，志之如次！

出屋后，绕屋背至山麓再越两三高阜，至高峰山腹。由此直上，入竹林中，觅径而前，绿云匝天，清幽无匹，到此疲乏都忘。前行未几，暴雨骤至，衣履尽湿，向导之瑶人谓稍前有竹屋一间，可暂时趋避。速之前，至空屋中小憩。四面旷莽皆竹丛，略无人声，屋内复阴暗无光。略坐后，雨少少杀，黄君奋勇先发，辛师亦偕蔡君随上。路至此益崎岖，再上，遂无复路之可寻。而雨后云气弥漫，五步以外不能辨人物，前后行者且行且扬声相呼应，惧相迷失。山峻削，攀林中竹以前，向导之工人亦释担始能行。奋步疾前，得上至一高峰，复降一幽谷，工人亦相助寻觅采集，于此乃得标本十余种。雨急不可再上，乃攀竹觅路下以归。及到适间工人释箩之处，天复放晴，得于近旁采得植物十余种。再下，复上至一土山，更得新奇之羊齿一种，胞子囊着生之状态极奇特，由此循旧路途返家，已晚烟四起矣。是日蔡君亦得有昆虫颇多。

余集连夜所得瑶歌整理之计已得三十余首。原始民族之艺术，天籁之声，亦殊淳朴可爱。技工唐君等三人，镇日操作，孜孜不稍息，勤勉极为可钦，吾人此行得其助不少。

次为任君日记：

晨四时许起，再检视行李一次，洗漱之后已近七时，乃草草早膳，八时出发，路上时雨时晴。此行以中村为中站，中村去平南七十余里，去罗香四十余里。行四十里许抵思旺墟，所经皆大道，由思旺入中村，则路多崎岖，故殊迟缓。四时许至一山谷，去中村可十里许，大雨，如注，山水奔泻，路狭泥深，至为险阻，吾衣履尽湿，仍鼓勇前进，比抵中村，则已暮云四围矣。

六月三日　星期日

晨起与辛师黄君压制昨日所得标本，朝餐后仍继续将事。檐溜淅沥，自晨迄午不辍，吾人制作标本时，时时望其霁而不能得。昨日所采植物极多，工作六小时之久始毕事，欠伸疏散，觉疲乏已极。而大雨仍继至未稍止，因决暂休息一日。午后烹茶闲询瑶中风俗情形，正絮絮话，忽见任君自外来，皆惊喜出望外，盖决不意其速有如此者也。执手相问，便道风尘几许，遂得速速遄归，始得其去时以一日半抵平南，到后略与当地人士周旋，连夜将物品购置妥当，次日黎明即起趱程返，故得于吾人意表忽尔到此也。

下午有小童送大鼠两头来，云系得之镬中。量之，其长达 274 mm。略小于福建产之高山白腹鼠，背部灰褐色，亦与高山白腹鼠不同，殆另为一种也。哺乳类标本至属难得。今日得见此鼠，喜莫可名。

压制标本后，黄君曾冒雨出外采集，得来标本十余种。黄君奋勇不畏艰阻，为吾队冠，其热心毅力，殊令人感羡。

有人自马练来,谓平南县长马君又遣原日护送吾人入山之军队来迎,已至马练市驻扎。

技工唐善康今日小病,不能工作。

任君日记云:

自中村出发时,雨仍急。山路滑每虞失足。越山岭十数重始抵罗香。

六月四日　星期一

连日闲居家中,未得一出,颇烦闷,任君昨日返来,俾余得有暇外出,喜极。

朝餐后,结束出发,拟赴那沥。那沥前曾有少年来与余等接洽,故欲往彼间一行。

出门后,南向过向日来时之溪路,至赴琼五村处之山道。辛师与蔡君在前,黄君与余略后。绕过一山后,雨大至,余帽已破,不能胜雨,今晨曾向瑶人假得一竹笠,至是着之,轻便如虚,别饶兴味。继上一高峰,各人分途而出。辛师与蔡君仍在前,黄君亦先出,至一溪畔,在石上搜寻羊齿。余遇见后,迳前至溪畔一小林中采集。辛师及蔡君已先在。余穿林中出,再至一溪畔,得见豆科植物一种,白花小树,自有风致,另寻得羊齿一种。出溪畔,密林荫顶,清流浸足,境绝清幽,涉溪,登一土山,童秃无寸草只树,雨过泥滑,步履极艰。由此再上,越三数高山至另一密林中,方自树颠剪螺厣草,辛师继至,始知适间在林中余最先出。由此更前,至一溪边,得植物三四种,步溪水泝流而上,鸣蝉急噪,溪水湍流,长林蔽日,虽时不过正午,恍若已至昏夜。急急前,至一处,得见小树一株,生在溪上,着小形之紫花,至为美丽,不能举其科名。探手试采之,不可及?乃涉溪攀岸上岩石,力跻其上,假随行瑶人佩刀斫之,良久始得一枝,剪藏之,劳苦汗出,转觉大快,辛师是时亦接踵至,前行数武,有村屋十数间,依山伴水,曲曲盘在。

出此村,至村西一小山顶,即由此赴那沥之途。探怀出时计视之,已下午三时,而此村去那沥尚有八里程,计不能达,遂决返此小村中小憩。询之随行者,知村名罗洲,随行瑶人中,有居是村者,即浼为前导。至一村塾,导者肃余等入坐。塾童三五,群聚于前,瞪目相向。案,则杂陈千字文、三字经、四书、神童诗等。塾师方曲背灶前，燃烟管嘘吸作声，见余等至，错愕莫知所云，但目灼灼相视。自晨餐至此，已历七小时，饥火中炽，亦不暇与之寒暄，使丐其炊粥相食。黄君时亦继至，略坐后，复出至屋后搜寻。余在其屋侧圃中一试捕甲虫，见苋菜两畦，十余日未得青菜，大喜如获奇宝，即返屋中乞分买。

少顷，粥就，又觅得鸡卵数枚。青蔬两盘，火候未周，都不辨其作何味，但亦和粥歠之。饱食后，付赀讫，循旧道归。甫半道，阴雨四合，雨又大至，时亦已暮，遂急急走归，已六时半矣。

六月五日　星期二

昨夜奇冷，晨起自窗隙远眺天外朝晖绚彩，红云捧日渐出，大喜。

晨餐后，天气晴朗，嫩日光灼灼在林表，渲叶作澄金色，微风初来，振宿雨飒然下，映日烂然如银珠。久未见霁色，令人郁郁，一旦晴和，其喜可想。煮茶盈饼后，即随辛师与黄君蔡君同出。绕屋测登一高阜，举眼四瞩，历历晴岚，皆来眼底，远近诸村，散缀绿畴碧树间。溪水匹练，曲曲出村树间，磐石累累，如伏羊，如饮马，疏疏着溪侧。林中雏鸟，群噪新晴，蝉声应之，如笙簧迭奏。

由此再转过三五陂陁，山势骤峻削，小径逼仄，绕山腹行，下临深谷，灌莽丛错其间，深黝不见底，径多阙陷，必曲踊过之。前未远，忽见有田畴数十，层出山腰，然禾苗不生，唯杂草迎风微动，窃怪之，导者指地下蹄迹相示，谓田经野猪蹂躏，毁者数四矣，泥中所留，即其趾痕也，始恍然。

越一山溪即达竹林带。琅玕万丈，青碧无涘。翠叶琼枝，密密不见天色。日影自叶荫中寻隙泻下，地面落叶深厚，枯后作灰黄色，映此淡日，反光如铅，藉之可略辨途径。

循途渐上，山势忽又峻削，随导之瑶人，询余已达何时，探时针视之，已十二时半。彼乃解担席地坐，出背囊中冷饭一包，分半相飨，谢之令自食，余先行。道曲曲不易辨，益以山势陡急，步履尤艰。攀登数百步后，前后都迷，引首四瞩，唯有万竿修竹，匝绕四方，微风穿来，龙吟细细如长笛而已，再欲觅路，已不可复得，上望亦不能见山顶。

正踌躇间，忽闻西方山顶有银笛一声，东方亦起应之，东方之声渐近，始知辛师及黄君已各先登，大慰，且知循笛声行必可觅得途，益快。攀林中竹步步上，一意觅途上山，思循山巅以觅辛师或黄君。偶误搴枯竹，则砉然应手寸寸折,令人惊怛不已。忆及辛师选择青竹之语,始自咎适间之疏忽。五六十步后,忽见磐石一方,大可盈丈,高略如之,云笼其上,竹枝数四,环在其前,别有小树略露其杪于侧,以为且登绝颠矣。力攀而上,则竹林又在前,大为失望,力竭气喘,暂就石上小坐。忽闻辛师发声相唤,急应之,一语未毕,坐处石忽划然裂坠,身亦随下,篁篠披靡,枯叶纷飞,石下不止,自分必亦坠山麓作粉齑矣,即亦闭目听之。朦胧间,忽阁然止,蘧然张目视,则石已从竹穿越下,己身以竹杖横罣竹中,故得中止,仰视顶上,则见适间磐石;约在上七八十步,上面竹犹飒飒振撼未已。惊魂稍定,决意循竹下山,觅路归去。

下不百步,担箩为余导之瑶人,忽由山下追上。大喜,仍返上山,嘱卸担同上。至悬岩,于石上得兰科植物一种,又蛇菰科一种,皆甚新奇。蛇菰为一种高等寄生植物,得之,欣忭无既。更攀悬岩曲曲上,过一危石,突出一腰,虚临深壑,水声琮琮,隐出其下。坐其上俯视下面,毛发悚然。回首一视,犹有丈余绝壁在身后,寻路绕至其背攀登之,始得见有石南科植物数种。自念今日遂得达绝巅,至为快意,仰天一啸,四面山谷应声旋至,空山无人,声回环至再后,转觉其可怖。境幽寂未能久留,欲归,回首一望,忽有石屏在西北,昂首云表,状如拱楫,乃自笑适间以为得达绝巅之谬。环视群峰,攒伏足下,如跪如拜,如匍匐欲前,如惶恐欲却,尤极奇诡。暮云寻至,乃下山。平途得遇黄君,相将归,饥疲相煎,急步而返。

到家后,辛师已先返,并曾得鼹鼠一头,为哺乳类添一种记录。

晚餐后,共制作植物标本,至十时半始就寝。

六月六日　星期三

昨夜亦极冷,重毡覆体犹觉其薄。

晨起骄日鹅黄,炙肤如灼,山中气候变化之剧如是。

餐后,辛师、黄若、任君、蔡君及余同全队出,由屋背上山,拟赴最高峰一探。入深山竹林一竹屋中,即二日辛师黄君蔡君避雨处,盖土人建以烘笋者。天气奇热,路又崎岖,渴极,瓶中之水皆罄。得此屋小憩,稍舒喘息后,更就屋后小溪中挹清泉满罂,怀之,攀竹分道前上。引道瑶人殷殷以勿攀枯竹为戒。随之搴登,至出竹林后,地高达二千八百尺,危石在前,绕出其后,至灌丛中一磐石上略坐。仰视绝顶,相去已不过两三百步,鼓勇直前。辛师已前道行,任君黄君以他途上，独蔡君携余行。于此更前，得遇任君与黄君，已过绝巅来，攀荆布地略坐后，仍分道行。不数十步，遂造极峰，俯视云海苍茫，动心怵目。出气压表视之，地高已七百公尺，约三千七百尺矣。

于此处石上得毛茛科之唐松草，盖北部高山之一种普通植物，今于此亦见之，遂如岭上寒梅，悠然令人生乡思。下危崖，遥见白牛村在山外谷底团簇如蜂巢，居高瞰下，固有如是壮观也。

由此更下，复入竹丛中，乱石无根，不容着足，攀竹回旋而下。时或于竹树丛杂处开豁数方丈，自此前眺，溟溟蒙蒙，不辨其为天为水，仿佛间遂觉林外必为汪洋巨浸，耳畔便顿起怒涛声如沸，愕然视之，则山风吹来，撼竹作向而已。

今日得有鲮鲤二头，又鼩鼱一种，鸟类亦得有二十余羽。

出，循旧道归，至将出竹林时，蔡君见有刺蜥蜴一头，急唤余捕之，欣欣然归。稍下，遇任君及黄君。任君以生小蛇一尾见授，盖蝮也，骇绝，窃怪其胆大，然未敢言，恐惊之，反至错愕失事也，但以指捻之来，挈归。

山中现币已罄，食物亦苦不足。益以拟赴瑶山更内之金秀，非有充分预备不可。而此行所赍资斧，至是所余皆为香港纸币，不能应用，遂决由任君返广州一行。

六月七日　星期四

晨起制标本，植物种数至昨日已达四百十九。

昨夜失眠，今晨起又特早，益以两日登山太苦，精神困乏，为前此所未有。全队各人，亦均感疲倦，皆未外出。蔡君曾出采昆虫，未几亦归。

下午作缄报告傅孟真先生，述瑶人各族分居状况，由任君带去。书竟极为惫困，赴屋外略散步，归来晚餐。

晚作函致戴校长，李仲揆先生。又将入瑶山后采集情形，纪大略报告各报馆。至十二时始事毕。

六月八日　星期五

晨任君启程赴平南转广州。

余与辛师黄君整理标本。

晨餐后，辛师与黄君出赴龙军及白牛所望见之最高峰。蔡君亦出捕昆虫，独余在家休息。倦极而睡，至下午二时许起，将爬虫类标本两箱，运至屋侧溪边洗涤。因蚁醛液不足，腐坏者已近十头，至为懊恼。

蒇事后，立起在溪中濯足，清流沧沧，沁骨入肌，至为旷爽。忽见辛师自密林中穿枝拂叶返，因隔岸声唤。辛师闻声来，具道今日采集，至为失望。盖出发后，偏越赴龙军各峰，两人所得不过十种，而遥眺远近诸山，除所谓圣堂顶者而外，皆童山濯濯，无林木之蔽，不复有采集之价值；久留罗香，大为无谓也。由是在归途中即曾与黄君计划，决明日由辛师与黄君赴金秀一探情形。若果有采集之价值，则在金秀居一日即返来，在罗香尽力搜集三数日，俟任君返来，全队同赴彼间，如情势不佳，则尽三两日之力先采集之返来，大队不必再往，以节省精力及经济。

洗涤标本后返家，黄君亦归来，嗒焉若丧，黄君素健勇，精力胜余不啻倍蓰，今日标本不满其望，故意气亦大沮。

辛师为述到龙军村后，皆疲乏不堪，即就室中桌上假寐。桌上秽垢积盈寸，随指而作痕，至不可耐。但以倦极，遂亦听之。屋主人在室隅为炊粥。室无烟突，浓烟绕室不出，辛师及黄君均为之呛咳醒。环视室中，黝黯如漆。邻室中有妇人病卧，遍身血迹模糊，呻吟不已，瘦豕一匹，横卧其榻前。吾国贫民之生活，大概皆如是，思之至为懔懔。嗟乎，安得广厦千万间之叹，至今未已也。

连日穷搜博采，罗香村附近之高岭深谷均已罄尽，无复采集之可言，今日之败兴，原亦吾人意中事。若此时犹株守此间，附近固尚可采得普通植物若干，然金秀之情形恐否较此为佳，万难意断；如待任君返来后，全队往，全队败兴归，则所失更大。辛师此次之决断，盖即以此。

任君返广州之经历，另有日记，谨为录之如次：

鉴于前次乘轿之苦，故兹次出山宁步行，上午七时启程护送军队十人，第一日以思旺墟为目的地，瑶人云有八十里，此八十里中，山路约居七十余里，绝无一片平地，攀登时，汗喘甚苦，下午三时抵思旺，思旺去平南四十里，概属平原，本拟乘夜赶到，奈挑夫不能行，而护送军又言足软，乃就宿于民团局。

六月九日　星期六

晨餐后,辛师与黄君,偕此村村董赵君,及平林村一商人,同赴平林村。平林村为此间达金秀之孔道,得其间一人为导,便利多矣。

上午蔡君出捕昆虫,所得甚多,下午亦曾外出一次。余留在家整理日程及零星物件。

晚间征集瑶歌,得四首。又得毒蛇一尾,长牙极为可怖。

赴平林之经过,就辛师及黄君归来所述,志之如次:

出罗香村后,东北行,越高山,达一纸厂前。对面山谷有竹林阴密,山坡则荒废,惟有乱草蓬蓬,茂密无间。越岭后,大雨至,山径逼仄,行极艰苦。过此山后,已觉疲竭,遂就树荫少憩,出饼略果腹,乃复前行。雨止日出,草上雨珠圆润,着日灿灿然作烂银色。方叹美间,忽受路渐有异,前视则杂草横生,高至五六尺,道途为塞。掇草前,其深没顶,且茁壮如小木,坚实称之,叶缘复锋利如刃,刺指臂间血濡缕,不得已以冠护首伛偻而前,步履窘极。如是行者良久,数历陂陀,高低莫辨,深以为苦。顷间,出至一谷中,遂觉豁然开朗,环视则黑灰匝地,盖此种灌莽之焚余地也。黄君指而谓“曩吾人最恶烧山,今日非烧山者,吾人遂不能通过矣,”因相与大笑。

到平林后见附近虽颇有林木,然无可资采集之处,盖平林地高仅千七百尺,尚不过约如罗香背之半,凡此间所能见之植物,外间均已有之,无新奇品种之可言也。入村后,往一明姓家暂驻。家有老妪,极为和蔼,小孙四五,依依在其膝前,随祖母出迎客坐。稍憩后,起出访其村董,村董两人,一外出未归,一则家有病人,戒不许入,亦未得见。盖彼间迷信鬼神,有病则以生枝插门首,谓之插青,插青后,即不许生人入门,惧鬼且随生人以俱入也。其他一村董晚间来谒,约明日派一人送入六竹。

此时至为焦虑者,即金秀之山虽高,恐森林未必极佳,不足以供采集,心情紧张,仿佛如在临阵时。

任君日记:

夜半三时启程入平南,盖利其阴凉也,七时得达,逗留于河北总局中,局中人云，下午七八时始有船下梧州，在此绝无聊赖之半日中，万念俱起，吾今深信此生不能有一刻之安息也。

七时许闻汽笛声，即负皮箱往，船小不能直立，猪狗鸡鸭之臭气，扑鼻欲呕，闻明晨十时可抵梧。

六月十日　星期日

出广州至昨日已满一月，今日为第二月之开始矣。

午间蔡君出捕得昆虫数十。余在家整理植物标本。寓楼为屋主人堆存积谷之处，螟蛾极多，植物标本惧受其蚀蠹，故加樟脑粉以防之。

夜间征得瑶歌十余首。

今晨平林团董具鸡黍邀辛师黄君与随行瑶村村董早膳，两团董盖旧相识也。有酒，味淡薄如水，且酸涩不堪，鸡亦未熟。主人踞上座，作鲸鲵啖，且啖且盛赞其旨酒佳肴之美。最奇者，则为敷筵之物，桌间有菜一簋，为脔切之鸡肝、鸡肺、鸡胆等，生肉巉露，未经烹煮，辛师与黄君皆深讶之，以为生食之风，奈何尚存此间也邪？逮酒数巡后，主人起取此生鸡脏全倾之酒壶中，渍之少顷，复出之于碗。在座诸瑶人乃群以勺取而啖之，吮咂再四，深以为美。

饭后出发，过一峻岭后，路途已尽，遂循溪水曲折前。约五七里，抵六竹。与其村董稍接洽，即派一人同行至罗蒙。

由六竹出，山愈越愈高，达罗蒙时，已至二千尺左右。到村后，由导者同往访其村董，时方踞矮灶边煮草食猪，见辛师等至，起为礼，见随携之望远镜，索一观，得见奇景，大喜过望，辛师复以饼分食诸小儿。以是两惠，彼乃殷勤为设午饭，白粥数瓯，陈小鱼一碟，辣椒一碟，野菜数四，祇极恭敬，山中贫瘠尤过平林，如此已为待上宾礼矣。

餮毕出，山益高，林亦茂达。沿溪前行，再越高岭，其旁有一峰，高更过之。于此得见新奇羊齿多种，又凤仙花科植物三种；颇极新鲜，向所焦虑者，至此始冰释，且易而为大喜。

下山后，路渐阔，田畴亦整治极工，田间有女子在工作，冠银制之冠绝奇。以为已达目的地矣，然转折回环，再四后，始达金秀村对面之白沙村，假一苏姓家暂驻。坐甫定，忽有瑶妇自外归，操瑶语戟指辛师等申申詈，责以不应来此扰其居，经随行向导瑶人多方解释，始悻悻然止，然犹百端叮嘱，戒其家人不得为备饭食。

稍定后，出访其村董，得其招待，村民始渐安定。归来杀鸡作晚餐，苏姓阖家大小均来就食，一顷间釜镬都罄，食竟，渐安谧。辛师等疲极，遂亦各就寝，以为此间人待生客如是懆恶，必无采集之希望，拟明日返罗香。

苏氏为白沙首富，故其房舍特宽大，可容布榻。白沙对岸不三十步为金秀，金秀有五十四户，三四百人，白沙则二十四户百余人。两村之房屋修治颇佳。主要之农产为苓香，与平林村之玉桂齐名。白沙村在山腰，地高二千五百余尺，其上高峰林木荫蔽极美，更北诸山则皆荒莽仅蔽有杂草。

以下录任君口记：

今日抵梧为时尚早，港梧船下午二时启碇，相去尚有四小时，瑶人杰威与吾同来，观者目不转瞬。

江宁轮甚洁净，远非省梧诸轮所能及，吾国人只尽口头之能事以排击外人，而不能舍其吹鸦片、嫖娼妓、拍麻雀之时间以整理分内事，不太可哀！夜半一时抵三水，即转赴驳艇，在旅店中，蚊虫、木虱，应有尽有，不能脱一般旅店之特色。

六月十一日　星期一

今日将入瑶山以来所得哺乳类标本，全部整理一过，计为数已近五十。曩之视为黄毛鼠者，其十三个标本中，发现有两个实各另为一种，其毛色及形态均极可注意。

瑶人工作极粗鲁笨拙，器械不精利尤足以阻其进步。村中有木工两人，嘱为制一木匣，针插昆虫，三日始就，粗糙异常，且涡斜失度，询之，则矩之不直使然。

傍晚有总角瑶童以绳贯金花鼠四头来。此鼠极敏捷，猎获至不易，而此小童丱角在额，高不及其所携之枪，乃能射得之。闻瑶村皆苦匪患，妇女在田工作，皆携枪自卫，童子亦谙火绳硝砂之事，以备不虞，习而渐之，故于不知不觉间成一风气。

今日为金秀采集队出发之第二日。

晨大雨，辛师及黄君昨日以疲乏及主人待客之慢，均觉倦极，上午未出外采集。

昨夜罗香村董赵君及随行瑶工阿一代吾人宣扬，盛称吾队待若辈之厚，且谓军队到乡间时，未有不骚扰者，独护送吾队之军队，则纪律极严，故得闾阎安靖，谈至夜分未已。今晨此间主人遂亦忽变昨日冷落之态度，招待颇殷勤，即昨日骂人之瑶妇，今亦颇示款洽。通常传说，恒以为瑶人若何嚣张，若何横蛮无理，以今度之，盖实由于外人之成见临之，遇事辄以无理相凌跞，积渐而后，恶感已深，彼瑶人固亦犹人也，有刺激自必有反应，相沿而下，遂至寇雠相视，一见外人，先以恶声相加。果欲除此冰炭之积习，跻国内各民族于平等大同之境者，必当先蠲成见，以诚待之，俾前此敌意，逐渐消释，然后教化随之，使其日益开明，则无复畛域之可言矣。

自晨向午，与屋主谈彼中一切风俗情形，为语言历史研究所征集材料。赠以济众水两瓶，彼即出山羊角一对以相报。据谓彼中产有山羊，居极高峰上，每年必可猎得数头。获得后，则集村中男妇，置酒大会，烹羊为食，跳舞以佐兴。舞时之鼓，即以山羊皮为之。谈次，并出其鼓一以相赠。又有见所携手电灯，盛赞其有用，谓可用以猎取飞狐。飞狐或即鼯鼠，据谓冬夜明火入山，此动物见火光即飞来。可以枪射得。其他各种动物，亦可以擭生捕得之，惟现正农忙，无暇及此，而夏中食物丰富，亦不易诱得。

雨将止，主人起导辛师黄君往一皮货店中观其所获之兽皮，有小形食肉类之毛皮多张，惟皆头足不全，无标本上之价值。

傍晚，天放晴，主人父子为导，辛师与黄君同出，至门外山岗眺望最后之高峰。据其所言，则金秀罗蒙间之两高峰为最高。大队所留居之罗香村附近，最高峰之三千五百尺，而此两峰昨日测算时为四千五百尺，高度较大，于学理上言，实有采集之必要。盖普通平原植物，非经纬度相去极远者，无大差异。在某一地方详细搜集后，数百里以内大略皆同，不必再事采集。高山植物分带极为明显，同一地带中之高山，其各带中之植物亦必相同，经纬相差不甚大之两山，高度上无甚悬殊者，其植物亦必无甚差异。唯若高度较大，则其上必有特殊之植物带，为较低山上所无。由是辛师乃决定当再来金秀采集一次，以完成瑶山植物之搜采。瑶山毕事，桂东诸山非在五千尺以上者，即不复有采集之价值，乃转队向桂南十万大山桂西青龙坡一行，则广西全省植物之分布，即可了然。决定后，由黄君向金秀村董交涉大队前来，彼初不允，后再三解说，语以食粮概归吾人自备，始欣然诺。

调查交涉既得端倪，深喜此行来先事调查之得计，盖来时五十余里之途中，山高不过罗香村背之处，迄未得见一种新奇植物，万一金秀之高不过罗香者，则大队前来，一无所获而返，劳力耗时，损失极大。然仅山高而荒旷，如金秀村北之两峰，童童秃秃者，固亦无采集之价值。此尚只就天然方面言，更有在人的环境上，尤有两重困难，幸未以全队冒昧来尝者，一即其居民嫉视外人，若大队前来，且携有猎枪，难免不生误会，甚且酿成莫大纠纷，今得事先交涉，他日来时自较方便。一则村中无压标本用之纸，亦无人愿为执换纸烘纸之役，凡粮食等等均极缺乏，使非此行一一交涉询查清楚，则事事不能举，尤必失败。

是夜仍宿白沙村。

任君本日有日记如次：

今晨八时抵广州，兑换购物极忙，校中诸人闻有瑶人到，争来观看，满挤一室。

谒傅斯年先生，不见，以辛先生函留文科办事处转交，下午晤何椿年君，即决与其并入瑶山。

六月十二日　星期二

今日仍继续整理哺乳类标本，并事检查，至下午始毕事。

上午唐善康及江义顺两君出至龙军村，至晚始归，猎得大鹫一羽，气象威猛，虽死始生。

此外尚得有高山小形鸟类，为外间所不易见者甚多。

技师唐啓秀君，技术极为熟谙，每日剥制鸟皮可得四十余羽。彼曾随 Styan，La Touche，Sowerby，Anderson 等工作三十余年，所见所识，皆颇博洽，人尤诚笃和蔼可亲，吾人此次得其助力者不少，偶与谈其经验，慨然叹息，大有烈士暮年，壮心未已之感。

朝餐后，辛师与黄君出发归罗香。白沙村中男妇亦皆出工作，列队同行，沿途得有标本数种。近高山时，得见槿木科植物一种，命瑶工阿一举刀伐之，刃甫下，即有老妇来相诟，谓不应坏其林木。知其不可理喻，但唯唯诺之，负断枝急急前行。再前，得槭树科植物一种，山茱萸科一种，羊齿极多。

再上，由侧径往探一较高峰披榛莽而上，至三千七百尺处，以望远镜上窥，得于晴光中见金秀最高峰，约四千五百尺。其近顶三百尺处荒芜仅有草莱，下此皆密林如锦幛。

由是遂决定他日如能有重来采集之机会，当以罗香村为起点，而以金秀村为终点。盖罗香山高虽只三千五百尺，而林木极茂，采集甚佳，兼之附近诸村，在动物采集上各有特殊适合之处，如龙军地据山腰，猎鸟极佳；白牛溪水中两栖鱼类颇多，罗洲村附近有平地林一片，极深且密，蕴藏哺乳类爬虫类尤不少。择罗香为中心，则此各村之标本皆可就近搜集。

下午抵罗蒙，饥饿且极疲乏，遂在此暂息。罗蒙贫瘠，且极湫秽，原不欲留，但主人殷殷劝进粥，至则清水一簋，漂米数十粒，食之亦不能饱，遂令随行六人炊饭。度时尚未能得遽熟，辛师乃与黄君出外略事采集。归村饭后，觅挑工，此次自白沙荷担来罗蒙之挑工，即为由罗蒙导往白沙之向道者，既抵其里门，再不肯出雷池一步，再三寻问，始得一汉人，将由此村返马练者，重值雇之，允明日为挑担返。

是夜即宿罗蒙。

下为任君日记原稿：

谒戴先生不见。参观瑶人者较昨尤多，在语言历史学系办事处见傅先生，彼嘱杨承志君负责探问瑶人一切，下午访友，未作工。

六月十三日　星期三

上午整理日来所得瑶歌，至午始蒇事。

蔡君出捕昆虫，所得颇不少。

午后，骄阳吐焰，酷热不可耐。戴笠出，往溪涧山坡各处闲步。前此蓓蕾如粟者，今已怒放如锦；前此含苞欲笑者，今多已渐就凋萎，甚且实满枝头矣。于山溪中捕得甲虫若干，又红娘华数翼，贻之蔡君。更在溪中流中平濑处得见小形硬骨鱼一种，白质黑章，节节相间，全长约三四分许，颇奇特，得五六尾归。

黄君辛师等于晨餐后，将采集来植物匀铺竹箩中，洒水其上，以防枯萎，令担之返。夏中炎热，植物离母株后极易凋萎，以水润之，可三四日不致失其原来状态。旅行中得纸不易，压制标本为难时，得此补救，可无阙憾矣。

至六竹，留午餐。村董助为炊，饭后且出杨梅相飨。濒行以银两毫予其小儿女，彼又出牙麞角一对为赠。

出六竹后，天气奇热，辛师与黄君在前急步返，汗下如雨，抵家，约下午四时许。挑担工人及赵君皆落后甚远，至薄暮始归。

次为任君日记：

瑶人绝少喫饭，肉味更无须论，居此数日，精神似甚愉快，每揽镜自照，以指紧按头皮，一若试其膨涨几许者，史禄国先生与杨永志君来探问，惟过于庄重，山野之人，不胜震悚。谒戴先生仍不见。

六月十四日　星期四

晨起，制作由白沙沿路得来之物，虽已在烈日中焚炙两日，而以途中时时洒水，故犹新鲜如乍自树上折下。计到瑶山以来，至此所得植物已达四百八十六种，皆为高山植物，外间所不易见者。

通常采集植物，多用木夹或胴卵。木夹笨重，胴卵量小，而所采标本剪枝不能过大，制作时姿态未必定佳。吾人入山以后，即雇工人担竹箩相从，故采得之数量得以增加，有时时间不足，则全枝担归，俟制作时整理之，尤极便利。此次采集之标本，原拟与世界各国交换，以期征集得多数标本，预备作博物馆之始基，使仍用胴卵木夹采取，标本之量实无由增多也。又高树通常以钩摘取其枝，吾人此次亦携有此物，然笨重而不易携带，且其高亦恒有限，此次采集，藉瑶人缘木之力，五六丈之高枝应手而下，了无困难。小树则随意斫之，虽云方便，但亦可惜。

制标本既竣事，已达十二时半，皆极疲乏，共事休息。未复外出。惟蔡君犹出捕昆虫。山中苦蚊与蛭，黄君蔡君与余外出时皆以绑腿护足，尚不觉其苦，辛师不惯拘束，两足为所螫，鳞伤点点，溃破成疮，炎肿甚大。

自金秀归，瑶山大势已渐明晰，辛师决向学校及广西政府提出计划辟瑶山为研究所，自今日起，掇拾材料，俟稍闲时整理之。

任君日记如次：

赴医科谒戴先生不见，云往香港，以辛先生函留号房转呈。

久居瑶山，习于阴凉，在校殊苦炎热，终日大汗。幸何椿年君能代购置襍物，劳苦稍减。本校同学欲随吾入瑶山者颇多，但嫌其太温雅，不堪奔驰，恐因此而招累，故婉却之。

六月十五日　星期五

辛师足部溃疮未已，不能外出，余留在家中料理爬虫及杂务。黄君与蔡君于晨餐后偕出采集。

下午大雨，黄君蔡君自雨中归，雨滴滴自帽檐发际下。黄君今日原定采集四近普通羊齿，然所得仍有新鲜者极多。蔡君所得昆虫亦不少。

蔡君为本校二年级学生，最初吾人组织出发时，原恐其身体不十分强健，未能任此劳苦，嗣因彼自告奋勇，决愿偕来，遂指定彼作两栖类及昆虫类之采集，兼就天然界为补足其一般知识。在平南时，极为热心学习，到山之初，以路途劳顿过甚，素来未经此苦，故疲乏不堪。近来日日外出，精神渐进，工作渐佳，对于采集记载研究上，进步神速。此行采集，辛师之目的一方面固在调查广西动植物地理分布之情形，一方面尤在练习人才，为将来发展吾国生物学研究预备地步，故于个人之团体中的生活及知识，事务种种方面之修养，皆极注意。瑶山为习生物之天然学校，分类上，生态上，种种情形，皆极便观察，易引起研究之兴趣，蔡君性质素沉静，且条理分明，经此行一番训练修养，为吾添一员健将矣。

任君自记其经历如后：

各物大致齐备，惟欲得手枪以防猛兽，故亟欲一见戴先生以求解决，屡次不获晤，乃决明日赴梧，以省时日。

六月十六日　星期六

辛师以腿疮未愈,仍未外出。余亦留家中。晨餐后,蔡君出捕昆虫。黄君与技工唐善康出赴马练市理发,顺道采集标本。

此间瑶人与寨山花篮两种,并称长毛瑶,男子皆长发在顶,椎结为髻,从未有理发之举,近来闻有剪其长发者,但多求理发师于外间,至少亦必至马练。马练距此可二十五里,山路崎岖,来往极不便利,吾人在此留居,莫不以发长为苦,余素不喜发匠之弄头如戏丸,而故乡发匠手术极缓,尤招余厌。习之已久,尚不十分感长发至可憎。黄君在广州时每周必一理发,已成习惯,倍觉难耐。曩以采集事忙,不能赴马练相就,故数数饬人招其髮匠来。但吾人自平南城来此时,沿途人即以委员见称;彼辈乡曲良懦,狃于官场之积威,闻委员两字,先已震慑失次,以吾人有枪,又有兵护送,且语言服装,皆为彼辈耳目中所未经者,度必为显宦,一见尤栗万状。会任君前自平南返时,购有麻索四五十条,备压制植物标本之用者,道经思旺墟时,有人见之,即盛传任委员带有麻绳在瑶山缚人无数,此消息一至马练,倍增若辈惊惧,招之再四,卒不肯来,恐手术不工,受委员之谴责,甚或捆送平南,予以杖笞。无已,黄君乃决定今口亲往一行,就近采集平原植物。下午归来,髮已剪短,然高低参错,如山田杂列,询之,则老发匠一人,战战如初临大敌,举裁衣大剪,力加删刈,且时张阖其吻以助力,凡费两时许始竣事,予以银两毫,大喜如天降奇珍。黄君复温语慰藉之,嘱其来罗香为吾人理发,唯唯而退。

蔡君今日得昆虫颇不少,黄君亦采有新奇羊齿数种,平原植物若干。

任君有日记如下:

往沙基探船,因星期六,无船,又须迟延一日,甚怅。戴先生到校讲演已毕,以来意告之。但时日太逼,不能取得手枪,因请其电南宁黄季宽先生拨给。

六月十七日　星期日

辛师及余今日亦仍未外出,黄君及蔡君出至龙军村附近采集。

吾人由平南县城出发来此时,途中在官村曾雇有临时挑工梁四,人极愿朴勤慎。到瑶山后，彼随挑夫大队同出，后此家中食尽，出而觅工，适有人雇之来马练，彼即连夜赶来山中，愿为吾队服役，操作极为勤劬。吾人拟留之为长工，后言家有老亲弱弟，待米为炊，乞先予若干钱，俾得安顿盐米，预备长随吾队同行。适剥制用棉花告罄，又带来作浸制爬虫用之蚁醛液亦不敷用，尚有存在平南者，拟逾数取来，因于十四日与以三十元，嘱以二十元置家中布筹一切，即为吾人购置棉絮，并递信平南北河总局，请留待任君，俟任君自广州返山时，将应用药品带来山中。今日晚饭后吾人正就灯下坐略事休息时，梁四快怏然自外来，神气沮丧，怪诘之，则归去途中，将抵官村时，骤有人自后力握之，以枪威胁不许声张，反缚其手，搜括身畔所有而去，惊骇懊恼，不可名状，幸交彼各函尚在身畔，因徒手返家，手缚犹未释，将函件交其父代送县城后，复徒手返山中。

两广大弊，即为烟赌匪三事。然通常恒只注目于匪患，日夜筹思所以剿灭之策，甚且自烟赌两事征税以防匪。独念匪之所以多者，当有两点：第一为生匪之源。匪亦人也，广东一省自昔即有寓匪于农之感；所以然者，一方面固由于生计凋敝，迫而出此一途；一方面则侥幸存心，以图万一之获，事败固死，不败则必得利，而败者十之二三，不败者十之七八，有必利之途，无必死之道，则亦何乐而不为？第二则为藏匪之薮。交通不便，深谷高山遂为群匪最好栖身之所，且农而为匪者，农忙则为农，农暇则为匪，到处皆可为盗，故萑苻不靖，群贼如毛。更有进者，则烟与赌实为败业耗财之源，货财在手，欲烟则烟，欲赌则赌，习惯既成，其人之赀财亦已大概略尽，而嗜好已深，时复向往，无从得致，势必铤而走险，出于匪劫之一途。今之所以防匪者，一为防军，一为民团。其军费固半取自国家正税，而防务经费云者之赌捐烟捐，实为大宗。即此收入一着，已失之扬汤止沸，漏脯救饥。而民团一项，在通都大邑，尚无大弊，僻壤穷乡，则恒为蠹绅墨吏鱼肉平民，敲骨吸髓之一种凭借。往往因防匪而设之民团，即转而为激民为匪之祸首。有时民团力薄，则其所藏弹械，又往往为怀璧招盗之源，向日往往闻有匪劫团枪之事，则藏械适足为虎添翼，更偾大事。补救之策，第一当清匪源。两广各地，荒芜极多，辟之为田为林，其补益于民生者，不言可喻。欲尽地利，先当尽人力，使两广无闲人，则两广无匪材，而家裕户足，人人得饱暖，从而教养之，使明耻知义后，挞之使为匪亦不欲为矣。第二当除匪窟。交通不便，防军至则匪已远飏，散而无从施剿击，整军归去，则匪又复啸聚山泽，为患地方。审能得车路四通，军队朝发夕至，无所谓山川之阻，则匪徒无潜身之所，一鼓成擒后，永绝根枝，无复发之患。更以决心禁绝烟赌，使人人无侥幸之心，即无导人为匪之机，而地利既开，正税大增，更无赖此酖酒止渴之必要。同时增重防军实力，严密防军组织，剿匪之任，即以防军任之，民团无存在之必要，亦为国家消一隐患。十年之后，夜不闭户且以为常而不以为怪矣。

任君未返，预备不充，不能遽赴金秀。闻距此村三十余里处有村名罗丹者，为花篮瑶所居之地，又距白牛五十里，有村名罗运，距瑶山最高峰，名圣堂顶者，仅十余里，可以望见，辛师决与黄君于明日出赴此两地一探视。

录任君日记：

决定下午趁轮，装配行李，共得四担。华侨生梁福泰君亦同行，助何椿年君照料昆虫也。下午七时离校诸同学之参观瑶人及欢送者可数十人。省梧轮本定夜半十二时启碇，因假某军队，迟迟至三时，赌博声、狂歌声、谈笑之嘈杂声及鸦片之臭气，使人无一刻安息。

六月十八日　星期一

晨起小雨未歇，阴云霭霭，垂在天际。餐后忽放霁，天气遂亦奇热不可耐。

辛师及黄君拟赴罗丹，屋主盛言罗丹瑶人横蛮可畏，且谓如不预先通知彼间，则将拒而不内。吾人初亦信之，遂拟俟明日再行，今日设法通知。方踌躇间，其姊丈即（村董赵君）忽自外来，因即语之。彼谓不必通知，但由彼为先导，无不纳者，始大喜，摒挡既竟，辛师黄君，以两工人挑行李同行，赵君为导由白牛前发。蔡君亦别道出捕昆虫，余仍留守家中。

赴罗丹之经过，就辛师及黄君所言，述之如次：

罗丹距白牛仅十五里程，合之罗香至白牛，原仅三十余里。但天气奇热，气喘汗急，行步极艰，横越白牛一岭后，已疲乏不堪。入村中略事休息，进薄粥两瓯后，遂复前行。途中采得新奇羊齿三种，再越一荒山，路已尽，只杂草怒生，没人顶项，溪水一线，曲出其间。询之赵君，则路即溪流也，涉之而上，再四五里后，遥见田畴蔚焉在望，蒙茸碧浪，𧑒葙一色，整治极工，为瑶山他村中所不能见有，知抵罗丹矣。

罗丹屋宇亦甚整饬，皆编竹木为之，入村后，就一家略憩。饥甚，主人不在，无可觅食。令工人寻访再四，始得鸭卵四枚，煮暂果腹。及薄暮田事既毕，男妇皆返，始得见其主人，买米为饮，延主人共饭。主人有老母，久寡矣，仍作金秀装，盖金秀村嫁来者。此妪性极和蔼，且善北语，招待备至。

村前临大溪，水流湍急，中有鱼数种，有渔者在溪中捕鱼，所得不少，辛师拟购之作标本，令黄君往询之，彼坚不允，随至其家，欲借一观，至一矮屋甚湫秽，有病妇裸卧室隅，彼男子以掌批之，叱令退，且申申骂，残酷无人性，与罗丹一班村人之和善有礼者大异。村后有高山，山脚林木尚茂密，山顶则荒莽。

夜间辛师与黄君向屋主人及其母征询风俗，彼间人极喜向外人告语，故言之颇详。村前溪中据谓有鱼十余种，蝾螈及鲵鱼亦多。

任君日记云：

天就轮除载足额之搭客外，尚有遣散军队三百余人，以故全船无一寸隙地，天气炎热，其苦难堪，开无定期，载无定量，价无定额，固我国交通界之特色也。

六月十九日　星期二

向之大鼠，今又得其一头，体长较前得者尤大。

余独蛰处家中，不得外出者，又近旬日矣，下午蔡君捕昆虫归后，余乘间出山上一行，略事疏散。便中采得野牡丹科植物一种，花小形白色而美丽，小树高约四五尺，吾人始来此间，即曾见其蓓蕾，形体极小，未经注意。外此石南科一种，花亦始开。

夜与蔡君笼灯出捕蛾，择地不宜，久而未得。

今日辛师黄君由罗丹转赴罗运。

晨起，得见山子瑶人。

有小童送来蝾螈一尾，黄君与以银币两毫，欣忭万状，嘱以以后获得送来罗香村。

饭后起程赴罗运。沿途采集植物，田中男妇亦相助为力，意至拳拳。溪边栽培有毒鱼木，辛师采之，有老妇来问将作何用，告以作标本，亦但喜笑，不若从前金秀村老妪之无理。

由此再进，路又绝，披榛拂莽，觅溪流循之而前，盖两村平日不甚往来，故无路可通。惟随行赵君，能辨方向途径，其他随往之两瑶人，亦不能相导。如是行者约十里，始近罗运境，渐见田畴，路亦坦阔。天极热，及近村，暴雨骤至，势猛不可当，急走入村。

罗运村夹水为居，两岸列比可数十间，板桥通之，鸡犬相应。碧树扶疏，出在屋后，溪水映之，作影冉冉而动。

村中鱼塘极多，鱼苗则自外间买来放养塘中供食。有汉人一家，由滕县移来，已历多年，村中工商业皆操在其手。其所以惠予瑶人者，则为鸦片与银牌，罗运一村之居民，沉溺于此者甚众。

罗运人较罗丹为粗野，见辛师黄君所携手电灯，群诧为奇物，相互告语，顷刻而麕集户外者近百人，灼灼双瞳，尽集于黄君之手，不言亦不问，偶或窃窃相议，语亦细小不可辨，其状至为可噱，黄君阖户寝，乃鸟兽散，足音杳然，良久始息。

转录任君日记：

舟行缓慢，郁居极苦，一时许始抵梧州，往警备司令部取行军床。由张轶凡先生介绍与广西大学筹备委员岑德彰谈话。再由岑介绍与颜复礼、商承祖两先生谈话。颜，德国汉堡人，商，广东番禺人，皆自南京中央研究院来，欲到苗岭及瑶考察苗瑶生活状况，及研究关于人种学上之各项问题。吾因熟悉瑶山情形，因尽举所知以告之，七时趁梧州江口轮转赴平南。

六月二十日　星期三

晨餐后，觅瑶人少年名梓华者，为担小竹筐一担，将赴山头略采普通植物，兼觅竹鼠巢穴以观察其习性。山中产竹鼠极多，此时正在生殖期中，故极活动，日来瑶人抛得送来者颇多，所述习性，东鳞西爪，不成片段，故特往一为察视，以期得一系统的观念，梓华人极醇谨，且善觅此鼠，故以为导。

由屋后出至罗香背峰，至一溪旁，赴白牛之道自此即入竹林。溪水平阔，纡曲自石际泻下，至此成一小濑，越路后直倾入谷中，作声鞺然如鸣钲，耳为之震。

据溪中石上小坐，掬水漱口，清冽震齿，以水壶盖上小盏挹而饮之，甘美如醇酒，遂不觉饮之过多。见水蛇一尾，以手捕之，断尾而入水底石隙中，不可得见。

自出至此，未入竹林，不见有鼠穴，询之梓华，告余凡大道附近所有之鼠，皆已掘尽，再欲觅之，非入久无人迹之荒山不可得。余诺之，趋前，返至百步外，置筐树下，以杖拨草而入丛莽中。彼言此地旧曾有小径一，通一笋厂，今笋厂已屺废两年，径亦湮灭矣。草深没人，前后不相见，但以声相闻，数数迷乱，而臂为茅叶所割，锋芒所被，血珠随之。乱石巉巉，蔽在草下，足趾触之，极为痛楚。目之所见，唯芦苇青青，间有小树，不见有竹。

再上，始入竹林中，山蚊及山蛭骤多，蚊来有声，尚可预防，蛭来以袭，直无从为备。偶觉臂间作创痛，捋袖视之，则山蛭三条，牢着臂上，正吮吸未已。行数十形，梓华忽曲踞地上，以手相招，急往视之，则地上有一穴，大可如碗，黄土作粒，泥色犹新，堆在穴外。穴直下约尺余，以后即曲而平入，即竹鼠之穴口也。余问以此中有鼠否，彼谓凡有鼠者，其穴口必为此种泥粒所封，恰如鼹阜。此穴已开，洞中主人盖适外出未返也。复攀竹上，至一斜坡，又见有一新掘之坑，锹痕斑斑尚在。视之则远自七八尺以外处掘一小道来，至此则成一小室，深距地平可五六尺，青竹碎屑之干者及枯草竹根，狼藉其中，广长约二尺余，深则不可得知，为竹鼠潜息之所。此时适交尾产儿，故其巢较大，平常掘得孤处之众，据谓巢仅略大于穴而已。

觅鼠不可得，仅见其穴，心亦略慰，寻路上山，梓华告余别道上有悬岩，为山蝠巢之所在，但路极不易行，问余愿往探视否。诺之，彼即前行为导，穿竹林而西，途中得毒蛇一尾，彼为斩竹竿作筒携返。

至悬岩前，攀小竹而上，得仄径四五尺，拊石壁循之而前，从乱石间搴藤捉树而上，有时下视则身悬太空，一释手则且如一叶飘坠，不可究诘，偶一失足，蹴大石下坠，豁然一声，礴碌连声，不知在何处始达谷底，为之骇然。上望有岩洞黝然深黑，攀上视之，洞广阔可容之三四人坐卧，蝠粪大小遍地，皆已有白霉，上视洞上良久，不见有一翼，殆为旧巢，今已废之他去矣。此时更瞻绝颠，知已在顶上四五百尺许，而石益峭削，勉强缘上，至一危石上略坐，出饼略果腹，采得松萝一种，小形羊齿一种，藓类三四种，苔类一种，回视身后尚有岩壁高约一二百尺，赴之，至四五十步后即不得前，询之梓华，谓彼亦未到其顶，意从谷底或可折上，遂由此寻路下，下约千余尺，绝壁千寻，苔藓倒挂，当路而立，斜坡一线，绕在其侧，峻急而光滑，不容立足，枯树一枝横在路口，殆为阻行人不令前，以防其倾跌者。余试跨过其树,以索横腰际,罥之山上树根,前行十数步,事大不易,乃废然返。

于石壁下得见废鼠穴,鼠粪累累积穴口,以粪粒度之,其鼠之身长,当在五六寸以外。

由此循来时路下山,沿途采得植物十余种,梓华解腰间网袋受之。袋为蔴索织成,瑶人自制之物,为负笋用者也。登高山,植物、木夹胴卵固不便,竹筐亦难上下,唯网袋大小适意,且圆软可以背负,容量亦不弱,因地而宜,再无过此者矣。

将出竹林,梓华指一有孔之竹示余,谓中有蝠蝙,出刀剖视,已空,唯有粪粒在,一大蛛穴其中,见人张螯作欲噬状。弃而剖他竹,果有鼠蝙蝠数十头,群聚其中,奇臭不可当,以巾塞破口,徐徐出之,一头乘隙飞去,数其余大小尚有二十五头。节之上有一小口,为其出入之所,群蝠以爪挂在其壁。节之下半为粪溺所充满,中有一死蝠,骨骼仅存,始悟其臭者盖以此。

下山,寻路而返,至四时许,辛师及黄君亦归。

采集哺乳类普通最适宜之时期为冬季气候寒冷之际,盖此时万物休藏,群兽觅食较困难,故设钩饵罟阱诱之,举而必得者十八九,在制作标本方面,冬季毛较深厚,稍有伤损,亦易补藏。又举枪施猎,在夏季草木丰茂时,得兽不易寻觅,且长林蔓草,受伤后潜踪之所亦多。冬期草消,其形与迹均易寻获。但多数哺乳类夏冬异色,又冬季每多独居,至夏初春末始因生殖关系而同穴,此时猎之,一网之下可获多个,则夏季猎兽,亦有所宜,要以各方面参斟定之,不可执一。然猎鸟易,猎兽难。第一,鸟类质及量均较兽类为多,遇得之机会较众。第二,鸟类除极少之例须多人围猎外,普通一人之力即可随意采集;兽类则多须以犬为助,有时且非四五人至十余人同时攻击不为功。如野猪、黄麞等,形体虽不甚大,然已须三四人合力进行,若虎、若熊、若羚,则需人尤多,于采集队组织较大时,尚易为力,但于此万方多难,国帑空虚之时,自以最少金钱最经济方法获得较高成绩为上上乘,故吾队此番采集哺乳类,遂不复自出射猎。盖与其日劳十人之力,得小形兽类一头,得不偿失,不如先察视情形,审明地势,然后借土著之力,代为搜采。得,与钱若干,价格宁略高彼间市价,标本务求其完全,头骨已损者割爱,皮毛破伤过度者割爱,太幼不能供检查者割爱;不得,劳伤于彼者至为有限,审度情势,略予以工赀若干,则喜出意表,后此必当加倍努力,较之自带猎犬,自费人力,其间得失如何,不难立辨。

唯以此法征集,有数点必当注意,第一,当详细询明其产地,能自往一探其地,作为野外记载则尤佳,否亦必详其地势、地形、地高、环境情形等。第二,对于其习性,如食物,如产儿时期,产儿数量,产儿习惯,夜出或昼出,避人与否,驯良或凶残,有无特别防御,遁逃之方法如何等,亦当详细探询,审度其虚实,列为记载。外人研究中国动物,作粗浅之记载,固可记之为产于中国,产于华南某处,或产于广西,以彼辈视全中国为一区,犹之吾人之言美国,南非,德国也,国人自事研究,则于产地上自不能不三致意。习性于分类上虽无重大关系,但于生态上,生理上之研究,则极为重要。而地高一项,于地瑰分布上尤为特别有关,不可不记载。

为生物学而采集,与为娱乐而射猎者迥异。通常之所贵者,虎、豹、犀、象、麋、鹿,或文彩斑斓,眩人眼目,或体态俊美,动人爱怜。吾人此来,原在获得分类上有价值之标本,虎若豹全国所产,已经调查明晰,此间产者亦不过同种之一员。得之,添一记载;不得,亦不过尔尔。野猪、黄麞,已群知为南华最普通之物,其肉可食,土著者重之,贱其值彼不肯售,适足为将来征集上之障碍,多与之则所得不过多一标本,无甚补益。故出发之前,原意但注重搜集啮齿类、食虫类、小形食肉类、翼手类及较新鲜而在分类上极有价值之有蹄类。到此以后,征集所得,果亦以啮齿类标本为最有价值。盖啮齿类为哺乳类中最大之一目且种类极为繁复。关于中国啮齿类,福建之鼠科有 Bonhote 一文,辨之极明晰,沿海而上,至于徐淮,外人研究之文献亦多,大江以北,迤至陇蜀,均有英国床津公爵 Duke of Bedford 采集队详细搜寻,再求进步,已属较难,滇中则英人 Anderson 有详细报告,藏中英人之调查,回疆蒙古俄人之调查,东三省日人之调查,亦均粗备,吾人此行,即在联缀外人所采中国四境一周中独阙之一隅,所求标本,自与普通为眩耀一般社会而来者不同,故一鼠之价值,较大于一虎、一兔之价值,正不亚于一豹。

综计瑶山所产哺乳类,凡中国境内所能产有之名目,殆已具备,闻金秀及圣堂顶有猿,灵长一目,殆必有代表在。翼手类已得一种,另有他种存在之可能。食肉类小形者已见其数毛皮,大如虎豹,则未能见。食虫类已得树鼩鼱两种,山鼩鼱一种,鼹一种,闻尚有猬在,但未获得。有蹄类中已见野猪、牙麞,金秀有山羊,自其角觇之,确为羊科羊亚科山羊属之角。贫齿类,鲮鲤一种,有从朋化送来者两尾。啮齿类中,松鼠类亚目鼠类亚目,均已得实际标本甚多,兔类目,豪猪类亚目,闻亦产有。

哺乳类之测算,以带肉测量之结果为最有价值,非万不得已,决不用皮为测算标准，若就制为生态标本之物以测算，则直无意义之可言。故得来之后，剥制之先，常测算之，技工江义顺君助力于此方面者颇多；每值余极忙无暇及此时，恒由彼代为测算。分类标本，与普通生态标本不同，不能曲就其姿态之美，而当取出其头骨，作为标本，盖骨骼为分类极重要之一种标准，而头骨则尤为重要也。本大学从前所存标本，什九为生态而作，无从检其头骨，故征集之经费虽多，但实际上究无价值之可言。

由罗运返罗香之经过，辛师及黄君所述者如次：

晨起，辛师自户外望见峭壁在目前，忆及圣堂顶在此矣，乃与黄君同出散步。在草坡上，以望远镜上窥圣堂顶，天无片云，石壁高插碧空，藤罗羊齿，缀挂其上，奇峰诡谲无可名状，闻圣堂顶距此村仅十五里，原拟一往探视，但以赴金秀心切，遂趱程返。

途中经一高山，采得大石松一种，又山茱萸科一种桑科无花果属一种。由此再下，沿溪而行，再上一高峰，雨后泥滑，数倾倾跌。在白牛不远处，得见红蜻蜓一对，正在交尾，雄者极美丽，与雌者较，浑不相似。此蜻蜓在瑶山甚多，极为美丽。今番所采集者极多，初犹不辨其雌雄，今得见其交尾，始能断定。其交尾产卵，历时均极暂，普通不易得机会观察。入白牛村，饥甚，就一屋中小憩，老妪为设鱼羹及粥，羹中鱼少蝇多，辛师及黄君不敢下箸，但啜粥两碗而罢。少息，急行而返，到家后，腿为蛭伤，血出如渖不止。

任君日记：

上午在船中，尚凉快，下午一时至平南，再购备棉花油纸等物。

有行李五担，雇挑夫时非常麻烦，平南挑夫数百名，有夫头统御之，屡次雇请夫头，辄向吾多方欺诈，以期勒索，此次竟以路远，无人愿往为辞，向吾勒取双倍价值，民团局及县长皆莫奈伊何。吾与何梁二君，不禁相顾喟叹，谓以此毫无智识而贪得无厌之人，一旦予以相当势力，其不鼓其兽性以摧残人类耶？

六月二十一日　星期四

晨起，与辛师黄君压制两日来所采集之标本，纸不足，数数中辍，因遂罢而待之明日，以水湿之，俾不至干萎。

自入山以来，工作奔驰未稍休，虽精神健爽如故，但身体皆颇觉劳苦，而剥制鸟兽之技工三人，日日自昧爽迄于昏暮，工作未少少息，尤为困惫，故自昨晚起停止征集，今日为抽半日闲暇，同事休息。

黄君携有游泳服来，至是遂提议出就溪流中游泳，大众击掌称善，遂就赵显周君询有何水深阔可供游泳者，彼以村外里余有澄潭一泓相告。于见各预备衣襦，杖策出门，在村口遇童子七八人，问先生将安之？告以出浴，彼辈雀踊愿为前导，竞为吾人肩负衣巾各物，出村南向行。蔡君外出捕虫未返，独不得偕，技工老唐，亦逸兴遄飞，随众同出。曲折过阡陌涧谷者数四，来至水湄。繁花绚锦，绿草成茵，白云在天，溪声聒耳，群弃木屧于地，试其水深寒，黄君先下，探索之，深可四尺许，能供泅泳者试身手之地，则不过长三丈余，阔丈许之一段，然在山中，已为巨浸，扬其清波，偕入水里，一施蹴踢，水花已上溅来岸。风所扇处，溪对岸群花丛树亦为含笑颤颤不已，余不善水，老唐不欲尝试，留在岸旁，余寻上流，得急水一处，袒衣入坐其中，沧沧清流，掠体而过，快意之极。历一时许，澡沐而归。大雨骤至，唐江两君，浴后新易衫裤尽濡湿。到家后，以明日为端节，决休息一日。

山中无菜，每饭辄为粉条豆腐竹，初来犹有鸡可买，三四日后，并此亦罄。市肉必至马练墟，往返四五十里，极为不便。今日村中瑶人合议宰豚为明日节宴，但合力只能购得半猪，遂以其余让之吾辈。为市之。晚，煮肉邀村董兄弟来饮酒。

任君日记云：

九时自平南出发，一时至思旺墟，去平南只三十里许，本可再行二十里，而护送队皆推托不肯前，暂宿于此。

六月二十二日　星期五

昨日纸不足，植物标本未压完，今晨起叠纸完成之。蒇事后，与黄君、蔡君、唐江等，以赵君为导，出赴另一溪中游泳。上流有枯竹一株，横在水中，合力去之，得以肆志泳涴。此溪水床较深，潴积较多，故尤觉快意。

归来后，黄君、蔡君在村前村后，摄取景物片多帧，瑶人愿供摄，遂在居处庭前小院中就淡日微光为照多幅。黄蔡两君复出村中征求，村中女子遂亦有肯盛装而坐，就听摄影者。

午餐时，招致村中诸瑶人之甘为吾辈力作者，煮肉市酒飨之，笑饮甚欢。果腹后，盛谢而去。

今日总计标本植物计已达五百八十余种，鸟在六百个百种以上，爬虫约亦五十余种。

下午小雨，俄忽渐大，正围坐碉楼，畅谈风雨，楼门履声沓然，起视则任君已自广州返来，同行者尚有何椿年君及梁福泰君，来作昆虫之采集。此次采集昆虫，以器械不全，无从尽力，故成绩殊不能谓佳，两君来，添一生力军，为鼓舞不少。

连日奇热，故任君等特于晨曦甫露时即启行，舍途中曾啜粥两次外，尚未进餐。近村时，忽遇大雨，溟蒙皆乱，遂至迷途，在密箐中左右旋转，几经曲折始得辨途出。抵居处后急索食，谈别来经历，且解湿衣，则两足尽受蛭吮，血流渲濡。

今日为旧历端午日，瑶人亦皆休假，唯素日为吾人工作者，仍愿来为吾人助力一日。吾人除晨起制标本外，尽日休息谈笑，极为欢乐。

昨日瑶人以半豚售吾人，今日因归秤之，计其价，较吾人向者遣人赴马练专购者为尤昂，盖彼以吾人遇小事不甚斤斤为计，以为良可欺，黄君召其值事者来，细数而薄谴之，屏息愧怍，状亦可怜。嗜近利而乏远谋，所得几何，致召辱漠，吾国人素以豪迈名，今亦见其逐逐于微末矣！愿戒其始，树深虑而绝近图，庶遏他日之羞辱祸患於未见。

任君自记：

昨晚三时自思旺埠起行，利其阴凉也，于间雨大如注，衣履尽湿，吾来往此路，前后四次不逢烈日，即逢大雨，机缘一何巧也。下午三时抵罗香，值端午节，煮肉方熟，今晨未进早飧，中途足软神萎，几不能举步，在饥火如焚之情景中，得大嚼，其愉快真不可以言喻。

六月二十三日　星期六

晨起即事简牍，至暝始毕事，作缄两通：一致戴朱两校长先生，报告最近采集情形；一致傅孟真先生，述征集瑶歌以来所经历之困难及近来征集之情况。

又对于由瑶歌之发音所涉起之音韵的问题，亦试作简略之陈述。

下午大雨，雷电交作，蓛云掩空，长风拔树。墀中俄顷间即蓄水盈尺不得泄。雨沫如银，上下飞溅。下碉楼至厅事中看雨。有瑶人来，以竹箐盛蝮一，诡称已死，盖欲一试吾人处理蝮蛇之技。开箐审谛，几为所啮，幸余手疾，急扼其吭而从容处理之乃得免。

爬虫标本，若专恃自力搜寻，所得必不能多，故不得不出以征集。瑶山林蒨荫密，在在有蛇，且有毒之品种尤繁，唯殊无术可以专志捕获。余尝于晚餐后在山中闲步两时许，于草隙树梢，处处留意，然卒之一无所见。唯偶或得于登山时可一遇见之。由是乃明昭瑶人，能以蛇来者酬以相当之值；品种新奇者值且尤巨。此语一宣，彼辈多以为笑语也。会有小童将草花蛇来，虽明知其为极普通之物，然亦立畀以银币两毫以立信。童子大喜，忭跃以去，村人自是时时注力觅蛇来求售，而外间不易得见之种乃亦愈集愈多。此时天气乍暖，正爬虫生活力极盛之时，最适于搜采，唯以其生活力强盛，其活动之力量与毒液之分泌亦正旺，故捕捉颇为危险。余在广州时，曾试捕蛇，以已往之经验及蛇人之告语，知捕蛇别无所谓长技，要在眼明手快与镇静而已，常人闻蛇，即联想及其毒，畏惧一生，见蛇先已震慑。仿佛一遇蛇即必死无幸者。实则毒蛇之畏人，正不下于人之相畏，如不相犯，彼亦不敢轻动，且往往先逃。只眼镜蛇之雌者于产卵时恒追逐近其巢侧之人或物，其余之蛇，非极饥或受人迫害时，每每避人遁去。见小蛇，当易之如线，而慎之逾电，审视的当后，迅以手力扼其吭，正当其口张合之处，则彼无所肆其毒噬，即可徐徐处理。唯此种手腕，谈之似极容易习之则綦难。第一则审视须必中，不中则徒为所啮，第二则发手须极速，不速则成遭反噬，至少亦必为其遁去而空致懊丧。再次则扼之须力，小蛇之颈，纤才如指，当以右手食指拇指力挟之，不能拳握，若指力不强者，则在握时较未就捕以前尤为危险。

蛇性本凶残，矧在厄中，未有不咬啮求脱者，脱小有不慎，为所乘，则危除不堪想。较大之蛇，可扼以三指。至盈把之蛇，其筋肉力量必甚强大，若但恃徒手，恐未有不败者。普通恒用大铁钳制之，第铁钳亦不甚灵活，余所用之器械，则为坚竹杖一枝，长镊子一枚，锐锥一事而已。见大蛇，审视后，以竹杖疾下重压其颈，着点亦当适在其口吻翕张处，其须力按之，俾无可逃避。然后以锥自其顶心下刺，着之于地上，且牢钉之，乃再作第二步之处理。蛇之分类，头上鳞片之数目与排列之方法为重要之一标准。锥刺之时，当注意毋损及鳞片。

无论大蛇小蛇，就捕以后，作成标本以前，当略为检视。此不特受好奇心之驱使，亦且为分类上、习性记载上所必当注意者。第一即检视毒牙。左手扼之，右手以镊启其口，上下审视，兼当注意颚齿。次之则当察其瞳孔，为圆为卵圆为线形为鼓槌形，均当记载。此步既毕，即可制为标本。大蛇原可剥制，唯手续不易，且不免或损伤腹鳞及尾后鳞之完好。放余亦与小蛇同一以蚁醛浸之。普通液浸标本，于甫杀生之后，当用浓固定液注射体中，使其全体肌肉皆凝固而不致腐败。此次入山，未携得注射器，故前此标本，多有腐败者，良为可惜。自发现穿刺亦可以预防腐败后，凡得蛇即先以长镊自其胸下揭开腹鳞一两片，约量其心脏所在之处而刺入之，破其心脏，然后急纳之蚁醛罐中。此时乙醛侵入心脏，蛇即负痛挣扎，愈摆而药液之侵入愈速，即随其血液而循环全体，因遂得于短时间内收固定之效，蛇之体形，则仍了无损。

观察毒牙时，最当审慎注意。余通常恒备极浓之酣液(Phenol)一小瓶，浸小块棉絮于其中。启蛇口时，如见有毒牙，即急以浸酣棉块纳其口。酣性极猛烈，蛇口被其作用，必负痛挣扎，但俄顷即复麻木，然后以清水涤之，乃得细审其毒牙之情状。就余所经见者言，管牙蛇中腹，青竹蛇及俗名金钱豹之 Trimeresurus mucrosquamatus 为最长而可怖。余如百节蛇之六枚并列，亦殊可惊。此行所遇毒蛇中，最可纪念者，常推此数种及眼镜蛇。

六月二十四日　星期日

气候骤暖，晴日郁蒸，中人欲睡，念深山犹亢炎如此，外间平野处将若之何？南国天时不佳，所以使民生偷隳之习也。

今日黄君仍外出预备要采普通羊齿，蔡、何、梁三君亦各出。余在寓处继续从事瑶人舞歌之整理。曩日浅尝，有时往往若别有会心，悟从顿出，迎刃而释者良多，私心颇用快慰。迄今细事搜剔，旁征侧证，字方句比，乃得见向之所谓迎刃而解者，曲解之处正不尠，且竟有矛盾纰缪至极者。天下无易事，事事需潜神屏气为之也。穷一日之力，得订前失若干处，然仍仅得毕其半。市上恒见有若种民族之歌谣，若人手辑者多种，卷帙浩繁，校雠似亦精审，窃怪其何建业之速如是耶？

黄君晚归，面盎然有悦色，云出行之意在采集普通羊齿，不意仍获得新奇品种不少，发筐检视压制，计有五种为入山以来所未经见者。各捧薄粥一瓯，得意相视而笑，颇觉此乐难得，他日出山后念及，当不禁悠然神驰矣。

晚饭后，各出屋侧散步，归来后，决定各队员除作动植物之采集调查外，常留意作瑶人语言风俗等之调查，为队中一种附带工作。因由辛师指定黄君专事摄影及各种瑶人男女衣饰之搜集，何梁两君以时辅之，任君专作社会制度风俗习惯等之调查记载，蔡君为之臂助，关于歌谣，语言一项，则仍以属余，分工合作，进行益较便利。

六月二十五日　星期一

朝餐后，摒挡一切既讫，辛师偕黄君任君技工江君携挑工两人出发，由白牛转罗运以探圣堂顶。何君及梁君亦出山上捕昆虫。余因山行苦蛭，须觅绑腿，久而未得，故迟二十分钟许始与蔡君同出，亦赴白牛，为察鲵鱼之产地及生活情形。

出屋背后，湿泥中见鞋印宛然，知辛师等已由此路前行。迹之前进，几越涧谷，达余向探竹鼠时饮水之槊听，见辛师等方藉地坐树荫下休憩，盖随行挑工疲乏，不能速行，故尚滞在彼处也。相与略坐，即拾石级而渐上入竹林中。

向过竹林，类皆以手攀竹上下，藉其弹力，往往轻轻一攀，腾跃三数尺，故轻徐不觉甚乏，且势头飞渡，颇饶兴味。此竹林中辟有石级，盘旋而上，山势又峻削，步行转觉极吃力。骄阳光止竹梢，时或从密丛中漏下，炎威固不以荫蔽而稍杀，热极汗下如渖，衣裳表里都湿。数行数息，始达山巅，席地小坐。罗香村村董赵君偕同行十数人自白牛捉鬼事毕返，道相值，攀荆坐话，便约彼同行赴圣堂顶，慨然允，遣其同行男妇先归，转道从吾人返白牛。

由此再上，即为此峰之绝顶，夹道繁阴，较始入林处尤浓密，日光不得直达地面，唯时或从他处有斜射光来，辗转反映，呈钝灰色，地面枯枝败叶，厚可没踝，在此黯淡之铅光中，作色如密。出林忽豁然开朗，盖烧山之后，林木未生，杂草怒发，连山皆然。日光皑皑，映宿雨上，蒸郁不可耐。由此前望，约可二十里处，有远山一抹，白云环其顶如截，唯山蒂连绵，远入天边而没，圣堂顶盖即在其中，特为云幕而不得见耳。流连久之，循路而下，至于谷底，见有土墙十余堵，在溪旁矮树下，盖即白牛矣。

入其屋中，骤闻嗡然一声，令人错愕，举目瞩之，则群蝇避人，飞起作声也。其污秽之象，目不敢仰视，急出屋外路旁据石小坐。雨又骤至，不得已仍入屋中暂避。屋中老妪尚颇和蔼，吾人乃一手挥蝇，一手拂凳略坐。雨止，已一时许，皆颇觉饥，思粥，令随行荷担瑶人为买米作炊，久久，始得脱粟盈升，糠粃尚存半其中。无已，遂令梁四为洗之炊粥。碗箸等等，亦经再四涤始敢取用。粥未至，群蝇营营，扰扰不已，手挥目送云者，不期竟应用于驱蝇。米粗，山地高空气薄，柴薪又湿，故费时一小时又半粥始就，启视，冻红如琼脂，饥甚不暇辨味，取椀挹而啜之，至腹果后，别之行。老妪出鲵鱼一尾来求沽，以竹笼携归。辛师及任君黄君，先发赴罗运。

出屋后，由别道至一溪旁，水清漪见底。余与蔡君将由此归，辛师等亦适由此道赴罗运，石上足印斑斑可见。适间老妪曾告谓鲵鱼即得之此溪中，余乃与蔡君试下水中觅之。水渐行渐深，数翻检水底乱石无所见，乃怏怏出，就道行返。

路一转后，溪流忽渐阔，平濑涟漪，砂石浅浅泛出可数，密蒨如锦幛，披拂其旁，时垂低枝入水中，缓流所经，激成浅涡如小儿笑靥。道旁有草创之竹屋，垒石为桌，上置石一堆，压红纸其中，前置香炉，炬香初烬。询之随行荷担瑶人梓华，彼亦不解为何神。

过此，数历溪涧，水流愈益清冽。藤花布岸，小树丛错，日光自叶丛中下照水面，作方罫呈金色，有叶荫处则水色深黝，与日光错综成纹彩。至一处见对面石壁颇低，水溅其下，黑白相映，碧树掩在上。绿竹琅玕，迎面阻在其侧，方以为路尽此矣，及转出竹丛，则此身忽在壁下，溪流悠然过足际，迴环搠拶而后去，景幽静无匹，尤令人流连忘返。

由此更上，越一荒山，再入密林中，折曲数四，复至来时路。此时回首望圣堂顶，奇峰峭立，直出云表，苍穹一色，掩在其背，壮丽雄伟中有苍劲明秀之气，奇丽不可究说，循竹林再下，斜曛歛光，四野皆已呈金黄色如晚稻初熟。竹林中疏阔处时见西南诸远山，崦嵫绚彩，黄紫纷披，晚霞如渥丹缭其顶上。俄顷间，白云冉冉自足下忽出，举此远山尽皆涣灭，但有云海弥漫，如骤雨在前，遍野皆成银色，近身处则黑暗如漆。

探表一视，已达七时半，计程当尚有山路十余里，而饥火中烧，两足又复疲软，不能速行。日色已晦，天际微光烛旷处尚可略辨途径，密林中则皆暗如在洞底，以竹杖击地而前，时复倾跌。败叶腐朽，郁为沼气，刺鼻类新制之酱，喉鼻受其刺激，辄起呛咳。此心惴惴，尤时虞毒蛇来袭。

过大溪后数十武，忽见对面林下有绿光十四五点如豆，连绵成缕，疾过而灭，盖沼气燃而生之光，即所谓鬼火也。此时虽不觉鬼之可怖，但景象阴郁，亦怵然肌粟。

抵家，已过九时，微云在天，星月失色，四面人声已静矣。晚饭既讫，倦极而寝。

辛师黄君等，于下午六时许抵罗运。天气奇热，行极苦。

六月二十六日　星期二

晨餐后，何君梁君出捕昆虫。余与蔡君压制所采植物标本，至十一时许始蒇事。

炎威铄石，咄咄可畏，下午尤甚，汗下如雨，工作亦失效能。

黄君述由罗运启行赴圣堂顶之经历如次：

昨夜抵罗运后，即觅人为向导。久久始得一人。今晨偕出村外不远处，见青竹蛇一尾。其人讹闻吾队中有人能制蛇，故坦不为备，任君以杖抵其颈后，群蹲而聚观。任君令觅草索来缚此蛇，彼立解髀间一带相授，偶不慎，手为蛇牙所伤，血出大声呼痛，则已被啮矣。行不数步，即渐肿大。彼频频以口吮出血液，复时觅草药傅之，然数里后，手臂已肿胀至倍，彼惧不敢复前，号泣而返。余众见此，莫不懔然。后此闻其受伤虽重，幸尚不至危及生命，盖蛇被杖压后，怒放毒液甚多，及此人被啮时，其毒力已遥灭于平时也，然而险矣。

导者既归去，不得已乃循路约略前行。山高径仄，为杂草怒生，行至不易，经三十余里后，始抵一村名横村者。地在圣堂顶峰麓十余里处，村落甚小，不过三五人家，求余屋为居，极为困难，不得已七八人逼居两小室中，姑且一宿。晚饭后，觅人为向导将于明日登山。众闻上圣堂顶，皆桥呿不敢置一辞。久之始有人相告谓峰顶为鬼神所窟宅，恒人不得登跻。唯山顶有神庙一区，年久有所破损时，则神忽示异迹于人，得见康庄大道于山腹。循道上攀，不过炊许辰光即可到庙中。至则砖石木料均已具备。但为兴工补葺之，则必有大福。工作时思食得食，思衣得衣，莫不如意。庙中有一猫，极灵慧善解人意，乐与人嬉。庙前有深潭，终岁不见枯竭，潭中有鱼甚丰。昔李闯兵败途穷，遁入此山，曾到庙中，颇得神佑云云。其语荒诞无稽，不值一笑。而村众则言之凿凿有征，了不以为诞。由是征人为导上山，卒不能得。

六月二十七日　星期三

今晨得大形山蝙蝠一头。

朝餐后，何君梁君仍出捕昆虫。

天气奇热，坐极倦。

赴圣堂顶一队，今日始上探。其经过情形，就黄君所述记之如次：

晨六时进食，餐后，再觅人为导，仍不可得，即询明路径，一队六人，指山前发。至八时许，始抵峰脚。雨作，雾气漫林野，微茫无际，前进倍艰。同人集议，既到此间，断无半途折归之理。因决不避艰险，必须前进。坐而稍息，仍觅路上山。道上多杨梅，此时果实已熟，猩红可爱，摘而食之，甘芳酸美，大为可口，沿途采摘不罄，不觉已到千一百尺处。路已尽。上望但见一片葱菁，尽为芦荻之属，其长没顶，了无隙地。人入其中，头面手臂即为叶缘所割裂至血珠濡缕，又复昏暗，聚蚊极多，辄被嘬，决不能徒行。乃命随行工人弃担出刀斩而上。至午后二时许，始得脱此荻带，已达山高四千三百余尺处。此时复见松林一带，间杂修竹，极为茂密。辛师与黄君乃齐入林中，探采羊齿。林中阴暗如晦，蚊及蛭亦甚多，其苦正不下初入荻带中时。唯此种经历吾人亦既惯之久矣，仍了不以为意。历时四十余分，各采得七八种。乃出至林木带上，地高四千五百尺处。

出林一望，峭壁压在眼前，峻削如刻，猿狖莫能攀，仿佛自天垂下石帘，帘上端裂两罅为三峰若三指骈竖。无可觅之路，亦无可尽之筹策，彷徨久之，日影西斜既远，不能再稽留，探时计一视，已四时半，遂决偕返。

濒去，复出望远镜上瞻，见其颠摇筑空中，敻然峭立者，距人力所可达处，至少当再有千五六百尺，壁上藤萝曼靡，迎风飏舞，当必有羊齿藓苔等下等植物极多。黄君见之，尤惋惜不已，意俟下次入山时，当携帐幕来，沿途辟草为营，按步前进，以求穷其顶而一窥究竟。

下，将及荻带，人各杖策行，辛师及技工江义顺前行最速，已入带中甚远。黄君与梁四最后，任君行最后，以鸟枪过重，交之随行瑶人阿意。不图倏忽间，阿意手中枪不知如何忽轰然一声，有弹飞出，击碎石飞溅。阿意伤最重，次之则任君腿上受碎石及铁砂不少。梁四较远，所受更希，黄君则仅腿上亦着两砂。辛师及技工江君未波及，然闻枪声后，亦极惊骇。幸而所伤均非重要，故只深咎阿意之不谨，相互扶将绑束，勉强下山。天已昏黑，又不辨路径，摸索久之，始得循路返寓处，已八时许矣。

村中人见队员受伤，群来相探，且谓曩曾相诫以有鬼神不可轻犯，今果遭神谴矣。偶然之事，无从解说，而彼辈之迷信乃愈坚，且到处传扬，谓圣堂顶果神圣不可侵犯，吾人本为破除迷信而来，结果反为鬼神张其焰，颇复懊恼。

夜饭既毕，倦极而寝。

六月二十八日　星期四

晨餐后，蔡君何君梁君同出，蔡君捕得淡水鱼类颇多。

穷半夜之力，始将到瑶山以来经手账目理出。

辛师等今日由横村归罗运，将循此以返罗香也。及抵罗运，其村人相告谓明日村中将举行捕鱼之盛典，坚留队员为观礼上宾。辛师等亦以此等机会不易得，遂决明日多留罗运一日，而遣技工江义顺挈瑶工阿意带植物先归。

六月二十九日　星期五

晨餐后，何梁两君仍出捕昆虫，蔡君与余留寓处。

晚饭久不具，怪而诘之，则云须待赶马练之人返始有米可煮。待至七时许，始得进餐。

饥甚之后，食量转耗减。

饭毕，技工江义顺及随去圣堂顶之瑶人阿意担植物归来。阿意两腿裹厚布，且步履尫儴，正莫解所以，彼遽以枪伤见告。余大骇，以为遇劫匪，急询所以，彼探囊出任君书见授，始知为前日误伤所致。

黄君述在罗运观渔大典礼之所见云：

晨六时许兴，即闻村中远近杵臼之声相应和，颇致疑虑，以为或今日需米多，乃清晨匆匆为之备邪？起促大众盥洗，至溪边觇之，则见阖村老幼男女，皆盛妆靓服，各备鱼篓一，竹柄之鱼叉一，骈立溪畔，就石上以木杵捣药。药为马钱科之醉鱼草及豆科之一种,彼中人呼为野桃。黄君为摄影片一张,彼众极欢喜。春药既腐,将散之溪中时,所有妇女忽群避去。询之,知为一种禁厌,盖以为女子不祥,将有亵于神也。

食顷,药毒性发,群鱼因毒死而浮起水面。山溪狭仄,水流复湍急,故鱼不能大,最大者其长亦不过两寸外。此时男妇复麕集溪畔,死鱼盈水面,随手可得,顾捞取者初不甚勤,盖彼中有例,凡来与大渔者,得鱼后无论长幼,皆得均分一份,原意或在戒争,但结果适足以养惰。以人存幸获之心,多捕者未必能多分,亦群趋于怠懈,以待事毕后徐分他人已成之功耳。

辛师等见死鱼随水漂去可惜,思捞获之为标本,乃与黄君任君徒跣下水中伴捉,亦以助兴会。日昃登陆,三人得鱼五斤许。而彼村中人之携网篓叉杆来捕者,一日中所得,均分之于众,每人只十四两,侥悻必无良果,人心未能进化至大公时,"各尽其能"一语恐终属玄想也。

晚餐后,各归寝,将以明晨返罗香。

六月三十日　星期六

晨起细雨如丝,胶固不息,昨闻赴探圣堂顶之支队且于今日言还,如此雨云,不綦败兴?

晨餐竟,雨益急剧。山中食物不足,求绿蔬尤不易,羸躯处此,弥不胜,近日尫羸,且疲殆无既。餐后与蔡君检出昨日工人挑回植物标本压制后,极倦,即就阈上坐,看檐注龘细杂下,击积潦飞溅作银屑,老牸未出,蜷伏间侧,犊子立其傍,依依以鼻遍齅母体,牸亦出其肥舌,舐犊首至暱。久别田间,见此情景,弥增遐念。亭午,炊糜为食,得豆腐佐之,甘绝,山中龙军村有人能作此,此法亦师汉人,山泉清冽,作腐固宜胜常也。

迫暮,方促供晚膳瞥见任君坌息自外入,状极倥偬,方骇然致问,黄君亦杖策继至,色晏如,俄顷辛师亦来,始审知今晨三人由罗运冒雨出发,沿途以泥浆滑,时虞倾蹶,极艰苦,将抵罗香,雨阵又骤至,因急行而返耳。时大众均已洊饥,而待晚食久久不至,召工人郑超诘之,含糊以对,任君疑而穷鞫讯之,始谓吾人未备釜,刻居停赵君正亦在炊,因附米于釜烦为代爨,犹未熟也。群计大队入山时,气候凉适,抑且新处劳瘁,故均极健饭,然九人日两膳饮米曾不过八斤略羡便足,近来天时日热,且求蔬蔬不得,愈不易下咽,益以劳苦过甚,均极敝罢,食尤锐减，而购米之次数与量数转激增，正滋疑讶。二十五日晚自马练市归之米五十斤，自赴圣堂顶队出发后，留居此间者亦只九人，而昨午即已云米罄，晚待遣赴马练人返始克为炊，更忆前此端午日吾人购得半豚，两食遽罄，又入山以来，每日炊爨及烘纸制标本，月余耗薪已达万余斤，皆极奇特。至是始知盖居停主人视吾人宽厚，细故不与琐琐较，以为易与，遂与郑超厚相结纳，且更嗾其子妇为饵以诱之，郑俚人无知，受其笼络，由是队中米盐薪膏之类，遂日有亡失，初且以为是或瑶人蹈隙攫去，曾数严责郑超监守不谨，今乃得悉究竟。任君最怒恚，首启白辛师，请立逐郑超归。遍询大众，亦以为是无复可赦，晚餐后，乃召而遣之。彼初犹多方强辩，哓哓不已，居停亦来代为缓颊，益致人生忿，因严拒之。后为说种种譬言，喻其以后悛改，至深夜，彼始渐悟解，涕泣求免，顾令行不可复，遂厚予之资，并允由队中雇瑶兵两人护送之至平南，免其受匪迫害如梁四昔所遭。事息，各就寝。

瓊樹兮垂枝

爛白雲兮寄相思

六月 終

柯影

穌

七月

蘇星爛兮晴空深
杜若芳兮幽蘭生

七月一日　星期日

朝餐后与辛师黄君整理日来积得之植物标本，计圣堂顶得来者已有四十余种，合之前此所得，共已有六百五十四种，普通植物尚未计入也。

傍午奇热，大众同赴村前一小溪中游泳，漪漪平流，寒凉浸体，觉疲热都忘。流连久之，始偕返。途中又得野牡丹科植物一种，花仅四瓣，与普通所见之野牡丹异。此外尚有植物两种，亦极新异。

归来小憩，平林卓君来座谈，便中向询至金秀途程，始知前此民十五任君来瑶山时所居之横埇，距金秀仅三十里，金秀至三江墟，三江墟再出至修仁，亦各仅一日程。同人闻讯大喜，因再议赴金秀之计划，拟以全队往作三星期左右之采集，然后再循金秀出横埇由三江墟北向出山。唯金秀无纸，故当雇工人担纸前去，备压制标本。

蚊骤盛，夜间几不能坐。

七月二日　星期一

晨曦甫露，黄君即起盥漱，遍觅工人为挑纸入金秀。罗香全村，无愿去者，或谓路远行不易，或谓金秀人蛮犷无理，惧遭僇辱，然实则多半不愿舍其家中黄脸婆子远行耳。相对叹且笑，议且俟明日遣人赴马练雇得夫役再定行期。

午粥后，辛师召任黄两君及余集议赴金秀办法，现存之款已不多，天气又奇热，各队员均甚疲乏，究竟将如何继续进行，有从长商酌之必要也。任君力主先全队出山赴平南，迳赴大湟江口，稍事休息，待学校接济款项到后，再分队一由三江墟赴横埇达金秀，一赴桂西完成吾人前此之计划。辛师谓大队仍当留山中不出，主力在罗香，但分一部分人去金秀，款不继时再派人赴广州设法。黄君意与余略同，主即以大队赴金秀，唯余则仍欲留三两人居罗香以为后劲。久久未决，适工人来速往晚食，遂中辍。

饭后，赴屋前小台上闲坐，仍赓续议去金秀事，卒乃决定视存款之数以为断。既暝归来，先就各人分领之余数及黄君处所存总计之，仅余粤币七百余元，决不能敷全队拔往金秀久住之需。盖无论此后如何进行，金秀归来后必先运标本行李等共约二百余担至平南就船，以挑夫每人给粤币四毫计，由罗香至平南城两日程，挑夫工资即已需粤币二百余元，此款自当预为储出。山中物价奇昂，队员十一人,每日日食须十元外,制植物标本之人工,每日所需又在二十元外,合计大队留山中时,无论分队与否,每日均须款三十七八元。往返金秀计四日程,每日至少各须挑夫二十名,十名挑纸十名挑行李,共当费工赀三十余元。

在金秀采集成绩如佳,势必多淹时日,此戋戋之款,决不敷开支,若再待月余,则全队不复能举拔矣。多方计算,如拔大队赴金秀,则只能小住十日,归来再休息一日即当趱程出山赴平南静待接济款项。若全队俱往,则劳众而结果太小,得不偿失,且罗香尚大有可为,中道弃之,未免可惜。倘竟置金秀而不顾,则全功亏于一篑,未窥瑶山之全景,此一行且终留一绝大遗恨。筹思再四,莫得良策,最后始由辛师决定,只由黄君偕蔡君及技工江义顺轻装往,所采植物,则令人以竹箩挑返罗香,如向日赴圣堂顶罗丹等处时之成法,如是则不需雇伕挑纸,工赀较省,且轻装来往极易,采集成绩佳,自可久留;不佳,亦不致空劳大队往返。款不足时行李标本即暂留以山中徐待校款到后再来运取。一时众棼俱解,遂各欢然就寝。

七月三日　星期二

今日黄君起预备赴金秀行装,竟日检点,极为忙碌。

朝餐后,电戴朱两校长请汇款平南接济出山,并详函陈述采集圣堂顶及分队赴金秀之经过。又以吾人积集之标本为数甚巨,搬运不易,并恳电南宁黄季宽先生请其派遣船只由梧代运邕备展览。而存款垂罄,出山以后即不能再进一步,并运物归校款项亦感不足,勾漏及桂西之行,更无论矣。因是更乞再汇款三千元至南宁第一中学,俟大队赴邕领用。至日晡始得毕事,天时过热,人极疲苶,虽欲求速亦不可得也。

何梁两君今日出采昆虫,结果所得近百个,为此行空前之成绩。任君检查鸟类标本,已达七百九十七个,明晨起当即可有鸟皮八百矣。

七月四日　星期三

今日黄君率分队赴金秀,黎明即起,预备趱行,雇挑夫又得八人,喜出望外。晨餐竟,立启行前去。任君偕何君赴白牛采集,梁君则在罗香附近搜寻。余以连夜不得安眠,精神极梅为倦怠,日晏始起,朝餐后,休息片时,即取向日所积日程，下碉楼在厅事中整理。昨日伏案事函牍一日，天热力疲，今日虽晏起而头犹岑岑然如立危岑下，昏且眩，遂亦辍工。

下午，罗丹有人遵前约送蝾螈二十余尾来，玄背丹腹，雌雄腹部色相异。蝾螈吾国产者计有两种记载，一产滇，为十九世纪末发现之新种，一产浙赣湘等处山溪中，此间所产殆与后者为同物。

日就晡，远岫上层云骤起，渐衮渐广，俄顷间已及村南诸低峰。返顾，则村背诸峰亦在浓烟中，唯山蒂时隐时显。狂风怒发，云脚倏在天顶汇合，一时天地俱晦暝，碉楼上听四野飒飒暴风撼树木声，宛如深秋静夜山雨初发，枯叶飞下时，肃然生惧心。一霎大雨如注，檐瓦簌簌如奔马并放，至漏下始定，一向苦热，得此始解。

黄君等赴金秀之情况，迻录蔡君日记于次：

本日予与黄江二君往金秀。饭后八时出发，挈雇工三名及挑工二名出罗香村，绕背面山直向北行。约五里许，抵纸厂，其附近产竹甚多，纸之材料即取于此。厂前有水塘，斩下之竹，投诸塘中，用石灰浸渍，促其腐败，然后用石轮研磨成丝细纤维，而制之成纸。

由此行前，忽登山巅，忽行山麓，一上一落，煞费气力。时赤日如火，酷热异常。中经二山颇高峻，至山坡间，黄君挥汗指谓予等曰，须经其前面山坳。遥望尚有一半之高，予喘息中面有难色，乃就路旁松树下暂事休息。

移时鼓勇继上，路益险恶，芦荻怒生，路为之掩。摸索前进，倾跌再三。几经艰苦，始达其巅。后复沿山腰行，下临深谷，偶一不慎，坠落谷中，势且成齑粉。谷中杂草怒生，见蓬莽处草尾摆动不已，似有动物在下者然。方疑为猛兽，继闻人呼犬声，知为猎兽者。

下山涉一涧，复上一秃山，盖此山昔极荒芜，经板瑶焚烧之后，改种玉蜀黍。越山路出一坑，有田陇颇多。予与黄江二君在一田塍上休息以候行李。

随行一瑶人，猎得珊瑚鸟及红嘴画眉共六头。该瑶人体格强健，且高大，予等称其浑名为高佬，枪法熟练，为罗香村中最有名者。此次入金秀特招之随行。

将抵平林，予在途中捕获蛇一头，俗名称为两头蛇，以其尾端大小及色彩与头部无异，人常误认为两头，故名。

抵平林已下午三时，入是村村长明氏家住宿，此地距罗香三十里。晚间村中瑶人咸来奔视此不速之客，见予等携来之鸟枪及电筒等，惊叹不置。平林为寨山瑶，有人口百余。

七月五日　星期四

昨夜新凉生枕簟间，睡极畅适，今晨起床，倍觉清新。

晨餐后，任君留寓处部署一切，兼预备为语言历史研究所草瑶山两月见闻琐记。余久未远出，蛰居苦闷，乃随辛师携梓华及另一工人赴沥采集。出罗香村前，循径至檂梧。途中须越高岭，新雨后泥滑绝，行极艰窘。久之始至罗洲侧面之茂林。于此稍憩，复前进。路愈上愈险，童山崎岖，仄径蜿蜒，攀登甚苦，久之始得达一高峰之腰。由此俯瞰，第见群山起伏，自眼底轮累累向外四散奔驰，如散绿馒首于碧几上，散乱中仿佛仍历落有线索可寻。时有长林一两区，散缀其间，自高下瞩，但觉如片藓着巨大花坛上，渺然小，在此复小坐以舒喘息，且出饼略抑饥火，遣挑担者一人先行赴那沥为买米饮粥相待。余与辛师及梓华仍坐山腰小憩。山风四来，襟怀一爽，南望有峰若日之富士山者，兀然俯瞰，白云缭在其颈，纡缩聚散不定，问之梓华，云是鹏化。昔洪秀全曾于此聚义。山外即思旺，循余辈处坐南去，有曲折小路下山，赴思旺之道也。因念吾人积存标本甚多，植物标本尤笨重，苦循此道出平南，每担必不能过六十斤，则需担夫更多矣。

饥疲稍定，乃更上跻峰顶。山童秃而峻峭，路旁复遍布鹿角，行时须极注意，始免倾跌及刺伤。梓华云前此山多匪，故那沥平贡两村人合力设防于山头以为守，鹿角盖其遗迹。约半里许，始达山巅，下瞰见西去有水如银带，绿畴三五夹溪杂在林树间，南北有小村落两两隔小阜相对。其一为平贡，一即那沥也。西面下山之路较适间来处尤峻削，又纡回如叠七八之字。沿路下，方指点林杪野烟坐憩，雨忽大至，遂匆匆忿降，越一槃涧，涉急流而过，水湍激，推人欲仆。力为挣持，始得济。

那沥村近汉人地，故其村制亦略师汉人，外护竹寨，内则比户而居，且俨然有街巷如外间小市集。余等入一家小憩，先遣之工人炊粥尚未就，因更令买鸡卵及水蕻各少些为佐。粥过，略事休息，即赴村背山上采集，山不甚高，植物亦无甚新奇，唯有樱草科一种，前此未经见过，因采之归。循他道下山，见有蔓本植物正着花，未审其为何物，方令工人拔取，不意蔓下有胡蜂一群，应手嗡然涌出，逐人而螯，逃数十步犹不免，余头上臂上被四螯，辛师被三螯，两工人亦被伤，蔓卒不可得，扫兴返。

归适间啜粥处小憩，有小童以竹象鼻虫来，数颇夥，因尽内之，予以铜币数枚，俾市果饵，年长诸人，莫不艳羡，俄顷而求沽者麕集矣，其状大足噱噱，亦姑各畀铜币二三遣去。天色近晚，乃急行归。于岭头得见茄科植物一种，花极小，作深赭或蜜黄色，颇美丽，采得颇多。别有兰科一种，亦极奇特，惜仅得一茎，恐不能供检查耳。

抵家，已七时半，日暝矣，乃急就浴进食。壁间悬蛇累累，每头各系字，云某某送来，状若酹蛇神者，谛见不禁失笑，饭罢，为取而一一内诸乙醚中。计有十一条，无甚新奇品种。

何梁两君今日采昆虫成绩亦甚好。

黄君报告云：

今日去平林，沿途无甚成绩，唯亦得见新奇植物多种。十二时达金秀，现寓陶姓家，此间人均和蔼可亲，与前次到来时大相悬殊也。

蔡君所记如次：

平林村长招待甚殷勤，今早特杀鸡宴予等。饭后，八时出发，向北行约五里许，至六竹村。由此渐登高山，连越数峰，气喘力竭，两股几无力支持体重。至峰巅，举目四瞩，罗香村之石崖及圣堂顶诸峰，皆似甚近者，而予等行程，竟费两日，较之交通便利之区，弥不胜行路难之慨叹。

十二时至罗蒙，在此烧饭果腹。山中无菜可买，白饭一碗，尝之无味，予仅食其半。

罗蒙、六竹、平林，均依山临溪，泥屋数椽，极其破败，三村中，唯罗蒙村似较阔大，附近多密林。

一时复整队继向北行，逾一四千五百尺之高山，盘桓而上，历点半钟之久，始达其巅。越其峰复盘绕而下。此处为森林带，枝叶蔽天，阳光不透，予等在此适遇骤雨，衣履尽湿。林间昏晦几如入夜。山蛭乘势袭人，鹰鸱依枝作怪声，雨声及涧水冲击声，一时齐作，所谓风雨潇潇天阴鬼哭，可为此处此时描写也。

林尽处径出一谷，地渐平坦，田垄颇多，溪水自谷中洼处蜿蜒而流，山形秀丽，密被细草，溪堤砌大块磐石为堤岸。相间不远处，植有松柏。其风景之幽美，为瑶山中第一。沿溪弯曲行，可三里许，而金秀村至矣。

金秀村亦依田临溪，房屋用砖砌成，粉饰颇精致。屋式筑成圆形，屋与屋连结甚密如蜂巢，有烟户六十五家。对溪白沙村，有烟户二十四家。两村人口约三百余。循溪相隔一里又有那姑，石正二村，人口等于金秀白沙，此地瑶人善种苓香，每年入息颇丰，瑶山五种瑶中以此间寨山瑶为最富，而寨山瑶中又以金秀白沙两村执其牛耳也。

予等抵此，入金秀村董陶氏家，适陶氏外出，饷以闭门羹者久之。时有平林瑶人，谙此处瑶语，与陶氏妇媳，吉吉格格，商之颇久，始允予等进内。陶氏妇媳均不甚解粤语，又以其夫不在家，不知如何措手招待。予等兀坐厅中，绝不通问，湿衣着体，皮肤起粟，冷澈心脾。候至六时陶氏始外返。

是晚九时用膳，予因两日来跋涉山路，足腕间已伤肿，精神疲倦，饭后即就寝。

七月六日　星期五

晨餐后，与辛师制作昨日采来标本。计今日已达七百种。事毕，任君仍继续草见闻琐记，余携印度哺乳类志，赴村前林荫下就流水读。泉石清冷，别饶逸趣，外间良不易得。

何梁两君今日挈工人出龙军村采集，特雇工一人为挑担相从，以携挈乙醚，樟脑、液浸瓶、迷蒙精等。

闻山中有小贼剪径，且携有械，白牛有行人行李钱物及衣服均被掠去。因作函致马县长，具告其事，并请设法防范以后。下午始知白牛有新丧，将于明日入棺，被匪劫者即死者家遣赴思旺购殓物者。任君初闻讯，大喜欲往观丧礼。继而闻观大礼，期尚在后日，遂决迟一日再往。

黄君报告云：

今日晨六时请金秀全团董为导，与江君同赴金秀最高峰采集。蔡君因足痛留守家中。

此峰最高处亦仅四千余尺，较罗蒙高峰为低。——此次带来之高度表不能活动故未得较精密之测量。——石南科植物带所产该科植物极茂密，惟种类甚少，有数种均为前此所采过者。峰头石松蔓生，遍地皆是，其他新鲜植物，绝未见有。计本日共采得植物二十七种，新鲜羊齿五种，鸟类五种六个，内四种为从前所未得者。

蔡君日记云：

昨晚因疲困已极，倒床即已入梦。今日七时兴，八时用膳，九时黄江二君及随来工人均上山采集，予则因足痛留在家照顾行李。

此间瑶童因未受教育，顽皮已极。见物便动手翻掀，禁之不听，即成人亦鲁莽灭裂，出言粗糙，较之罗香瑶驯谨守规者，有天渊之别。

昨日着雨之物，无人洗濯，堆积一起，今晨天气晴朗，予搬至后楼曝之。

午后三时，予伴一瑶童出外散步，渡溪过白沙村。沿溪行，约四百步，抵一林，林下有神坛三四间，中置泥塑神像，坛前种松杉，亭亭直立，枝干参天，树皮斑驳皱裂，苍老可爱。溪水如弓，缓流经其下。

五时黄君自山中归来，得植物二十余种。六时得大蛙一头，开乙醚一瓶，和水二分，与昨日所得之蛇及爬虫同固定之。

七月七日　星期六

今日大雨，均未外出。余仍继续读书。何梁两君在家整理旧得昆虫标本，且作有系统之排列，俾他日出山展览时，无须再事临时拾掇。此次采集，昆虫方面幸得两君来助力，始得有较佳成绩，匪然且将大失败。蔡君为生手，于制作昆虫标本之手术，尚不尽谙习。

昆虫一纲，种类繁夥，特质亦极特殊，若者宜穿刺，若者当涂附特殊药液，若者当剔除内脏别以他物填充，要须从事有素，经验甚富者，始能得心应手，制作尽善。吾人始入山时，毒壶之预备不充分，初时采集，在霪雨中，虫翅雨珠，沾染壶中物至于全湿。嗣后虽曾得晴日，但毒壶非可以日曝者。由是于捕取昆虫上，遂生绝大障碍，盖入壶过暂，则不足以杀生；入之过久，则虫身所沾之雨水蒸发，致壶中益加潮湿，后此所得昆虫，因亦受其沾濡。而天气恶劣，无曝晒机会，遂致霉坏极多。有多数珍奇标本，由是竟不得不付诸牺牲，至为可惜。两君来后，始得渐有头绪，蔡君遂亦得专心事两栖类之采集制作矣。

下午任君雇人肩行军床赴白牛观丧礼。

本日计获得爬虫十七个，哺乳类两种五个。

黄君报告云：

今日因雨阻延至十二时始出赴金秀第二高峰采集，尚未及巅而时已晏，而归则已六时三十分矣。此峰乔木参天，森林颇大，惟其花果而可供采集者殊寥寥。今日计得新鲜植物十种，内二种为羊齿。鸟类得十四种，无新奇者。此次预定采集时间已过半数，而成绩如此恶劣，殊失所望也。

装饰品今日起着手征购。

蔡君日记：

晨起，予与黄君清理标本，黄君将标本自竹箩中一一取出，另置竹筐中，予则在旁记载其高度、花色，因此次予等来金秀，适值农忙，雇工不到，且费用不继，故未挑纸来金秀，以是所采得标本，须即着工挑回罗香压制。

今晨雨甚大，至十二时始晴，黄君出外采集，江君在家剥鸟，予因足腕愈加肿胀，苦不能行，亦伴之在家关照一切。下午复下雨，六时黄君归来，采得植物十余种。颇为扫兴，连呼失望不已。晚间征求瑶人装饰，询问风俗习惯、婚姻制度、社会组织法等，由黄君问话，予笔录其大略如次。

婚姻绝对自由，仪式手续均极简单：一夫一妻制，其离婚原则，如男离女，男须出暂时生活费若干，女离男亦然。普通数十元至百元不等。

家庭制度：父母对于子女，子女对于父母，均不其爱惜与孝敬。生子至四五人以外者，则往往杀死之，或在胎内以药毒毙之。每家只留亲生子一人或二人，其余均出嫁。无子者，得向多子者赘之。故此间赘婿之风甚盛。

社会组织：其酋长制已消灭，村中有事发生，凭年老富有经验者，或为人公正者判断之。

溪流山岭皆非私有，唯一村有一村之界限，他村不得侵越。

此处瑶民装束与罗香迥异，男瑶头束黑巾，结髻于额前，外围银簪，女瑶头插数枝银簪，外裹白布如戴方冠，耳穿银环甚大，重约一两许，耳垂往往因之崩毁。

七月八日　星期日

晨餐后何梁君携雇役一人挑�筐杂置药品、空瓶、点心等出。前此未雇人为挑物，两君均全身披挂几满，行动极不便利，在外采得各种标本，皆以乙醛液一瓶共浸之，归后须细为分检，尤属繁琐。目前日携工人出后成绩即有增加，故今日仍挈人同往。

九时许，忽阴霾四布，狂风怒起，大雨倾注，辛师谓已及霉期，将来植物标本运出时于遇雨一着上尚无保障，若有潮湿霉坏，损失必有不堪想者。余念幼时曾着箨底履，小雨不能透过，山中不乏篔筜，大者往往径尺外，若以其箨为护皮夹裹植物，必能防雨。油纸脆，油布贵，山中又均不易得，故不得已而出此权宜策。于是试一征集，且询其值，据云山中竹箨原极大极多，前此有人专事收买，近以成本较运费为轻，运出又无多大用途，故收集者较少。价则每斤二十文。吾人一计其价格，尚不及油纸五之一，因议倍其原价收买之，以供包裹，属有藏者即送来。有老人携一裹至，权之得两斤外，立畀以铜元十四枚以励后至者。数之，两斤有四十余页，差可敷二十包之用，其值良贱。试之，结果殊好，遂决用之。

下午任君自白牛返，具道观礼情景。坐甫定，金秀之挑夫返，送来标本两担，又函一通，述到后情状，补录之于前日日程中。

今日黄君采集之经过有报告如次：

吾人到此后之次日，屋主陶君曾相告谓外间相传吾队为阉人而来者，唯彼与村董不信此讹言，深知吾队中人皆良善者。第此种谣传实起自邻村汉人之相告，望为注意。当时余以为不足轻重，但以一笑置之。旋复向之详为解释，劝勿轻信。讵今晨余央屋主为代觅人为导入山，彼请与村董相商，且又提及日昨之谣言，谓“胜祝（即全姓村董）前引君等入山，已大受村人非难，即我招待君辈亦受多人之督责”，言下似极属难处者。吁，此辈愚夫，诚属可笑亦复可怜，竟受寄生瑶山，以瑶人为衣食之赀之恶劣汉人所欺矣。此种流谤，于吾人原无所损，第为将来再入瑶山时之便利计，吾人不能不有所解释以消除未来之障碍，拟于明晚具鸡酒邀金秀白沙两村村董晚膳为说明所以而后别去。造作此谣传者为何人,吾人亦当根究之而思所以弭息之道。

此次来金秀采集,原极注意木本植物。第具有花果者甚少,故成绩尚不佳。今晨九时冒雨入深林探采,途径数十里至下午五时始归而所得木本植物曾不过五种,并草本合计之,一日亦仅得植物标本十六种。

今日得鸟七只,有一羽为新鲜者,江义顺云似为四川红色太阳鸟。此物殊珍奇,惜仅一羽耳。又蝾螈一种,亦极特别,两旁肋骨突出如棘状,背黑褐,腹黄褐,头部有不规则之绉褶,尾下色如珠砂,趾底亦然,其形状与罗运所得者大异。

决于十日启程返罗香。

蔡君所记:

予与黄君七时起,整理植物标本,遣人挑回罗香。饭后,大雨,黄君苦不能出,在家兀坐二小时,遂冒雨前去。江君在家剥鸟,予则往附近采集昆虫,此处昆虫甚少,因村中尽皆童山也。

五时黄君归来。骤雨又至,黄君相谓,幸归来及时,不然又遇雨矣。晚间高佬猎得鸟十余头,中有一羽,毛色美丽,据江君谓此鸟产于四川,江君猎鸟多年,东南部从未得见,今竟于此处得之,诚稀罕可珍。又瑶人捕得蝾螈一头,背部深褐黑色,腹部稍淡,沿脊椎有凸起直线,两边肋骨突出如刺状,趾及尾端底面作硃砂红,与罗丹所得者不同,产地约在四千尺以上之山涧中。

七月九日　星期一

晨餐后余与辛师制作昨日金秀担来之植物标本,至午始蒇事。内有玄参科一种石南科多种,皆甚新奇,盖均高山植物也。

任君继续为语言历史研究所草两月见闻记。

何梁两君仍出外采集,本日得脉翅类种数甚多。

下午金秀送来标本一担,附信一通。晚又送来两担,有缄一,述金秀有人谣传谓吾队入山专为阉瑶人而来者,村中对队员异常嫉视,不可久留,明日当启行返罗香。

蔡君日记云:

晨起记载标本。饭后微雨,南风甚大,撼木簌簌作响,温度降低如晚秋天气。此村地高二千五百尺，比罗香高超千五百尺，平常日间虽奇热，但至入夜，则须拥毡也。

十时，予与黄君出外，携摄影机一架，沿溪行，至日前予所到之林间，拍照两张。由此循流下行，可五里许，得豆科植物一种。溪床多大块岩石，水流湍急，其下流入注柳江。再下行一里，遥见山路旁林间有白旗随风飘荡，趋前视之，乃纸旛也，旁置牛头马面纸像，及佛像灵位等。其纸彩半被风雨破烂，但模糊中，犹可一一认识。此系新葬未久之墓，闻昔时瑶人举行火葬礼，近数十年来，始改为土葬。拍照一张，旋即折回。

瑶人多迷信，所刻画之佛像，及建筑之神坛，皆颇工整，人有疾病，疑为鬼魅作祟，延僧念佛以驱之。

晚间，请白沙村董苏某及金秀村绅陶氏村董全某晚饭。因予等来此，两村无识瑶人，群疑予等有大害于彼等，妇孺更谣传予等为啖人者，纷纷责难招待予银之陶某。故今晚于临别时，特解释予等之来意，使彼等转告彼之族类也。

七月十日　星期二

晨餐后制作昨日金秀担回标本，内有小蘗科一种，此科为此次采集中第一次记载。

任君仍继续草写瑶山两月观察记。

何梁两君出外采集得金龟子科极大者一种。普通不易得见，昆虫一纲中胴体之大以此为极矣。

购竹箨两日未能多得，余乃议以杉皮代，必亦有同等效力。忆椋梧途中有某家附近堆此成团焦者，遣人往问值，将全购之，使反，具言为人家留以代瓦者，虽善价不肯售也。因寝此议，仍前重值求竹箨。

蔡君日记云：

饭后九时首途，居停陶氏，送予等至五里之外，殷勤可感。据黄君称，前次来此，瑶人皆凶狠暴嗓，绝无礼貌，与此次比较，迥不相同也。过罗蒙山，捕获蜥蜴一头，黄君在此林中采得植物多种。到罗蒙，已十二时。予等在此休息片刻，拍照一张。由此出六竹村，路至曲折，途经焚毁土山，有三四板瑶男妇，在山坡间刈草，见予等身穿黄服，惊慌殊甚，黄君手提影机，要求彼辈摄影，坚不允许。

板瑶为五种瑶中之一种，其服装言语，均异他瑶。散居于瑶山内部，生计最为穷困，多数为他种瑶人雇工。抵平林，已五时，宿于明氏家。本日途中遇微雨，疲乏已极，入明家，居停老人出而招待，其子媳均出外工作未归，正寒暄间，适有人报侧近有野猪出现，老人入室取枪，束腰卷袖，邀江君往猎，其老兴尚未减也。晚宿于庭中，以门板作床，以油布荐之。是夜，蚊蚤猖獗，未能畅睡。

七月十一日　星期三

下午黄蔡两君自金秀归，随挈植物一担。计此行在金秀所得植物种类已在百种以上。蔡君得新奇蝾螈一种，肋端浮出体表，形状极为奇特。余与蔡君合翻群籍检视，知在云南曾一度发现，外此琉球群岛亦有之。有尾类之种类本极少，一地所产多仅一两种。山中罗丹白牛金秀诸村，相去各不过数十里，而所产有尾类计竟达三种，不可不谓为特别矣。

晚间于灯下集议分队赴南宁事。决由任君先赴梧交涉，请广西省政府代派船只来平南运所有标本赴南宁预备展览，将来即以任君主持展览会对外事务。黄君则挈一分队赴青龙坡。辛师自赴勾漏山。余则暂留在平南枢纽各分队，俟展览会将开时，赴邕布置会中内部事件。

蔡君日记云：

七时起，八时早饭，此处瑶人颇为贫困，所食仅稀饭菜根而已。今早向瑶人买得麦菜数颗，无油炒，值以盐水渍之，食可半碗，不能下咽，九时出发，予与黄君挈一瑶人先行，工人随行李在后，下午三时抵罗香村。

七月十二日　星期四

入山以来，至今已达五十余日，各队员工作异常劳苦，今日乃在家共同休息一日。唯何梁两君仍告奋勇出外采集。

赵显周君今日下午将偕龙军村村长赴平南城。上午闻讯后，念吾人出山日近，瑶歌之整理尚未毕事，若待其归来，再行继续，恐不能及，因竭半日之力，眼耳手并举，先就舞歌中疑难处尽订之，次再出前令梓华代录之甲子歌钞本，请其全读一过，尽力速注之。两人皆枵腹以从，事竟，彼已额汗如渖矣，相视一笑而罢。事后余仍复费两小时许之力，始得完全订毕。

下午，罗洲有人送箨衣两捆来，重廿余斤，约五百余页，可勉强敷包裹之用矣。

七月十三日　星期五

今日全队出村外溪中游泳，归后即纵谈休息，全体休止工作一日。决定全队后日出山，明日先遣人赴马练雇夫役。

薄暮晚膳炊就后，担赴村前高岗上野食。食前大众遍岗头笑语追逐为乐，食时具鸡豚与酒，狂饮肆啖图尽欢。复市纸爆甚多，放以醒酒。食后，天犹未暝，众起试枪，老技师唐啓秀君射击最精，掷竹筩于空，举枪迷击之，一弹洞筒鞳然作声，再发而筒为齑粉矣。复历试七箸，每发必中，再试纸爆，弹发而爆声随起，观者莫不鼓掌叹服，洵绝技也。既复聚枯枝及积薪为燎合，高四尺余，举火然之。夜色已合，火光熊熊烛四野，罗香全村尽映入赪光里。小雨忽至，反光绚作金银五彩诸色，尤极美妙，聚观瑶人，咸目眵口呿，震此神力。游戏虽曰小事，大可觇一民族之精神与魄力，彼瑶人视吾辈狂欢之力的表现，其震慴愧怍，度不下于吾人之视今之所谓强力诸国人也。虽然，亦可恫矣。

九时许，兴阑，归寝。

七月十四日　星期六

晨餐后，任君黄君偕蔡何梁诸君赴马练墟雇夫。队中现存标本行李计在百九十担以外。

天气炎热山路崎岖，自罗香循思旺之平南，山程两日，滋不易行，途中难保夫役无疾祸发生，雇集之先，不能不豫为之准备。聚罗香龙军白牛公也四村之丁壮，不足百人，吾人亦不能驱之尽行，必留相当人为留守。坐是雇夫乃不得不远出至马练。

余与辛师在家督夫役包裹植物标本。天气奇热，汗流如雨，渴望风雨一至为解烦懑而不可得。瑶人工作又奇拙迂缓，久久始就一包，观之大令人不耐。

晚，任君等自马练归，谓在马练雇夫不易得，求夫两百，至少须待四五日。马练有船可直出至蒙江，蒙江距梧州极近。船运费较挑运为遥省。且山行烦煞极苦，大不若在舟中之安适，由是种种，乃决以舟行。因已在马练墟雇船两艘为运标本出山之用，且同时已雇得夫役三十余人，以明晨取次来山挑行标本赴马练，寄存团防局徐待下船。余众闻此，咸极欣忭，盖不特省山行之穷苦，且多历一新途径，亦至足乐也。蒙江忆在藤县与平南之间，由梧泝西江上，拖渡停轮之处，第一处为藤县，第二站即蒙江，其交通且较平南为尤便。

九时入寝，橹声柔缓，帆影翩翻，不觉遂已萦于梦寐间。

七月十五日　星期日

晨餐后，马练担夫来，据云现值夏中昼长，每人每日可在马练罗香间往返两次。顾昨日包裹植物标本尚未及其五之一，恐须耽搁夫役相待，因议留担夫之半数助包标本，余夫先运爬虫两栖标本及已包就之植物去马练，下午返罗香后，再挑衣服行李及剥制标本与昆虫标本之已装箱者，明晨再挑行军床及今日包定之植物标本。马练皆汉人，其膂力智慧，遥较瑶人为优越。至晚，包裹遂已毕事，且工作异常整齐，种族之界限，令人不能无惕然。

午粥后，乍有凉飔，因念又久不复出采集，今且出山矣，当作最后一次之采集，以为结成之礼。乃与辛师黄君分道出，两小时后归来聚而数之，竟又得十余种。盖久不外出，附近诸地之植物，遂又已乘间作花，俨然笑吾人竟于闲中忘却岁月之驶逝也。

夜酤酒聚饮，欢笑腾户外。饭毕，出至门前谷场上，唱歌燃纸爆为乐，赤星烂然，腾踔空际，与疏映历落争辉，歌啸呼笑之声，远达林表，栖鸟为之惊飞。兴阑乃归。

七月十六日　星期一

晨起整理行李衣服与挑夫担赴马练。拟俟其转归时检行军床等与挑，今夜大队即出山，就马练宿。讵亭午忽大雨如剖天倾注，路滑不可行，挑夫至日暮始归来，吾人乃不得不更在山中多留一日。

下午又奇热，处林荫下水畔，犹觉郁蒸如在瓮中烹煮，气咻咻然不可止，汗尤不可耐，暮始有微飔，继以小雨，乃渐爽适。

晚又市酒肉饮如前，饭罢更群赴村前梓华家索买村人男女服饰。微醺之后,逸兴遄举,索买不与,继之以嬲,云实无宿存,仍坚索之。其妻素磊落爽垲,竟解身上服相授。俄顷间遂亦得男女服饰各全具。晚更令梓华与其妇以髲为作男妇发髻模型各一事,预备为展览会陈列之用。

前遣龙军村之人赴思旺经墟购油纸,畀以银十元,彼携款赴邻村,一博而尽,乃归家以危词恫其老父,令别出资购得,于今夜送来。闻老人犹瑟缩在村中某家未敢见吾人。犊爱之情,令人恻然动念。余往索一见,彼即避匿他所,卒未得果遇之。

鹏化有工人李九,随吾队工作至久,其制作植物标本之手术极佳,因留之随队出发。

七月十七日　星期二

今日晨餐较往日为早。余等破晓即起,检束一切。餐后,检点竣事,夫役已集,即将剩余标本,炊具,卧具等发伕先遣。全队在中庭小憩后,复至屋前小台上尽兴作最后之欢呼,乃各杖策手葵扇出发。瑶人集屋前燃纸爆以送者甚众。村中前此为吾队工作者,所受给酬良丰,故有十余人感激之至,愿荷枪为护送至马练。一队五十余人,迤逦十余丈,亦壮观也。

俄忽间,遂已出村口,绿树消流,幽静无殊于昔来之日。月余昕夕处此,不觉加美,一旦临分回顾,遂觉一水一石一榭一花乃至一草一鱼一虫,莫不深情缱绻,绚美惑人,令人流连不忍遽去。怅然凝眝久之,乃默默进,山鸟多情,犹在寂静山光中唱哥哥行不得以相泥也。

渐行渐远,山容渐敛。方絮语间,乍见平畴骈在,夹映黄泥小屋中,遂已到公也矣,颇讶路之何以忽缩,回顾来时诸路,则层峰叠嶂,岿然在碧霄骄阳中微颤若相呼为别者,盖由峻入夷,不觉其易也。

山行极热,酷日肆威为虐,微飔复匿迹不相慰,大苦。及十时半,踰一崇岭,松林翳蔽甚密。坐树下小憩,汗渐渐收,遥望岭下隐隐似有屋瓦总然。忽风过,湍濑激落之声随风到耳。众大喜,疾驰下岭,见汤汤有水流横在眼底,对岸夹峭壁有屋两簇对立,盖即马练新旧墟矣。竹筏一,往来两岸间,余等次第渡已,即共集马练团局中曩寄寓处,至则运来标本,已积而满屋,两楹之中,了无隙地可容周旋,不得已遂就树荫下坐憩。

俟担夫再返罗香还剩余行李时,吾人即至河中看昨日所定船。以水浅滩多,故舟多修狭,不能多载。审度队中存物,知两艘载物尚不敷,人坐立处更无论矣,于是决添雇大舟一楫。

在山中久废午饭,今日买得米蔬具备,作饭食讫,仿佛得尝珍馐,饥疲与趣味合以致之也。

饭毕,已下午三时矣,略憩,赴河水中游泳。山中水无平阔至五尺者,槃涧不过半寻,得此洪流,置身其中,遂觉如汪洋巨侵,水虽浅不过没腰膂,然流剧急,过坎塪处,银沫溅散高尺许,声划然若裂巨石,奏急钲。浴良久,始归。

晚饭后,行李始齐集,天色已晚,不能下船,遂待之明日。饥蚊作歌如箫声,触人面额繁密类霰,被嘬极苦。

郁蒸甚,张床就廊下宿。半夜,霆骤发,霍然而至。梦中惊觉,不审何事。半醒中以为骤雨矣。急起觇,则大夜弥漫,浓云抹星汉间,凉飙风肃然,蛩语与蚊笛相应和;风矣,雨则未至。因移床稍稍入宇内,复安寝。

七月十八日　星期三

味爽兴,整理床枕,匆匆赴河畔盥沐既竟,晨曦渐烂,朝晖隐约已自林表出见。返宿处,同人悉起,正忙于检点。俄顷间百凡俱就,晨炊将具,因急召伕运标本行李下船。余赴艇头守候部署。旭光灿然,着水中正赤如荡火。朝露鲜妍,宿浓翠上,别饶静致。此间地渐平,景物依稀有似故乡中儿时习见者,遽兴遐想。牧唱忽起,声飏谷风中,仿佛哀怨无边,尤增惆怅。

方瞻念间,三两妇人自村中拾磴下至河岸,湔裙洗菜。布衣长及膝,红线结发根,珥大银璫作螺㢘状,固犹三五十年前时世装也。然虽村娃,乱头粗服中亦尚可得见人之姿貌。

山居所见瑶人,瘦削黧黑,狰狞若古刹中丹粉剥落后泥鬼,一见生怖。至此得见常态之人,遂恍若自隔世中再回到人间矣。

搬运将竟,日影已渐高,队中人有晨餐毕者来相代,因归就食。饭罢登船,再事检点,就绪后,解缆下发,水流奔湍如狼豕突踔,瞬息已历三滩,一时水声,石声,篙声,舟师呼啸声并起;船底与碎砾相搏,䃔然礫然怵人耳,与之相间。指顾间马练两墟已不可见,唯丛翠一团匆遽中倏然退去而已。北望有云气郁然,抹在黝色数峰顶际,晴空蔚蓝,映在其后,即吾人月余来依其下游处之罗香背也,然亦别矣。

沿途得鹬及鹭各两羽。下午抵水晏，此时天气晴明，视水晏村居平流侧，裹在丛碧疏绀中，晏然有太平气象，与来时所见大异，始悟水晏之名所自起。

舟既碇，令梁四上岸赴团局中取回昔过此时寄存压标本之纸，兼市米作晚餐。饭后，登岸闲眺，桑麻茂长，鸡犬相应，篱豆萧疏，已作堇色花杂小荚低垂，田园佳气，久已不见，弥觉其美。

日薄崦嵫，群下河水中游泳。起后，坐船头闲话，任君倡议，船行苦热，彼愿偕赴青龙坡一队于明晨起改道循旧日来路陆行赴平南。行李标本则留船中放蒙江，以去勾漏一队及余在船守候。众皆不愿留船中，余以大众事重，不得不独留，顾辛师则又欲余早赴平南为全队作消息交通枢纽，乘闲中先将采集瑶山所得结果作报告及瑶山研究所计划书以公诸世。久之不能决，仍议同以舟赴蒙江，然后再行分队为较便。

七月十九日　星期四

黎明发水晏，水晏围局派兵八人护送至大旺，防万一有小匪相犯也。亭午，抵大旺墟。

墟不甚大，然亦有街市，肆廛相列，以杂货店及粮食店为多，外此有布肆三五间。墟后有新建砖房两层一区，犹未毕工，云将以为小学校者。墟有团局，闻吾队到，遣役敬邀，任君往晤之，审明来历后，颇复敬礼，就墟市物午饭讫，即放舟。团局亦循水晏例遣团练八人为护送，询之舟人，知今夜可抵别一墟名庙客者。

河流至水晏以下渐阔。两岸砂岩鲜赤如傅朱。翠竹漪漪，掩映在上。岸上人家有蓄鹅者，素羽蜡冠，共竹石倒影水中，鲜妍夺目。水曲处，流仍甚急。岸旁农家辄就河心竖大木椿画流为两，留一侧以利舟行，他侧以巨卵石为叠，束水使增势，冲动下流所设大水车，舟过时急流澎溢，至险。下滩后返视上游，往往若低张锐镜幕以照下流者。瑶人谓此种人工所阻之急水曰“浪”，其甲子歌中盛道之，有若“半江清浪放鱼行”之属，肖景物甚工。唯山中绝无此景，意者前此所谓水晏大旺诸墟，乃至蒙山平南诸邑，原为瑶人所宅居，厥后汉民族垦拓力增，瑶人不足以与衡，生息日蹙，遂不得不着着退处，卒之不得不自闷于穷山深谷，以避侵占。证以诸地方言之读音，与瑶人极类，汉人之迁入瑶村者犹日有所闻，又马练原有板瑶设肆五六间，颇复兴盛，卒以某次“坡格隆 Pogrom”之行，尽其嶕类，致使板瑶至今畏汉人如虎诸节，或余所臆测者竟亦事实也。

晚抵庙客墟。地甚小，仅竹棚七八间，小赌场一间今已封闭，然“一本万利”“得手逢春”“银牌”等之招纸犹满张壁上。外此有缝衣店一家，小教堂一所，小学校一区，民居数间。余等登岸眺望，学童长幼皆自门墙隙处相窥，久始敢出见人，年长者且有二十以外，其状令人忍俊不禁。饭后再上散步，见有醉鱼草之一种，正着花，味甚馥烈。

墟在蒙水东岸，墟南别有濛之一支流西向注入大水。岸旁有丛竹甚高大，荫蔽亦颇好。

晚，舣舟就岸，仍宿船中。天气奇热，蚊阵汹湟，久久不能入眠。薄暮大雷雨，热退蚊亦息，乃得欢然酣睡。

七月二十日　星期五

迟明由庙客解缆。水渐平渐阔，流亦渐缓，船家渐安闲，无复昨两日之忙迫。操吾等坐艇者为一妇女及两男子。妇年已四十外，怀中尚有乳婴，舟行之际，辄就船尾箕踞析篾，或乳其儿，一遇险滩，即立弃而起持舵周旋，至于汗涔涔下不已，乳儿号啼，额脉怒张如豆荚，亦不敢或顾。其情与景，见之恻然。今日见其安适无所惊怖，又不禁健羡其真能了解人生真谛，原不过苦与乐之交错，得乐时且乐也。

下午二时许，已抵太平墟。原可前进。唯船家及大旺护送来之团兵，皆劝余等不必再前。以太平之下四十里始有墟名和平，其地甚偏僻，间有小匪出没，颇复为患，不若宿此较安稳。众议亦以为然，遂舣船就岸。大旺团兵先登陆，为余辈通告太平团局，任君等不耐闲坐，亦竞至上墟中闲步，独余与辛师留舟中。俄顷间，团局中复遣大旺团兵来相请。任君等皆未返，无人能偕去，余不得已，乃始往一试。墟良大，市廛栉比，人烟稠密，较平南尤盛，向道者云藤县辖境中以此墟最殷富，盖扼蒙水中途，为蒙山藤县昭平平南四邑间孔道，故商贾辐辏，贸易极盛。见邮局一所，亦较平南者大。抵团局后，局董章某出见，初伪作笑貌相迎，不设坐，亦不具茗，但细细盘诘来历。余粤语未能谙熟，顾此数语尚能应付，彼亦能操桂林官话。以余言吾队为中大及中央研究院合派，颇致疑惑，以为夸也，乃故作不解，出纸请以笔谈，实则欲取余亲笔供状以为征。余念吾队出行以来，绝未有屈辱至如是者，拒不允写，彼立盛气起，余亦忿极，遂振笔疾书告以吾队来历及任务，彼始胁肩吃吃作鸬鹚矣，奉茶及烟为礼，殷勤有加，余亦微笑谢出。彼即遣团丁一名迹余等至河岸，见泊舟，始急急返去。余以使命受辱良用恧然。

傍晚有墟中小学教师及区党部委员某者来访问，立谭久之始去。

夜即宿河中，天气奇热，得暴雨始渐解。

天时太热，前进恐益难，青茏披采集之议，众皆同意暂时休止，且专心采勾漏及赴邕开展览会。

七月二十一日　星期六

凌晨由太平启碇。水益广阔，舟行更缓。抵和平，亦一小墟，因于此寄泊，遣梁四上岸买物具朝餐。有老人携稺子驾小木筏在水上捕鱼，筏仅木三本，阔才可容一人蹲踞，修在寻丈外，制绝奇。童子以两尺许小桨拨水行，老人踞筏头理长钓丝以钓，意甚逸豫，余等向沽得鲤一种两尾，状颇特别。

下午三时许，将抵蒙江，忽小雨，炎暑益甚。雨过得微飔，始渐复爽。出船头闲眺，夹岸平畴蓎葅如画，丛翠润滑欲滴欲流。回首北望，云影苍茫，两月来昕夕游处之瑶山，已不可得见，但于云幕里仿佛觉有岚翠杂深黑之石色间相呼唤而已。岸旁正修筑车路，路基已粗就。

船抵埠，各整衣履登岸。近来在山中疏散既久而惯之，遂觉衣冠着体如缚，队众十人，留两三在舟中，余赴河岸团局小坐。前出山时，已有函告其团局请为预备地址积放标本。至是乃引向其饷捐局前江楼上居止。舟行四日已极倦，匆匆晚食后，即设床就睡。

七月二十二日　星期日

今晨起较早。盥漱毕，凭江楼一望，沧江白帆外，有远岫一列如蒂作雁行奔去，状若拔河，颇极秀美。曩过蒙江值深夜，未得一见其景色，今日遇之，仿佛遂如得不期而见之美人，惊诧弥甚。楼有额曰临江楼，制颇完好，为梧州中关税局之产。

蒙江亦藤属大墟，扼蒙水之日，陆路四达，较太平为尤繁盛。出口大宗为牲畜如鸡鸭猪牛之属，次之略有布匹纸张等，但不甚多。朝餐后，任君即趁轮赴梧，接洽展览会事，余众齐赴理发店中理发。积发已长六七寸，一剪去其半，大为爽适。事毕赴一茶楼小坐与辛师议写瑶山研究所计划书纲要。天气奇热，不能久坐，遂归寓处。灯下，复草书多纸，请学校继续拨款资采集，并报告出山情形于各地。黄君等预备明日赴勾漏行装，检点整理，甚为忙碌，均至夜分始寐。

七月二十三日　星期一

黎明，辛师即偕黄蔡梁何四君，及技工唐善康，工人梁四，趁船赴贵县，拟由贵乘车转北流采勾漏。予以宵来过劳，就枕后又为炎暑所苦，深夜未得成寐，故晨起较晏；勾漏一队去时，余犹在睡梦中也。

起后，央人觅得焊锡工人，为将积存之爬虫两栖类标本十八罐一一封函，更督工人将植物标本重新整理一次，妥为堆积。至薄暮始毕事。

今日为蒙江墟期。上午赴墟中一观，颇为热闹。两粤犹多墟，墟各以旬中一四七、二五八、三六九等日为固定之墟期。至日，各方商贩估客云集，交易有无。以日午为最盛：过午，则各须觅道归家，墟亦无形中散，盖犹古代日中为市之遗风。蒙江之墟期为一四七，据云以一日为尤盛，盖七日至一日中间四日，时间既久，远道者亦能来也。

入夜，凭阑默坐休息，弦月乍生，繁星烂然，微波搦之作无数银条，开阖不定。对岸有石灰窑，夜中火不熄，赪光烛照远嶂，绚金纷紫，奇丽不可究诘。微风偶扇，神志一爽。张灯就兰畔挹晚风坐，出昨所写瑶山研究所计划纲要底稿略加整理，即就睡。

赴勾漏一队，以下午一时抵江口，即宿团局，借得桂平县志，觅读关于瑶人瑶山之记载。

任君今日往晤警备司令部张副官不得见，晤广西大学马校长亦未得结果。闻广西省政府诸当事要人多集梧州，且将赴粤，知展览会恐难开矣。

七月二十四日　星期二

昨宵又失眠，今日罢茶至不可耐。九时许，气候又骤暖，尤觉难支。

晨餐后，问李九瑶山中各地哺乳类之情况，知古陈金秀两地大有可采，下次入山，当再注意此两地。

天气亢炎，汗下如渖，头痛欲裂，膈臆懑闷如填蜡，知且病矣。

赴勾漏一队今日江口由转电船赴桂平，发电至蒙江通知留守队，至梧通知任君，以天气关系，决弃勾漏先转柳赴邕。晚即宿浔。

任君再晤张副官，知校款未到，乃再停一日，拟今夜附轮返校作计较。

七月二十五日　星期三

日午，赴茶楼小坐。觉倦殆不支，复归小寐，出山以来，眠食日减，气候剧热与过劳有以致之也。默念外征各队员之跋涉，其苦且什倍于余等静居者，窃恐途中或为病所虐，则难持矣。

下午，得辛师等自贵县来电，云昨已转柳赴邕，计今日当可到柳。

夜，仍就阑前写计划书。

赴柳一队，今日舟至石龙登岸，拟由石龙乘车赴柳。石龙站长初亦颇倨慢，洎后闻柳州第一师部曾数有电话来询吾队行止，始殷勤款待。以天色已昏黑，汽车无灯不能来，遂决待明日启行。

任君今日抵三水。

七月二十六日　星期四

白昼奇热不能作事，晚间仍就阑畔写计划书，约计明晚可毕事矣。

得学校电，令聘赵县周君，因作函寄山中，速来其来江口相待同行赴粤。

黄君述赴柳之经过如次：

上午九时许，柳始有车来，辛师、黄、蔡、梁、何四君等先发，抵柳觅旅店时，即有第一师部副官长来谒，云已承师长命在马平县公署预备下榻地，今日全市公民欢迎丁文江博士及吾队，并祈莅会参见。如其言，至第一师部，得见丁君，彼不知吾辈为何如人，倨傲不甚为礼。及后赴四中欢迎会席，主席及与会群众，亦只知丁博士声威夺人，吾队不过附带耳。迨丁君演说痛斥广西一省，了无希望后，辛师起为作关于瑶山之报告一巡，听众大为感动，丁君遂亦敬礼有加，殷勤询各队员名氏，备极款洽。

晚，第一师部在中央公园公宴，谈笑畅饮，尽欢而散。

任君今日到校。谒戴校长未得见。

七月二十七日　星期五

待任君辛师消息久不至，留此费用已垂罄，不知何时始能有所接济，因决于明日动身赴邕守候辛师酌商办法。如辛师未到，则向故人赵君佩莹借款若干汇蒙以备留守诸人日食，然后仍东还蒙江待命。去时顺道往平南一行，以前曾请学校汇小款接济出山后日食，万一此款已到，即携之东归，免徒劳跋涉。意定，检查存款，得桂币四十八元，粤币三元，因取桂币二十元，余即交老技工唐启秀君应用，拟于明晨赴平南江口转贵县，再由贵县转汽车赴邕，大约三日可到邕，再四日又可归蒙江矣。

晚，草计划书毕。

侵晨，柳州实业院邓院长植仪以汽车来迎吾队队员赴院参观。返后，急趁车赴迁江转邕。及抵迁江，再至宾阳时，天已昏黑，又无车辆，因在宾阳停留一日。公路局长陈君极慷慨好客，坚请赴宴。盛念不可却，如约赴之。

任君再谒戴校长，仍未得见。

七月二十八日　星期六

晨五时半起，匆匆盥漱后，即赴河岸待船。至六时，始有由梧来直赴平南之拖渡，因乘赴平南。

天时失常，眠食不足，登舟后觉头沉沉如中恶，竟日未能略进饮食，唯啖梨半枚，亦以觉欲吐而弃去。下午一时抵平南，询马县长，云因公赴梧未返。仍晤其总务科兵孙某，知学校并未寄款来。复赴北河团务总局略息，得遇罗香居停，因属致意赵县周君速来。俄顷，见团局局董，因问今日尚有船赴江口转贵县者否，据谓或尚有一船，顷刻可到，因疾辞出，赴江岸守候。俄顷间，果有船来，乃附船赴大湟江口。

五时许船到江口，登岸赴防局略谈，局董黄君招待极为殷渥，为备晚膳，且令人具汤为浴，盛意良可感。会有小电船宁波今晚赴贵，因即附之以行。

夜九时启碇，机制不良，颠簸殊甚，一夜竟未能合眼。至四时许抵桂平，舟止不前，乃克就睡。

辛师偕黄蔡梁何四君今日单身抵邕。以车辆不继，行李不能即运，故留置资阳，到邕后，先赴建设厅，伍厅长不在，其秘书长出为招待，且设宴相款。闻桂省政府主要各人均不在邕，且时值暑假，筹备亦难，知展览会不必再开矣。饭罢，厅长归，请辛师及黄君谈关于柳州梧州南宁各市之建设，又征询关于瑶山之情形，历一时半，始兴辞出，借寓第一中学，拟休息数日再东下梧州。天气苦热，青龙坡十万大山之行，决暂中止，先返学校将息，待秋凉以后再行西来。

任君今日得见校长，知学校已汇款二千元去南宁，学校不足，地质调查所复另拨助一千元，大约可敷此后采集之用。至平南则以其地邮局太小，邮汇不便，计分五次始得汇去三百元，以为接济。知款项既已各各就绪，遂于下午乘轮赴梧，预备协助运标本返校，船夜十二时启碇。

七月二十九日　星期日

晨六时，舟由浔州启碇，十时半抵厦湾。沿途所见多为石灰岩，诡谲万状。桂平江口之间，江岸甚平坦，桂平以上略有小山，至此复尽。三时五十分许抵东津墟，两岸忽见砂岩，层理分明，倾斜亦颇显著。五时，抵贵县，上岸至县公署谒其县长李君。招待极款洽，留宿署中。时已晏，因出外就桃源酒店晚食。归后询署中人由贵赴邕之车路情景，据云车路乍通不久，不能日日有车，因为遣役往汽车公司探询，乃谓公司中办事人外出，当俟明晨再问。无已，只获暂待，且就灯下作书数通，一寄梧警备司令部转致任君，一寄瑶山，嘱赵显周君早日出山同行赴粤，一致江口团局谢昨日之招待。

贵县为桂省一等县，西江中部一大商场也，县署在城中，大街则在城外，市肆亦颇盛，有自办电灯。

奇热，彻夜未能阖眼。天明起视户外，蕉竹绿阴甚好，有榜在门曰蕉竹双清之馆，然而热犹不可当，念若无此双清之蕉竹者，其热更不知当若何矣。

辛师等留邕休息一日。集武缘上思县志调查十万大山及大明山之记载。

任君今日在省梧船中。

七月三十日　星期一

昨宵失眠，极为疲乏。今晨起后，至署中收发处询问学校及分队各处有无到此信件。得任君自粤发来寄辛师及黄君函各一通，外此则无所有。促役丁往询赴邕贵汽车，据云今明两日均无车开，询船，则谓今日十二时有电船赴邕，行约两日可到。计与其待车，不若乘船之便，因出署外就邮柜草函蒙江，嘱留守者暂为静待。

归署收拾各物，拟即下船。县长遣人招朝餐。食竟，即兴辞出，并请先为预备相当地点，俾将来吾队运标本赴邕展览过贵时得有存放之处。

至河岸，知舟须下午四时始能启行，在船中枯坐无味，复起上陆寻至教育局一观。局中无负责人在，少坐即出，至其庭中，得见凤眼果及菩提树。去岁辛师等采集过贵，即曾见此两树，今日余亦特来与之一面也。返至桃源酒店午餐。

下午二时许返舟中，以所携旅费不足，商之船中司帐人，约以船费到邕后再付给，亦得其允诺。

船将启行，贵县县署中有两职员来同舟，携有行李甚多，略视之，则旧铁罐与空玻瓶之属甚夥。一见余，即约同去邕且乞互为照料。余以单身轻装，无甚可否，允之。

下午四时船启行，始微有风，余以昨宵未睡，因就舱位上假寐。约炊顷，忽有异臭戟喉鼻，大呛而醒，察其所以，始知两君正在余卧处近傍狂吸鸦片，烟气熏蒸所致耳。心颇憎厌而未出口。

晚饭后，即就睡。

辛师在邕意任君或予必有函电去邕报告，既待之两日不得，以为展览会既不能开，则任君与予或将标本由梧运返学校矣，遂决于今日返梧。以行李尚在宾阳未运到,特留蔡君及技工唐善康在邕决候,而以一切照料托诸予挚友教厅赵佩莹君。

任君今日抵梧,在大同酒店留居。

七月三十一日　星期二

舟中无事,出瑶山采集报告及研究所计划书底稿加以修正。

船到南乡,同行两君弃烟枪起将登陆买水果,问余要否?有钱否?余囊有所余已只桂票三四元,此外则有低色粤毫十余枚,拣低毫尽付之,嘱以能用即用。俄顷间,买得酒一壶牛肉若干,菠萝数枚来。以虫伤之菠萝一枚相授,且盛道其好。余款则绝未言及。余已知其伎俩,即笑而取菠萝悬之舱位上,指告之曰:"此物绝香,虽虫伤不减也。"船中呼买饭筹,彼又来问余尚有钱否,余以其曾言与船中司帐者熟识,即笑曰:"但令厨房为开来,须钱若干,顷间再向账房算与耳,如此每食喋喋,岂不烦死?"彼以为余又堕其彀中矣,良喜,立召厨房来,令开三人饭,添菜为佐,且谓:"须钱若干,吾等向账房算与汝。"余但嘿不语。洎两食既竟,彼等又向余索钱。余徐笑曰:"腰无半文矣,奈何?早间付两君之粤币,谅购一波罗外尚当可有两元以外余款,即请为代付饭账何如?万一不足,姑请为代垫,到邕后某再设法奉还也。"两人始面赤而退。此辈小人奸狡,原不足校,但彼以为凡世间人皆当受其愚弄,故亦小为戏以还之耳。

晚到永淳,余却买沙梨四五枚以贻彼两人,且温语相款,彼辈愧怍不已。

辛师黄君等今日舟抵桂平,蔡君及唐善康今早亦附舟东下。

任君以待辛师及余等音信不得,以为众且困守蒙江,乃于今夜乘船赴蒙相见。

續繼麟之流霞
灑澄宇兮丹華
十一月終

日鑠石而流金兮
待微飇於靜林

八月

八月一日　星期三

上午九时舟抵邕市江岸下碇。同行两君复殷勤为代雇挑夫送至教育厅。因即以昨日之虫伤波罗赠之。至教厅得晤佩莹,大为欢喜,旅途劳顿疲乏都忘。汤沐既具,即偕出朝餐。谈次始知辛师已于前日又由邕返梧,蔡国良及技工唐善康则以待柳州运行李未到,留至昨晨始由邕出发。展览会不复开。余以为辛师既未向佩莹言及借款,则款项一节,或竟已有办法,唯不审为学校汇款到邕或另有他法设筹耳。病中行旅,眠食都减,困顿之余,亟思休息,因在西江旅店觅得一室,寄放行李,复向佩莹假得桂币四十元,赴埠偿舟赀讫,还来稍憩。坐定,念留蒙之一队,原约四五日即归去或汇款接济,然迄到邕所历已六日,度彼等必甚悬系。唯辛师既已返梧,则或已有妥善办法料理清楚。病甚不支,无力再前,决姑止店此间数日,略为将养。

任君今晨到蒙江。辛师等今日到梧,即电蒙召任君与余赴梧同返学校。

八月二日　星期四

今日余留居邕宁。任君在蒙江,得辛师电,急返梧,报告一切情形。

八月三日　星期五

辛师以余赴邕为借款也,意余必能借得运费运留蒙标本至梧,因嘱任君明日返蒙为助。黄君梁君,以事急待返广州,遂于今夜启行归。蔡君及技工唐善康亦于今日到梧。予仍留在邕宁。

八月四日　星期六

今日予仍在邕休息。佩莹将于今晚乘船东下转赴桂林,予决与之偕返梧州再转归校。晚十一时下船,十二时启碇东行。

辛师等仍留梧,而令任君、蔡君、何君今夜返蒙待予至同运标本。

八月五日　星期日

予船今夜过横县抵大滩宿。

任君、蔡君、何君今晨抵蒙江。

辛师及技工唐善康留梧，令唐猎取河面红鹰。

八月六日　星期一

予舟今夜过桂平。

任君等留蒙江，辛师仍在梧，翻阅桂平、武宣等县志中关于瑶山之记载。

八月七日　星期二

予舟今晨十一时抵梧。登岸后，偕佩莹等往大同酒店觅寓。自留蒙后，仅得辛师自浔发来一电，谓转柳赴邕，此后绝无消息。食垂罄，不得已而出至邕求贷。至邕后，辛师又已先发，前后消息不相接，莫辨事象，以为辛师或得款后立即返蒙运标本归去，计予到邕时，辛师等已到桂平。予即赶归蒙江，已不能相值，而大队早归到校矣。自计此行来邕大为失宜，第既来之亦唯有安之，病虐之余，且藉此地一为将养，然后再直趋返校待罪。辛师则在柳在邕迭待予等不得，意展览会既不能开，予与任君或已合力将标本运返学校；故由邕直赴梧将返粤。及抵梧，始知予已去邕借款，又误会为予且去邕设法筹贷运行李标本返校，而不知予实为由蒙数人日食设筹。重重错误，皆起自消息不灵，交通不便也。及予登岸到大同后，忽见旅客名单上任君姓名，大为惊诧，急登楼省视，则户加严鐍未启，询之侍者，云外去，午后二时许当返，遂下楼。甫坐舒喘息，任君自外来，何君、蔡君随之。任君见予，惊愕有余于余适间者，即询辛师何在，予亦大讶，转询辛师返校事君岂尚未及知邪，任君尤骇，即问辛师何时返去，予告以在邕所闻，任君始知全部皆出误会，乃告予谓彼亦适从蒙江来。以受辛师命在蒙江待余，久不见至，极为焦灼，度行李标本虽多，予一人独力亦可运返，不必多人，故今晨特来梧将返校耳。予既到梧，一切当易于商议矣。闻今日有省梧轮行，遂以赀付蔡何两君，令先归粤。度辛师必在外午食，试往洞天觅之，果得见。询及款项，则三人均无所获，盖予意以为辛师及任君或早已有所筹划也。至是，乃向佩莹言，请为一办。幸佩莹在梧尚能活转，为假得桂币三百元。因决于今夜附舟赴蒙及平南运行李。任君不愿再往，予自请赴蒙任此力役，别有少些物件留在平南者，辛师偕唐善康往取之。

夜十二时，附永成发拖渡西上。

八月八日　星期三

晨光朦胧中，舟抵蒙江，予起登岸。至临江楼，则饷捐局以木筏前夜雨坏，迁来楼上办公，正嘱留守者设法让屋。予至，与之婉商，请今日暂留半日，明晨即当全部迁完。复至团局，请为代雇一木船，载运行李标本，备明晨请拖渡拖至梧州。得大舟一，云可容七千斤，因订约今日下午下船，明晨待辛师等来即附拖赴梧。事毕，请团局局董赴茶楼小饮，以酬其劳苦。

下午四时，将标本行李尽运船中。唯留行军床及炊具待诸明日再下舟。至六时始罄。

晚仍宿临江楼。

八月九日　星期四

凌晨，并行军床炊具等一并连下船中，令梁四市得蔬米备为朝餐，即放船江中守候。至六时许，见有江口船来，急注意探视，果见辛师等，遂令木船撑赴拖渡，晤辛师，同时与商定拖运赴梧之运费。七时船开，煑饭朝食，江风飒然，扇人至爽。至十一时，遂到梧州，仍在大同暂寓。佩莹尚未北行，因得更一晤。晚赴广西大学筹备处晤余伯杰先生谈，归即宿大同。

八月十日　星期五

晨餐后，约广西大学余伯杰先生等赴船中参观瑶山标本。午后，觅船东下，天就轮适在，且将于明晨开行。因于下午四时许嘱木船撑赴天就船近旁，将标本行李等搬入货舱中。晚，即就船中宿。

八月十一日　星期六

船八时启碇东下。

此行采集，以五月十一日由天就轮抵梧，今还于八月十一日以天就轮离梧去，亦奇合也。

晚过肇庆，半夜至三水。

八月十二日　星期日

午前十时半，舟抵白鹅潭下碇。予乃与任君、辛师先乘公共汽车返学校，约黄君、何君、梁君、蔡君等同去江中照料运取标本，一切布置就绪后，七人先以汽车至河岸再乘小艇惠轮侧，雇大驳艇四艘，将标本行李等运至河岸，又备货车四辆，载运之自长堤沿永汉马路赴爱路而返校中。物品繁多，观者莫不错愕。到校后，又有多数同学聚而围观。全车驶至学校操场东隅，一一运下，原拟堆集场中，摄影以为纪念，惜天雨不克如愿，遂以中止，召集校工十人，以半小时许尽运之至东堂楼上吾队储藏室中。事毕齐出晚餐，尽欢归来，而是行采集于是乎暂告结束。

综计此行，历时三月又二日，历程千里以外跻四千五百尺之高峰，初以九人去，参差来去，终以七人返。所采标本，有植物百余包，近千种，三万余个，哺乳类十余种百十余个，鸟类千个一百一十余种，爬虫四十余种五百余个，两栖类二十余种三百余个，昆虫两千余个六百余种。附带有瑶人服饰衣装之标本三担。瑶人之风俗习惯调查记录一束。用费并购置各种物件费款七千元。主动采集之机关为中山大学生物学系，资与者为中山大学语言历史研究所。而助予款项者则尚有中央研究院及两广地质调查所两机关。

外此有最有趣味之统计两项，亦足视为吾队采集之轶闻者，则在瑶山中居一月余，所耗柴薪计一万七千余斤，价值则为四十二元五角，其量之多与其值之贱均非等闲也。

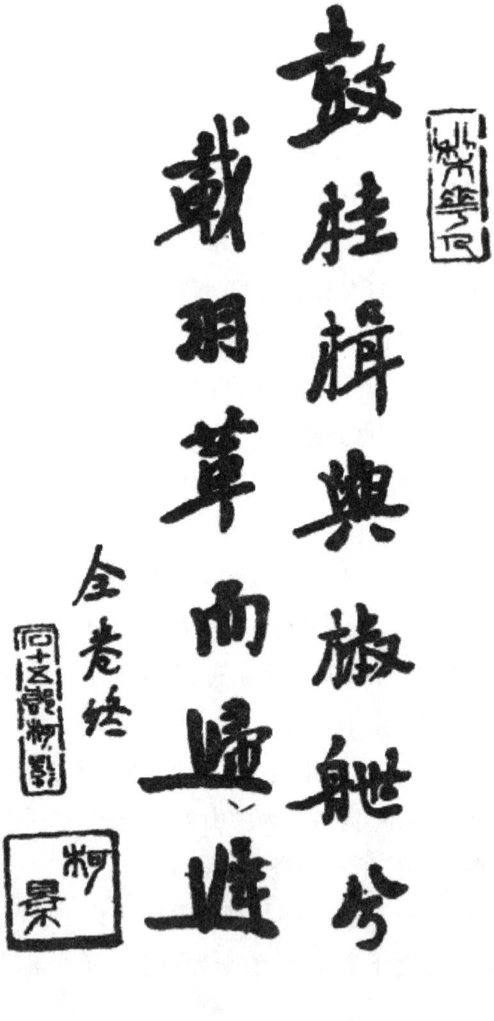

鼓桂楫與旟艓兮
載羽葆而逍遙

作者小记

右瑶山采集日程一分九十有四日，十七年五月后，随中山大学广西生物采集队赴瑶山采集三月余中受命逐日记述所写。

予以十六年冬，应业师辛树帜教授之召，自故乡泛海南来，在中大承乏助理生物系教务。每日除固定之事务外，稍集余晷，复承辛师诏作哺乳分类研究之练习。比时粤中政局纷摇不定，学校款项受其影响，战乱之后，尤极窘苦，欲从事野外工作而未能。及十七年春间，政局渐趋安定，学校经费亦日臻巩固。辛师乃向校长戴朱两先生提出，请学校拨给款项，采集广西生物。吾国地大物博，素为世界所艳称，而科学落后，国人自作之精密调查尚未能有。历来所见关于中国生物之记载文献，皆出自外人，或以纯粹为学之精神，或更廣侵略之微旨，深入各地从事搜集之结果。今为求吾国学术之发达计，为明了各地物产实际形，以供图物质建设者之参考计，为自树先声，明诏世界，吾国物产，已自行着手调查，无烦越俎代庖，藉杜侵略计，调查采集之工作，洵属刻不容缓。桂省一区，交通不便，外人尚未有调查，尤为急待探访之区。俟桂中调查既竣事，然后再推广至于黔、滇、蜀、湘、赣诸省。

三月二十九日，乃承辛师命，草拟采集及桂中黔南生物调查采集计划，上之两先生。议上，深得两先生赞许，允由学校拨款两千元，两广地质调查所拨助千元，于五月初启行西去。

五月五日，集议成行。先事队员之组织事务之分配。当由辛师决定队员为生物系助教任君国荣、黄君季庄及予等三人，同学蔡国良君一人，剥制鸟兽标本之技工三人，为福建唐氏家啓秀，善康及江义顺君，及杂役郑兆一人，为任君里人，颇勤敏能事者。采集中，除一切均受辛师之指导外，以全队金钱之出纳保管属之任君，庶务属之黄君，文牍往还及采集队对外综结报告则为予之职责。采集工作之分配则任君司鸟类，余司哺乳类爬虫类，蔡君愿事两栖及昆虫。植物由辛师与黄君共同担任。任君曾两出长期采集，于猎鸟极有经验。予自去岁到此以来，即积力事哺乳类之分类。又为学校作蛇类之剖解已阅三月，于蛇之习性及分类大概，略辨端末，故以此两者相属。又以吾队此行，实开国内大规模调查采集之先河，其所经过，当有所记述，一以布告邦人，俾知采集情况，一以昭示来兹，于进行上备一格参考，一更以为参与斯事者留一永久纪念。于是议创为采集日程，记每日之所遭，于采集事竣后刊之以公诸世。予既僭司简牍，众议即以此责相付。自维谫陋，又久荒文辞，深惧以一己之不文累及盛业。既固辞不获，遂姑安之，自五月十日启行之日起，日秉笔拉杂书草稿若干，有时队员分队出外，各有所记，亦以相授，积至归来，遂以盈卷，因整理而付刊如前大众之所期。

唯自启行以后，底于出山赴邕以前，日日匆忙，殊无多暇可以静坐搦管作书。出山以后，又以热病及奔走跋涉，日无宁晷，尤不能多所有所纪录。即在山中，每日工作亦繁重殊甚，初到时，以采集植物者人数太少，故辛师命予亦加入，于是自晨起即手铁剪负水壶登山探采。初时日午无所得食物，辄枵腹往来。又时值霪雨，十余日中无一日归来身有寸缕干燥者。及返，压制植物标本时记载标签之工作皆由予担任。事毕后，简牍之烦又至。后此爬虫及哺乳类之采集开始后，予必须在寓处照料，不能出外。同时黄君白昼既外出，队中琐碎事件，不得不由予为之经理。晨餐后，辛师与黄君出采集，予即手木盘自碉楼下至厅事中坐。盘中杂置纸、笔、镊子、钢尺、定规、银币等。时而有人送蛇来，即起为处理。观者棼然，往往碍及行动。时而有人猎得哺乳类送至，须作测算。而队中买薪、买米、买菜、瑶人乞药、乞医，又须一一应付。换制植物标本之工人，偷懔懈怠，尤不时待监察。于是手挥目送，时不暇给，往往扰攘半日未能作一行字。入夜燃豆许灯，供两三人工作，几低椅高，伛偻奇苦。山蚊复不相谅，嘬两腿作疙瘩累累坟起，既痒复痛。未几新增之瑶歌征集工作又起，恒深夜伴瑶人絮絮语。诘询写唱。队员皆寝后，予亦疲倦不胜，顾不能息，且须屏气凝神，耳听笔记，不敢稍懈。精神困怠，则藉浓茶为兴奋。予素患神经衰弱，兹复以过劳与刺激而激增，三漏归寝时，手掌辄冷如冰厥。且夜恒失眠，辗转反侧，往往至天将明始能合眼。队中同人体力工作之劳，或倍于我，但坐纷神志，则以予为最多。自惭禀赋过薄，孱弱之躯，竟不能耐此烦剧。益以天时不佳，尤不易支，故出山以后，遂致大病。于此匆忙疾苦之中，所作日记，其草率可想。及去秋自湘省亲返粤，又忙于瑶山哺乳类之检定，至冬，以半年工作过苦及忧患之煎，血疾复发，此时急待将养，更无暇及此。坐是废置弥久。今春赴桂林养息，闲中出旧稿一为检阅，始得略订其脱漏错误。夏中复返穗城，将举付梓以了素日心愿，因记所遭之缘因如是。

予素拙于文尤不善于布藻设华，粉饰夸状，髫年所习为语体，兹来乃作文言，知更必凿枘。唯所记景物及经历事项，处置各事方法，则皆一以事实为归，虽朴讷拙奥，要于真相无大违背。幸读者勿以辞害意，但于吾队队员大众戮力工作之所造者，循此记录有所寻绎，而勿以语句章法斤斤相绳，作日记文章看，不胜馨香祷祝。

吾队瑶山采集之行。今且毕三次矣。此一卷所记，明日黄花，良不免过时之诮。但肇始之基，要不可没，故此帙仍当刊以与世相见。

十八年七月十四日 石聲漢

附录

荔尾词存·自序（石定枎注释）

《荔尾词存》自序

荔　尾

余家本寒族。明季自江西迁湘潭已来，耕读相仍。清康熙中，族伯祖天际公崙森[1]，有自耕田四亩，以诸生仗义叩阍[2]，白省官赃事得直，声震一时。晚岁，为所发贼吏子孙诬构，弃市，邑人追思者二百余年。忆少年过湘潭，闻田父谈及，犹嗟叹未已。弟天半公，惩于冤狱，遂命子孙习刑幕以自保且济人。迄余从兄辈，先后业此者九世不辍。高祖徙长沙近郭。祖父当世名士，诗文雄健，工八分及篆刻，历滇、黔、桂省府县幕，食贫终生，无锱铢蓄。之自二伯、五伯自幕僚荐知滇、桂府县事[3]；四伯客死台湾府幕，身后亦薄有余资，始共营小田宅于长沙东郊。余父生于同治九年庚午岁七月初三(1870 年 7 月 30 日)；昆弟中，存者最幼，自少迄壮，留故乡为嫂共侄艰难经纪门户，诸伯治产，尽皆委[4]焉。事定，余父念二十年中任劳任怨，良不为不多，然既未投一缗[5]，预感来日共居不易，坚执继世业外出遊幕以自食。丙午(光绪三十二年，1906 年)续娶礼成，即挈余母游筑[6]。时五伯方在云贵总督锡良幕中，因招入滇。翌冬，生余于总督官邸。明岁早春，携挈赴大理襄办电报局事；岁暮，转腾越创分局。辛亥革命，滇中导始，腾越于滇中为先发难；父母携余及幼妹结伴自腾越西踰野人山入缅甸，得旅缅华侨林正中助，自仰光泛海东归，达沪泝江而上，岁暮抵岳阳，客同归者故总兵彭某宅。幼妹即以除夕殇客次。时二伯父方知桂林县事，故函速父母返长沙东乡暂居，复屡述吾父曩日经营之劳，勖[7]留湘两从兄，勉以忻然赞促。民元(1912)三月中,父母挈余达长沙故宅。二伯良敦友于,顾兄嫂迄不能无畛域[8];先后聚居十年,父母因恒悒悒,余亦坐童年遭尼[9],勉事群声[10],顾强项有余,色荏而内厉,事后有触,不免即发,招尤益深,投老[11]犹以不善服从见诟焉。

余父幼得五父爱怜,教以书画吟咏;壮年画折枝[12],戚畹[13]贵重。诗文稿皆散佚无存,几近皆脱佚。忆十岁时尝于敝簏捡得诗存若干叶,盖壮年作,既霉损成灰,不可手触;唯卷尾有自题"吟诗勿作野才子,行己莫为小丈夫"大字两行,略见抱负。平生耿介,疾恶过甚,动与时牾[14]。民元归湘后,旧执刑名业,既不可售,又别无应世资,数数离家谋俯蓄[15]。于役十余年,沉沦末僚而已,终莫展所长。民四(1915)春入蜀,次夏值兵乱,尽丧衣囊以返。民七(1918)秋,再赴豫转冀,佣法院为录事,亦终以非法政学校正途出身见屏,流落天津者经年;迨民十三(1924)秋,余肄业武昌师范大学,分日食邮资斧,方得归里门。民十八(1929)余与仲弟在广西梧州,第二中学校长赵佩莹兄函浼老人管库,亦欣然来就,终四阅月,粤桂战作,父子三人,仅保行装还故里,自兹始不复外出。民廿一(1932)冬病风痹,时余婚后供职金陵某部曹,寒假偕新妇返一省觐。次秋,留学考试揭晓,不及旬日,即匆匆泛海西行,迨未得再一见面矣,抱恨终生,痛无可赎。

昆弟中余最长;受诞时,老父已届中年,余又童稚善病,故倍承慈煦;然责望极严,初无姑息[16]。或亲著家书,必先进德修业。审知余倔强薄福,非富厚荣显器,遂不复期此,第勉以不能狂则宁失于狷[17]。家世刑名,既不可继,则举刑幕之自保者戒;曰动心忍性,洁身自好,毋损人利己,不可使人怨我[18],庶立于不败之地。余家七八世,平均年齿不逮四十;老父得六十五高龄,已为仅有。余顷望六,耳、目、齿、鼻、心、肺,在在皆病。自念毕生萍飘天涯海角,所为恒骇浪惊涛,晚岁尤讥谗日亟,然迄未缘险诐谄佞[19],大丧行止用贻先人羞,悉食庭训力。虽躬行未逮,愧怍有加;矧抑前路方艰,尤不决于我,第冀他日盖棺定论,得终免骫镺小人之目[20],则幸甚。

余外家原吴中迁湘士族,后寖式微[21]。余母夙卞急,且刚强好胜。幼失恃,未尝读书,笄年稍问字,遂能作长牍;后来女红中馈[22],多师余父而转精。廿五来归余家,婶拧诸从嫂而齿转亚焉,已肇齟齬[23]。之自民元(1912)随余父穷蹙返湘,与诸从嫂聚居,直以穷本家身份伴食田庄饭,蠃附而已[24],弥难相得。且伴食云者,止于一室三饭,父母暨余兄弟数人,衣履、医药、学费、庆吊之需,胥无人肯问。老父客外服职,有薄俸可资,尚感匮乏;余母涤缀辛劬,每多忿悁;余既最长,适当迁怒之机,动遭笞责。时或佳节庆贺,宾客在堂,余兄弟布素补衲出见,固致兄嫂不怡,余母尤痛心疾首。胥来楚挞,辄无可逭,诟责之辞,不无弦外音,益招怨仇。老父一旦赋闲,所需即一无所出。民六(1917)初冬,湘中内战乱,举家迁城,是岁适极寒,余恃旧袷御冬,撄寒病咳经年,终生支气管炎及唾血,胥起于此。民七(1918)老父北行,余已十一岁,即渐承母命乞贷戚里。嗣后五六年,借偿高利贷无虚月,悉孺子供奔走,惟在必得,揶揄嘲讽,饫之不敢有难色[25];庶不空手归致招扑责。民十(1921)岁暮,两从兄定议,函在津老父,以聚居不易僦屋为言,声月仍给田庄米若干斛资日食,坚欲母氏及余弟兄四人迁出自立门户。次春,遂别赁居室;自是骤增房租、薪火、盐醋诸端,倍益拮据,老母操作亦弥苦。顾排众议,排万难,坚持余兄弟必不废学。余及仲季,粗知砥砺名行[26],壮后各有资以役于世而不游惰者,不能不深拜母氏之饬[27]也。

民二(1913)年春,余始入楚怡小学插一年级班肄业。小学七年,缘老父失业,学费无着,民五、民六两辍再续,勉于民九(1920)随原班毕业。初年伴随父母居城,走读。民四老父赴蜀,母氏迁乡乃讬余于城中戚友:寄外祖父家一学期,随长姨母居百善堂[28]一学期,寄除心庵世叔家两学期,最后尚逆旅者一学期[29]。孺齿多疾,播越[30]频频,又间之以失学,顿兴飘泊之感。民九秋,复插明德中学一年级班,屡不能继,幸民十一(1922)师长见悯,命典[31]学校图书馆钥匙,免纳学费,得免中决[32]。民十三(1924)毕业后,仍留旧职半载,兼任家庭教师,月获可十元许,薪水稍纾负荷。嗣就学武昌,第一年赖李剑农先生倾助。第二年,承李先生介绍,任课旅鄂湖南小学,自给;复由私立晨光学校年借百元,俾资父母及三弟,约毕业后任教晨光作偿。民十五(1926)秋,北伐战役未定,武昌各学校皆中断,入学与工作,两俱失据,乃在长沙周南女中及母校楚怡小学代课。甫两月,周南女中某班同学,谓余有虚无主义色彩,函嘱不必再去,于是周南月给十九元二角不可得,唯博楚怡小学之二十一元三角二分佣值,备薪火。次春,挟所积二十余元,归武昌复学。时方鼎沸,平日游行集会为多,周课不过三数节。五月初,又以态度灰色,为校务委员会开除学籍。夏中,辛树帜先生自欧陆归,任教中山大学,招赴粤任助理。双十节后数日抵穗。十二月,广州事变起,辛先生已于十一月中率队去广西采集,余人地生疏,几於漂没。十余月中,迭为革命风雨磨荡,窃滋惶惑,至今不解[33]。民十八(1929)春,血疾频作,姑应赵佩莹先生召,携仲弟去桂林省立第二师范学校任课养疴,仲弟遂在桂林就学。

秋间转梧州第二中学。粤桂战争中，几死于空投炸弹。民十九，返中山大学。次夏，转浙江大学。民廿一(1932)春，戴季陶以辛先生介电召同游秦川。大旱之余，关中赤地千里、农事凋敝，目击心伤，念农之衣食我民者久矣，有可为农之助者，当力图之，迺发愿改习植物生理学，思探求禾稼耐寒耐碱根据，备他日为农业效力。是夏始婚，婚后供职南京。民廿二夏，中英庚款公费考选赴英。在英京帝国理工学院植物生理系作研究生。廿五(1936)初夏，学位试毕，羸困不支，乃之德漫游疗养。七月下旬，经西伯利亚东归，诣南京报到。闻西北农林专科学校甫成立，且将开课，即欣然谢其它数校之约，迳抵武功。冬间，直西安事变；翌夏，日寇入侵幽燕，研究试验，悉成泡影；兼之语言不慎，开罪多方，为国民党人所嫉，民廿六(1937)岁除日，悄然离武功返长沙，僦屋在乡居，息教半载。秋初，应同济大学聘，赴广西八步，日寇空袭频仍，衔命经越南赴滇觅址迁校。廿九年秋，寓所中弹，几全家葬覆宇下，初冬徙四川李庄。次夏，泝岷江上嘉州，侍业师张镜澄教授于武汉大学，前后在武大者近十年。民卅八(1949)夏，国民党瓦解；秋间，张师病逝。余复于一九五一年雨水节，自武汉来武功西北农学院。

余始生夕，缘断脐不谨而创溃，成破伤风，幸未夭折。自是遂羸弱多病，周晬[34]甫能倚被坐，两岁半方步。四龄颅顶患皮肤结核，淹缠[35]两载余，柴瘠益甚。坐是[36]孩孺中，不能合群嬉戏，唯以笔砚为娱。老父口授诗歌，期年背诵四百余首。民元(1911)初秋，自写断句于窗纸，云：“菊花黄满地，……破青霜”；二伯父瞥见，欣然语老父谓孺子可教，第虑肃杀有馀，非佳朕兆[37]。乡居无幼学书，则读康熙字典。民三春，七龄未届，在外祖父案头见《聊斋志异》，一昼夜间，窃窥盈卷。秋间于邻家获见《石头记》残本，于所言钗黛儿女情事，初不了了，然史湘云、邢岫烟客大观园中诸窘况，则盎然有应[38]，终生惓惓不忘。十岁初过，偶因抵触，书四句于壁曰：“春风寒雨满西楼，檐溜声残泪未收；——愁杀落花无主宰，惟将玉质委东流。”老父登楼见及，愀然久之，以语无福泽诫，此后毋再作诗句，以是毕生视诗为畏途。

小学末两年，同班余齿最稚，渐见赏于级任宁乡何叔衡师。何先生宿儒积习尚浓，惟谆谆于性理及篇章诸事。五四而后，先生幡然改图，频以新思潮启沃。民八(1919)秋，余已居全校最高年级，众推为学生自治会会长；驱张运动中，遂以小学生代表之一，厕[39]于湖南省学生联合会，与会聆诸先进言论。时长沙有所谓无(无政府主义)派，马(共产主义)派，各有名士主之。童稚乃駷[40]，徒向往于自由、平等、博爱，欲济全人类于相爱互助，以为当自人尽所能，推诚以利众，始不乐暴力。政府既恒为暴力之源，则亦不当有。盖并兼爱非攻与大同无我，而置信于人性之本善。入中学，更自窃附于科学救国之俦，思以一己尽瘁，博人群福利。所谓虚无主义色彩，实即此耳。洎[41]典图书室，他人课后驰骋球场，余独坐庋架前，信手抽书以读。承五四余波，薄经学与正史不观；自然科学初步及新文艺外，以童年习染，小学及集部，寓目者不少。花间以下诸词集浏览寖多，懔于父训，不敢为诗，民十二(1923)遂学为长短句。今裒[42]《荔尾词存》，即以是年之作为始。

髫龀时[43]，好书向学而已，初不解若者为为人为学[44]。宗[45]父师严训，但悬修齐治平为立身行己济物利人鹄的[46]。五四以还，方渐神往于民主与科学。实则閔阆[47]无涯际。十六七之间，自念质本文人，性多悱恻[48]，脱不事冷严之业以自药[49]，则奔放横逸，来日苦趣必多。倘习自然科学，则匡己济人，两俱得欤。以是报考武昌师大，即迳注名生物学系；入学后，复选化学系为副科。初两年，虽风潮迭起，无一学期得善始终，然一己未尝有懈志。五卅变起，愤火中炽，投身示威行列，且与毛路真兄渡江在汉口租界作宣传。为英警所窘。风涛略定，默觇当时操持学生会两翼人士，各攘大众爱国行径以为己功者，既得售，立弃同时尽力者如敝屣，且加排抵焉。余无所附，本无所图，酬庸与排抵遂皆不及。然窃讶所谓革命而利人者，果当如是邪？瞿然茫然，继以惘然恍然，终之怃然愀然。爰敬谢两方俊彦，遂便绝往来。余爱国家，爱科学，尤爱正义，三者正可得兼，余不能货他人，亦不欲见货[50]，二者初不相悖。行矣，无多言，余宁读吾书耳。则此谓态度灰色者是矣。

少年尝习笔译。民十五(1926)暑假，自夏迄秋，以五阅月译美国新出细菌学教本一，又有机化学教程脂族之部，自课滋勤[51]，获益亦不浅。当时固无人肯顾及[52]；然所创译名，后来供职金陵之际，居然颇承掊摭[53]。及抵粤，辛先生方致意于生物地理分布，命改事哺乳类爬虫类分类学。自翻译英文分类记述入手，随读随译，积五十万言，曾印为中山大学哺乳类学丛书三集；又以英文写《广西瑶山爬虫类志》一册(署学生范曾浩名)，广西、广东哺乳类名录四篇。别有《广西瑶山采集日程》约三十万言，亦尝刊布。粤中数载，印行者可百万言；黾勉将事[54]，顾少年文字，止于靡绮，羌无骨力。且居恒窃自问，欲此诸作，果为科学救国邪？则亦何补于民生国计？不过役力供佣，徒哺啜耳，其异于文人者几何？事与愿违，心志良苦。缘事笔译者既七八年，习于曲折为文达他人旨，不杂己衷,故前后数衔命珥笔[55]为中山大学校长戴季陶、朱家骅抡众中记所言,且辄以有记室才[56]推重。虽幸身无媚骨,未尝曳裾侯门[57],得免投阁[58];顾竟贾文人之目[59],则行书不慎,辱由自召,抡人何尤?终生耻之。

在英京习植物生理,事出自择,兴会颇浓。守实验室至子夜始归寓者前后两载。坐倔强,草论文时,辄持己见与导师揆格理先生骋辩相难,先生不以为迕,转诧为平生所未经见,奖掖弥多。归国迳诣西北,满拟科学实验事业有无限前途。乃不再秋[60],幻想悉烟消孛散[61]。抗战、内战,以讫今日,实验研究,曩则物力无所凭依,继则时间动归撕裂,终之形神两渐衰敝,三十年中,一筹莫展。垂老指点英年研究生六人,四人甫略窥门径,方以为燐火[62]可以薪传,乃巨浪一摧,胥废于中道。自伤无济时艰,真龇死鼠[63],惝恍迷离,止增嗟叹。

49 讫 52[64],贫困无端,姑复假笔耕为继。所译英人博德温所著生物化学两种,勉获售,《动态生物化学》一书,且曾三版。虽屈志为衣食谋,似转有裨时彦。五五年以后,辛先生兴趣移古代农书,复以校注古典农家言见命,弃田畴而寻桃简[65],心滋不乐;第舍此别无可役,则{左“爽”右“斗”}[66]向所习自然科学及小学诸端,壹注之于校勘诠释。十年来,积稿几四百万字。譾陋不学,刺谬洵多[67];顾白手孤身凿空驰险,草创究亦不无劬苦。拓荒之始,众口进诃,目为图个人名利而不务正业者典范。厥后数年,以国外学人恒征引相誉,国内出版社表扬寖多。复经杨东莼兄一揄扬,报章杂志数资以宣传,訾谪始息,云功云罪,他日届有定评。断不遑计。独是屡蹶屡兴,欲稍尽绵薄于科学事业;而屡逃屡踬[68],终莫脱乎[69]弄笔文人,实非夙料。

综覈[70]平生,率真孤介,不屑不洁,禀自余父;刚强卞急,刻意励成[71],受之余母;执中守正,不阿权势,得于何叔衡师。童年多难,善感而木讷,原应驯谨谦和,顾散漫疏狂,转而执拗迂拙,甘侪载言载笑于野老褐夫[72],而必反恶声恶色抡豪富显要,遂目桀骜难驭著称,则不读书未变气质所致也。中岁事张镜澄师,日亲炙于岳峙渊渟[73],雍容退让,方渐悟少年狂率之非,思自敛以归于平易,固已晚矣。年齿徒长,德与学两俱不就,惟转述陈言[74],为近千万字之无用文章,印成册帙,布海内外,斯诚是文人自欺且欺人矣。平生性情此寄,所谓言为心声,差存真我者[75],则唯长短句若干首。既无师承,体制格调声韵,皆朴野稚陋,并形似亦无,故不敢多眎人[76],唯自存日记中。曩客昆明,偶裒写为一卷,旋遂弃去。五八年,舶趠骤兴[77],惕于日记中时有廋[78]辞,脱遭检阅,将百喙莫解[79],遂一举焚之,词稿亦并灰去。忧患馀年,烛鈸且熸[80],乃凭记想,再事拾存，固遗忘已强半。匪欲借绮语，自厕作者之林，第特[81]留鸿印雪泥，可以略觇本来面目耳。身后，或有以欺世盗名觊觎配享相疑者[82]，请视兹集。自序身世诸端，亦资佐证耳。

板桥居士自序其词，有云“少年游冶学秦柳，中年感概学辛苏，老年淡忘学刘蒋，与时推移，有不自知其然而然者”。秦、柳、辛、苏、刘、蒋，未必尽为游冶、感概、淡忘之语；习染相近，杼轴略同[83]殆有焉，蓄意模仿，死于皮相而已[84]。独与时推移，则不易之论。偶自回溯，少年爱读花间欧晏，兼及纳兰及黄仲则。金尊红粉，鬓影衣香，非贫贱孱儿所偶得经[85]；然似水柔情，不难虚拟。故少年诸作，有时画里真真，俨然呼之欲出。“平生不二色”，第如饮水，冷暖惟可自知，举以语人，徒资姗笑耳。至若落花为絮，夜永风寒之感，身世所关，薄福生成，莫能自已，虽病浅率，咸为实境[86]。三十年后，历世稍深，春云秋雁外，始见秉烛索涂之境界顿殊[87]。自越四十，鼓钲岁岁相寻[88]，意绪再转[89]。究未解开罪之故，然纥干冻雀，欲飞不能[90]，闻弦辄多生悸，并淡月疏帘，残霞晨柳，都不关情；止怅望蒹葭，寄怀云水而已。游冶既夙昔所无，感概淡忘，今亦不可再学，与时推移则诚有不自知其然而然者。忆二十年前，尝自勉绝笔以葆精力，乃不数年，而再为冯妇[91]，亦良可哂。近四五年，神志日昏，不戒已濒于绝，或遂可“陌上轻雷听渐隐”乎[92]？追念先人“吟……夫”，愧何可言！

【注释】

[1]石嵛森：《中国名人大辞典》载：清 湘潭人，字天际，岁贡生。少负俊才，尚气节。康熙中诏蠲免丁粮，湖广诸守土者征敛如故。森嵛愤，单骑诣阙讼冤，事得直。官吏咸切齿嵛森，摭拾他事杀之。

[2]以诸生仗义叩阍：阍(hūn)：皇宫门。在《正字通・门部》：“阍：凡吏民冤抑诣阙自诉者曰叩阍。”指直接向皇帝告御状。

[3]之自二伯、五伯自幕僚荐知滇、桂府县事：之自：直到。二伯：石家鑑，字镜秋，清朝举人，曾任广西桂林县知事。五伯：石家铭，字订西，曾任云南开化府知府。荐：举荐。知：主持，掌管。

[4]委：托付。

[5]一缗(mín)：缗：古代穿铜钱用的绳，指成串的铜钱。一缗：一千文铜钱为一缗。

[6]筑:贵阳的别称。

[7]勖(xù):勉励。

[8]畛(zhén)域:界限。

[9]戹(è):困难,灾难。

[10]群声:湘潭石氏家族流传下来的族谱是“培养承先世,家声定克昌,祖宗贻泽远,继序载文章”。我父亲是“声”字辈。“群声”是指同住公庄的堂兄们。

[11]投老:垂老,临老。“投”在此有“投奔”义,引申为“至”。王安石有“投老心情非复昔,当时山水故依然”。

[12]画折枝:花卉画法之一。不画全株,只画连枝折下的部分。这里指画的折枝画图。

[13]戚畹(wǎn):即戚里,泛指亲戚邻里。

[14]牾(wǔ):即抵触,冲突。

[15]俯蓄:有“仰事俯蓄”的成语。即对上侍奉父母,对下抚养妻儿。“谋俯蓄”,意即为谋取养活父母妻儿的收入。

[16]初无姑息:督责甚严,始终不放松。初:始终。

[17]第勉以不能狂则宁失于狷:“第:连词,表示转折“只是”。只是劝勉我不能狂傲,则宁可尽量狷介(有所不为也)、耿直。

[18]不可使人恕我:不要期望别人对我仁爱。恕:在这儿的义项是“仁爱”。

[19]然迄未缘险诐(bì)谗佞:至今没有因受谗言而陷入险境。缘:在此作介词,表示原因。

[20]终免骫臬(wěi xié)小人之目:能最后免于被行为不正的小人品评。骫臬:斜,不正。目:在此的义项是“品评”。

[21]寖(jìn):同浸。即渐渐。

[22]女红中馈(kuì):女红:针线活。中馈:饮食方面的事情。

[23]婶于诸从嫂而齿转亚焉,已肇鲰齵(zōu yú):按辈分堂嫂们得称呼我母亲为婶,而我母亲的年龄反比她们小,已经引起不平。鲰齵:牙齿不正貌。即不平也。

[24]蝨附:像蝨一样吸附在动、植物上面。在此比喻依附于人。不用“依附”而用“蝨附”,突出当时惹人讨厌,随时面临被赶走的处境。

[25]饫(yù):饱食。在此可理解为全部接受。

［26］砥砺名行：砥砺：磨练。名：名誉。行：行为。即指从各方面严格要求和磨练自己。

［27］饬（chì）：教导，督责。用于上级对下级，长辈对晚辈。

［28］百善堂：根据《自序》作者的表姐刘舜华的遗作《长沙百善堂纪实》所述：百善堂位于长沙城北荷花池，是清光绪年间兴建的慈善救济所，能收容二百户贫苦无依的孀居妇女，是灰暗简陋的竹木建筑。每户约九平方米，可携年幼的家人入住；每月按人口领取低微的救济款；用水也限量供应，每日只供应一次。当时兴建百善堂是为了维护封建礼教的贞节观，因此入住的妇女儿童都要承受严厉堂规的苛压和歧视，行动受监视；出入需经过铁锁高悬的粗木栅栏，只能弯腰低头而过。文中的长姨母刘静俞三十岁丧夫，家里上无片瓦，下无寸土，只得携带年幼的独女刘舜华于 1915 年入住百善堂。《自序》作者的父亲当时去了四川，求职不顺，作者的母亲只得带着两个年幼的儿子去乡下公庄住，将在长沙读小学的长子托付给亲友。作者曾寄居百善堂姨母处一学期，日子的窘迫、艰辛可想而知。

［29］尚逆旅者一学期：最后因已无亲友可投靠，只得借宿在别人家。尚：还。逆旅：原意是客舍；旅馆。李白《春夜宴桃李园序》有："夫天地者万物之逆旅"句。这儿是指民居。者：在此是语气词。

［30］播越：流亡，流离失所。

［31］典：掌管。

［32］中决：中途辍学。

［33］解：同"懈"，在此为消减，消退之意。

［34］周晬（zuì）：周岁。

［35］淹缠：延搁，拖延。

［36］坐是：因为这个缘故。

［37］朕兆：即征兆，预兆。

［38］蚃（xiǎng）然有应：即引起共鸣。蚃：知声虫。

［39］厕（cì）：间杂；插置。

［40］騃（ái）：傻；痴騃。

［41］洎（jì）：介词，表示起止。相当于"自从""至"。

［42］裒（póu）：聚集。

［43］髫龀（tiáo chèn）：髫龀时：即年幼时。髫：古时候小孩子头上扎起来

的下垂的短发。龀:小孩乳齿脱落长出恒牙。

[44]初不解若者为为人为学:始终不了解这里面的这些为人、为学的道理。“初”:始终。“若者”:这里面。

[45]宗:尊崇;推重而效法。

[46]鹄(gǔ)的:箭靶的中心;目标。

[47]閌閬(kàng làng):门高貌。引申为高大、空旷。

[48]悱恻:形容内心悲苦,充满忧思、抑郁。

[49]脱不事冷严之业以自药:倘若不从事冷峻严谨的事业,以此增进自我修养,医治自身的性格缺陷。“脱”:倘若。“自药”:医治自身的毛病。这儿指性格上的缺陷。

[50]货:收买;出卖。

[51]自课滋勤:督促自己更加勤奋。“课”:考核、督促。“滋”:副词,表示程度,相当于“更加”。

[52]顾及:被注意到而引起重视。

[53]捃摭(jùn zhí):采集;采纳。

[54]黾(mǐn)勉:勤勉、努力。

[55]珥笔:古代史官、谏官上朝,常插笔冠侧,以便记录,谓之珥笔。

[56]记室:古代官名。掌章表、书记、文檄。相当现代的秘书。

[57]曳裾侯门:牵着衣襟卑躬屈膝地去投靠侯门,比喻在王侯权贵门下做食客。曳:拉;牵。裾:衣襟。引申为衣服的前后部分。

[58]投阁:语出《汉书．扬雄传赞》,指文人不甘寂寞而遭灾祸。

[59]顾竟贾文人之目:却反而招致文人的讥评。“顾”在此作副词,表示相反,即“却”,“反而”。

[60]乃不再秋:还没等到第二个秋天。“再秋”:第二个秋天。

[61]烟消孛散:一切都消失了。孛(bèi):彗星出现时光芒四射的景象。

[62]燐火:俗称“鬼火”,此处用以比喻火的微弱及飘忽不定。

[63]真龈死鼠:“龈”是“啃”的本字。“龈”字读“kěn”是它的本音本义。后来才造了“啃”字。至于读“yán”,作齿根肉讲,是另外的用法。现代汉语只存在后一种用法了。“真龈死鼠”即“真啃死鼠”,指滋味极恶。(石定果注)

[64]49 迄 52:即 1949 年到 1952 年。

[65]弃田畴而寻桃简:比喻从一个研究领域转向另一个不太相关的研究

领域。桃简:即“版简”,指书册。案:《集韻·小韻》中有”(左“爿”右“兆”音 pan 阳平),《博雅》版也。或作桃。”另有一种解释:桃简是桃枝竹做成的简,即竹简,泛指古代典籍。

[66]{左“奭”右“斗”}(jú):挹也,即舀取。又比喻从有的地方取出来,以补不足。

[67]谫陋不学,剌谬洵多:因浅薄不学,谬误诚然很多。谫(jiǎn)陋:即浅薄,孤陋寡闻。剌谬:谬误。洵:在此作副词,诚然,实在。

[68]踬(zhì):被东西绊倒,比喻不顺利。

[69]终莫脱乎弄笔文人:最后仍未能摆脱弄笔文人之名。

[70]覈(hé):核实;检验。

[71]刻意励成:“刻意”在这儿是“克制意念,自我约束”的意思。“励成”是奋勉求成。“刻意求成”即用刚强的意志努力克制各种意念,自我约束,以奋勉求成。

[72]甘侪载言载笑于野老褐夫:甘心情愿把自己看作野老褐夫一类,与他们在一起有说有笑。侪(chái):同类的人们。

[73]岳峙渊渟(tíng):像高山一样耸立,像渊水一样深沉。比喻人品端庄,才德深厚。渟:深邃之意。

[74]陈言:人家说过的话。在此专指翻译及校、注、释古代农业典籍。

[75]差存真我:颇寄存我真正的思想感情。差:在此作副词,相当于“颇”,表示程度。

[76]眎(shì):同“示”。呈也。

[77]泊趠(chuò):风名。梅雨结束盛夏开始时强盛的东南风。

[78]惕于日记中时有廋(sóu)辞:自己喜欢用典及用文言文写日记,因此担忧到时候很难向人说明白。惕:担忧。廋:隐匿。

[79]脱遭检阅,将百喙莫解:如果被人家翻出来看到,将百口难辨。脱:假如,如果。喙:鸟兽的嘴。

[80]烛绂且燬(huǐ):烛:在此作动词用。燬:同“毁”,即火,烈火。绂:系官印或佩玉用的丝带。在此喻自己的词作。

[81]第特留鸿印雪泥:只不过是自己人生往事中留下的痕迹。第:只。特:不过。鸿印雪泥:人生中往事留下的痕迹。语出苏轼的诗:“人生到处知何似?应似飞鸿踏雪泥。泥上偶然留指爪,鸿飞那复计东西。”

[82]身后，或有以欺世盗名觊觎配享相疑者：我死后，假如有人怀疑我是欺世盗名，觊觎文人、作者的位置以博取千古留名。觊觎(jì yú)：非分的希望或企图。配享："享"亦作"飨"。古代专指帝王宗庙及孔子庙的附祭。

[83]习染相近，杼轴略同：(在人生各个时期)人们的思想感情大体相近，写作的构思也大体相同。习染：某种习气所感染。杼(zhù)轴略同：杼是织布机上的梭；轴：织布机上卷经线的滚筒。杼轴在此比喻诗文的组织构思。

[84]蓄意模仿，死于皮相而已：如果只是刻意模仿，没有相通的内在思想感情，肯定只是表面上的相似，写出的诗是失败的。

[85]非贫贱孱(zhuǎn)儿所偶得经：不是我这种贫贱小子所能偶然经历的。孱：弱小，孤陋可怜。

[86]身世所关，薄福生成，莫能自已，虽病浅率，咸为实境：因为身世的关系，我天生薄福，不由自主地写下这些感触，写出来的词虽然有浅薄粗率的缺点，但都是真实境况的写照。

[87]始见秉烛索塗之境界顿殊：才发现举着蜡烛探索未来的人生之路，境况立刻就不一样了。塗：通"途"。

[88]鼓钲岁岁相寻：鼓钲：古代行军时以鼓钲指挥进退。击鼓则进；击钲则退。此处以行军时鼓钲年年连续不断比喻政治运动连年不断。

[89]意绪再转：思想情绪再次发生变化。

[90]紇干冻雀，欲飞不能，闻弦则多生悸：然而像紇干山上的冻雀，想飞却不能飞，听到弓弦的声音，就吓得胆战心惊。紇干山在山西大同县西，亦名纥真山。夏恒积雪，高寒异常。当地人曰：纥真山头冻死雀，何不飞去生乐处。弦：弓弦。悸：害怕，胆战心惊。

[91]冯妇：典出自《孟子·尽心下》，后用以称重操旧业的人。

[92]"陌上轻雷听渐隐"：这是王国维《蝶恋花》中的句子。"陌上"，路上。"轻雷"，喻车声。"听渐隐"写目送车影直至不见，继以车声也因远去而听不到了的情景。以此比喻也许自己的生命也即将渐渐逝去。

【说明】

这是我父亲为自己的词集《荔尾词存》写的《自序》。父亲去世后，母亲去北京与大哥定机、大姐定杜一起生活。搬离西北农学院时，她将这份《自序》的手稿及父亲在文革中写的检查、交代等一起收藏在一个父亲自己精心制作的绸面纸夹中带到北京珍藏着。1978 年 11 月母亲去世后,遗物由大姐定杜仔细保管。1997 年我整理、注释《荔尾词存》时还不知道有这份《自序》。待我写的父亲的传记——《用生命去创造》2005 年出版后,大姐将这个纸夹交给了我。为争取在 2017 年重版《用生命去创造》以纪念父亲诞辰 110 周年,我于 2015 年开始对传记进行修改、补充。这时,我认真翻阅这个纸夹中父亲留下的第一手材料,才发现了这份近 5 000 字的《自序》手稿。手稿反复修改过,但没有标题,也没有留下写作的日期。我仔细辨识了这份手稿,力求能准确地辨识每一个字;从其内容看,这份手稿当是父亲 1958 年凭记忆重写自己的词集《荔尾词存》后,为它作的《自序》。在《自序》最后,父亲写道:“忆二十年前,尝自勉绝笔以葆精力……”父亲的词集中最后一首词《柳梢青》曾记有:“丙戌秋作此封笔。”丙戌年即 1946 年,故推断此《自序》写于 1966 年,应该是“文革”前夕完成的。

石定枎

《石声汉逸书两种》出版后记

为何称“逸书”，何以逸而复现？兹遵出版家之命，谨附后记说明。

盖两著原版年久，现绝少见流通踪迹。唯《生命新观》存诸目录，其名极具哲理魅力，询问寻觅者颇多。石先生以生物学、古农学名世，且禀诗词天赋，篇什渐传文科院校。叶嘉莹先生特为石词集序言，称其人禀性“弱德之美”，并提升到词话理论高度，开讲专题课激情推介。叶常引此书为背景，故讯访欲读者益夥。鉴此情由，曾约西北农林科技大学图书馆颜玉怀书记，筹计再版《生命新观》事宜。经遍求藏书单位，仅得一复印本，惜字迹模糊，尚有缺页，终未能付梓。后幸得石定枎老师及侄辈倾心襄助，先后提供两种清晰版本，又献石先生自传与董作宾先生荐文，遂为出版社欣然承命。

适值兹间，率学生清整古籍馆藏，恰似无巧不成书，《大瑶山生物考察日程》惊异复现。所记乃我国首开动植物科考先风之实录，兼得石先生青春年之妙笔华文，亦世人久索而难得之书。为 1928 年中山大学生物系印行，原本流布不广，所见已属稀世之本。其版式较小，且夹藏万有文库丛书柜中，非偶然机缘，实难得见。

当蓦然触发之际，惊喜莫名，大有穿越时空至前汉年代，复现孔氏旧宅古籍之幻想。孔壁书乃天下逸书称谓之滥觞，故与刘卫科社长相商，竟不谋而合，议定两者合册出版，特名为《石声汉逸书两种》。蕴意在纪念珍籍新版刊世，冀读者知得之不易，当倍加敬惜以探究其学理。

两书合册并加附录等，共计五部分，篇目头绪略显繁紊。顺代责编者提示：欲知《生命新观》者，宜先读董作宾先生数言简介；欲赏《大瑶山生物考察日程》者，可参阅朱家骅先生之序言；欲知石声汉先生其人者，当观书附《荔尾词存·自序》，实藏诸名山之书序体自传也。如此遵嘱赘述，既以昭示广大崇石读者，且为告慰石先生在天之英灵！

后学　张波　己亥夏至记